W0217612

ro
ro
ro

DANI SCARPA ist das Pseudonym eines deutschen Erfolgsautors, der früh seine Liebe zu Italien entdeckt hat. Ein Teil von Scarpas Familie lebt heute noch im Land der Zitronen, weshalb er alle Aspekte des deutsch-italienischen Zusammenlebens aus nächster Nähe kennt. Mit Paolo Ritter, dem deutschen Ermittler, den es – zunächst – widerwillig in die Emilia-Romagna verschlägt, sind bisher drei Bände erschienen, zuletzt «Der Fall San Marino».

Pressestimmen zur Paolo-Ritter-Serie:

«Absolut schlüssig, sehr spannend und total unterhaltsam.» *B5 Kulturnachrichten* über «Mord in Parma»

«Dieser Roman ist mit viel Feingefühl erzählt und perfekt für den Urlaub am Strand – bestenfalls an einem italienischen.» *Freundin* über «Mord in Parma»

«Dani Scarpa schreibt sehr spannend und gleichzeitig amüsant … Auch la Dolce Vita kommt nicht zu kurz.» *nichtohnebuch.blogspot.com* über «Tod in Rimini»

DANI SCARPA

TOD IN RIMINI

PAOLO RITTER ERMITTELT

Rowohlt Taschenbuch Verlag

Veröffentlicht im Rowohlt Taschenbuch Verlag,
Hamburg, Juni 2023
Copyright © 2022 by Rowohlt Verlag GmbH, Hamburg
Copyright © 2022 by Dani Scarpa
Redaktion Carsten Polzin
Covergestaltung HAUPTMANN & KOMPANIE
Werbeagentur, Zürich
Coverabbildung Shutterstock
Satz aus der Apolline Std
bei CPI books GmbH, Leck
Druck und Bindung GGP Media GmbH, Pößneck
ISBN 978-3-499-00473-5

Die Rowohlt Verlage haben sich zu einer nachhaltigen Buchproduktion verpflichtet. Gemeinsam mit unseren Partnern und Lieferanten setzen wir uns für eine klimaneutrale Buchproduktion ein, die den Erwerb von Klimazertifikaten zur Kompensation des CO_2-Ausstoßes einschließt.
www.klimaneutralerverlag.de

FSC www.fsc.org
MIX
Papier | Fördert gute Waldnutzung
FSC® C014496

Nessun dorma! Nessun dorma!
Tu pure, o Principessa,
nella tua fredda stanza
guardi le stelle che tremano
d'amore e di speranza!
Ma il mio mistero è chiuso in me,
il nome mio nessun saprà!

Niemand schlafe, niemand!
Auch du nicht, Prinzessin,
in deinem kalten Gemach,
die du die Sterne erbeben siehst
vor Liebe und Hoffnung.
Doch mein Geheimnis ist in mir verschlossen,
meinen Namen wird keiner erfahren.

AUS TURANDOT VON GIACOMO PUCCINI

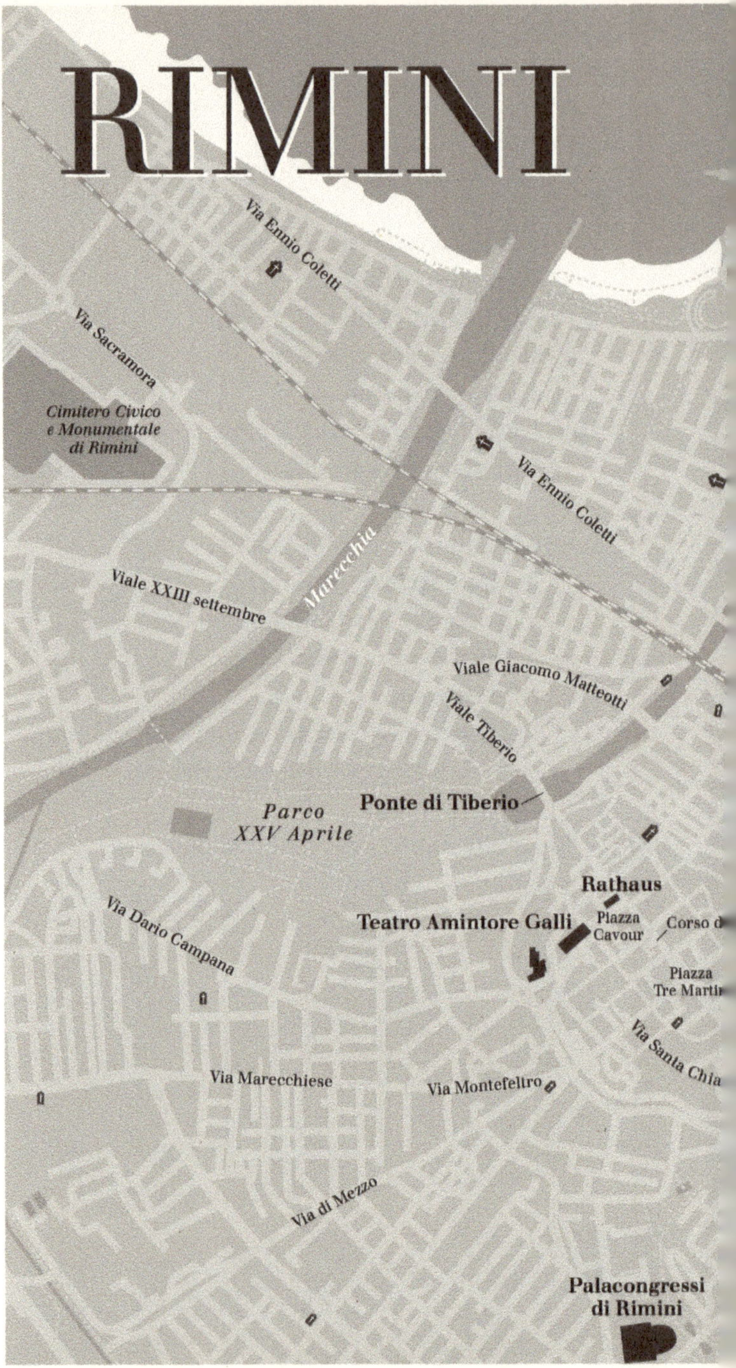
RIMINI
Via Ennio Coletti
Via Sacramora
Cimitero Civico
e Monumentale
di Rimini
Via Ennio Coletti
Marecchia
Viale XXIII settembre
Viale Giacomo Matteotti
Viale Tiberio
Ponte di Tiberio
Parco
XXV Aprile
Rathaus
Teatro Amintore Galli
Piazza
Cavour
Via Dario Campana
Piazza
Via Santa Chia
Via Marecchiese
Via Montefeltro
Via di Mezzo
Palacongressi
di Rimini

Riesenrad
Jachthafen/
Marina
MARE ADRIATICO
Viale Cristoforo
Colombo
Grand Hotel
Parco
Frederico
Fellini
canale di Rimini
Viale Principe Amedeo
Viale Amerigo Vespucci
Lungomare Augusto Murri
Bahnhof
Rimini
Via Roma
Anfiteatro
Viale Tripoli
Officina
Grandi
Riparazioni
FS
Viale Ugo Bassi
0 100 200 300 m

PROLOG

Rimini

Sonntag, 1. Mai 1977

Der Tenor hatte den Applaus noch im Ohr, als er durch die nächtlichen Straßen ging: das frenetische Rauschen klatschender Hände, die heiser gerufenen Ovationen. Er hatte noch die glücklichen Gesichter vor Augen, in die er geblickt hatte, nachdem das Bühnenlicht verblasst und die Beleuchtung auf der Piazza Cavour angesprungen war und das Publikum aus der Dunkelheit gerissen hatte.

Und er hatte den Text der Arie noch im Ohr.

Seiner Arie …

Nessun dorma! Nessun dorma!
Tu pure, o Principessa,
nella tua fredda stanza
guardi le stelle che tremano
d'amore e di speranza …

Der Klang der Musik hallte noch in ihm und ließ ihn ebenso erbeben wie die Sterne, von denen im Libretto die Rede war. Puccini hatte die Worte geschrieben und die Melodie erdacht, und Pavarottis berühmte Aufnahme hatte sie auf der ganzen Welt verbreitet, doch an diesem Abend hatte der Tenor sie sich ganz und gar zu eigen gemacht. In diesem magischen Augenblick auf der Piazza Cavour war er es gewesen, der dem Prinzen Calaf seine Stimme geliehen hatte, waren es seine Worte gewesen und seine Musik.

Auf der Bühne unter freiem Himmel hatte er sich frei gefühlt wie nie zuvor, hatte er den Eindruck gehabt, über den hölzernen Planken zu schweben, während er von der herzlosen Prinzessin Turandot sang. Einen wunderbaren Moment lang war er eins geworden mit der Musik, war er selbst zur reinen Kunst geworden – und genau das war es, worauf er in all den Jahren des Übens und Studierens hingearbeitet hatte: mit der Musik und dem Gesang zu verschmelzen, bis niemand im Publikum mehr zu sagen vermochte, wo das Kunstwerk endete und der Künstler begann. Diesen Moment würde er für immer in seinem Herzen bewahren, ihn einschließen wie ein wertvolles Geheimnis.

Ma il mio mistero è chiuso in me,
il nome mio nessun saprà!

Nicht nur das Premierenpublikum hatte frenetisch applaudiert, auch der Regisseur und der *direttore del teatro* hatten sich vor Begeisterung überschlagen, ebenso wie die Vertreter der Presse, die zu der Aufführung eingeladen worden waren. Und so mancher Kritiker, der ihn noch vor nicht allzu langer Zeit als einen Niemand aus der romanischen Provinz verspottet hatte, hatte nach der Vorstellung Abbitte leisten müssen und um ein baldiges Interview gebeten. Von allen Seiten hatte man ihn beglückwünscht, ihn dazu gedrängt, den Empfang zu besuchen, der im Foyer des *Teatro Amintore Galli* abgehalten wurde. Während das ehrwürdige Theater selbst seit dem Krieg in Trümmern lag, war die Vorhalle mit dem Foyer wieder neu errichtet worden und gewöhnlich den Sitzungen des Gemeinderats vorbehalten – dorthin eingeladen zu werden, galt folglich als große Ehre. Der Tenor hatte es dennoch vorgezogen, sich zurückzuziehen und den stillen Moment des Triumphs, auf den er sein Leben lang hingearbeitet hatte, allein zu genießen. Noch immer auf Wolken schwebend, schlug er den Weg zu den Bahngleisen ein, jenseits derer seine Wohnung lag.

Dilegua, o notte! Tramontate, stelle!
Tramontate, stelle! All'alba vincerò!

Die Vorstellungen für die Sommersaison würden innerhalb weniger Tage ausverkauft sein, und je schneller sich verbreitete, dass ein neuer Stern am Opernhimmel aufgegangen war und die Konkurrenz verblassen ließ, desto rascher würden die großen Häuser auf ihn aufmerksam werden und ein Ruf nach La Fenice an den Lido von Venedig erfolgen oder an das Teatro dell'Opera nach Rom … oder an die Scala von Mailand.

Die Zukunft, das konnte der Tenor in diesem Augenblick fühlen, lag vor ihm wie ein aufgeschlagenes Buch, dessen Zeilen er nur noch zu lesen brauchte. Die Geschichte war bereits geschrieben. Sie handelte von wahrer Kunst und unvergänglicher Schönheit, und er kannte sie, seit er als kleiner Junge zum ersten Mal auf der Bühne gestanden und bei einer Schulaufführung ebenjene Arie gesungen hatte, die ihm auch heute diesen unvergleichlichen Triumph beschert hatte.

Vincerò! Vincerò …

In all den Jahren der Übung, der harten Arbeit an Stimmbildung und Intonation, hatte er nie Unsicherheit gekannt, nie an seiner Unverwundbarkeit gezweifelt – die Zweifel kamen jäh, als ein Schatten aus dem dunklen Gebüsch am Wegrand trat.

«Dein Geld! Alles!»

Die Musik im Kopf des Tenors verstummte wie ein ferner Traum.

«Deine Brieftasche! Hörst du nicht?»

Obwohl der Mann, von dem er gegen das schmutzig gelbe Licht der Straßenlaterne nur die Silhouette sah, unmittelbar vor ihm stand, schien die Stimme aus weiter Ferne zu kommen. Sie war heiser und tonlos, von keuchenden Atemzügen begleitet.

Der Tenor war wie erstarrt, während er zu begreifen versuchte, was vor sich ging. Die Gegend um den Bahnhof galt als nicht ungefährlich, zumal bei Dunkelheit, doch war er noch nie zuvor in eine brenzlige Situation geraten …

«Hörst du schlecht?», zischte es. «Ich will deine beschissene Brieftasche, dein Geld! Und zwar schnell!»

Der Tenor stand noch immer unbewegt.

Etwas in ihm sträubte sich, nicht wegen der paar Tausend Lire, die er in seiner Geldbörse hatte. Sondern weil er einfach nicht glauben konnte, dass dies gerade wirklich passierte … an diesem, seinem Abend.

Statt Furcht zu empfinden, wie es der Lage wohl angemessen gewesen wäre, verspürte er nichts als Empörung, Zorn auf das widrige Schicksal. Entsprechend weigerte er sich, dem Räuber das Verlangte zu überlassen, und sog stattdessen scharf nach Luft, um in der milden Luft der frühen Mainacht einen wütenden, protestierenden Schrei auszustoßen.

Doch der Schrei verließ seine Kehle nie.

Denn anders als Prinz Calaf sah er nicht die Sterne über

sich blitzen und beben, sondern eine blank polierte Klinge – die im nächsten Moment erbarmungslos zustach.

KAPITEL 1

Cervia, Emilia-Romagna
September 2019

Das hält erst mal.»

Paolo Ritter hob seine Stimme am Ende des Satzes, so als wäre es mehr eine Frage als eine Feststellung. Tatsächlich traute er weder dem Putz so recht noch den beiden Nägeln, die er mit viel Nachdruck, aber wenig Sachverstand hineingetrieben hatte. Dennoch tat das hölzerne Schild wie geheißen und blieb an der Mauer haften.

NUOVA APERTURA – NEUEROFFNUNG
HOTEL IL CAVALIERE

stand in großen gelben Lettern darauf geschrieben. Darunter, etwas kleiner und sowohl in italienischer als auch in deutscher Sprache:

BUCHUNGEN FÜR DIE SAISON 2020
AB SOFORT MOGLICH.

«Und das soll halten?» Lucia Camaro stand neben ihm, den Pinsel mit der gelben Farbe noch in der Hand. Ihr Blick verriet unverhohlenes Misstrauen.

«Soll das ein Witz sein?», fragte Paolo dagegen. «In meiner Wohnung in München habe ich früher viel selbst gemacht.»

Sie erwiderte etwas halblaut auf Italienisch, das er nicht

verstand, und beide blickten sie an dem Hotelgebäude empor, vor dessen Gartenpforte sie standen und das die Morgensonne über Cervia in mildes Licht tauchte.

Es war drei Stockwerke hoch und von einem Garten umgeben, in dem weiße und rote Rosenstöcke blühten. Der forschen Behauptung auf dem Werbeschild zum Trotz sah es allerdings nicht wirklich so aus, als ob schon in der kommenden Saison Gäste darin einziehen könnten: Die Fassade auf der dem Garten zugewandten Seite war eingerüstet, der Putz komplett entfernt worden und unansehnliches Grau darunter zutage getreten; die Geländer an den kleinen Balkonen fehlten, ebenso wie die Fensterscheiben, statt derer nur dunkle Löcher auf den Betrachter starrten.

Vertrauenswürdig sah lediglich das Erdgeschoss des Gebäudes aus – dort befand sich das Ristorante, das Lucia schon zuvor betrieben hatte und dessen Party- und Lieferservice vorerst die einzige Einnahmequelle ihres gemeinsamen Unternehmens war. Den Löwenanteil der betrieblichen Aufwendungen bestritt Paolo aus eigener Tasche, er hatte dafür seine Bankguthaben in Deutschland aufgelöst und seine Aktien liquidiert, mit anderen Worten: seine gesamten Ersparnisse eingesetzt. Nur seine Wohnung in München war ihm noch geblieben, als letzte Rückversicherung, als Fuß in der Tür zur alten Heimat.

Hätte ihm jemand vor einem halben Jahr prophezeit, dass er Deutschland verlassen, seinen gut bezahlten Job beim Landeskriminalamt aufgeben und aus seinen vertrauten vier Wänden ausziehen würde, um sich mit einer Frau, die er kaum kannte, in ein finanzielles Abenteuer mit unvorhersehbarem Ausgang zu stürzen, noch dazu in Italien, dem Land, gegen das er sein Leben lang tiefe Abneigung empfunden hatte … Paolo hätte ihn glatt für verrückt erklärt. Doch in diesem besagten halben Jahr war viel geschehen – die Mordfälle in Parma, in deren Aufklärung Paolo unwillentlich verstrickt worden war, seine gescheiterte Beziehung mit Julia Wagner, die seine Vorgesetzte beim LKA gewesen war, und schließlich die Sache mit Felix, seinem Bruder.

Paolo war nicht mehr derselbe, als der er vor ein paar Monaten aus dem Lieferwagen der Sicherheitsfirma gestiegen war. Er hatte sich verändert, hatte dazugelernt – zumindest war es das, was er gerne von sich dachte.

Eigentlich hatte er Lucia, die ihm bei der Aufklärung des Falles geholfen hatte, im Gegenzug das Hotel verkaufen wollen, das er von Felix geerbt hatte. Doch im buchstäblich allerletzten Augenblick – Paolo hatte im Büro des Notars bereits den Stift zur Unterschrift erhoben – hatte er es sich anders überlegt. Entgegen seinem strengen, stets auf Vernunft und Ordnung bedachten Wesen hatte er sich entschieden, nicht nach Deutschland zurückzukehren, sondern in Italien zu bleiben, um das Hotel seines verstorbenen Bruders zu renovieren und neu zu eröffnen, mit Lucia als seiner Geschäftspartnerin. Während sie als ebenso leidenschaftliche wie geniale Köchin das Restaurant betreiben sollte, würde Paolo der neue *patrono* des Hotels werden.

So weit jedenfalls der Plan.

Zunächst war Lucia alles andere als begeistert gewesen. Völlig zu Recht hatte sie Paolo Wortbruch vorgeworfen und sich recht einsilbig gegeben – bis ihr aufgegangen war, was es bedeutete, ein Projekt dieser Größenordnung anzugehen. Und dass es nicht nur Nachteile hatte, wenn man einen zahlungskräftigen Financier aus Deutschland mit an Bord hatte – auch wenn dessen Reserven so langsam zur Neige gingen.

Unzählige Male hatte sich Paolo gefragt, was ihn geritten hatte, alles aufzugeben, um dem Traum seines verstorbenen Bruders nachzujagen. Felix und er hatten sich nicht besonders nahe gestanden, in den letzten Jahren vor seinem Tod hatten sie nicht einmal mehr Kontakt gehabt. Und was Italien betraf, so war es eher Hassliebe, die Paolo mit dem Land verband, in dem er als Junge stets seine Ferien verbracht hatte ... Doch irgendetwas hatte Italien auch an sich, das ihn magisch anzog, und es hatte absolut nichts zu tun mit dem, was andere Deutsche hierzulande suchten, denn Hitze, Sand und Sonne konnte Paolo auf den Tod nicht leiden. Sondern mit den Erinnerungen, die für ihn, den Mann mit dem episodischen Gedächtnis, praktisch allgegenwärtig waren ...

Lucia war noch immer nicht überzeugt.

In ihrem weißen Maleroverall mit den aufgekrempelten Ärmeln, das schulterlange blauschwarze Haar zum Pferdeschwanz gebunden, betrachtete sie das leicht schief hängende Schild voller Argwohn.

«Vielleicht sollten wir einem der Handwerker sagen, dass er sich darum kümmern soll», schlug sie vor.

Paolo schüttelte den Kopf. «Das Schild bleibt, wie es ist, und damit *basta*», sagte er mit einer Entschiedenheit, die ihm recht italienisch-männlich vorkam. Einen der Arbeiter, bei denen es sich ohne Ausnahme um ebenso breitschultrige wie sonnengebräunte Hünen handelte, um Hilfe zu bitten, wäre einer Bankrotterklärung gleichgekommen. Auch so hatte er schon den Eindruck, dass sich die Naturburschen in ihren kurzen Cargohosen und den schneeweißen, über Muskelbergen gespannten T-Shirts über ihn lustig machten, wann immer er ihnen den Rücken zuwandte.

«*Come vuole.*» Lucia zuckte mit den Schultern. «Der Geometer hat übrigens angerufen, er kommt morgen früh zur Besprechung und bringt noch jemanden mit.»

«Oje», sagte Paolo nur. Den Vermessungsingenieur hatten sie verpflichtet, weil der versichert hatte, alle notwendigen Befugnisse zu haben, jedoch sehr viel weniger zu kosten als ein Architekt. Gerade Letzteres betreffend hatte Paolo inzwischen erhebliche Zweifel. «Und wen wird er diesmal mitbringen? Seinen Stiefbruder? Den Cousin vierten Grades?»

«Seinen Lieblingsschwager», erwiderte Lucia prompt. «Er ist *installatore* und wird sich um die Wasserleitungen und die Bäder kümmern.»

«Verstehe», sagte Paolo mit einiger Resignation.

Wie sich gezeigt hatte, verfügte Signor Fernandi, so der Name des findigen Geometers, über eine weitverzweigte Verwandtschaft, die sämtlich in der Baubranche tätig zu sein schien und die er – zweifellos gegen eine gewisse Provision – bevorzugt vermittelte. Kostenvoranschläge oder gar Ausschreibungen nach deutschem Vorbild schienen auf italienischen Baustellen unüblich zu sein, man verpflichtete einfach denjenigen, der einem warm empfohlen wurde, und Fernandi hatte für so ziemlich jedes Gewerk eine warme, weil familiäre, Empfehlung: Neben einem Bruder, der eine kleine Baufirma betrieb, zählte er auch Maler, Verputzer, Dachdecker und Elektriker zu seiner Verwandtschaft, die alle auf den schönen Namen Fernandi hörten und den Geschäftssinn ihres landvermessenden Verwandten teilten …

«*Cosa c'è adesso?*» Lucia sah ihn kritisch von der Seite an. «Was ist das für ein Gesicht?»

«Ein besorgtes», erklärte Paolo. «Unsere Rücklagen schmelzen wie *gelato* in der Sonne.»

«Wollen Sie fließendes Wasser im Hotel oder nicht?»

«Natürlich.» Paolo nickte. Die alten Leitungen waren so marode gewesen, dass sie hatten entfernt werden müssen, insofern hatte es hier keine Alternative gegeben. «Aber wir können uns keinen Schnickschnack leisten», mahnte er an.

«*Certo*», bestätigte Lucia.

«Gut. Es wäre schön, wenn Sie das dem *installatore* vor der Besprechung erklären könnten.»

«Wieso ich?» Ihre großen dunklen Augen sahen ihn an.

«Nun, weil Sie dabei sein werden», erklärte Paolo rundheraus. «Ich brauche Sie zum Übersetzen.»

«*No*, Sie brauchen mich nicht.» Lucia schüttete den Kopf, dass der Pferdeschwanz nur so flog. «Ihr Italienisch ist viel besser geworden. Sie verstehen alles, was gesprochen wird.»

«Aber über geschäftliche Dinge zu verhandeln, ist etwas anderes», gab er zu bedenken.

«Ich habe eine große Bestellung zu kochen», wandte sie ein und hob eine gespreizte Hand. *«Un menu con cinque portate!»*

«Bitte», sagte er eindringlich und wusste dabei selbst nicht, warum er so unbedingt wollte, dass sie an der Besprechung teilnahm. Es stimmte nämlich, seine Italienischkenntnisse, die über die Jahre doch arg eingerostet waren, hatten sich im Lauf der letzten Monate deutlich verbessert, und das nicht zuletzt durch Lucias Unterstützung. War es also möglich, dass er sie aus einem anderen Grund dabeihaben wollte? Weil er sich einfach besser, sicherer fühlte in ihrer Gegenwart? Es war schließlich nicht nur die Sprache, Lucia war Italienerin und kannte auch die Gebräuche in diesem Land, wusste Mimik und Gesten der Menschen viel besser zu deuten. Es mochte ein Vorurteil sein, und er war gewiss nicht stolz darauf, aber wann immer er mit ihren italienischen Geschäftspartnern allein war, hatte Paolo das Gefühl, übers Ohr gehauen zu werden.

Lucia sah ihn forschend an. «Sie müssen mehr vertrauen», sagte sie und bewies damit einmal mehr, wie gut sie ihn inzwischen kannte.

Paolo nahm die Sonnenbrille ab und massierte sich die Nasenwurzel. «Vermutlich», gab er schließlich zu. «Es ist nur leider so, dass mir langsam das Geld ausgeht.»

«Das tut mir leid», versicherte Lucia. «Aber Sie wollten das unbedingt, *sì*? Dabei hatte ich Sie gewarnt ...»

Paolo schnaubte – das stimmte leider. Und sie hatte ihn nicht nur davor gewarnt, sondern auch vor der Hitze und vor anderen Unannehmlichkeiten. Etwa Sand an seinen Füßen.

Sie sah ihn weiter forschend an. Und endlich nickte sie, ob aus Verständnis oder Mitleid, vermochte er nicht zu sagen. Und eigentlich war es ihm auch egal.

«Tutto bene», sagte sie, «ich bin dabei. Unter einer Bedingung.»

«Welcher?»

Statt etwas zu erwidern, griff sie in eine der Brusttaschen ihres Overalls und beförderte ein Briefkuvert zutage, das sie auf die Hälfte gefaltet hatte.

«Was ist das?», wollte Paolo wissen.

«Una lettera», erklärte sie, während sie das Kuvert entfaltete. «Von meiner Freundin Chiara.»

«Tatsächlich?» Paolo setzte die Brille wieder auf und gab sich neugierig, während ihn eine unheilvolle Ahnung beschlich. Chiara war Lucias beste Freundin – eine für Paolos Empfinden ziemlich schrille junge Frau, deren hervorstechendste Eigenschaft ein geradezu legendäres Pech mit Männern war. Das Beste an ihr war, dass sie nicht hier in Cervia wohnte ...

Das Kuvert war bereits zuvor geöffnet worden, sodass Lucia

nur hineinzugreifen brauchte, um die beiden Eintrittskarten hervorzuholen, die darin lagen.

«Sie werden mich begleiten», erklärte sie dazu.

«Kommenden Sonntag. Nach Rimini, ins Teatro Amintore Galli. Chiaras neuer Freund gibt dort ein großes Konzert. Er ist *un cantante d'opera ...*»

«Ein Opernsänger?» Paolo schürzte erstaunt die Lippen – so viel Affinität zu Kunst und Kultur hatte er Lucias Freundin gar nicht zugetraut.

«*Sì*, und er gibt ein *concerto di beneficenza* zugunsten von armen Kindern», fügte Lucia hinzu. «Wir beide sind eingeladen.»

«Wir beide?» Paolo hob die Brauen.

«*Allora*, Chiara hat mir zwei Karten geschickt», erklärte Lucia ein wenig unwirsch. «Und da ich keine Lust habe, alleine hinzugehen ...»

«Auf keinen Fall.» Paolo schüttelte kategorisch den Kopf. Wenn es etwas gab, das er noch mehr hasste als Sonne, Strand und Hitze, dann waren es Menschenmengen. Speziell bei Galakonzerten oder großspurigen Empfängen.

Zu viele Gesichter, zu viele Stimmen.

Und entschieden zu viele Bakterien ...

«*Come vuole.*» Sie steckte die Karten wieder ins Kuvert zurück und war schon dabei, sich abzuwenden. «Dann sprechen Sie allein mit dem *installatore. Buona fortuna!*»

«Moment!», sagte Paolo, etwas zu schnell und heiser, um italienisch-männlich zu wirken. «Ich meine, das wird nicht nötig sein», fügte er deshalb etwas gelassener und mit leicht gesenktem Tonfall hinzu. «Gut ... Ich bin dabei.»

«Wie schön.» Sie lächelte über ihr ganzes sonnengebräuntes Gesicht. «Dann haben wir das geklärt.»

«Sieht so aus», knurrte Paolo. Er kam sich wieder einmal überrumpelt vor und war darüber ein wenig angesäuert. «Aber ich erwarte, dass Sie Ihre Arbeit richtig machen. Lucia», fügte er deshalb hinzu. Schließlich war er immer noch der *patrono*.

«*Come?*» Sie reckte verständnislos den Kopf vor.

«Sie haben die Ö-Striche vergessen», erklärte Paolo, mit lässiger Geste auf die Werbetafel deutend.

«Die … *cosa?*»

«Die Ö-Striche», bekräftigte er und nahm ihr den Pinsel aus der Hand, um die noch fehlenden Umlautzeichen zu ergänzen. Er war kaum damit fertig, als ein verräterisches Knirschen erklang – im nächsten Moment brach der lose Putz von der Wand, und das Schild fiel und zerbarst beim Aufschlag am Boden.

«*Sì*», stellte Lucia fest und nickte Paolo anerkennend zu. «Jetzt ist es viel besser.»

KAPITEL 2

Die gute Nachricht: Es war nicht weit bis Rimini. Über die *strada statale* 16, die parallel zur Küste verlief, waren es nur rund 30 Kilometer. Und da am Wochenende kaum Lkw auf der Straße fuhren, dauerte die Fahrt nur eine knappe halbe Stunde, vorbei an Geschäftshäusern und Einkaufszentren, die auch sonntags geöffnet hatten, sowie am malerischen Hafen von Cesenatico, wo alte, mit bunten Segeln betakelte Fischerboote vor Anker lagen.

Auch was den Fahrkomfort betraf, hatten Paolo und Lucia sich deutlich gesteigert. Statt des geliehenen, sich in gemeingefährlichem Zustand befindenden Fiat Panda aus den 1980er-Jahren fuhren sie jetzt einen gut gepflegten Jahreswagen, einen perlweißen Fiat Talento, der auch als Firmenfahrzeug diente und die erste Anschaffung ihres gemeinsamen Unternehmens gewesen war. «Hotel Il Cavaliere, Cervia», stand in geschwungenen Lettern darauf geschrieben, dazu ein Wappen, das einen Ritterhelm (wegen des *cavaliere*) und eine Strandpalme (wegen Cervia) zeigte, ein Entwurf von Lucia. Da Paolo keinen Führerschein besaß, war es auch Lucia vorbehalten, den Lieferwagen zu steuern, was sie mit viel Temperament tat.

Auf dem großen Parkplatz an der Viale Ortigara stellten sie das Fahrzeug ab und gingen zu Fuß weiter. Da sie viel zu früh dran waren, schlug Lucia vor, einen Spaziergang an der berühmten Strandpromenade zu unternehmen und das zu tun, was Italiener zu jeder Tageszeit taten – in eine Kaffeebar zu gehen und einen Espresso zu nehmen. Oder nur schlicht *caffè*, wie die Einheimischen das tiefbraune, in einer winzigen Tasse servierte Getränk nannten.

Selbst Paolo, der früher überhaupt nichts mit Kaffee hatte anfangen können und dem es gegraut hatte, wann immer er den bitterheißen Geschmack am Gaumen verspürt hatte, genehmigte sich nun hin und wieder ein Tässchen. Nicht nur, weil ihm das würzige, je nach Röstart und Mischung mitunter nach Karamell oder Schokolade schmeckende Aroma inzwischen sehr zusagte, sondern auch, weil er das Ritual schätzen gelernt hatte: den Duft frisch zubereiteten Kaffees zu schnuppern, dabei zuzusehen, wie der weiße Zucker langsam in der dickflüssigen, goldfarbenen *crema* versank, das kleine Getränk dann zu genießen und seine belebende Wirkung zu spüren, gab ihm ein Gefühl von innerer Ruhe und Gelassenheit.

Die Bar, für die sie sich entschieden, war das *Nettuno*, ein schneeweißer, in den breiten Strand hineinragender Rundbau, dessen Ursprünge bis in die Dreißigerjahre des vergangenen Jahrhunderts reichten. Die geschwungenen Formen und betonten Waagrechten, die es ein wenig wie ein Schiff wirken ließen, verströmten in Paolos Augen noch immer einen Hauch von Stromlinien-Moderne und Art déco. Obwohl sich auf dem den Bau umlaufenden Balkon hübsche kleine Zweiertische reihten, bestand Lucia darauf, ihren Espresso im Stehen an der Bar einzunehmen. Dann spazierten sie die Promenade hinab, die glücklicherweise nicht zum Bersten gefüllt war wie Mitte August, wenn nicht nur ausländische Gäste, sondern vor allem auch Italiener in Rimini Urlaub machten und die Hotels, Pensionen und Ferienhäuser vor Gästen überquollen. In Cervia war es im Hochsommer nicht anders, Paolo war es deshalb nicht unrecht gewesen, sich auf die Baustelle des Hotels zurückziehen zu können, zumal sich das *Cavaliere* nicht in vorderster Reihe am Strand befand, sondern eine Häuserzeile zurückgesetzt in einer schattigen Allee.

Auch jetzt war er erleichtert darüber, die von Palmen gesäumte Uferpromenade Riminis entlanggehen zu können, ohne sich bei jedem Schritt durch eine Menschentraube zu drängeln oder über herumrennende Kinder zu stolpern. Die Sonne war nicht mehr heiß und stechend, sondern sandte goldene, angenehm wärmende Strahlen über die Dächer der Hotels, die sich entlang des *lungomare* reihten und deren Namen – *Belvedere, Cobalto* oder *Levante* – Grandezza und sommerliche Leichtigkeit verhießen. Gegenüber, auf der dem Meer zugewandten Seite, lagen die von Nord nach Süd säuberlich durchnummerierten *bagni*, die freilich sehr viel mehr waren als gewöhnliche Strandbäder und nicht nur mit den obligatorischen Liegestühlen und Sonnenschirmen lockten, sondern auch mit Bewirtung, Spielplätzen, Sportangeboten und Animation. Jetzt, Ende September, waren diese Aktivitäten weitgehend zum Erliegen gekommen, sodass auch hier wohltuende Ruhe eingekehrt war. Nur hier und dort wurde noch Strandvolleyball gespielt, waren Radfahrer oder Jogger unterwegs und ein paar Spaziergänger am Strand, zu denen sich kurz entschlossen auch Lucia gesellte. Während Paolo es vorzog, oben auf der gepflasterten Promenade zu bleiben, zog sie ihre hochhackigen Ledersandaletten aus und warf sie sich über die Schulter. Mit der anderen Hand raffte sie den Saum ihres Abendkleids und stieg die steinernen Stufen zum Strand hinab. Dabei kicherte sie wie ein Mädchen, aber es hatte nichts Aufgesetztes an sich. So war Lucia, und ihre bodenständige, offene Art war einer der Gründe, warum Paolo sie so schätzte.

Aus sicherem Abstand beobachtete er, wie sie barfuß durch

den bereits im Schatten liegenden und daher kühlen Sand ging, hinter ihr das glitzernde Meer und der sich orangerot verfärbende Himmel. Ihr schwarzes Haar trug Lucia hochgesteckt, sodass ihr Profil gut zur Geltung kam, das fein geschnittene Gesicht mit den vollen Wangen und die kleine, vorwitzige Nase. Das Kleid, das sie trug, war ihrer Vorliebe für Blumenmuster gemäß im unteren Drittel mit rosafarbenen Blüten versehen, die daran emporzuwachsen schienen. Es hatte einen V-förmigen Ausschnitt und sich im Rücken kreuzende Träger.

Paolo hatte auf Abendgarderobe verzichtet. Nicht nur, weil sein Smoking noch immer im Schrank in seiner Münchener Wohnung hing, sondern auch, weil er sich vorgenommen hatte, in seinem neuen italienischen Leben weniger steif und förmlich zu sein, als er es früher gewesen war, eben weniger *tedesco*. Er trug daher den hellen Sommeranzug, den er gerne mochte, den zu tragen er in letzter Zeit allerdings nur wenig Gelegenheit gehabt hatte – statt Hemd und Krawatte waren auf der Baustelle die T-Shirts angezeigt, die Lucia im nahen Einkaufszentrum im preiswerten Dreierpack besorgt hatte. Zum Anzug passend trug Paolo den Borsalino, den er damals in Parma erstanden hatte und der ihm unter südlicher Sonne ein treuer Begleiter geworden war.

«Das ist herrlich!», rief Lucia und winkte zu ihm herauf, bis über beide Knöchel im Sand stehend. «Sind Sie sicher, dass Sie es nicht mal wieder versuchen wollen?»

«Ganz sicher», beteuerte Paolo.

Er hatte Sand an den Füßen nie gemocht, schon als Kind nicht. Inzwischen hatte er sogar eine regelrechte Aversion dagegen entwickelt, für die es vermutlich einen komplizierten lateinischen Ausdruck gab. Paolo hatte sich nie darum gekümmert, er hatte schließlich andere Baustellen zu versorgen, und das teils im wörtlichen Sinn …

«*Siete un codardo*», rief sie ausgelassen herauf, um sich gleich darauf selbst zu übersetzen: «Sie sind ein Feigling!»

«*Sì*», gab Paolo unumwunden zu. «Aber ein Feigling mit ganz sauberen Füßen, im Gegensatz zu Ihren.»

Es war zur netten Gewohnheit geworden, dass sie sich auf diese Weise neckten, und in solchen Fällen kam es ihm seltsam vor, dass sie sich noch immer siezten, obwohl sie doch Geschäftspartner und Kollegen waren und so ziemlich jeden Tag zusammen verbrachten. Aber nachdem Lucia nach dem geplatzten Verkauf des Hotels zunächst alles andere als gut auf Paolo zu sprechen gewesen war, hatten sie wohl irgendwie den geeigneten Zeitpunkt verpasst, um von der förmlichen zur vertrauteren Anrede überzugehen. So war Lucias Wut ihrem temperamentvollen, jedoch gutmütigen Wesen entsprechend inzwischen verflogen, eine gewisse Distanz jedoch geblieben.

Getrennt setzten sie ihren Spaziergang fort. Erst als sie sich dem *Ruota Panoramica* näherten, dem großen Riesenrad, das am Ende der Landzunge aufragte, verließ Lucia den Strand. Pragmatisch setzte sie sich auf das Mäuerchen, das Sand und Asphalt trennte, reinigte ihre nackten Füße und schlüpfte wieder in die Sandaletten, deren dünne Riemchen sie sorgfältig schloss.

«*Pronto*», vermeldete sie lächelnd. «Und jetzt fahren wir mit dem Radriesen.»

«Es heißt Riesenrad», verbesserte Paolo, dem schon beim Anblick des 60-Meter-Giganten schwindelig wurde, «und ich werde dieses Monstrum ganz sicher nicht betreten!»

«Nur mal gucken, *sì*?»

Sie nahm ihn am Arm und zog ihn mit. Das *ruota*, das bei

geeignetem Wetter eine Fernsicht von zwanzig Kilometern versprach, erinnerte Paolo stets ein wenig an seine Zeit in den USA und an den Pier von Santa Monica, und vermutlich war diese Assoziation auch beabsichtigt. Was allerdings nicht bedeutete, dass er seinen Fuß in das Vehikel gesetzt hätte.

«Es muss großartig sein, damit zu fahren», meinte Lucia versonnen und war schon drauf und dran, sich in die Schlange derer einzureihen, die vor dem Kassenhäuschen warteten.

«Dann fahren Sie doch», forderte Paolo sie auf, «ich werde so lange hier warten.»

«Ihr Ernst?»

«Mein voller Ernst.»

«Perché?» Sie deutete an dem Riesenrad empor, dessen aus unzähligen Glühlampen bestehende Beleuchtung in diesem Moment ansprang und es weithin sichtbar machte. «Es ist kein Flugzeug, richtig?»

«Nein, ist es nicht», gab Paolo zu.

«Und es ist sicher», fügte sie hinzu, auf ein Schild deutend, auf dem tatsächlich stand, dass sich kein Geringerer als der TÜV München um die technische Abnahme des Riesenrads gekümmert hatte – vermutlich, um auch misstrauische deutsche Touristen zum Einsteigen zu bewegen. *«Tutto tedesco, tutto sicuro»*, schüttelte Lucia kurzerhand ein neues Sprichwort aus dem Ärmel, aber auch das half nichts.

«Die Höhe», gestand Paolo schließlich ein, dabei lotrecht nach oben deutend. «Ich habe ein Problem mit Höhe.»

«Da quando?»

«Schon immer», gab er zu, seufzend und auch ein wenig widerwillig. Lucia gehörte ohnehin zu den wenigen Personen, denen er von seiner Vergangenheit, vom tragischen Tod seiner Eltern, vom Zerwürfnis mit Felix und auch von seiner speziellen Gabe erzählt hatte. Er wollte nicht, dass sie ihn für einen noch seltsameren Kauz hielt, als er ohnehin schon war. Und er *war* ziemlich seltsam …

«Oh», machte Lucia, besann sich einen Augenblick und zuckte dann mit den Schultern. «Dann eben nicht», sagte sie leichthin.

«Sie brauchen meinetwegen nicht zu verzichten», versicherte Paolo schnell. «Ich warte einfach solange.»

«*No grazie*», sagte sie schlicht und ging weiter, ohne den sich jetzt munter drehenden Stahlkoloss noch eines weiteren Blickes zu würdigen. Sie passierten die Marina, an der die Jachten der Schönen und Reichen vertäut lagen und jetzt, am Ende der Saison, von grauen Planen bedeckt ihrem Winterschlaf entgegendümpelten; anschließend folgten Paolo und Lucia dem Hafenkanal, ehe sie in die Viale Flavio Gioia abbog. Auf diese Weise gelangten sie in den Stadtpark, der nach dem wohl berühmtesten Sohn der Stadt benannt war, dem Filmregisseur Federico Fellini.

Im Hochsommer herrschte auch hier reges Treiben, jetzt gab es nur wenige Ruhesuchende, die auf den Bänken unter den alten Pinien und Kiefern saßen. Rings um die *Fontana dei Quattro Cavalli*, so benannt, weil das Becken des Springbrunnens von vier in Stein gemeißelten Pferden getragen wurde, hatten sich Straßenkünstler niedergelassen, vermutlich Studentinnen und Studenten der benachbarten Akademie der schönen Künste.

Paolo fühlte sich an die Tage seiner Kindheit erinnert und die Italienurlaube mit der Familie. Auch damals hatten Zeichner, Scherenschnittkünstler und Karikaturisten um die Aufmerksamkeit der Touristen gebuhlt, und ihre Mutter hatte darauf bestanden, dass Paolo und Felix bei einem der Maler Porträt saßen, als Weihnachtsgeschenk für die Großmütter.

Und während Felix es geliebt hatte, auf dem kleinen Klappstuhl zu hocken und sich im Schein einer nackten Glühbirne, in dem sich Abertausende von Stechmücken tummelten, in Szene zu setzen, wäre Paolo vor Scham am liebsten im Boden versunken.

«*Buonasera, signore*», sprach prompt ein junger Mann, der vor einer ganzen Wand recht gelungener, mit Bleistift gezeichneter Porträtbilder saß, Paolo an. «Wer eine so schöne Frau hat, will sicher auch ein Bild von seiner Herzdame haben?»

Schalk blitzte aus den Augen und dem Lächeln des Studenten – denn welcher italienische Mann hätte so eine Frage, die ihm zugleich schmeichelte und ihn an der Ehre packte, ernstlich verneint?

Bei Paolo war er damit allerdings an den Falschen geraten. «Nein danke», schnaubte er auf Deutsch, von dem er ziemlich sicher war, dass der Student es verstand. «Erstens haben wir es eilig, und zweitens ist dies nicht meine *regina di cuori*.»

Der Student öffnete den Mund, um etwas zu erwidern, und schloss ihn dann etwas betrübt wieder.

Sie gingen wortlos weiter.

«Sie haben nicht nur ein Problem mit Höhe», stellte Lucia fest, nachdem sie den Park verlassen hatten.

«Wie bitte?»

«Mit den Augen auch.»

«Was?» Er sah sie von der Seite an, aber sie blickte unbeirrt geradeaus. «Nei-nein», erwiderte er ein wenig verwirrt, «mit den Augen habe ich kein Problem. Ich meine, gelegentlich benutze ich eine Lesebrille, aber …»

«*Nonsenso*», fiel sie ihm ins Wort. «Der Student sieht jedenfalls sehr viel besser als Sie.»

KAPITEL 3

Paolo hatte keine Ahnung, was plötzlich in Lucia gefahren war, und er beschloss, dass er es auch nicht verstehen musste; als sie das Teatro Amintore Galli erreichten, war ihre seltsame Laune schon wieder verflogen.

Das Theater lag malerisch am oberen Ende der Piazza Cavour. Der länglich geformte Platz, einst das Zentrum des mittelalterlichen Rimini, wurde umrahmt von noch immer imposanten, altehrwürdigen Bauwerken: dem bis auf das Jahr 1204 zurückdatierenden Palazzo dell'Arengo und dem Palazzo del Podestà, die mit Bogen, Zinnen und Turm wie kleine Burgen wirkten, und dem aus dem 17. Jahrhundert stammenden Palazzo Garampi, der die Gemeindeverwaltung beherbergte. Auf der anderen Seite des Platzes, den *palazzi* gegenüber, befand sich eine aus Stein errichtete Markthalle, die Veccia Pescheria, in der einst fangfrischer Fisch zum Kauf feilgeboten worden war. Die steinernen Brunnen und Verkaufstische legten davon noch immer Zeugnis ab. Den vorderen Bereich des Platzes nahmen eine imposante Statue ein, die ihrer Aufschrift nach Papst Paul V. zeigte, sowie ein kreisförmiger Brunnen, der mit römisch anmutenden Fresken verziert war und von einem großen, aus Stein gehauenen Pinienzapfen gekrönt wurde.

«Das ist die Fontana della Pigna», erklärte Lucia. «Die Leute hier sind ganz besonders stolz auf diesen Brunnen.»

«Warum?», wollte Paolo wissen.

«Wegen Leonardo da Vinci.»

«Leonardo hat den Brunnen entworfen?»

«*No* – der Meister ist 1502 hier gewesen und fand ihn schön», entgegnete Lucia achselzuckend und deutete im Vorbeigehen auf die entsprechende Gedenktafel.

Paolo gönnte sich ein Schmunzeln – es würde das letzte sein für eine Weile, denn jenseits des Brunnens tummelten sich bereits die Ehrengäste und Honoratioren, die zum Konzert geladen waren, unter eigens errichteten, schneeweißen Baldachinen, die wie Segel aussahen.

Beim Anblick der Menschenmenge befiel Paolo sofort körperliches Unwohlsein, zumal er jetzt feststellen musste, dass er den Dresscode offenbar doch unterschätzt hatte: Die meisten der Geladenen trugen Abendgarderobe, und jene, die es nicht taten, gehörten jener Garde junger Freigeister an, die bei solchen Veranstaltungen immer anzutreffen waren und denen man eine gewisse Nonchalance zugestand. Ansonsten waren die Herren in elegante Smokings und Dinneranzüge gehüllt, die Damen in schimmernde und glitzernde Abendkleider in dunklen Farben.

«Da seid ihr ja!»

Eine junge Frau kam winkend auf Paolo und Lucia zu. In ihrem knallgelben Kleid und mit dem langen blonden Haar hob sie sich merklich von den anderen Gästen ab. «Wie schön, dass ihr gekommen seid!»

«Chiara!» Ehrliche Freude erhellte Lucias Züge, als sie die Freundin erblickte. Was folgte, war das herzliche Umarmen und Küssen, das in diesen Breiten unter Freunden obligatorisch war und an das Paolo sich noch immer nicht recht gewöhnt hatte. Auch in den Münchener Kreisen, in denen er sich mit Julia bewegt hatte, hatte das Bussi unter Freunden dazugehört, doch hatte Paolo es nördlich der Alpen stets unterbunden – hier ließ er es zu. Als alarmierend unhygienisch empfand er es zwar immer noch, aber auch als offen und freundschaftlich. Und auf Lucias eindringliches Anraten hin sah er inzwischen auch davon ab, unmittelbar im Anschluss das Desinfektionsmittel zu benutzen, das er stets in der Jackentasche hatte.

Nach der Begrüßung begannen die beiden Freundinnen draufloszuschnattern, so laut und schnell, dass Paolo nur die Hälfte verstand. Da sie zudem beide aus der Basilikata stammten, pflegten sie, wenn sie untereinander sprachen, auch einen eigentümlichen Dialekt, der es für Paolo noch schwerer machte, ihnen zu folgen. Stattdessen tat er, was er am besten konnte – er beobachtete. Und so entgingen ihm nicht die Blicke, mit denen andere Gäste – insgesamt mochten es um die fünfhundert sein – Lucias Freundin bedachten. Chiara wusste, wie man Aufmerksamkeit erregte, auch Paolo musste zugeben, dass die Frau, der er sonst nur wenig abgewinnen konnte, in ihrem Kleid ein ziemlicher Blickfang war.

Nicht nur der Farbe wegen, die an sonnengereifte Zitronen denken ließ, stach es aus der Menge hervor. Es war knöchellang und auf der linken Seite bis in atemberaubende Höhen geschlitzt. Auch hatte das Kleid keine Träger, sondern wurde lediglich von fünf raffiniert gesetzten Knöpfen an der Seite gehalten. Dazwischen schimmerte nahtlos gebräunte Haut durch und ließ erkennen, dass sie nicht allzu viel darunter trug. Chiaras Gesicht, hübsch und ebenmäßig, wenn auch nach Paolos Empfinden ein wenig schmal, war mit Unmengen von Make-up versehen. Langes Haar wallte über die nackten Schultern, das schon ob seiner blonden Farbe dazu angetan war, italienische Männer in *confusione* zu stürzen. Auch wenn die dunklen Haaransätze am Scheitel verrieten, dass Chiara hier ein wenig nachgeholfen hatte. Ebenso wie bei dem Duft, der sie umgab und für Paolos Geschmack entschieden zu blumig und mädchenhaft roch.

Chiara war einen guten Kopf größer als die etwas gedrungene Lucia, und ihre sportliche Figur verriet, dass sie öfter im Gym zu Gast war, allerdings sicherlich weniger Gesundheit und Fitness zuliebe, als um das männliche Geschlecht zu beeindrucken, was ihr zwar mit großem Erfolg, aber selten nachhaltig gelang. Männer und sie, das war eine wahre *tragedia*, und es kam immer wieder vor, dass nachts Lucias Handy klingelte und Chiaras von Tränen halb erstickte Stimme am anderen Ende der Verbindung war, weil wieder einer ihrer Liebhaber verflossen war.

Seit einigen Wochen allerdings hatte Chiara sich nicht mehr gemeldet. Der Grund dafür hieß Lysandro, wie selbst Paolo dem Gespräch entnehmen konnte, schon deshalb, weil der Name alle paar Sekunden fiel. Und wann immer Chiara ihn in den Mund nahm, leuchteten ihre Augen vor Begeisterung.

«Lysandro Caruso – der neue Superstar am Nachthimmel von Rimini», las Paolo jetzt von dem riesigen Plakat ab, das an der Front des Theaters hing und das Konterfei eines zugegebenermaßen unverschämt gut aussehenden jungen Mannes Ende zwanzig zeigte. Schwarz gelocktes Haar umrahmte klassische, maskuline Züge, aus denen dem Betrachter ein strahlend blaues, ebenso verletzlich wie geheimnisvoll wirkendes Augenpaar entgegenblickte. Wenn der Wunderknabe schon als Fotografie so zu beeindrucken wusste, wie mochte er dann erst auf der Bühne wirken? Was Lucia betraf, konnte Paolo es nicht sagen, dazu kannte er ihren Männergeschmack zu wenig. Auf Julia allerdings hätte dieser Typ Mann ziemlichen Eindruck gemacht. Und was Chiara betraf, so schien sie ihm rettungslos verfallen zu sein.

«Er ist der Beste!», behauptete sie und zog ihr Kleid zurecht. «Wartet ab, bis ihr seine Stimme hört, sie wird euch regelrecht verzaubern!»

«Wir können es kaum erwarten», versicherte Lucia lächelnd, die sich ehrlich für ihre Freundin freute, während Paolo mehr an praktischen Dingen interessiert war.

«‹Caruso› ist nicht sein richtiger Name, nehme ich an», sagte Paolo.

«Sie nehmen falsch an», antwortete eine heisere Stimme hinter ihm, und ein vielleicht siebzigjähriger Mann trat zu ihnen. Sein kurz geschnittenes Kraushaar und der gepflegte Kinnbart waren schlohweiß, der nachtblaue Anzug mit dem weißen Einstecktuch war schon ein wenig in die Jahre gekommen und glänzte an den Schultern. «Gestatten Sie, dass ich mich vorstelle: Carlo Benini.»

«Signor Benini ist Lysandros erster Gesangslehrer hier in Rimini gewesen», fügte Chiara erklärend hinzu. «Er war derjenige, der sein Talent schon ganz früh entdeckt und gefördert hat.»

«In aller Bescheidenheit», schränkte Benini lächelnd ein. «Inzwischen ist Lysandro Caruso längst über mich hinausgewachsen.»

«Dann sind Sie als Lehrer erfolgreich gewesen», folgerte Paolo und überließ es Lucia, sich und ihn vorzustellen.

«*Piacere*», versicherte Benini und kam dann gleich wieder auf sein offenkundiges Lieblingsthema zu sprechen. «Lysandro ist wirklich ein außergewöhnlicher Tenor – nicht nur ich sage das, sondern auch viele Kritiker. Was seinen ehrwürdigen Nachnamen betrifft, so weiß zwar niemand so genau, ob tatsächlich das Blut des großen Enrico in seinen Adern fließt, aber Rimini darf stolz sein auf diesen Sohn der Stadt, der ohne Zweifel eine große Karriere vor sich hat!»

«Und er ist so herzensgut», ergänzte Chiara, «ganz besonders zu Kindern, deshalb veranstaltet er dieses Konzert. Er will übrigens auch selbst welche haben», fügte sie mehr an Lucia gewandt hinzu, aber auch Paolo und Signor Benini konnten es hören.

«Wie lange seid ihr denn schon zusammen?», fragte Paolo, um irgendetwas Unverfängliches zu sagen, obwohl er es ziemlich genau aus Lucias Erzählungen wusste.

«Sieben Wochen und zwei Tage!»

«Donnerwetter!», platzte Paolo heraus, ehe er sich selbst am Sprechen hindern konnte. Lucia versetzte ihm dafür einen Rippenstoß.

«Das ist ganz wunderbar», sagte sie dabei lächelnd in Chiaras Richtung. «Alle deine Träume werden endlich wahr.»

«*Sì*», bestätigte Chiara versonnen und strich sich eine Strähne ihres blonden Haars aus dem Gesicht. «Als Lysandro und ich uns trafen, war es Liebe auf den ersten Blick. Er hat ein kleines Haus am Strand, da sind wir in der ersten Woche gar nicht mehr herausgekommen. Er hat einen wunderbar großen ...»

«... Geländewagen», fühlte Paolo sich vorsichtshalber genötigt zu ergänzen. Vom Tablett eines Kellners angelte er zwei Gläser Prosecco und reichte sie den Damen in der Hoffnung, Chiaras Erzählfreude damit zumindest vorübergehend Einhalt zu gebieten. Auch sich selbst genehmigte er ein Gläschen und reichte Signor Benini ein weiteres.

«Auf Chiara und Lysandro!», sagte Lucia, und sie hoben die Gläser und tranken, und für einen kurzen Moment herrschte, von den sie umgebenden Stimmen einmal abgesehen, wohltuende Ruhe.

Allerdings nicht für lange ...

«Lysandro ist so ein wunderbarer Mensch», fuhr Chiara erbarmungslos fort, kaum dass sie ihr Glas geleert hatte. «Ich kann es kaum erwarten, ihn euch nachher beim Essen vorzustellen!»

Paolo verschluckte sich fast am Schaumwein. Er wünsche sich inständig, etwas falsch verstanden zu haben, was bei seinen Italienischkenntnissen durchaus vorkam. Aber ausgerechnet dieses Mal leisteten sie ihm zuverlässige Dienste ...

«Im Anschluss an das Konzert gehen wir alle zusammen essen, ja?», quasselte Chiara weiter, und es klang nicht wie eine Frage. «Signor Benini hat einen Tisch im *Zio* reserviert.»

«Zu schade», meinte Paolo und gab sich Mühe, dabei bekümmert auszusehen, «das werden wir leider nicht schaffen. Nicht wahr, Lucia?»

«Warum nicht?» Lucia sah ihn über den Rand ihres Glases hinweg an, wobei es in ihren Augen herausfordernd funkelte. «Haben Sie heute noch etwas vor?»

«Äh ... nein», musste Paolo zugeben. «Aber das Hotel, die Renovierung, die Besprechung morgen früh ...»

«Bitte erweisen Sie uns die Ehre», sagte Benini und legte ihm jovial eine Hand auf die Schulter. «Chiaras Freunde sind auch Lysandros und meine Freunde!»

«Aber ich ...», unternahm Paolo noch einen letzten, verzweifelt wirkenden Versuch, sich der Einladung zu entziehen. So ein Konzert war an sich schon eine Zumutung – anschließend noch mit mehr oder weniger fremden Menschen in einem Restaurant um einen Tisch zu sitzen und Höflichkeiten auszutauschen, war einfach zu viel ...

«Ich bestehe darauf», stellte Carusos alter Mentor klar, und sein Blick machte deutlich, dass er eine weitere Ablehnung als Ehrverletzung ansehen würde. Und selbst Paolo wusste inzwischen, dass es keine gute Idee war, dies einem Italiener anzutun. Von dem Blick, mit dem Lucia ihn schon seit einer Weile bedachte, ganz zu schweigen …

«Also schön», meinte er und rang sich ein gequältes Lächeln ab. «Vielleicht, auf einen kleinen Happen …»

«So ist es gut.» Benini lachte krächzend und klopfte ihm freundschaftlich auf die Schulter, und im nächsten Moment erklang auch schon das Signal, das die Gäste aufforderte, sich ins Innere des Theaters zu begeben.

Sofort formierten sich Schlangen, die durch die fünf geöffneten Pforten ins geräumige, von Säulen getragene Foyer drängten. Von Lucia hatte Paolo erfahren, dass das Theater, das nach dem Komponisten Amintore Galli benannt war, bei einem Bombenangriff im Jahr 1943 komplett zerstört worden war. Erst in den 1970er-Jahren hatte man mit dem Wiederaufbau und der Restaurierung begonnen, die abschnittweise erfolgt und erst im vergangenen Jahr endgültig abgeschlossen worden war. Mit einer Aufführung von Verdis «Simon Boccanegra» hatte das neue Teatro Galli nach beinahe fünfzig Jahren seinen Betrieb wieder aufgenommen, und soweit Paolo es beurteilen konnte, hatte sich der Aufwand wirklich gelohnt.

Der Theatersaal war im klassisch halbrunden Stil gehalten, mit übereinander angeordneten Logen, die in vier Stockwerken über dem Parkett thronten. Kunstvolle Ornamente aus Stuck, mit rotem Samt bezogene Zuschauersitze sowie von goldenen Greifen gehaltene Lampen beschworen den Glanz der großen Opernhäuser herauf – Paolo kam nicht umhin, beeindruckt zu sein. Die Sitzplätze, die man ihnen anwies, befanden sich in der vordersten Reihe des Parketts, unmittelbar vor dem Orchestergraben, sodass sie freie Sicht auf die Bühne hatten.

Lucia und Chiara nahmen nebeneinander Platz, wie es sich

für beste Freundinnen gehörte, dann kam Signor Benini, zuletzt Paolo. Der Platz neben ihm war leer, und damit es auch so blieb, legte er kurzerhand seinen Borsalino darauf. Viel half das allerdings nicht. Denn noch während die Zuschauer in den Saal drängten und das Orchester im Graben die Instrumente stimmte, kam ein breitschultriger, hünenhaft anmutender Mann und ließ sich neben Paolo auf den Sitz fallen.

Und den Borsalino.

Paolo wollte wütend protestieren, als ihm jäh bewusst wurde, dass er den Hünen kannte. Der Mann war braun gebrannt, hatte blondes Haar und einen Vollbart, der ihm ein verwegenes Aussehen verlieh. Und anders als die übrigen Gäste trug er kurze Turnhosen, ein Ringershirt und ausgelatschte Turnschuhe und roch penetrant nach Schweiß.

Felix, dämmerte es Paolo.

Genau so, wie er ihn in Erinnerung hatte, einschließlich des strengen Geruchs …

«'ne Weile nicht gesehen, Bruderherz», begann der Besucher, während er die langen Beine bequem übereinanderschlug, so als wäre er gekommen, um zu bleiben.

«Dazu bestand auch kein Anlass», erwiderte Paolo schnaubend, wenn auch nur in seinen Gedanken. «Ich dachte, wir hätten uns verabschiedet.»

Aus seinen blauen Augen sandte Felix ihm einen Seitenblick. «Das habe ich auch gedacht, Kleiner. Aber so ist das Leben, nicht wahr? Unverhofft kommt oft. Offenbar brauchst du mich.»

«Ich?» Paolo hob die Brauen. «Wieso sollte ich dich brauchen?»

«Wie geht die Renovierung voran?», fragte Felix. «Wie geht es meinem Hotel?»

«Deinem Hotel? Soweit ich weiß, hast du es mir hinterlassen.»

«Zugegeben. Aber so ganz trennt sich ein Mann nie von seinem Grund und Boden. Und was ist mit Lucia?»

Paolo, der schon etwas Gepfeffertes hatte erwidern wollen, hielt resignierend inne. Es hatte keinen Sinn, sich dagegen zu wehren. Dies war seine Superkraft. Sein Segen, seine Gabe, sein Fluch. Ganz gleich, wie er es nannte, ob er dagegen ankämpfte oder sich damit arrangierte, sein hyperthymestisches Gedächtnis war sein ständiger Begleiter. Eine seltene Nischenbegabung, die dafür sorgte, dass er nichts vergaß. Im Gegenteil, von einem bestimmten Tag an – dem 11. August 1982, um genau zu sein – erinnerte er sich an alles, was er in seinem Leben gesehen, gerochen, gehört oder gesagt hatte, auch an die kleinste Kleinigkeit.

Zwar hatte ihn diese Fähigkeit zu einem der erfolgreichsten Fall-Analytiker gemacht, die je beim LKA München gearbeitet hatten, und ihm zudem geholfen, die dramatischen Vorkommnisse in Parma vor einem halben Jahr zu klären; aber sie hatte auch Schattenseiten, denn sie unterschied nicht zwischen guten und schlechten Erinnerungen. Die einen waren für Paolo so gegenwärtig wie die anderen, und alle spukten so lebendig in seinem Kopf herum, dass er bisweilen die Kontrolle über sie verlor. Dann pflegten sie seinem Unterbewusstsein fröhlich zu entsteigen und ihn spontan zu besuchen. So wie dieses Abbild von Felix, das im Augenblick neben ihm saß, so farbig und dreidimensional, als wäre sein verstorbener Bruder tatsächlich da.

Paolo warf einen Seitenblick zu Lucia, die nichts gemerkt hatte und sich weiter angeregt mit Chiara unterhielt. Er hatte zwar gelernt, seine Zwiegespräche mit der Vergangenheit zumindest einigermaßen zu verbergen, doch ihm war klar, dass er auf aufmerksame Beobachter bisweilen noch immer einen recht spleenigen Eindruck machte. Und er wollte Lucia nicht in Verlegenheit bringen …

«Was soll mit Lucia sein?», fragte Paolo ein wenig genervt dagegen, ohne den Mund zu öffnen. «Es ist alles in Ordnung.»

«So wie bei Julia.» Felix hatte jetzt plötzlich einen Beutel mit gerösteten Pistazien in der Hand, die er geräuschvoll futterte.

«Lass Julia aus dem Spiel, sie hat nichts damit zu tun», knurrte Paolo. «Lucia und ich sind schließlich nicht zusammen. Wir sind lediglich Geschäftspartner, genau wie ihr es damals gewesen seid.»

«Verstehe», sagte Felix und erwiderte sonst nichts darauf. Stattdessen stopfte er sich nur ein paar weitere Pistazienkerne in den Mund und spuckte anschließend die Schalen aus, wie er es früher immer getan hatte. Und auch da hatte es Paolo schon genervt.

«Mal einen Blick ins Konzertprogramm geworfen?», fragte er knuspernd, auf den Flyer deutend, den Paolo im Foyer mitgenommen hatte.

«Natürlich», erwiderte Paolo zähneknirschend, «sonst wüsstest du ja nichts davon.»

«Sie spielen auch was aus ‹Turandot›.»

«Ich hab's gelesen.»

«Das war Mutters Lieblingsoper.»

«Ich weiß.» Paolo nickte. Er mochte es nicht, wenn Felix auf diese Dinge zu sprechen kam, denn das weckte nur weitere Erinnerungen … schmerzliche Erinnerungen an den Unfalltod ihrer Eltern bei einem Flugzeugabsturz.

«War es das, was du mir zu sagen hast?», fragte er deshalb

energisch. Die Musiker hatten das Stimmen der Instrumente beendet, das Konzert würde jeden Moment beginnen.

Felix sah ihn an, das Blau seiner Augen leuchtete durch das Dämmerlicht im sich langsam verdunkelnden Theatersaal. «Mach nicht denselben Fehler wie ich.»

«Keine Sorge», schnarrte Paolo. «Ich meide das Sonnenlicht, wo ich nur kann.»

«Das meine ich nicht, du Trottel. Der Straßenmaler hatte recht, Lucia sieht heute wunderschön aus in ihrem Kleid und mit dem hochgesteckten Haar.»

«Und?»

«Warum hast du ihr das nicht gesagt?»

«Warum hätte ich das tun sollen?», fragte Paolo dagegen. «Wir sind Geschäftspartner, schon vergessen?»

«Ich kann nichts vergessen», konterte sein Bruder. «Was du weißt, weiß ich auch – und umgekehrt.»

«Danke, dass du mich daran erinnerst.» Bisweilen war es selbst für ihn ein wenig verwirrend.

«Du bist ein Holzkopf», beschied sein Bruder ihm und gab ihm eine Kopfnuss – dass Paolo den Schmerz tatsächlich spüren konnte, lag an den vielen Kopfnüssen, die sein großer Bruder ihm im Lauf der gemeinsamen Kindheit verpasst hatte. Im nächsten Moment war Felix' eindrucksvolle Gestalt verschwunden, so plötzlich, wie sie aufgetaucht war. Zurück blieb nur der Borsalino, der auf dem Sitz lag und – natürlich – unversehrt geblieben war.

In diesem Moment öffnete sich der gewaltige dunkelrote Vorhang. Von einem hellen Spot beleuchtet und umtost vom Applaus der Menge betrat ein junger Mann die Bühne.

Das war er also, der Mann, den Paolo schon auf dem Plakat gesehen hatte. Der bereits in jungen Jahren seinen Lehrer Signor Benini übertroffen hatte. Chiaras Traummann. Lysandro Carusos schwarz gelocktes Haar glitzerte im Scheinwerferlicht. Sein schwarzer Smoking war ihm auf den sportlichen Leib geschneidert, die große, ansonsten leere Bühne schien ganz allein ihm zu gehören.

Doch dieser optische Eindruck war nichts im Vergleich zu dem, was geschah, als der Applaus sich legte und es still wurde im Saal – und Lysandro Caruso zu singen begann.

KAPITEL 4

Die Trattoria *Dallo Zio* war eines der traditionsreichsten Lokale der Stadt und dabei nur wenige Gehminuten von der Piazza Cavour und dem Theater entfernt.

Allerdings bekam Paolo kaum etwas mit von dem kurzen Spaziergang, den Benini, Lucia und er bei lauer Nachtluft unternahmen, bis sie das dunkelrot gestrichene, aus dem vorletzten Jahrhundert stammende Gebäude erreichten. Er registrierte nicht wirklich, wie der Wirt Giuliano sie in dem wunderbar altmodischen Gastraum begrüßte, noch wie er sie zu dem mit weißem Tuch und Stoffservietten eingedeckten Tisch führte. Zu frisch, zu lebendig und vor allem zu emotional waren die Erinnerungen an das Konzert.

Vom ersten Ton an hatte Lysandro Carusos Gesang ihn in Bann geschlagen: Seine Stimme, seine Phrasierung, die ganz eigene Art, wie er die Worte sang und ihnen Gewicht und Gefühl verlieh ... Paolo war kein Experte in Sachen Stimmbildung, aber auch ihm war klar, dass dies mehr als außergewöhnlich war. Zumal Caruso, wie Paolo aus dem Flyer erfahren hatte, erst achtundzwanzig Lenze zählte. Man musste kein Fachmann sein, um ihm eine große, herausragende Karriere zu prophezeien.

Das Programm war so gewesen, wie man es für ein Benefizkonzert erwarten konnte – ein «Best of» der beliebtesten Arien, eine gefällige Mischung aus Bellini, Verdi und Puccini, sogar an Bizet und Mozart hatte Lysandro sich mit Bravour versucht und auch die französischen und deutschsprachigen Libretti mehr als respektabel gemeistert. Und schließlich, zum Abschluss des Konzerts, das unvermeidliche «Nessun Dorma».

Von dem Augenblick an, da er den Titel im Programmheft gelesen hatte, hatte sich Paolo vor dem Moment gefürchtet, wenn die ersten Takte erklangen. Nicht von ungefähr hatte Felix ihn davor gewarnt.

Die Arie aus dem dritten Akt von «Turandot» war das Lieblingsstück ihrer Mutter gewesen, bevorzugt in Pavarottis berühmter Interpretation. Die Platte war bei ihnen zu Hause rauf und runter gelaufen, bis sie irgendwann vor Knistern und Knacken nur noch nach Lagerfeuer geklungen und ihr Vater sich erbarmt und ihrer Mutter zum Weihnachtsfest 1985 einen CD-Player geschenkt hatte, zusammen mit einer Aufnahme von «Turandot». So grandios die Oper auch sein mochte, Paolo hatte sie so oft gehört, dass er sie irgendwann gründlich sattgehabt hatte. Vor allem aber weckte sie Erinnerungen, die schmerzvoll waren, entsprechend hatte er sich innerlich gewappnet. Was dann jedoch geschehen war, hatte ihn nicht nur überrascht, sondern geradezu überfahren.

Lysandro Caruso hatte die Arie auf eine so andere, neuartige Weise intoniert, dass es Paolo vorgekommen war, als hörte er sie zum allerersten Mal. Mit beinahe unwirklich voller Stimme hatte Lysandro von jener Nacht gesungen, in der niemand schlief, weil Prinzessin Turandot es so befohlen hatte, und von der Hoffnung des Prinzen Calaf, dass bis zum Anbruch des neuen Tages niemand sein Rätsel lösen und er siegreich bleiben werde, aller Dunkelheit zum Trotz.

Lysandros Interpretation mochte plump und plakativ sein, vermutlich sogar kitschig, aber sie traf Paolo mit voller Wucht.

Und nicht etwa deshalb, weil sie ihn an seine Mutter erinnerte, sondern weil er zum ersten Mal in seinem Leben das fühlte, was auch sie dabei empfunden haben musste. Als Lysandro auf der Bühne zum letzten «Vincerò!» ansetzte und das Orchester zum großen Crescendo anschwoll, hatte er tatsächlich Tränen in den Augen – und beeilte sich, sie fortzuwischen, bevor das Licht im Zuschauerraum wieder anging.

Der Applaus war stürmisch ausgefallen, mehrmals hatte sich der Vorhang gesenkt und gehoben, ehe sich der neue Startenor zu einer Zugabe hatte hinreißen lassen: «O Sole Mio» in einer Version, die jener seines großen Namensvetters mindestens ebenbürtig war. So jedenfalls war es Paolo vorgekommen.

«Und?», erkundigte sich Benini, der neben ihm am Tisch Platz genommen hatte, und riss ihn aus seinen Gedanken. «Habe ich Ihnen zu viel versprochen?»

Paolo brauchte einen Moment, um aus seiner Erinnerung wieder ins Hier und Jetzt zu finden. «Nein», gestand er dann, «Sie hatten recht. Lysandro ist wirklich ein herausragendes Talent. Wäre ich ein Opernkritiker, würde ich ihm bescheinigen, dass er eine große Karriere vor sich hat.»

«Venezia. Roma. Milano.» Benini nickte und strich sich über den weißen Bart, wobei seine faltigen Gesichtszüge einen wehmütigen Ausdruck annahmen. «Rimini ist ein guter Anfang. Aber wenn er weiter an sich arbeitet, kann er es bis ganz nach oben schaffen.»

«Soll das heißen, dass es eine gute Idee war, heute Abend hierherzukommen?», erkundigte sich Lucia, die Paolo auf der anderen Seite des Tisches gegenübersaß und ihm einen schelmischen Blick zuwarf. «Dass Sie sich womöglich sogar amüsiert haben?»

Sie hatte sicherheitshalber auf Deutsch gefragt, aber er antwortete auf Italienisch. «*Un po'*», gab er zu und deutete mit Daumen und Zeigefinger eine klitzekleine Menge an. «Werden Chiara und Lysandro bald nachkommen?», fragte er dann. «Nicht, dass ich plötzlich ein Fan geworden wäre. Aber natürlich würde ich ihn gerne kennenlernen und mich ein wenig mit ihm unterhalten.»

«Verstehe.» Lucia lächelte. «Chiara wollte Lysandro nur rasch in seiner Garderobe abholen und dann gleich mit ihm nachkommen. Außerdem erwähnte sie, sie würden noch jemanden zum Essen mitbringen.»

«Wissen Sie, um wen es sich dabei handelt?», fragte Benini wissbegierig. «Es hieß nur, ich solle einen Tisch für sechs Personen reservieren.»

«Bedaure, das hat sie mir nicht verraten, selbst beste Freundinnen erzählen sich nicht alles», erwiderte Lucia achselzuckend. «Aber eines hat sie doch gesagt: Wenn uns die Zeit zu lang wird, sollen wir schon mal bestellen.»

Dagegen hatte niemand etwas einzuwenden, selbst Paolo, der eigentlich gar nicht mehr ins Restaurant hatte gehen wollen, musste zugeben, dass ihm der Magen bis zu den Knien hing.

Von der Karte, die mit klangvollen Spezialitäten aus der Romagna aufwartete, bestellte er als ersten Gang eine ihm unbekannte Pasta mit dem unaussprechlichen Namen *Patacotc*, die nur aus Weizenmehl und Wasser zubereitet wurde und deren Rezept dem Kellner zufolge aus der Not des Zweiten Weltkriegs geboren war. Von Mangel konnte jetzt freilich keine Rede mehr sein, im *Zio* wurden die Patacotc mit Meeresfrüchte-Ragout und Zucchiniblüten serviert sowie mit einem fruchtigen Trebbiano.

Nach dem ersten Gang – Benini hatte sich für einen Teller mit Meeresfrüchten entschieden, Lucia für die *tagliatelle al ragù*, weil sie die werte Konkurrenz austesten wollte – fehlte von Chiara und Lysandro noch immer jede Spur. Auch über Handy war Chiara nicht zu erreichen, offenbar hatte sie es abgeschaltet. Lucia schickte ihr eine Sprachnachricht, die allerdings ebenfalls unbeantwortet blieb. Und nachdem sie wiederum eine Weile gewartet hatten, gingen sie zum *secondo piatto* über. Paolos Wahl fiel erneut auf Fisch – er entschied sich für *tonno con spinaci*, der an einem roten Pesto aus getrockneten Tomaten serviert wurde und am Gaumen für eine wahre Geschmacksexplosion sorgte.

Alles zusammen – das wunderbare Konzert, das hervorragende Essen und der süffige Trebbiano – trug dazu bei, dass sich Paolo erstaunlich wohlfühlte. Anders als Lucia, die sich um ihre Freundin allmählich Sorgen zu machen schien. Ob er einfach nur mit ihr fühlte oder eine dunkle Vorahnung hatte, wusste Paolo im Nachhinein nicht zu sagen. Jedenfalls begann auch er schließlich, eine seltsame Unruhe zu spüren, und wollte gerade vorschlagen aufzubrechen – als die Vermissten endlich auftauchten. Und wie!

Die Tür des gemütlich eingerichteten Gastraumes flog förmlich auf, und Lysandro Caruso stand auf der Schwelle, eine Hand um Chiaras Hüfte geschlungen. Seinen Smoking hatte er gegen Jeans und ein verrückt gemustertes Hemd getauscht, das lose an seiner schlanken Gestalt hing, das wirre schwarze Haar war jetzt zum hippen Man Bun gezähmt. Dazu trug er, der späten Stunde zum Trotz, eine goldumrandete, verspiegelte Sonnenbrille, so als fürchtete er, erkannt zu werden. Was besonders absurd war, wenn man bedachte, dass er das auffälligste Outfit des ganzen Lokals trug. Am kleinen Finger seiner rechten Hand prangte ein goldener Ring.

«*Salve!*», rief er in den Gastraum und winkte flüchtig in die Runde, dann kam er an den Tisch, Chiara hinter sich herziehend, die albern kicherte. Im Nachgang des Konzerts war hinter der Bühne wohl Alkohol geflossen …

Signor Benini sprang auf. «Da seid ihr ja endlich! Wir haben schon angefangen, uns zu sorgen …»

«Nicht doch, Maestro, entspann dich, alles gut.» Lysandro ging um den Tisch herum, noch immer einen Arm um Chiara gelegt – es war nicht zu erkennen, ob es eine Geste der Zuneigung war oder der Besitznahme. Lässig ließ er sich auf einen der freien Stühle fallen. Dass er Chiara dabei fast von den Beinen riss, schien ihn nicht zu kümmern. Sie kicherte wieder, während sie sich von seinem Krakenarm befreite, und nahm neben ihm Platz. Ihre Wangen waren rot wie ein überreifer Apfel.

«Ich habe Lyschandro in der Garderobe beschucht, und wir haben zuschammen Proschecco getrunken», erklärte sie mit entschuldigendem Lächeln und schwerer Zunge.

Paolo lachte in sich hinein – da ihr Haar in Unordnung war und zudem von den fünf Knöpfen an der Seite ihres Kleides der mittlere fehlte und der Saum ausgerissen war, brauchte man kein Hellseher zu sein, um zu ahnen, dass Proseccotrinken nicht das Einzige war, was die beiden in der Garderobe getan hatten.

«Aber Lysandro! Du hast doch versprochen, dass du mit uns feiern willst», wandte Bellini ein. «Ich sollte eigens einen Tisch bestellen …»

«Keine Sorge, Maestro, das werden wir», versicherte Lysandro und rief den Kellner heran, so lautstark, dass die Gäste an den anderen Tischen herübersahen. Nicht weniger geräuschvoll bestellte er Franciacorta, das italienische Pendant zum

Champagner – einen 2011er Cuveé Anna Maria Clementi Rosé vom Gut Ca'del Bosco. Zweifellos das Teuerste, was die Karte zu bieten hatte.

«Und keine Sorge», lachte er und klopfte Paolo, den er bislang keines Blickes gewürdigt hatte, so heftig auf die Schulter, dass dieser zusammenzuckte. «Ihr seid natürlich eingeladen.»

«Das ist sehr großzügig von dir, aber du musst das nicht tun, lieber Junge», redete Benini ihm zu. «Wenn du erst an der Scala singst und ein gefeierter Star bist, kannst du gerne zurückkommen und uns alle einladen. Aber bis dahin …»

«Ein Star bin ich jetzt schon», stellte Caruso klar und nahm die Sonnenbrille ab, um seinem Mentor einen eindringlichen Blick zu schicken. Paolo wurde klar, warum er sie trug. Lysandros erweiterte Pupillen ließen darauf schließen, dass er reichlich Koks genommen hatte. Selbst die gedämpfte Beleuchtung im Gastraum musste eine Qual für ihn sein. «Nenne mir einen, der daran zweifelt, und ich werde ihn Turandots Henker vorführen!»

«Niemand zweifelt», beeilte sich Benini zu versichern und räusperte sich. «Du weißt, wie stolz ich auf dich bin, mein lieber Junge! Dein Konzert heute war ein einziger Triumph!»

«Das finde ich auch», versicherte Lucia. Einfühlsam, wie sie nun einmal war, spürte sie Lysandros unberechenbare Laune und wollte schlichten.

Lysandro sah sie an, als würde er sie jetzt erst bemerken. Auch auf Paolo fiel ein langer, prüfender Blick. Dann setzte er mit einem resignierenden Seufzen die Sonnenbrille wieder auf und wandte sich Chiara zu. «Wer, in aller Welt, sind die beiden?»

«Hab ich dir doch erzählt», flüsterte sie verschämt, während sich ihre Gesichtsfarbe der ihrer knallroten Wangen anpasste. «Meine Freundin Lucia und ihr Begleiter Paolo.»

«*Ma certo, il tedesco*», dämmerte es dem Startenor, und er grinste – um im nächsten Moment im Sitzen die Arme auszubreiten und der übrigen Restaurantgäste ungeachtet lauthals und mit heftigem italienischem Akzent loszuschmettern: «*Mit Gewitter und Sturm aus fernem Meer ... !*»

«Wagner.» Paolo lächelte gequält.

«Der große Wagner!», bekräftigte Lysandro.

«Paolo und Lucia haben in Schervia ein Hotel», fügte Chiara erklärend hinzu. «Sie schind nur gekommen, um dich su hören.»

«Und?», erkundigte sich Lysandro. «Wie hat es dir gefallen, Freund aus Deutschland?»

«Sehr gut», versicherte Paolo, wenn auch ein wenig widerstrebend. Er konnte kaum glauben, dass dieser Zampano dieselbe Person sein sollte wie jene, die zuvor auf der Bühne gestanden und deren Gesang ihn zu Tränen gerührt hatte. Für ihn, der sich so lebhaft an das Konzert erinnerte, als fände es noch immer statt, war das besonders ernüchternd. So wie wenn in alten Plattenspieler-Tagen jemand den Tonabnehmer von der Schallplatte gerissen und die Musik mit einem hässlichen Kratzen beendet hatte.

«Und dein Lieblingsstück? Sag es mir!»

«‹Nessun Dorma›», antwortete Lucia an Paolos Stelle.

«Tatsächlich.» Der Star war nicht überrascht. «Und warum?»

«Weil es Puccini ist», antwortete Lucia mit vor Begeisterung leuchtenden Augen. «Die schönste Arie, die je geschrieben wurde!»

«Ist das so?» Lysandro schnaubte geräuschvoll. «Aber ist sie nicht zur Popmusik verkommen, interpretiert von englischen Handyverkäufern und achtjährigen Kindern in Fernsehshows? Ist es nicht längst gleichgültig, wer sie singt, oder wo er sie singt, oder ob er überhaupt weiß, was er dort singt? Ist sie nicht für jeden mittelmäßigen Opernsänger einfach nur eine sichere Bank, um billigen Applaus zu bekommen?»

«Nei-nein», beeilte sich Lucia zu widersprechen. «So habe ich es nicht gemeint. Ich …»

«Was wolltest du dann sagen? Dass du nur eine Küchenschabe bist und keine Ahnung hast von Musik?»

«Was? Ich … nein», stammelte Lucia.

«Lysandro», mahnte Benini.

«Was denn, ich mach doch nur Spaß», versicherte der andere.

«Spaß ist es nur, wenn alle darüber lachen können», wandte Paolo ein.

«Und das kannst du nicht?»

«Nicht so richtig», gab Paolo zu. «Und ich denke, dass Sie sich bei Lucia entschuldigen sollten.»

«Nein», widersprach Lucia schnell und winkte ab. «Das ist nicht nötig, ich …»

«Unser deutscher Freund ist da offenbar anderer Ansicht», stellte Lysandro fest. «Was aber auch daran liegen könnte, dass er keinen Spaß versteht und alles besser weiß.»

«Liebling, bitte hör auf damit», sagte nun auch Chiara.

«Was denn?» Er sah sie vorwurfsvoll an. «Deine Lieblingsfreundin Lucia hat dir doch selbst erzählt, dass er ein Besserwisser ist, oder nicht?»

Paolo blieb der Mund offen stehen.

Den italienischen Ausdruck für ‹Besserwisser› – *so-tutto-*

io – hatte er bislang nicht gekannt. Aber man brauchte ihn nur Wort für Wort zu übersetzen, um ihn zu verstehen.

Paolos Blick ging zu Lucia, die ihm jedoch auswich und auf die Reste ihres gegrillten Rosmarin-Hähnchens starrte, das sie als zweiten Gang gehabt hatte.

«Gut zu wissen», meinte er nur.

In diesem Moment kam der Kellner mit dem Franciacorta – noch ehe er die sündhaft teure Flasche jedoch öffnen konnte, hatte Lysandro sie bereits vom Tablett geschnappt. Offenbar hatte es der Natur gefallen, ihn mit überragendem Talent auszustatten – und mit beklagenswertem Benehmen.

«Wir sind hier», verkündete er, wobei er die Flasche an ihrem kurzen Hals hielt und wie eine Keule schwenkte, «um zu feiern, also sollten wir das auch gefälligst tun! Es gibt nämlich etwas, das ich gerne bekanntgeben möchte!»

«Wirklich?» Lucia sah Chiara erwartungsvoll an – in ihrer romantischen Vorstellung konnte es sich nur um eine Art von Bekanntmachung handeln.

In diesem Moment ging die Tür des Lokals erneut auf, und ein Mann trat ein, der auf Paolo wirkte, als wäre er geradewegs einem Gangsterfilm entstiegen. Sein Alter war schwierig zu schätzen, vermutlich um die sechzig. Sein ebenso großer wie kräftiger Körper steckte in einem maßgeschneiderten Anzug, darüber trug er einen roten Schal um den praktisch nicht vorhandenen Hals. Der Kopf war kugelrund und so glänzend und kahl wie eine Glaskugel, die Augen klein und stechend. Seine Oberlippe zierte ein graues Menjou-Bärtchen, das aus der Zeit gefallen schien, aber umso besser zu seiner unwirklichen Erscheinung passte, die von einer goldenen Armbanduhr komplettiert wurde.

Paolos Befürchtungen bestätigten sich, als der Neuankömmling zielstrebig auf ihren Tisch zusteuerte. Der Mann war von einem Schwall süßlich-bitteren Zigarrengeruchs umgeben, der bewies, dass er bis eben noch vor der Tür geraucht hatte. Paolo erkannte den so charakteristischen wie kostspieligen Geruch kubanischer Cohibas.

«*Buonasera*», wünschte der Mann zur Begrüßung, seine Stimme war sonor und freundlich. «Komme ich zu spät?»

«Keine Spur», versicherte Lysandro. Mit der Flasche winkte er ihn heran. «Wir wollten gerade mit der Feier beginnen, Sie kommen also genau rechtzeitig.»

«Das freut mich.» Der Mann im Anzug trat näher, dabei lächelnd wie ein Gebrauchtwagenverkäufer.

«Chiara kennen Sie ja bereits», machte Lysandro sich daran, die am Tisch Sitzenden vorzustellen, wobei er auf jeden Einzelnen mit dem Flaschenhals zeigte. «Das hier sind Lucia, ihre beste Freundin, und Signor Paolo aus Deutschland …»

«Paolo Ritter», verbesserte Paolo und erhob sich kurz.

«Und dies», fuhr Lysandro fort, «ist Signor Benini, mein Entdecker und Mentor.»

«Es freut mich, Ihre Bekanntschaft zu machen», versicherte der Fremde mit verbindlichem Blick in Beninis Richtung. «Lysandro hat mir viel von Ihnen erzählt.»

«Die Freude ist ganz meinerseits», versicherte Benini, wobei sein Blick etwas verunsichert zwischen dem Anzugträger und seinem einstigen Schützling hin und her pendelte. «Und Sie sind …»

«Ich ging davon aus, Sie hätten mich erkannt», entgegnete der andere. Er griff in die Innentasche seines Jacketts und beförderte eine Visitenkarte zutage, die er vor Benini auf den Tisch legte. Sie war cremeweiß mit goldenen Lettern. «Enzo Falcone, Musikproduzent aus Rom», erklärte er feierlich dazu.

«Musikproduzent?» Beninis Stimme klang wie ein Echo.

«Ja», stimmte Lysandro zu, «das ist die Überraschung, von der ich gesprochen habe, der Anlass, den wir heute feiern wollen – ich habe vor dem Konzert einen Vertrag unterschrieben.»

«Einen Vertrag», echote Benini erneut. «Und worüber?»

«Über eine Million Euro», antwortete Falcone an Lysandros Stelle. «So viel ist uns Ihr Schützling auf Anhieb wert, mein lieber Freund!»

«Auf Anhieb?» Benini schüttelte den Kopf. «Aber Lysandro hat doch noch kaum Bühnenerfahrung gesammelt! Ich meine, hier in Rimini ist er ein großer Star, aber …»

«Er hat jede Menge Talent», fiel der andere ihm ins Wort und klopfte Lysandro dabei ermunternd auf die schmale Schulter. «Und das zählt in meiner Branche nun mal mehr als alles andere.»

«In Ihrer Branche? Was bedeutet das?», verlangte Benini zu wissen. «Lysandro ist ausgebildeter Operntenor …»

«Ich weiß, und das muss kein Nachteil sein», beteuerte Falcone kopfschüttelnd, «auch wenn er all das ‹Oooh› und ‹Aaah›», er gestikulierte wie eine Diva, «bei mir kaum brauchen wird. Dafür werde ich ihn mit einigen der größten Talente zusammenbringen, die gegenwärtig auf dem italienischen Musikmarkt anzutreffen sind. Erst vergangenen Monat habe ich einen jungen Kerl unter Vertrag genommen, der sich ‹DJ Nik› nennt und in Lysandros Alter ist. Ich kann es kaum erwarten, die beiden zusammenzubringen. Ich bin überzeugt, sie werden den Sommerhit der nächsten Saison schreiben!»

«Popmusik», dämmerte es Benini nun endlich. «Aber gerade vorhin hat Lysandro noch …»

«Ganz recht, mein Freund, in der Popmusik liegt das große

Geld. Die Oper in allen Ehren – aber wir alten Hasen wissen auch, wie schwer es ist, ganz nach oben zu kommen.»

«Lysandro ist besser als die meisten anderen», war Benini überzeugt, «er kann es schaffen.»

«Vielleicht – oder mit einem mickrigen Vertrag in der Tasche enden, der ihn eine Saison lang beschäftigt und ihn dann wieder auf die Straße schickt. Bei mir braucht er nicht lange nach Engagements zu suchen, er steht fest unter Vertrag, und zwar mit allem, was dazugehört: Aufnahmen im Studio, professionelle Pressearbeit, Touren durch die wichtigsten Clubs, die schönsten Frauen der Welt …»

Chiara sah erbost zu Lysandro, und Falcone fuhr schnell fort: «Die Million ist gut investiert, glauben Sie mir.»

«Ich verstehe», sagte Benini nur.

«Nun schauen Sie nicht so traurig, Maestro», rief Lysandro in das Schweigen, das am Tisch eintrat. «Sie sollten sich für mich freuen!»

«Das tue ich», versicherte sein alter Gesangslehrer und lächelte, wenn auch ein wenig zaghaft. «Aber vor wenigen Augenblicken hast du dich noch über Popmusik erhoben. Und ich habe nur immer geglaubt, du liebst die Oper …»

«Das tue ich auch, und ich danke Ihnen für alles, was Sie für mich getan haben», entgegnete sein Schützling ungewohnt höflich, was bewies, dass sein Rausch offenbar etwas nachließ. «Aber das hier ist meine wahre Berufung, und Sie haben mich immer beschworen, dass ich meiner inneren Stimme folgen solle.»

«Das ist wahr.» Benini nickte.

«Dann stoßen wir darauf an!», schlug Falcone vor – sein neuer Popstar ließ sich nicht lange bitten. Kurzerhand zog Lysandro die Kappe vom Flaschenhals und löste den Draht. Und da er den Franciacorta zuvor eifrig geschüttelt hatte, ließ sich der Korken auch nicht lange bitten.

Mit einem markigen Knall schoss er aus dem Hals, flog quer über den Tisch und traf Paolo – gefolgt von einem ganzen Schwall rosaroten Weinschaums, der sich über das Revers seines hellen Anzugs ergoss.

«*O merda!*», rief Lysandro. Chiara kicherte wieder.

«Das bringt Glück», war Signor Falcone überzeugt. «Geben Sie den Anzug in die Reinigung, mein Freund, die Rechnung übernehme ich natürlich ...»

Paolo erwiderte nichts darauf, er hatte bereits nach seiner Stoffserviette gegriffen, um den Schaden zu beheben. Allerdings zeichnete sich schon ab, dass ein großer, rosafarbener Fleck zurückbleiben würde.

«Auf Lysandro und eine große Zukunft!», gab Falcone den Trinkspruch aus, nachdem alle etwas im Glas hatten, der Star selbst trank aus der Flasche.

«Auf Lysandro», bestätigte Benini.

«*Salute!*», rief Chiara.

Und dann tranken sie – alle bis auf Lucia, die nur ein wenig nippte, weil sie noch fahren musste, und Paolo, der dankend verzichtete. Lysandro setzte die Flasche dafür erst wieder ab, als sie wirklich leer war.

«Und jetzt», kündigte er an, «ziehen wir um die Häuser! Wer von euch kommt mit, die Nacht ist noch jung?»

«Das mag zwar stimmen, mein Junge», wehrte Signor Benini ab, «aber ich bin dafür alt – jedenfalls zu alt, um noch in Nachtklubs zu gehen.»

«Meine wilden Jahre sind ebenfalls vorüber – aber ich kann allen hier versichern, dass ich sie in vollen Zügen genossen habe», erwiderte Falcone mit anzüglichem Grinsen. «Heute

Abend ziehe ich die Ruhe meiner Jacht vor, auf die ich mich nun begeben werde.»

«Lucia? Paolo?», fragte Chiara. «Was ist mit euch?»

«Nein danke», erwiderte Paolo, ohne seine Begleiterin auch nur nach ihrer Meinung zu fragen. «Der besserwisserische Deutsche ist müde und muss nach Hause. Er muss morgen früh aufstehen, schließlich baut er gerade ein Hotel um.»

Erst jetzt sandte er Lucia einen Blick.

Und diesmal lächelte sie nicht.

KAPITEL 5

Während der gesamten Fahrt zurück nach Cervia hatte Paolo kein Wort gesprochen. Nach all den Eindrücken des Abends – dem Spaziergang mit Lucia, dem trotz allem großartigen Konzert, dem hervorragenden Essen, der verwirrenden Begegnung mit Lysandro Caruso und nicht zuletzt der unerwarteten Enthüllung, dass Lucia allen erzählte, dass sie ihn für einen Besserwisser hielt, waren die Stimmen in seinem Kopf zu laut gewesen, als dass er sich darüber hinaus noch hätte unterhalten wollen.

Das war nicht weiter ungewöhnlich; zwar hatte Paolo im Lauf der Jahre gelernt, damit umzugehen und seine mitunter recht wirr durcheinanderschießenden Gedanken zu ordnen, doch benötigte er dafür etwas Ruhe und Zeit, und die hatte er sich genommen. Mit einem knappen «*Buona notte*» hatte er sich von Lucia verabschiedet und sich dann in sein Zimmer im untersten Stockwerk des *Cavaliere* zurückgezogen, das zusammen mit dem Ristorante, Lucias Zimmer sowie einem gemeinsamen Bad die einzigen derzeit nutzbaren Räumlichkeiten darstellte.

Als am frühen Montagmorgen der Wecker klingelte, ahnte Paolo noch nichts von den Überraschungen, die dieser Tag bereithalten würde. Er zog die Joggingschuhe an, die er sich auf Lucias Anraten auf dem wöchentlichen *mercato* von Cervia gekauft hatte, und unternahm einen Spaziergang, der ihn an der Uferpromenade entlang bis zum Clubhotel Dante und wieder zurück führte. Um diese Tageszeit mochte er Cervia besonders. Er liebte die angenehm milde Luft, die nach Salz und allmählich verblühendem Oleander roch. Und mitunter auch nach den Mülltonnen, die am frühen Morgen geleert wurden. Doch zu seiner eigenen Überraschung störte sich Paolo weder am strengen Geruch noch an dem infernalischen Lärm, den die Müllfahrzeuge machten; wenn der Strand noch verlassen lag und die Sonne über dem Meer heraufzog und seine Oberfläche glitzern ließ, dann konnte er zumindest erahnen, was seine Eltern und Felix an diesem Ort so geliebt hatten. Und das wiederum gab ihm das Gefühl, selbst am richtigen Platz zu sein.

In einer Bäckerei vorn an der Promenade besorgte er *cornetti con crema*, von denen er wusste, dass Lucia sie gerne aß. Als er ins Hotel zurückkehrte, stand sie bereits hinter dem Tresen der kleinen Bar und bereitete frischen Cappuccino zu, dessen Aroma zusammen mit dem Duft der vanillegefüllten Backwaren eine schier unwiderstehliche Mischung ergab.

Paolo verzichtete auf eine Begrüßung. «Hungrig?», fragte er nur und schob ihr einen Teller mit einem Hörnchen hin.

«Durstig?», fragte sie dagegen und schob ihm eine Tasse Cappuccino hin.

Er lächelte dankbar und versenkte einen Löffel Zucker darin, dann nahm er einen Schluck – der *cappuccino* schmeckte ausgezeichnet, Lucia war nicht nur eine hervorragende Köchin, sondern konnte auch jederzeit und überall als *barista* anfangen. Sie wiederum brach sich ein Stückchen von dem Cornetto ab und schob es sich in den Mund. Ihre Miene hellte sich daraufhin merklich auf.

«Es tut mir leid», sagte sie leise.

«Besserwisser?», fragte er nur.

«Manchmal ... ein wenig.»

Er seufzte. «Ich weiß.»

«Dann ... sind Sie nicht böse?»

«Nein.» Er schüttelte den Kopf. «Obwohl ich den gestrigen Abend lieber aus meinem Gedächtnis streichen würde. Dieser Lysandro ist ein ...»

«... *stronzo*», ergänzte sie auf Italienisch in ihrer unverblümt direkten Art.

«... maßloser Egoist», fuhr Paolo neutraler fort. «Ich fürchte, dass auch diese Beziehung für die gute Chiara nicht glücklich enden wird.»

«Nein, wahrscheinlich nicht», gab Lucia zu.

«Sind Sie trotzdem bei der Besprechung mit dabei? Ich meine, ehe Chiara tränenüberströmt anruft, weil wieder mal alles aus ist?»

«*Certo*, versprochen.» Sie nickte, und da war es wieder, das herzliche, freundliche Lächeln, das niemand so gut konnte wie sie. Und einmal mehr war Paolo, der komplizierte, einfach nur dankbar dafür, dass die Dinge mit ihr so einfach waren.

Punkt acht Uhr – dass italienische Handwerker nichts von Pünktlichkeit verstanden, war ein Vorurteil, das Paolo nicht bestätigen konnte – kam Signor Fernandi, der Geometer, und wie angekündigt hatte er seinen Lieblingsschwager, den Installateur, dabei. Dass die Dinge auf der Baustelle nicht wie in Deutschland geregelt wurden; dass es keine langwierigen Ausschreibungen gab und oft noch nicht einmal Kostenvoranschläge; dass man lieber mündliche Absprachen traf und Aufträge gerne an jene vergab, die man kannte, hatte Paolo erst lernen müssen. Nach anfänglichem Widerstreben hatte er aber erkannt, dass darin auch eine gewisse Sicherheit lag, denn wer immer empfohlen wurde, stand persönlich für die Qualität seiner Arbeit ein. Es war eine *questione d'onore*, eine

Frage der Ehre, der hier im Süden noch größere Bedeutung eingeräumt wurde als im kühlen Norden.

Der Name des Lieblingsschwagers war Eros Manfredi, was Paolo ziemlich passend fand. Denn auch wenn dieser Eros um die fünfzig Lenze alt sein mochte und ein ausgeprägtes Bäuchlein vor sich hertrug, wenn sein Haupthaar auch bereits etwas schütter und sein Schnauzbart angegraut war, schien er sich doch als die Inkarnation des Liebesgottes selbst zu empfinden. Und genau so trat er Lucia gegenüber.

«Keine Sorge, werte Dame», versicherte er ihr, nachdem Fernandi ihm Art und Umfang des Auftrags geschildert hatte, «das ist kein Problem für mich und meine Leute. Wir werden alles zu Ihrer größten Befriedigung erledigen.»

«Wie bitte?», fragte Paolo dazwischen, ehe ihm bewusst wurde, dass das italienische Wort *soddisfazione* auch schlicht nur «Zufriedenheit» bedeuten konnte.

Als würde er ihn jetzt erst bemerken, drehte sich Manfredi zu ihm um. Sein Gesichtsausdruck war derselbe, mit dem man Kaugummi an seiner Schuhsohle entdeckte.

«Entschuldigen Sie, Signor Manfredi», sagte Lucia, «aber eigentlich ist Signor Ritter der Inhaber des Hotels und damit auch der Bauherr.»

«Tatsächlich?» Ein wenig verlegen kratzte sich Manfredi am Hinterkopf, dabei bekam Paolo einen ganzen Schwall seiner Duftnote ab. Morgenschweiß, gepaart mit Eau de Cologne.

«Stellen Sie sich vor, es stimmt.» Paolo lächelte freudlos. «Und es ist mir wichtig, dass bei allen Maßnahmen die Kosten im Rahmen bleiben.»

«Selbstverständlich», versicherte Manfredi. «Aber Ihnen ist auch wichtig, dass sich die Gäste wohlfühlen, oder?»

«Natürlich.»

Der Installateur wandte sich von ihm ab und ließ seinen Blick durch das im ersten Stock gelegene Hotelbadezimmer schweifen, das sie für die Besprechung exemplarisch ausgewählt hatten. Wie in allen anderen hatte die Abbruchkolonne auch hier ganze Arbeit geleistet: Waschbecken, Duschen und Toiletten waren herausgerissen, die rosafarbenen Fliesen von Boden und Wänden gemeißelt worden. Nur die Vorhänge aus türkisfarbenem Chintz hatten die Arbeiter vor den glaslosen Fenstern belassen, so als ob sie einen letzten Rest von Wohnlichkeit hatten bewahren wollen. Oder vielleicht hatten sie auch nur den Schatten geschätzt, den die vor Staub und Schmutz starrenden Fetzen noch immer spendeten.

«Ich sehe schon alles vor mir!» Manfredi fuchtelte mit den Armen, als würde er ein unsichtbares Orchester dirigieren. «An den Waschbecken vergoldete Wasserhähne und in jedem Zimmer ein Whirlpool …»

«Grundgütiger», murmelte Paolo, «ich will ein Hotel eröffnen und kein Bordell!»

Er hatte es auf Deutsch gesagt, aber da sich die wichtigsten Wörter in beiden Sprachen ähnelten, verstand ihn der Handwerker auch so.

«*Non sto costruendo un bordello!*», stellte er energisch und auch ein wenig beleidigt klar, der Schnauzer auf seiner Oberlippe bebend.

«So hat Signor Ritter es auch nicht gemeint», versicherte Lucia mit einem strafenden Blick in Paolos Richtung. «Er wollte nur einen Scherz machen. Deutscher Humor, Sie wissen schon.»

«*Sì*», sagte Manfredi, als würde dies tatsächlich alles erklären. Oder vielleicht war es auch nur Lucias natürlicher Charme, der ihn besänftigte. Die Blicke, mit denen er sie bedachte, waren für Paolos Empfinden stets ein wenig länger, als es notwendig gewesen wäre. «Also keine Whirlpools», räumte er resignierend ein. «Wirklich schade. Aber was die vergoldeten Armaturen betrifft – ich habe da einen Cousin oben in Ligurien, der sie uns besonders günstig …»

Paolo unterdrückte ein Stöhnen. Sein verzweifelter Blick wanderte zu Lucia, deren Handy jedoch in diesem Moment klingelte.

«*Pronto*», ging sie ran, und da es wichtig zu sein schien, verließ sie das Badezimmer, und Paolo war mit dem übereifrigen *installatore* allein.

«Hören Sie», begann er, «was vorhin betrifft … ich wollte Sie und Ihre Arbeit nicht beleidigen. Es ist nur …»

«Kein Problem, ich verstehe schon.» Manfredi trat zu ihm und klopfte ihm auf die Schulter. Wieder Schweiß und Eau de Cologne. «Aber ich verspreche Ihnen, dass wir etwas ganz Besonderes aus Ihrem Hotel machen werden.»

«Das ist gut», stimmte Paolo zu, «und vor allen Dingen sollte es preislich vertretbar bleiben. Das Budget ist fast ausgeschöpft.»

«Kein Problem», versicherte Manfredi ihm erneut. «Für den Boden nehmen wir Marmor aus Carrara …»

«Auch ein Cousin?», fragte Paolo.

«Ein Stiefbruder.» Der Installateur lächelte verschmitzt. «Meine Familie ist groß.»

«Mein Geldbeutel nicht.» Paolo versuchte das Lächeln zu erwidern, aber es gelang ihm nicht recht. Warum nur, fragte er sich, musste er immer den Miesmacher geben? Den humorlosen Deutschen? Den Besserwisser? Er war doch stets nur immer die Stimme der Vernunft, nicht mehr und nicht weniger …

In diesem Moment kam Lucia zurück, das Smartphone noch in der Hand. «Es war Chiara», erklärte sie auf Deutsch.

«So bald schon?» Paolo hob die Brauen. «Das dürfte ein neuer Rekord werden.»

«Das ist nicht lustig», sagte Lucia kopfschüttelnd, und die Art, wie sie ihn ansah, jagte ihm einen Schauer über den Rücken.

«Was ist passiert?», wollte er wissen.

«Sie hat aus dem Krankenhaus angerufen», berichtete Lucia tonlos. «Lysandro ist … tot.»

«Du meine Güte», hörte Paolo sich sagen. «Ich meine, man konnte sehen, dass er völlig zugedröhnt war, aber …»

«Keine Drogen, *stupido*», fiel sie ihm mit bebender Stimme ins Wort. «Man hat ihn umgebracht!»

KAPITEL 6

Paolo wusste nicht, was er sagen sollte. So wie er nicht wusste, warum er Lucia begleitete … war es um ihretwillen oder weil ihn die Neugier trieb? Die dienstliche Neugier, die seit Parma viel zu kurz gekommen war? Zwar hatte Paolo seinen alten Job in München gekündigt, aber manche Gewohnheiten wurde man eben so rasch nicht wieder los.

Lucia verlor keine Zeit.

Mit 150 Stundenkilometern – und damit mal wieder sehr viel schneller, als erlaubt war – jagte sie den Talento die dicht befahrene Staatsstraße 16 hinab. Dass Paolo auf dem Beifahrersitz mehrmals zusammenzuckte und sich krampfhaft am Griff über der Tür festhielt, schien sie nicht zu bemerken, und wenn doch, ignorierte sie es.

Das *Ospedale Infermi* befand sich im südlichen Zentrum der Stadt an der Viale Luigi Settembrini. Hastig stellte Lucia den Lieferwagen auf dem großen Parkplatz an der Vorderseite des Krankenhauses ab, dann eilten sie zur Ambulanz. Eine dunkelhäutige Krankenschwester, die inmitten der Hektik der Notaufnahme wie ein ruhender Fels in der Brandung wirkte, verwies sie an einen jungen Pfleger, der sie wiederum in ein Krankenzimmer führte. Es war ein Einzelzimmer mit nur einem Bett, darin lag Chiara.

Sie sah hundeelend aus.

Ihre Züge waren totenbleich, das Make-up verschmiert, die Augen rot von Tränen. Ihr Haar klebte in Strähnen, um die Stirn trug sie einen frischen Verband. Der grau melierte Jogginganzug war ihr zu groß, vermutlich stammte er aus Lysandros Garderobe. Und da war die Trauer in ihrem Gesicht; abgrundtiefe, fassungslose Trauer.

«*Stellina!*», rief Lucia bestürzt aus und eilte zu ihr, beugte sich über das Bett und nahm sie in den Arm. Chiara vergrub ihr Gesicht an ihrer Schulter und weinte ungehemmt, schluchzte wie ein kleines Mädchen. Paolo, der etwas unbeholfen dabeistand, sah betroffen zu Boden.

Der Uhr zufolge, die über der Tür des weiß gestrichenen Krankenzimmers hing, dauerte Chiaras Zusammenbruch knapp drei Minuten. Paolo kam es länger vor. In seiner Zeit beim LKA hatte er gelernt, das persönliche Leid der Menschen nicht an sich heranzulassen, es gewissermaßen auszublenden, doch er war definitiv aus der Übung. Entsprechend erleichtert war er, als Chiara sich endlich ein wenig beruhigte. Mit einem schnappenden Seufzer versiegten ihre Tränen, und sie sammelte sich, und endlich konnten sie reden.

«Was ist passiert, Sternchen?», fragte Lucia, besorgt wie eine große Schwester.

«Er … er ist tot», stieß Chiara tonlos hervor, schon wieder rannen Tränen über ihre Wangen. «Sie haben meinen Lysandro umgebracht … ihn grausam erstochen …»

«Wer?», fragte Paolo dazwischen.

Chiara wandte den Blick schien Paolo jetzt erst zu bemerken. Wenn sie überrascht war, dass er hier war, so zeigte sie es nicht, vermutlich war es ihr ziemlich egal. «Ich weiß es nicht», entgegnete sie leise. «Ich weiß nur, dass er tot ist. Ich habe ihn gefunden, am Strand vor seinem Haus.» Ihr Blick wurde leer. «Da war Blut … eine Spur, bin ihr gefolgt.»

Paolo und Lucia wechselten Blicke. Vermutlich hatte Chiara einen Schock erlitten, was wohl auch der Grund dafür war, dass sie im Krankenhaus war. Und da war der Verband um ihre Stirn …

«Was ist mit deinem Kopf geschehen?», fragte Lucia.

«Ich weiß es nicht … ich kann mich nicht erinnern. Der Arzt sagt, etwas hat mich getroffen. Hat ziemlich geblutet …»

«Hast du Schmerzen?»

«Nicht mehr. Sie haben mir etwas gegeben.» An der Art, wie Chiara müde den Kopf schüttelte, konnte Paolo sehen, dass man ihr wohl nicht nur ein Schmerzmittel verabreicht hatte. «Er ist tot», flüsterte sie wieder. «Sie haben ihn umgebracht.»

«Was genau ist passiert?», fragte Chiara nach und setzte sich auf die Bettkante. «Willst du es uns erzählen?»

«Ich … ich weiß nichts mehr.»

«Dass wir zusammen essen waren, weißt du noch?»

Sie nickte.

«Dass Lysandro einen Vortrag über ‹Nessun Dorma› gehalten hat?», fragte Paolo weiter.

Wieder ein Nicken.

«Dass er die Flasche Franciacorta so geöffnet hat, dass sich die Hälfte auf meinen Anzug …»

«Paolo!», zischte Lucia.

«Entschuldigung», gab er leise zurück. «Ich wollte ihrem Gedächtnis nur auf die Sprünge helfen.»

«Danach haben wir uns verabschiedet», wandte sich Lucia wieder an ihre Freundin, «und Lysandro und du wolltet noch um die Häuser ziehen …»

«Das haben wir auch getan.» Sie lächelte wehmütig und ein wenig entrückt. «Wir sind in einigen Klubs gewesen, im *Bounty*, im *Coconuts* …»

«Woher wissen Sie das, Chiara?», fragte Paolo leise. «Ich dachte, Sie könnten sich nicht erinnern?»

Als Antwort zog sie nur den rechten Arm von unter der Bettdecke hervor. Am Handgelenk war ein ganzes Bündel bunter Bändchen befestigt, die VIP-Zugang zu verschiedenen Klubs gewährten.

«Verstehe», sagte er nur.

«Und was ist dann passiert?», hakte Lucia nach.

«Irgendwann sind wir wohl zu ihm gegangen, dort bin ich am Morgen aufgewacht. Ein Schrei hat mich geweckt.»

«Lysandro hat geschrien?», fragte Paolo.

«Nicht Lysandro. Giuseppina.»

«Wer ist Giuseppina?», wollte er wissen.

«Paolo!», zischte Lucia wieder.

«Wer ist Giuseppina, Kleines?», wandte sie sich dann sanft an Chiara und strich ihr über das strähnige Haar.

«Giuseppina ist Lysandros Haushälterin. Sie kommt jeden Morgen, um aufzuräumen. Sie hat mich am Boden liegen sehen und all das Blut und dachte, ich wäre tot.»

«Da war Blut?»

«Überall.» Chiara schauderte angesichts der Erinnerung. «Das Bett und das Laken waren voll davon.»

«Und Lysandro?», fragte Paolo, jetzt ganz vorsichtig.

Sie schüttelte den Kopf. «Keine Spur von ihm … bis wir das Blut am Boden sahen. Es war wie eine Fährte … sie führte hinaus auf die Terrasse und von dort zum Strand.»

«Und … da habt ihr ihn gefunden?», fragte Lucia sanft.

«Er … er lag …» Chiara brach ab und schüttelte den Kopf, die Worte wollten ihr nicht über die Lippen. «Wir haben die Ambulanz gerufen, aber sie konnten nichts mehr tun. Dann kam die Polizei, und …»

Die Stimme versagte ihr, und sie brach erneut in Tränen aus, Krämpfe schüttelten ihren Körper. Lucia sprach leise auf sie ein und strich ihr weiter über das blonde Haar. Sie hatte jetzt ebenfalls Tränen in den Augen.

«Und woher die Beule an Ihrem Kopf kommt, wissen Sie nicht mehr?», fragte Paolo, nachdem sie sich wieder ein wenig beruhigt hatte.

Chiara schüttelte den Kopf. «Als ich aufgewacht bin, war sie da. Hat ziemlich wehgetan.»

«Hatten Sie viel Alkohol getrunken?» Er warf einen Seitenblick zu Lucia, aber diese Frage schien genehmigt zu sein.

Chiara zuckte mit den Schultern. «Denke schon.»

«Auch noch etwas anderes?»

Sie sah Paolo an, eine Antwort blieb sie schuldig, vermutlich wusste sie es selbst nicht. Ihre Pupillen waren nicht erweitert, aber das musste nichts bedeuten.

«Hat man Ihnen im Krankenhaus Blut abgenommen?»

Chiara nickte – wenn sie also Drogen genommen hatte, würde es die Polizei erfahren.

«Warum fragen Sie das alles, um Himmels willen?», wollte Lucia wissen. Sie sprach deutsch, um ihre Freundin nicht zu beunruhigen.

«Weil all das auch die Polizei fragen wird», wusste Paolo aus Erfahrung.

«Aber es ist doch eindeutig, was geschehen ist. Jemand hat Chiara niedergeschlagen und den armen Lysandro umgebracht. Wahrscheinlich ein Einbrecher oder …»

«Wahrscheinlich», räumte Paolo ein.

Sie legte den Kopf schief und sah ihn fragend und ein wenig vorwurfsvoll an. «Sie machen etwas mit Ihren *angoli della bocca*.»

«Mit meinen Mundwinkeln?»

«Già. Und das tun Sie immer, wenn Sie etwas verheimlichen.»

Paolo presste die Lippen zusammen. «Tut mir leid», sagte er leise, widersprach jedoch nicht.

Lucias Augen weiteten sich. «Sie denken doch nicht etwa, dass …?»

«Nein», wehrte Paolo ab. «Aber Chiara ist nun einmal mit dem Opfer zusammen gewesen, und sie weiß nicht, was passiert ist. Das wird die Polizei sehr interessieren.»

«Sie ist unschuldig!», sagte Lucia mit der ganzen Überzeugung ihres ehrlichen, aufrechten Wesens. «Chiara könnte keiner Mücke etwas zuleide tun!»

«Fliege», verbesserte Paolo und überlegte einen Moment. «Sie sind in Lysandros Haus aufgewacht?», fragte er dann leise auf Italienisch. «In seinem Bett?»

«*Sì*.»

«Hatten Sie beide …?» Er verstummte und wurde rot.

«Sex?», half Chiara aus.

Paolo nickte. Er war nicht sehr gut in diesen Dingen. Die heikleren Fragen hatte früher stets Julia gestellt.

«Wahrscheinlich.»

«Nicht mal daran kannst du dich erinnern?» Lucia sah sie fragend an.

«Wenn ich es dir doch sage, es ist alles weg.»

«Vielleicht eine Folge des Schocks oder des Schlags auf den Kopf», mutmaßte Paolo, der nachdenklich in dem kleinen Raum auf und ab ging. «Das wäre nicht ungewöhnlich. Möglicherweise kommt die Erinnerung aber nach einer Weile wieder.»

«Und dann?» Chiara lachte auf, ein verzweifelter Nachhall

des mädchenhaften Kicherns, das sie am Vorabend an den Tag gelegt hatte. «Er ist trotzdem tot», flüsterte sie dann.

Paolo betrachtete sie. Er hatte Chiara nie besonderes gemocht, ihre oberflächliche Art und ihr albern-kokettes Getue gingen ihm auf die Nerven, doch natürlich tat sie ihm in diesem Augenblick leid. Er wusste besser als jeder andere, was es bedeutete, Bilder im Kopf zu haben, die man nicht loswurde. Und er bezweifelte, dass die Polizei bei ihrer Befragung so sanft zu Werke gehen würde, wie Lucia und er es getan hatten.

In diesem Moment wurde die Tür geöffnet, und ein Mann mit Hornbrille und schütterem Haar trat ein, der einen weißen Kittel trug und eine Kladde im Arm hielt.

Lucia erhob sich von der Bettkante.

«Dr. Luca Manzoni», stellte er sich vor. «Und Sie sind?»

«Freunde von Chiara», entgegnete Lucia.

«Sie hat großes Glück gehabt», war Dr. Manzoni überzeugt. «Hätte der Hieb sie ein wenig fester getroffen, hätte es vorbei sein können.»

«Ein Hieb? Womit?», fragte Paolo.

Der Arzt drehte sich zu ihm um und sah ihn an. «Ich tippe auf einen harten, stumpfen Gegenstand ... Aber das ist Sache der Polizei.»

«Natürlich», räumte Paolo ein.

«Wird Chiara wieder ganz gesund?», wollte Lucia wissen.

«Wie gesagt, sie hatte Glück, es ist nur eine leichte Gehirnerschütterung. Ich habe ihr Bettruhe verordnet und ihr etwas gegen die Schmerzen gegeben. Sie wird die nächsten Stunden schlafen.»

«Kann ich so lange hierbleiben?»

«Wenn Sie möchten, können Sie sie später wieder besuchen», entgegnete der Arzt. «Bis dahin muss ich Sie im Interesse meiner Patientin jedoch bitten zu gehen.»

Lucia nickte, wenn auch ein wenig widerstrebend. Dann wandte sie sich zu Chiara um und hauchte ihr zum Abschied einen Kuss auf die Stirn. «Schlaf gut, Sternchen», flüsterte sie. «Bis später.»

Sie wandten sich zum Gehen und waren schon halb aus der Tür, als Dr. Manzoni Paolo noch einmal zurückrief.

«*Signore!*»

«Ja?» Paolo drehte sich um.

«Sie haben da einen Fleck», stellte der Arzt fest, auf den Kragen von Paolos Jackett deutend.

Paolo sah an sich herab. Sie waren so rasch aufgebrochen, dass er nur rasch in das nächstbeste Sakko geschlüpft war – es war das weiße, auf dessen Revers natürlich noch die Hinterlassenschaften des Franciacorta prangten, die Lysandro dort hinterlassen hatte ... derselbe Lysandro, der jetzt nicht mehr am Leben war.

«Danke», sagte Paolo nur.

Dann verließ auch er das Zimmer.

«Chiara ist unschuldig», zischte Lucia, kaum dass er die Tür hinter sich geschlossen hatte. «Sie hat nichts mit dem Mord an Lysandro zu tun!»

«Natürlich nicht», versuchte Paolo sie zu beruhigen. «Vermutlich ist es tatsächlich ein Einbrecher gewesen, die Polizei wird das herausfinden.»

«Sind Sie sicher?»

«Absolut. Sie werden sehen, alles wird gut», fügte er hinzu – und wünschte sich inständig, er wäre sich da wirklich so sicher gewesen.

KAPITEL 7

Sie kehrten nach Cervia zurück, die Renovierung des Hotels ging schließlich weiter. Doch so richtig bei der Sache war keiner von ihnen. Paolo nicht, der gedankenverloren den Einbau der neuen Fenster und Balkontüren beaufsichtigte, und auch Lucia nicht, die in der Küche des Ristorante für den Mittag *pasta aglio e oglio* für alle Handwerker kochte – neben den Fensterbauern auch Zimmerleute sowie Eros Manfredi und seine Installateure. Angesichts der spätsommerlichen Temperaturen war das Gericht ungünstig gewählt – der Knoblauchgeruch, der vom *Cavaliere* aus die Allee hinab zog, war beträchtlich.

Ein wenig abseits von den anderen saß Paolo am Ende der langen Tafel, die Lucia aus aneinandergestellten Gartentischen im Garten aufgebaut hatte, und aß seine Spaghetti. Die dünnen Nudeln ohne Zuhilfenahme eines Löffels auf die Gabel zu wickeln, bereitete ihm inzwischen keine Probleme mehr. Etwas anderes stieß ihm dafür sauer auf, und das auch noch im wörtlichen Sinn, des vielen Knoblauchs und der Peperoni wegen …

Eros Manfredi.

Anders als die anderen auf der Baustelle Beschäftigten, die entweder am Tisch sitzen blieben oder es vorzogen, sich über die Mittagspause ein kühles Plätzchen zu suchen, hatte er sich wieder einmal an Lucias Fersen geheftet und folgte ihr wie ein Schatten. Ganz gleich, wohin sie ging, ob in die Küche, in die

Vorratskammer oder zum Lieferwagen – Manfredi, der sein Arbeitshemd gerne aufgeknöpft trug, damit man den mächtigen, von Körperhaar gänzlich befreiten Brustkasten betrachten konnte, folgte ihr dabei auf Schritt und Tritt. Das allein war schon befremdlich genug. Geradezu verstörend fand Paolo, dass Lucia ihn nicht abzuwimmeln suchte, sondern sich im Gegenteil noch glänzend mit ihm zu unterhalten schien. Hin und wieder lachte sie sogar über seine nach Paolos Einschätzung allenfalls drittklassigen Scherze.

Ihr Verhalten war kindisch, sagte er sich, und es war unpassend – schließlich lag ihre beste Freundin in Rimini im Krankenhaus und war in einen Mordfall verwickelt. Und wenn ihm schon nicht wirklich wohl dabei war, um wie viel mehr musste Lucia sich dann erst Sorgen machen!

Die Mittagspause, auch das hatte Paolo gelernt, dauerte in Italien länger als in Deutschland, was freilich mit dem Klima zusammenhing. Feste Zeiten dafür gab es nicht, an heißen Tagen dauerte sie Stunden, jetzt im September kehrten die Handwerker wieder früher zu ihrer Arbeit zurück. Dass es keinen Sinn hatte, sich dagegen aufzulehnen, hatte er ebenfalls erfahren. Punkt dreizehn Uhr über die Baustelle zu rennen und dabei wie von Sinnen auf seine Armbanduhr zu deuten, erzielte nicht den gewünschten Effekt, sondern sorgte nur für ungewollte Heiterkeit. Oder auch für Missverständnisse – einige der Arbeiter hatten geglaubt, dass Paolo seine neue Uhr herzeigen wollte, und höflich staunend ihre Anerkennung bekundet.

Es war besser – und obendrein nervenschonender –, wenn man die hiesigen Gewohnheiten einfach akzeptierte. Und schon mehr als einmal hatte Paolo die Erfahrung gemacht, dass das Ergebnis dann sehr viel besser ausfiel, als wenn er den strengen Deutschen gab. Auch dieser Tag schien in dieser Hinsicht erfolgreich zu werden: Ein Dutzend Fenster waren auf der Gartenseite bereits eingesetzt worden, der Rest würde am Nachmittag folgen. Dann könnten schon bald die Putz- und Malerarbeiten beginnen, und es bestand die Aussicht, dass das unansehnliche Baugerüst womöglich schon in zwei Wochen verschwinden würde.

Paolo, der sich in sein Zimmer zurückgezogen hatte, um an dem kleinen Schreibtisch die Abrechnungen zu machen, schöpfte die vage Hoffnung, dass die Renovierung vielleicht bald ein Ende haben und das zuletzt recht knappe Geld womöglich doch noch reichen könnte. Etwa eine halbe Stunde lang schien es, als würde alles in Ordnung kommen.

Dann stand Lucia auf der Schwelle.

«Chiara hat wieder angerufen», berichtete sie tonlos.

«Geht es ihr besser?»

«Sie wurde aus dem Krankenhaus entlassen.»

«Das ist doch gut.»

«*No.*» Lucia schüttelte den Kopf. «Sie ist jetzt auf der Polizeiwache. Sie sagt, zwei Polizisten hätten vor dem Krankenzimmer auf sie gewartet und sie auf die *questura* mitgenommen. Ist das erlaubt?»

«Ich fürchte ja, sofern der Arzt keine Einwände hatte.» Paolo nickte. «Die Polizei wird sie befragen wollen, schließlich ist sie die einzige Zeugin …»

«… die sich an nichts erinnern kann», ergänzte Lucia.

«Das kann sich ändern. Vielleicht weiß sie jetzt schon mehr als heute Morgen.»

Lucia starrte vor sich hin. «Wir müssen etwas unternehmen», entschied sie. «Chiara klang schrecklich verzweifelt am Telefon. Und sie ist ganz allein.»

«Sie braucht einen guten Anwalt», stimmte Paolo zu.

«*No*, sie braucht gute Freunde», verbesserte Lucia und verschränkte die Arme vor der Brust, um ihrer Haltung Nachdruck zu verleihen.

«Um was zu tun? Noch hat die Polizei keinen Vorwurf erhoben. Es ist gut möglich, dass sie Chiara wieder entlassen, und alles ist gut. Nun, soweit es geht, jedenfalls.»

«Und wenn nicht?» Lucia schüttelte den Kopf. «Ich habe nicht studiert, aber Sie sollen nicht denken, dass ich dumm bin. Lysandro ist so etwas wie ein Star gewesen. Wenn sein Tod bekannt wird, werden die Leute sehr entsetzt darüber sein und einen Schuldigen sehen wollen.»

«Und Sie haben Angst, dass Chiara diese Schuldige sein könnte?»

«*Sì*», bestätigte Lucia.

Paolo hätte gerne widersprochen, wie abwegig dieser Gedanke war, aber leider war er das nicht. Die ausgeprägte Neigung mancher Behörden – und speziell ihrer männlichen Vertreter – zu dem, was man in Italien *bella figura* nannte, war ihm schon in Parma aufgefallen. Und wer alles daransetzte, sich selbst in einem möglichst guten Licht darzustellen, der neigte schon mal dazu, es mit den Ermittlungen nicht ganz so genau zu nehmen …

Paolo blickte düster vor sich hin.

Alles in ihm sträubte sich dagegen, sich mit diesem Fall zu beschäftigen, schließlich hatte er alle Hände voll damit zu tun, dieses Hotel zu renovieren, und war im Grunde damit schon überfordert. Andererseits war da Lucia, die noch immer auf der Schwelle seines Zimmers stand …

«Also gut», hörte er sich selbst sagen. «Wir fahren auf die Wache, um nach dem Rechten zu sehen, aber nicht mehr. Lassen Sie schon mal den Wagen an, ich bin gleich da.»

«*Grazie mille*», erwiderte sie, und der Anflug eines Lächelns huschte über das Gesicht mit den runden Wangen und der kecken Nase. Dann war sie schon unterwegs.

Paolo seufzte. Er packte die Rechnungen zurück auf den Stapel mit dem Vermerk «unbezahlt». Dann erhob er sich, warf sein Jackett über und wollte das Zimmer gerade verlassen, als er aus dem Augenwinkel eine Bewegung wahrnahm.

Alarmiert fuhr er herum, nur um jemanden auf der Kante seines Bettes sitzen zu sehen. Ein Stöhnen entfuhr ihm, als er den jungen Mann erkannte.

«Nicht ausgerechnet Sie», ächzte er.

«Warum nicht?», fragte der andere dagegen und setzte ein breites Grinsen auf.

Lysandro Caruso sah genauso aus, wie Paolo ihn zuletzt gesehen hatte – nicht im schwarzen Smoking, sondern in Jeans und mit psychedelisch gemustertem Hemd, das sogar als bloße Erinnerung noch in den Augen schmerzte; die Sonnenbrille hatte er lässig auf der Stirn, der Goldring glänzte am kleinen Finger. «Du freust dich wohl nicht, mich wiederzusehen?»

«Nicht besonders», gab Paolo offen zu. «Was wollen Sie?»

«Gerechtigkeit», antwortete Caruso – in Paolos Vorstellung sprach er fließend Deutsch, was die Konversation einfacher machte als mit dem Original. Wenn auch nicht viel angenehmer ... «Ich bin erstochen worden», fügte er überflüssigerweise hinzu.

«Habe ich gehört», knurrte Paolo unwirsch. Für gewöhnlich hatte er seine Erinnerungen ganz gut unter Kontrolle, und er schätzte es nicht, wenn sie ihn auf diese Art und Weise überfielen.

«Chiara ist es nicht gewesen», merkte Caruso an.

«Das ist es, was ich hoffe», bestätigte Paolo.

«Nein, das ist, was Sie wissen», widersprach er. «Erinnern Sie sich an den gestrigen Abend. Da war manches eigenartig, oder nicht?»

«Allerdings.» Paolo schnaubte. «Angefangen mit Ihnen.»

«Genau das meine ich!» Caruso klatschte vor Begeisterung in die Hände. «Wir beide sprechen dieselbe Sprache!»

«Kann ich nicht so ganz finden.» Paolo wandte sich ab und ging zur Tür. «War es das?»

«Du musst ihr helfen», verlangte Caruso. «Chiara ist unschuldig. Sie ist in diese Sache nur hineingeraten.»

«Dann war es kein Einbruch?»

«Weiß ich nicht.» Der Startenor setzte ein breites Grinsen auf. «Sag du es mir.»

Paolo seufzte – es stimmte, so funktionierte die Sache nicht. So eigenwillig er sich benehmen mochte, Caruso war nur eine Reflexion seiner Erinnerung. Seine Gabe ermöglichte es ihm, mit der Vergangenheit in Zwiesprache zu treten und sie zu befragen. Aber das bedeutete nicht, dass sie auch antwortete.

Er verließ das Zimmer und warf die Tür hinter sich ins Schloss. Ein Therapeut hatte ihm einst geraten, unerwünschte Erinnerungen dadurch fernzuhalten, dass er etwas physisch verschloss – eine Kiste, eine Tür oder sonst etwas. Es klappte nicht immer, aber an diesem Tag schien es zu funktionieren. Aufatmend drehte Paolo den Schlüssel herum, an dem ein gewaltiger Messinganhänger mit der Aufschrift «07» hing, schwer genug, um jemanden damit zu erschlagen.

Dann wandte er sich ab und verließ das Hotel in der Hoffnung, den Quälgeist damit hinter sich zu lassen.

Er hoffte vergeblich.

KAPITEL 8

Die *questura* von Rimini mit dem Hauptquartier der für Kapitalverbrechen zuständigen *polizia di stato* befand sich nur wenige Gehminuten von der Piazza Cavour entfernt am Corso d'Augusto, inmitten des historischen Kerns der Stadt. Entsprechend eng waren die Straßen und entsprechend dicht der Verkehr – wie Lucia es trotzdem schaffte, im angrenzenden Vicolo Battaglini eine Lücke zu finden und den nicht gerade kleinen Talento dort einzuparken, nötigte Paolo ehrliche Bewunderung ab.

Durch den schmalen Eingang auf der Vorderseite, über dem in trauter Einheit die Nationalflagge Italiens und jene der Europäischen Union wehten, betraten sie die Quästur.

In dem alten, mit dunkelroten Klinkern verzierten Gebäude roch es feucht und muffig. In der Zeitung hatte Paolo gelesen, dass außerhalb des Stadtkerns, ganz in der Nähe des wie ein gelandetes Ufo aussehenden Rimini Conference Center, derzeit ein Neubau entstand, der die momentan noch über die gesamte Innenstadt verteilten Büros der *questura* an einem zentralen Ort sammeln sollte. Doch bis es so weit war, mussten Beamte wie Besucher wohl noch mit diesem ehrwürdigen, aber in die Jahre gekommenen Bauwerk vorliebnehmen.

Lucia sprach beim an der Pforte diensthabenden Beamten vor, der zunächst ihre Ausweise prüfte. Dann griff er zum Telefon und sprach so schnell und mit Beamtenitalienisch gepfeffert hinein, dass Paolo kaum ein Wort verstand. Der Uniformierte legte wieder auf und schickte Lucia von jenseits des schusssicheren Glases einen undeutbaren Blick. «*L'ispettore vi sta aspettando.*»

«Der Inspektor erwartet uns?» Lucia hob die Brauen. «Aber wir wollen nicht zum Inspektor, sondern zu meiner Freundin. Ihr Name ist Chiara Larocca. Sie wurde heute Nachmittag von zwei Polizeibeamten im Krankenhaus abgeholt und zur Befragung hierhergebracht.»

«*Sì*», sagte der Beamte nur und drückte den Öffner, worauf ein summendes Geräusch erklang und die schwere Tür zum Inneren des Gebäudes aufschwang.

«*Grazie*», sagte Paolo, dem klar war, dass es wenig Sinn haben würde, mit dem Uniformierten zu diskutieren, und drückte die Tür zur Seite. Lucia folgte ihm widerwillig.

«Was soll das?», raunte sie ihm auf Deutsch zu. «Wir wollen doch gar nicht zum *ispettore*!»

«Vielleicht doch», wandte Paolo ein. «Möglicherweise bringen wir so noch schneller in Erfahrung, was hier eigentlich gespielt wird und ob man Chiara etwas vorwirft oder nicht.»

Lucia murmelte eine unverständliche Erwiderung, besonders überzeugt schien sie nicht. Der Gedanke, dass ihre Freundin irgendwo in diesen nüchternen und zugegebenermaßen ziemlich einschüchternden Mauern festgehalten wurde, behagte ihr sichtlich wenig, aber es gelang ihr, ihr mitunter recht angriffslustiges Temperament zu zügeln.

«*Mi segua per favore.*»

Wie ein Schachtelteufel stand der Beamte von der Pforte plötzlich bei ihnen und bedeutete ihnen zu folgen. Über eine steinerne Treppe ging es in den ersten Stock, wo sich ein langer Korridor befand, auf beiden Seiten von hohen Türen gesäumt. Eine gläserne Vitrine präsentierte allerhand Fotos, Auszeichnungen und Trophäen, die die örtliche Polizeieinheit im Lauf der Jahrzehnte gewonnen hatte.

Der Beamte führte Paolo und Lucia vor die Tür eines Amtszimmers. Er klopfte an, drückte die Tür einen Spalt weit auf und steckte den Kopf hinein. Als er ihn wieder herauszog, waren seine Wangen ein wenig röter als zuvor.

Mit einem Nicken stieß er die Tür dann vollends auf und ließ die Besucher eintreten. Paolo tat es mit Unbehagen. Seine Erfahrungen mit der italienischen Polizei waren nicht nur positiver Natur gewesen, und er erwartete halb, hinter dem Schreibtisch der Amtsstube einen vierschrötigen Kriminalen vom Schlage eines Aldo Borghesi vorzufinden, mit dem er damals in Parma das zweifelhafte Vergnügen gehabt hatte.

Doch er erlebte eine Überraschung.

Denn die Person hinter dem Schreibtisch trug weder einen abgesetzten Trenchcoat, noch hatte sie Borghesis breite Schultern oder seinen stechenden Blick. Es war – wenn man es genau nahm – auch gar kein Mann, sondern eine Frau.

«Bitte setzen Sie sich», forderte die Polizistin sie auf. Sie mochte in Paolos Alter sein, also Mitte vierzig, und trug die Dienstuniform der *polizia di stato*, die aus weißer Bluse, blauer Krawatte und knielangem, blaugrauem Rock bestand. Die dazugehörige dunkelblaue Uniformjacke und die recht aparte Kopfbedeckung hingen an einem Garderobenständer. Das feuerrote Haar trug sie streng geflochten und hochgesteckt, der einzige Schmuck, den sie trug, waren dezente Perlenohrringe. Die Erkenntnis war Paolo unangenehm, aber ein wenig erinnerte sie ihn an Julia, wie sie dort hinter ihrem Schreibtisch saß und ihnen durch die Gläser einer roten Hornbrille auffordernd entgegenblickte.

«Danke, dass Sie sich Zeit nehmen», begann Lucia diplomatisch, und sie nahmen beide Platz. Die Polizistin, dem Namensschild nach Ispettore Bibiana Gallo von der *squadra mobile*, warf einen Blick auf den Bildschirm ihres Computers und prüfte die Personalien, die ihr von der Pforte mitgeteilt worden waren. Dann wandte sich ihr aufmerksamer Blick wieder den Besuchern zu.

Paolo fiel auf, dass ihre Augen grün waren.

Auch wie bei Julia …

«Willkommen in Rimini, Signor Ritter», wandte sie sich auf Deutsch an Paolo.

Er hob die Brauen. «Sie sprechen Deutsch?»

«Auch ein wenig Englisch oder Russisch, wenn Sie wollen. In Rimini sind wir sehr international, der Touristen wegen», erklärte sie, jetzt allerdings wieder auf Italienisch.

«*Ispettore*», wandte Lucia sich an die Polizistin, «wir sind wegen einer Freundin hier, Chiara Larocca.»

«Ich weiß», versicherte Gallo, «und ich will ganz offen mit Ihnen sein: Normalerweise sprechen wir nicht mit unbeteiligten Zivilpersonen über noch laufende Ermittlungen. Dass Sie hier in meinem Büro sind, hat nur den einen Grund, dass Ihnen ein gewisser Ruf vorauseilt, Signor Ritter.» Damit ruhte der forschende Blick ihrer grünen Augen wieder auf Paolo. «Signora Larocca hatte Ihren Namen bereits erwähnt, und da habe ich ein wenig recherchiert …»

«Oh-oh», machte Paolo.

«Durchaus nicht. Ich finde es sehr beeindruckend, was Sie im Frühjahr getan haben. Sie sind der Held von Parma.»

«Äh, danke sehr», brachte Paolo nur hervor und errötete. Er merkte, wie Lucia ihn von der Seite ansah.

«Wie auch immer», fuhr Ispettore Gallo fort, «dieses Mal werden Ihre Kenntnisse nicht benötigt. Der Fall liegt nämlich ziemlich klar, und ich fürchte, dass ich schlechte Nachrichten für Sie habe.»

«Was heißt das?», fragte Lucia.

«Dass die Staatsanwaltschaft angeordnet hat, Ihre Freundin Chiara Larocca in Haft zu nehmen.»

«Aus welchem Grund?», wollte Paolo wissen.

«Forte sospetto», entgegnete die Polizistin – und Paolo war klar, wie die angemessene Übersetzung dafür lautete.

Dringender Tatverdacht …

«Darf ich fragen, wie es dazu gekommen ist?», erkundigte er sich dennoch. «Nach meinen Informationen ist alles, was Sie bislang haben, eine Leiche am Strand. Keine Tatwaffe und kein Motiv.»

«Dann sind Ihre Informationen nicht auf dem neuesten Stand», konterte Gallo und schickte ihm ein Lächeln, das er nicht deuten konnte. «Die Voruntersuchung hat ergeben, dass das Mordopfer mit einer breiten Klinge durchbohrt wurde, und bei der Durchsuchung seines Hauses wurde ein großes, blutbeflecktes Küchenmesser gefunden – mit den Fingerabdrücken Ihrer Freundin darauf.»

«Dio mio», flüsterte Lucia betroffen.

«Das könnte sonst etwas bedeuten», gab Paolo sich unbeeindruckt. «Vielleicht hat sie damit zuvor noch Rindfleisch filetiert.»

«Wenn es so war, wieso haben wir die Klinge dann in der Mülltonne gefunden?»

«Vielleicht, weil das Messer stumpf war?» Paolo schüttelte den Kopf. «Wenn es sich tatsächlich um die Tatwaffe handelt, wieso haben Sie sie dann überhaupt gefunden? Wäre ich der Mörder, hätte ich das Ding gleich ins Meer geworfen. Und was ist mit dem Motiv?»

«Bislang gibt es keines», gab Bibiana Gallo zu. «Aber die Untersuchungen haben gerade erst begonnen.»

«Chiara kann sich an nichts erinnern», wandte Paolo ein. «Sie weiß nicht mehr, was vergangene Nacht geschehen ist.»

«Ein Gedächtnisverlust lässt sich auch vortäuschen», gab die Polizistin zu bedenken. «Andererseits haben wir größere Mengen Alkohol in ihrem Blut festgestellt, rund 1,8 Promille. Das könnte durchaus auch für einen Filmriss sorgen.»

«Sonst haben Sie nichts gefunden?»

Sie schüttelte den Kopf, und Paolo begann im Kopf zu rechnen. Die Mordtat war in der Nacht erfolgt, die Blutabnahme erst einige Stunden später im Krankenhaus erfolgt, keinesfalls früher. Wenn man also davon ausging, dass pro Stunde etwa 0,1 Promille im menschlichen Körper abgebaut wurden, konnte es gut sein, dass Chiaras Pegel zum Tatzeitpunkt noch ein gutes Stück höher gewesen war …

«Für den Fall, dass sie es getan hat, was ich nicht glaube», sagte er, «würde ein solcher Wert auf eine verminderte Schuldfähigkeit hindeuten.»

«Nicht, wenn die tatverdächtige Person sich freiwillig betrunken hat, oder gar vorsätzlich, um einer Verurteilung zu entgehen. In diesem Fall», erklärte Gallo ernst, «sieht das italienische Strafrecht sogar eine noch härtere Bestrafung vor.»

«Was ist mit der Beule an ihrem Kopf?», fragte Lucia. «Der Arzt sagt, sie hätte großes Glück gehabt, dass sie nicht schlimmer verletzt wurde.»

«War es Glück?», fragte die Inspektorin und sah sie prüfend durch die Gläser ihrer Hornbrille an. «Oder ebenfalls Vorsatz?»

«Sie wollen doch nicht andeuten, dass Chiara sich selbst etwas an den Kopf geschlagen hat?», hakte Paolo nach.

«Nicht irgendeinen Gegenstand», verbesserte sie. «Wie wir inzwischen wissen, war es der Fuß einer Nachttischlampe. Und wenn alles wahr ist, was ich über Sie gelesen habe, dann wissen Sie aus Erfahrung, dass so etwas durchaus vorkommt.»

Paolo nickte unwillig – Fälle, in denen Täter sich selbst Schaden oder gar Schmerz zufügten, um den Verdacht von sich selbst abzulenken, waren in der Tat nicht selten. Trotzdem sträubte sich alles in ihm dagegen zu glauben, dass auch Chiara in diese Kategorie gehörte. Zumal er ihr ganz einfach keinen Mord zutraute.

Paolo hatte in die Augen von Leuten geblickt, die das Leben anderer Menschen genommen hatten.

Chiara gehörte nicht dazu.

«Haben Sie es auch schon mal mit dem Naheliegenden versucht?», fragte er. «Einem Einbrecher zum Beispiel?»

«Das war natürlich auch meine erste Vermutung. Es wurden jedoch keine Spuren gewaltsamen Eindringens in Carusos Haus gefunden. Außerdem haben wir bislang keinen Hinweis darauf, dass irgendetwas entwendet wurde.»

Paolo blähte die Backen und atmete tief aus. Er hatte auch deshalb gefragt, weil er herausfinden wollte, wie genau es Ispettore Gallo mit ihren Sorgfaltspflichten nahm – offenbar genauer, als Borghesi es getan hatte. Und auch von Eitelkeit schien sie weitgehend frei zu sein.

«Trotzdem», beharrte er, «solange es keinen Autopsiebericht gibt, der bestätigt, dass die Klinge zu der Stichwunde passt und das Blut darauf von Caruso stammt, ist Ihr Beweismittel nichts wert.»

«Das stimmt, Signor Ritter. Wir stehen erst ganz am Anfang unserer Ermittlungen, und ich gebe Ihnen recht, dass wir die Autopsie abwarten müssen. Doch bis es so weit ist, bleibt

Signora Larocca auf Anordnung des Staatsanwalts in Untersuchungshaft.»

Paolo gab sich Mühe, seine Bestürzung nicht zu zeigen, vor allem Lucias wegen. Wenn die Staatsanwaltschaft bereits in die Ermittlung eingebunden war, bedeutete das, dass jemand mächtig Tempo in der Sache machte. Und das war nicht gut für Chiara …

«Würden Sie Ihre Freundin gerne besuchen?», fragte Gallo unverhofft.

«Geht das denn?», fragte Lucia.

«Wenn es nicht zu lange dauert. Wir freuen uns, dem berühmten Signor Ritter einen kleinen Gefallen zu tun», fügte die Polizistin mit einem Augenzwinkern in Paolos Richtung hinzu, griff dann zum Telefon und sprach einen knappen Befehl hinein.

Nur Augenblicke später stand ein junger Mann auf der Schwelle, der die praktischere Uniform der operativen Kräfte trug, mit dunkelblauem Polohemd und hellblauen Einsatzhosen. Paolo bedankte sich, auch in Lucias Namen, und sie wollten das Büro bereits verlassen, als Bibiana Gallo ihn noch einmal zurückrief.

«Signor Ritter?»

«Ja?»

«Sie haben da etwas», sagte sie halb flüsternd, dabei verstohlen auf den Kragen ihrer eigenen Bluse deutend.

Paolo seufzte – der Fleck, natürlich! In der Eile hatte er schon wieder zum selben Sakko gegriffen. Wo hatte er nur seinen Kopf? Er bedankte sich für den Hinweis und entschuldigte sich für sein desolates Äußeres. Dann folgten sie dem jungen Polizisten hinaus auf den Gang.

KAPITEL 9

Wir freuen uns, dem berühmten Signor Ritter einen kleinen Gefallen zu tun», murmelte Lucia halblaut, während sie eine steile Treppe hinabstiegen. Sie imitierte dabei die Stimme der Inspektorin, und das nicht ohne Talent.

«Seien Sie still», wies Paolo sie auf Deutsch zurecht. «Wir können von Glück sagen, dass wir überhaupt zu Chiara dürfen. Selbstverständlich ist das nicht.»

«War das Ihr Ernst?»

«Wovon genau sprechen Sie?»

«Dass das Beweismittel nichts wert ist.»

Paolo seufzte. «Das Messer mit den Fingerabdrücken allein nicht. Aber wenn Carusos Blut darauf ist und es zu der Stichwunde passt, dann …»

Er konnte nicht weiterreden, denn sie waren bereits am Ziel: Die Türen auf diesem Korridor waren nicht aus lackiertem Holz, sondern aus grau gestrichenem Metall. Und der Rost, der daran nagte, machte einmal mehr deutlich, dass es Zeit war für den Umzug in ein neues Gebäude.

Chiaras Zelle war die erste auf der linken Seite. Es war ein schmales Zimmer mit fest an Boden und Wand verschraubten Metallmöbeln und einer schäbigen Toilette in der Ecke. Zusammengesunken kauerte Lucias Freundin auf dem kargen Lager, noch immer in Carusos Jogginganzug. Als sie die Besucher erblickte, hellten ihre verheulten Züge sich ein wenig auf.

Lucia eilte zu ihr, und die beiden Frauen umarmten einander innig.

«Fünfzehn Minuten», sagte der Polizist und schloss die Tür der Zelle.

«*Grazie*», rief Paolo ihm nach, um gleich darauf flüsternd und auf Deutsch hinzuzufügen: «Wir müssen vorsichtig sein.»

«Warum?», fragte Lucia.

«Weil es sein könnte, dass wir abgehört werden.»

«Ihr Ernst?»

Paolo schürzte die Lippen. «Vermutlich ist das der eigentliche Grund, weshalb wir Chiara besuchen dürfen.»

Lucia sah ihn entsetzt an. «Ich dachte, die Inspektorin wollte Ihnen einen Gefallen tun?»

«Mein Ego würde das auch gerne glauben», versicherte er. «Aber die Wirklichkeit sieht wohl anders aus.»

«Wenn das stimmt, ist es hinterhältig und ekelhaft», sagte Lucia voller Entrüstung.

«Vielleicht, aber auch ziemlich schlau», erwiderte Paolo lächelnd und beinahe ein wenig bewundernd. «An Gallos Stelle würde ich es genauso machen.»

«Ekelhaft», bekräftigte Lucia noch einmal und schickte ihm einen tadelnden Blick. «*Stellina*, wie geht es dir?», wandte sie sich dann auf Italienisch an Chiara und setzte sich neben ihr auf die Pritsche.

«*Sto bene.*» Sie versuchte tapfer zu sein, aber man konnte auch sehen, dass das alles zu viel für sie war. Sie zitterte am ganzen Körper und hatte dunkle Ränder um die Augen, wirkte übermüdet und hatte vermutlich kaum etwas gegessen. Vor allem aber wusste sie nicht, was eigentlich vor sich ging, und natürlich machte ihr das Angst. Von ihrem naiven, aufgekratzten Wesen war nichts geblieben.

«Ich weiß nicht, was los ist, die sagen mir nichts», berichtete sie. «Aber ich glaube, sie verdächtigen mich, Lysandro umgebracht zu haben. Meinen geliebten Lysandro! Als ob es nicht schlimm genug wäre, dass er …»

Sie vergrub ihr Gesicht an Lucias Schulter, so als wäre diese ihre große Schwester, und Lucia küsste sie sanft auf den Scheitel. Ganz gleich, wie sehr Chiara ihm gestern noch auf die Nerven gegangen sein mochte, jetzt tat sie Paolo von Herzen leid.

«Keine Sorge», hörte er Lucia sagen. «Wir werden uns darum kümmern. Wir werden dich hier rausholen, *stellina*.»

Chiara hob den Kopf und sah zuerst Lucia und dann Paolo aus ihren von Tränen geröteten Augen an. Und plötzlich war da Hoffnung in ihrem Blick …

«Wa-was reden Sie da?», stammelte Paolo leise und auf Deutsch, sodass Chiara es nicht verstehen konnte.

«Wir müssen ihre Unschuld beweisen», stellte Lucia klar. «*Sie* müssen das alles aufklären … genau wie in Parma.»

«Parma ist damit nicht zu vergleichen! Damals tappte die Polizei völlig im Dunkeln.»

«Bitte, Paolo», wandte sich Chiara nun direkt an ihn und sah ihn aus traurigen Augen an. «Helfen Sie mir! Ich weiß, dass Sie ein gutes Herz haben, Lucia hat es mir erzählt.»

«Ach ja?» Am liebsten hätte Paolo gefragt, ob das gewesen war, bevor oder nachdem sie ihn einen Besserwisser genannt hatte, aber er verkniff es sich. «Das ist sehr freundlich», sagte er dann so hölzern, als hätte er es auswendig gelernt. «Aber Sie vergessen, dass ich so etwas nicht mehr mache. Ich habe meinen alten Beruf aufgegeben und bin jetzt Besitzer eines Hotels und …»

«Paolo.»

Lucia sah ihn jetzt auf diese eigentümliche Weise an, die tief in ihn hineinstrahlte, geradewegs ins Herz. Er fühlte sich in die Ecke gedrängt und trat folgerichtig die Flucht an.

Ohne eine Antwort zu geben, schlug er mit der Faust gegen die metallene Tür. *«Aprite, per favore!»*

Der Polizist öffnete und ließ ihn hinaus. Paolo deutete nach der Tür, die sich am Fuß der Treppe befand, *Uomini* stand dort mit abblätternder Farbe geschrieben. Dorthin flüchtete er sich in der Hoffnung, im Beisein leise vor sich hin gurgelnder Spülklosetts und umgeben vom Geruch alter Urinalsteine ein paar klare Gedanken fassen zu können.

Doch Paolo wurde bereits erwartet …

«Ich habe es dir gesagt», plärrte Lysandro Caruso ihm entgegen, die Sonnenbrille im Gesicht, während er sich ungeniert in eines der Becken erleichterte. «Chiara braucht deine Hilfe, sonst wird sie wegen eines Mordes verurteilt, den sie nicht begangen hat!»

«Aber ich kann ihr nicht helfen!», widersprach Paolo entschieden. «Die Polizei ist an der Sache dran, und es ist keine gute Idee, ihr bei Ermittlungen in die Quere zu kommen. Außerdem macht die Inspektorin ihre Sache gut, so wie es aussieht.»

«Würdest du das auch sagen, wenn sie ein Mann wäre?»

«Was soll das nun wieder heißen?»

«Woher soll ich das wissen? Ich bin deine Erinnerung, nicht meine.» Caruso trat ans Waschbecken nebenan und wusch sich die Hände. Dabei betrachtete er sich ausführlich im fleckigen Spiegel. «Findest du nicht auch, dass ich schon mal lebendiger aussah? Nun ja, zurück zu Inspektorin Gallo. Vielleicht hat es ja etwas damit zu tun, dass sie dich an Julia erinnert.»

«Blödsinn», knurrte Paolo, während er sich gleichzeitig fragte, wem er hier etwas vorzumachen versuchte. «Ich bin kein Ermittler mehr. Ich habe mich um ein Hotel zu kümmern, das bereits am Rand der Pleite steht, bevor es überhaupt geöffnet hat!»

«Natürlich.» Caruso nickte. «Soll ich dir was sagen? Du bist genauso arrogant und hochmütig, wie ich vermutet habe.»

«Arrogant.» Paolo sog einen ganzen Schwall der schlechten Luft in seine Lungen. «Und das sagen ausgerechnet Sie?»

«Hast du mich etwa nicht für einen angeberischen Aufreißer gehalten? Und Chiara für eine alberne Gans?»

«Nun ja, ich …»

«Du weißt gar nichts», zischte Caruso, der plötzlich auf der anderen Seite dicht neben ihm stand. «Nichts über Chiara, und nichts über mich.»

«Wer auch immer Sie gewesen sind, Sie haben sich kein gutes Zeugnis ausgestellt», hielt Paolo dagegen. «Außerdem waren Sie dermaßen zugekokst, dass Sie wahrscheinlich gar nicht mehr genau wussten, was sie sagten oder taten.»

«Kann gut sein.» Der andere schniefte, wobei er sich ein Nasenloch zuhielt. «Aber habe ich dafür den Tod verdient?»

«Nein, aber …»

«Dann finden Sie heraus, was geschehen ist. Und zwar schnell, ehe Chiara für ein Verbrechen bezahlen muss, das sie nicht begangen hat.»

«Was kann ich schon tun?», fragte Paolo hilflos dagegen. «Wenn die Autopsie ergibt, dass …»

«Du weißt, was du tun kannst», war Caruso überzeugt und trat noch etwas näher. Paolo hatte das Gefühl, seinen Atem zu schmecken, der verstörenderweise nach WC-Steinen roch. «Du musst Chiara helfen – denn wenn du es nicht tust, mein Freund, werde ich dich bis ans Ende deiner Tage verfolgen und dafür sorgen, dass du niemals wieder Schlaf oder Ruhe findest.»

Und wie um seine Drohung noch zu verstärken, holte er tief Luft und begann voller Inbrunst zu singen: «*Nessun dorma …!*»

KAPITEL 10

«Also gut!», verkündete Paolo, kaum dass der Polizist ihn mit dem Hinweis «Noch fünf Minuten!» wieder in die Zelle eingelassen hatte.

Lucia, die noch immer bei Chiara auf der Pritsche saß, blickte stirnrunzelnd zu ihm auf. «Wo sind Sie gewesen?»

«Hände waschen», entgegnete Paolo.

«Sie ... Sie werden mir also helfen?», fragte Chiara.

«Ich will es versuchen», erwiderte Paolo, «aber unter einer Bedingung – ich brauche Ihre Unterstützung auf der Baustelle, Lucia. Sie müssen Kontakt zu den Handwerkern halten und dafür sorgen, dass die Renovierung weitergeht.»

«*D'accordo*», versicherte Lucia ohne Zögern.

«Keine Whirlpools», schärfte Paolo ihr ein. «Und vor allem keine goldenen Wasserhähne!»

Chiara blickte ein wenig konsterniert drein, Lucia konnte sich ein Grinsen nicht verkneifen. «Versprochen», erwiderte sie.

«Gut, dann fangen wir an, wir haben nur noch vier Minuten.» Paolo zog sein fleckiges Sakko aus und warf es über die Lehne des am Boden festgeschraubten Stuhls. «Ich brauche jede Information, die ich bekommen kann», sagte er dann, an Chiara gewandt. «Jedes Detail kann helfen.»

«Ich bin es nicht gewesen», versicherte sie. «Ich bin unschuldig.»

Paolo schürzte die Lippen und sah zu Boden. Wie oft hatte

er diesen Satz aus dem Mund von Verdächtigen gehört – und wie oft hatte er sich im Nachhinein als dreiste Lüge herausgestellt. Doch diesmal war es anders. Chiara war nicht irgendeine fremde Person, sie war Lucias beste Freundin. Und er wollte, dass sie die Wahrheit sprach. Aber ihre Beteuerungen brachten sie natürlich kein Stück weiter.

«Ist Ihre Erinnerung inzwischen zurückgekehrt?», fragte er stattdessen.

«Nicht wirklich.» Sie schüttelte den Kopf.

«Wie können Sie dann so sicher sagen, dass Sie es nicht gewesen sind?»

«Nun, ich …»

«Können Sie nicht», fiel Paolo ihr ins Wort. «Wenn wir Ihre Unschuld beweisen wollen, müssen wir herausfinden, was genau in dieser Nacht geschehen ist. Und dazu brauchen wir jedes einzelne Detail.»

«Ich weiß aber nichts», versicherte Chiara. «Wenn ich an die letzte Nacht denke, ist es …» Den Rest verstand er nicht und warf Lucia einen fragenden Blick zu.

«… wie ein Nichts, wie ein dunkles Loch», übersetzte sie. «Das ist eine Redensart bei uns zu Hause.»

Paolo nickte, genau wie Lucia stammte auch Chiara aus der Basilikata, jenem kargen Landstrich zwischen Stiefelsporn und Stiefelspitze, der zu den wirtschaftlich am wenigsten entwickelten Regionen Italiens gehörte. Entsprechend hoch war die Arbeitslosigkeit, entsprechend arm die Bevölkerung, was auch der Grund dafür war, dass die Freundinnen ihrer Heimat den Rücken gekehrt hatten. Doch wann immer sie von ihr sprachen, hatten beide diesen Stolz in den Augen. Eine solche Loyalität hatte Paolo München – oder auch nur Bayern – gegenüber nie verspürt. Er besaß ja nicht mal eine Lederhose …

«Was ist das Letzte, woran Sie sich erinnern?», wollte er von Chiara wissen.

«Gesichter», erwiderte sie, «viele Gesichter. Und laute Musik … irgendein Klub, in dem wir gewesen sind.»

«Was ist mit den Armbändchen?» Paolo deutete auf ihr rechtes Handgelenk. «Wo sind sie geblieben?»

«Man hat sie mir abgenommen.»

«Verflixt», knurrte Paolo.

«Wenn es um die Klubs geht, die habe ich mir gemerkt», versicherte Chiara mit einem undeutbaren Blick. «Soll ich sie Ihnen nennen?»

«Unbedingt», bestätigte Paolo und zückte sein Handy, während ihm gleichzeitig der Gedanke kam, dass Chiaras schrilles Wesen und mitunter an Dümmlichkeit grenzende Naivität womöglich nur gespielt waren. Eine Strategie, der sie folgte, weil es in einer in vielen Bereichen noch immer von Männern dominierten Gesellschaft eben Erfolg versprach.

«Schön», sagte er, nachdem er sich die Namen der Klubs – es waren fünf – notiert hatte. «Sonst ist Ihnen nichts mehr eingefallen? Keine weitere Erinnerung?»

«Nur eines, und das habe ich auch der Polizei gesagt», erwiderte sie. «Da war ein helles Licht.»

Plötzlich fiel ein Lichtschein auf den Zellenboden, als der Polizist die Sichtklappe zur Seite schob.

«Nur noch ein paar Augenblicke, bitte!», sagte Paolo.

Die Klappe wurde wieder zugeschoben.

«Also», fuhr Paolo fort. «Da war ein Licht. Eine Lampe?»

«Eher wie ein Blitz.»

«Nun ja.» Paolo schnitt eine Grimasse. «Sie hatten eine Menge Alkohol getrunken …»

«Vielleicht erinnerst du dich an das Blitzlicht im Klub?»,

vermutete Lucia und zeigte hinauf zur Decke. «Wie heißt das doch gleich …?»

«Stroboskopo», antwortete Paolo – er hängte an das Wort einfach ein «o» an, um es zu italienisieren.

«Nein, das war es nicht.» Chiara schüttelte den Kopf. Ihre Stirn legte sich in Falten, während sie sich mit aller Kraft zu erinnern suchte. «Es war bei Lysandro zu Hause.»

«Woher wissen Sie das?»

Sie starrte weiter vor sich hin, schien tief in sich hineinzuhorchen. «Da war Musik», schien sie sich nun doch ein wenig zu erinnern. «Aber nicht zum Tanzen … so wie auf dem Konzert.»

«Sie meinen klassische Musik?» Paolo hob die Brauen. «Oper?»

«*Sì*», bestätigte Chiara unverblümt. «Lysandro hatte diesen uralten Plattenspieler und diese ganz besondere Platte. Die hat er immer aufgelegt, bevor wir Sex hatten. Er konnte dann besser … entspannen.»

«Verstehe.» Paolo grinste freudlos, offenbar kochten auch Startenöre nur mit Wasser. Begann Chiara sich also allmählich doch zu erinnern? Oder vermischte sich in ihrer vernebelten Erinnerung die vergangene Nacht mit anderen, die weiter zurücklagen?

«Und was das Licht betrifft, sind Sie sicher?»

«Es hat geblitzt», war Chiara überzeugt. «Mehrmals.»

Paolo machte eine entsprechende Notiz.

«Und danach erinnern Sie sich an nichts mehr?», fragte er.

«Nur an stechenden Schmerz.» Sie deutete auf den inzwischen nicht mehr ganz frischen Verband.

«Haben Sie inzwischen eine Ahnung, wie es passiert ist?»

«Jemand hat mir mit einer Nachttischlampe auf den Kopf geschlagen.»

«Wissen Sie das, weil Sie sich erinnern, oder weil es Ihnen die Polizei gesagt hat?»

«Ispettore Gallo hat es mir gesagt. Durch den Schlag auf den Kopf habe ich das Bewusstsein verloren und bin erst aufgewacht, als Giuseppina geschrien hat.»

«Die Haushälterin», erinnerte sich Paolo.

«Genau. Sie kommt jeden Morgen und räumt auf und macht Frühstück ... Lysandro hat sie immer ‹*la buon'anima*› genannt.»

Die gute Seele.

Paolo lächelte dünn und ließ sich ihren vollen Namen geben.

«Hatte Lysandro Feinde?», fragte er abschließend, während er das Handy wieder wegsteckte und aufstand. «Gab es vielleicht jemanden, der ihm seinen Erfolg neidete?»

«Kann ich mir nicht vorstellen.» Chiara schüttelte den Kopf. «Er war eigentlich immer nur wunderbar.»

«Ist das Ihr Ernst?»

«Natürlich», versicherte sie, und anders als vorhin konnte er in ihrem Blick keine Doppelbödigkeit erkennen.

«Hatte er Familie in der Stadt? Eltern? Geschwister?»

«Seine Mutter. Und einen Bruder, glaube ich. Aber ich weiß es nicht genau.»

«Wie lange waren Sie noch mal zusammen?»

«Sieben Wochen, zwei Tage und ... eine Nacht», verkündete sie und brach fast wieder in Tränen aus. «Aber wir haben nie viel geredet. Wir hatten andere Dinge zu tun.»

«Offensichtlich», erwiderte Paolo lakonisch und fing sich dafür einen Rippenstoß von Lucia ein.

In diesem Moment wurde die Metalltür geöffnet, und der

junge Polizist trat ein. «*Tempo scaduto*», erklärte er mit Nachdruck, und nachdem Lucia ihre Freundin zum Abschied umarmt und ihr Mut zugesprochen hatte, verließen sie die Zelle.

Fürs Erste hatte Paolo genug gehört.

Er wusste, was er zu tun hatte, und auch, was seine nächste Anlaufstelle sein würde: eine offenbar recht fleißige Haushälterin mit einem etwas altmodischen, aber wohlklingenden Namen …

KAPITEL 11

Giuseppinas Adresse herauszufinden war nicht weiter schwierig.

Zwar war ihr Nachname – Emiliani – in der Region weit verbreitet, aber es gab im Telefonbuch nur einen Eintrag unter «G. Emiliani». Das Bild einer älteren, alleinstehenden Dame, die sich vor anstößigen Anrufen fürchtete und ihren Vornamen im Telefonbuch deshalb abkürzte, um ihr Geschlecht zu verheimlichen (wobei die Abkürzung selbst nicht weniger verriet), drängte sich Paolo förmlich auf, und im Vertrauen auf sein Gespür ließ er sich von einem Taxi an die entsprechende Adresse bringen.

Es war ein Mietshaus am Rand des alten Kerns von Rimini. Die Zufahrt war so schmal, dass der Fahrer trotz allen Geschicks, mit dem man in Italien Fahrzeuge durch wahre Nadelöhre von Gassen zu steuern pflegt, nicht bis vor die Haustür fahren konnte. Paolo fragte sich, ob Lucia es geschafft hätte, und musste grinsen, als er das innerlich bejahte. Er bezahlte und legte den Rest des Weges zu Fuß zurück. Dabei hatte er ein wenig das Gefühl, dass in der Enge der Gasse die Zeit stehen geblieben war: Ein paar Kinder spielten auf dem unebenen Kopfsteinpflaster Fußball, und in luftiger Höhe waren zwischen den lehmfarbenen Hausfassaden Wäscheseile gespannt. Blütenweiße Bettlaken und Hemden sowie einige Büstenhalter wehten im lauen Mittagswind.

Paolo trat in die Nische des Eingangs. Unter den Namen, die

an den Klingeln angebracht waren, fand er sogleich «G. Emiliani» und läutete.

Die Gegensprechanlage rauschte und knackte. «Wer ist da?», fragte dann die Stimme einer älteren Frau.

«Signora Emiliani?», fragte Paolo. «Giuseppina Emiliani?»

«Ich habe nichts bestellt.»

«Mein Name ist Paolo Ritter, Signora. Ich würde Ihnen gerne ein paar Fragen zu Signor Caruso stellen.»

Wieder rauschte und knackte es. «Ich habe der Polizei schon alles gesagt, was ich weiß.»

«Richtig, aber ich bin nicht von der Polizei.»

«Wer sind Sie dann? Presse?» Feindseligkeit schwang in dem Wort mit.

«Nein, ich …» Paolo suchte nach einer kurzen, treffenden Bezeichnung für das, was er hier tat. Und da er keine Zeit hatte für lange Erklärungen, ganz abgesehen davon, dass sein Italienisch dafür wohl auch nicht ausgereicht hätte, sprach er zum ersten Mal die magischen Worte: *«Sono un investigatore privato»* – Ich bin Privatdetektiv.

Das war zwar irgendwie gelogen, denn weder war er im Besitz einer offiziellen Lizenz, noch war dies der Beruf, dem er aktuell nachging. Aber es brachte seine Tätigkeit auf den Punkt, und das offenbar so glaubwürdig, dass im nächsten Moment der Türöffner summte. Paolo stieß die Tür auf.

«Kommen Sie», rief eine Stimme von oben, und er stieg die ebenso schmale wie steile Steintreppe hinauf. Weit musste er nicht gehen, Signora Emiliani wohnte im zweiten Stock und erwartete ihn bereits an der Tür, eine Mittsechzigerin in einer ärmellosen, mit rosafarbenen Blumen gemusterten Kleiderschürze und Lockenwicklern in den ergrauten Haaren. Ihre Augen waren nicht weniger gerötet und verheult als die von

Chiara. Aber im Gegensatz zu Chiara wirkte diese Frau dennoch von einer geradezu trotzigen Kraft erfüllt.

«Signora Emiliani?»

«Genau die. Haben Sie einen Ausweis?»

Paolo biss sich auf die Lippen. Offenbar hatte er die Signora unterschätzt. In Ermangelung eines Detektivausweises, den er nicht hatte, zückte er seinen deutschen Personalausweis in der Hoffnung, *irgendein* Dokument würde genügen.

Sie griff nach der Brille, die an einer feinen Goldkette um ihren schmalen Hals hing.

«Tedesco?», fragte sie.

Paolo nickte. «Aber ich lebe drüben in Cervia», merkte er an, weil er nicht wollte, dass sie ihn für einen Touristen hielt. Für einen *so-tutto-io* von jenseits der Alpen.

Sie murmelte etwas Unverständliches, dann trat sie zurück und ließ ihn ein.

Ihre Wohnung war nicht sehr groß und bestand aus zwei Zimmern, einer kleinen Küche und einem Bad. Sie war gemütlich eingerichtet, aber man konnte auf den ersten Blick sehen, dass ihre Bewohnerin nicht im Geld schwamm. Da waren abgewohnte Möbel aus dunkel lackiertem Holz und Wandlampen aus Messing, im kurzen Gang ein ovaler Spiegel mit verschnörkelter, goldfarbener Einfassung. Im Wohnzimmer gab es kein Sofa, nur einen Sessel, der vor einem kleinen Röhrenfernseher stand, sowie einen quadratischen Esstisch mit vier Stühlen. Einen davon zog Signora Emiliani quietschend zurück und deutete darauf. Sie wartete, bis Paolo Platz genommen hatte, dann setzte sie sich ihm gegenüber. Aus der veränderten Perspektive fiel ihm die gerahmte Fotografie auf, die neben der Tür an der Wand hing. Es war ein Porträt von Lysandro Caruso. Ein schwarzer Seidenschal hing als Trauerflor darüber.

Paolo hatte viele Fragen. Doch die Erfahrung hatte ihn gelehrt, dass es besser war, zuerst das allgemeine Gespräch zu suchen. «Danke, dass Sie mich empfangen, Signora.»

«Giuseppina», verbesserte sie. «Alle sagen Giuseppina.»

«Wie Sie möchten.»

«Bevor Sie fragen: Es geht mir beschissen. Der beste Dienstherr, den ich je hatte, ist tot. Womit soll ich jetzt meine Miete bezahlen?»

«Das tut mir leid», erwiderte Paolo.

«Er ist immer so großzügig zu mir gewesen und so freundlich. Vergangenes Weihnachten hat er mir eine Kaffeemaschine geschenkt, weil er weiß, wie sehr ich einen guten Kaffee schätze ... Wollen Sie einen?»

«Nein, danke», wehrte Paolo ab. Er hatte Schwierigkeiten, den Lysandro Caruso, den er in Erinnerung hatte, mit einem großzügigen und freundlichen Menschen zur Deckung zu bringen – womöglich hatte er auch eine andere, verträglichere Seite gehabt, die seinen Mitmenschen weniger zugemutet hatte.

Sie griff nach einer gestrickten Decke, die über der Stuhllehne gehangen hatte, und legte sie sich um die Schultern. Ihre Hände zitterten.

«Was genau ist passiert?», erkundigte sich Paolo.

«Ich habe der Polizei schon alles gesagt», versicherte sie.

«Ganz sicher haben Sie das», räumte Paolo ein. «Aber wie ich schon sagte, arbeite ich nicht für die Polizei, sondern ermittle privat.»

«Und warum?»

«Weil ich glaube, dass die Dinge nicht so sind, wie sie auf den ersten Blick scheinen. Und dass es nicht Signora Larocca gewesen ist, die Lysandro ermordet hat.»

«Natürlich war sie es nicht.» Sie zuckte mit den schmalen Schultern.

Paolo horchte auf. «Sie scheinen sich sehr sicher zu sein …»

«Me l'hanno detto le carte», erwiderte sie auf den Kartenstapel deutend, der auf dem Tisch lag.

«Die Karten haben es Ihnen gesagt?», wiederholte Paolo und nahm den Stapel in Augenschein – ein Tarot-Deck, soweit er das sagen konnte. Er hatte wenig bis gar keine Ahnung von solchen Dingen, und als Verfechter von Vernunft und Logik lehnte er sie auch rundheraus ab.

«Ich lege Karten, wissen Sie», erklärte Giuseppina dazu. «Und die Karten wissen alles.»

«Natürlich.» Er nickte.

«Sie glauben mir wohl nicht?» Mit ihren bebenden Händen griff sie nach dem Stapel und hielt ihn Paolo hin. «Los, ziehen Sie eine.»

Paolo seufzte. «Signora, ich bin nicht hier, um …»

«Giuseppina», beharrte sie. «Und jetzt ziehen Sie – die Karten werden Ihnen sagen, wer Sie sind.»

Paolo hielt das für ausgemachten Blödsinn, aber es war etwas in ihrer Stimme, das keinen Widerspruch zuließ, also tat er ihr den Gefallen. Die Karte, die er daraufhin seufzend aus dem Stapel zog, zeigte einen bärtigen alten Mann in einer Art Mönchskutte. In der einen Hand hielt er einen Stab, in der anderen eine Laterne.

«L'eremita», erklärte Giuseppina und sah ihn mit einem Ich-habe-es-ja-gesagt-Augenaufschlag an.

Paolo gab sich Mühe, sich nichts anmerken zu lassen, aber ein wenig verblüfft war er doch. Warum, in aller Welt, hatte er aus dem ganzen dicken Stapel ausgerechnet die Karte gezogen, die ihn von allen wohl am besten beschrieb?

Den Einsiedler …

«Und die Karten sagen, dass Chiara Larocca unschuldig ist?», hakte er nun doch nach.

«*Sì.*»

«Wer ist es dann gewesen?», konnte Paolo sich nicht verkneifen zu fragen. «Haben die Karten das auch gesagt?»

Ohne Zögern fächerte sie das Blatt auf und zog eine andere Karte, die sie ihm hinlegte. «Der Narr.»

«Ein Narr hat ihn ermordet?» Paolo hob die Brauen.

«Unsinn, der Narr ist er selbst gewesen! Unwissenheit hat ihn das Leben gekostet, er hat den falschen Leuten vertraut.»

«Welchen Leuten, Giuseppina? Haben Sie einen Verdacht?»

«Signor Caruso hat mir die Leute, mit denen er sich traf, nicht vorgestellt», klärte die Haushälterin Paolo auf. «Aber in letzter Zeit ist er … anders gewesen.»

«Inwiefern?»

«Er war sehr gut gelaunt, noch besser als sonst.»

«Könnte das auch an Chiara gelegen haben?», schlug Paolo vor. «Die beiden waren ja noch nicht lange zusammen.»

«*L'amore.*» Giuseppina lächelte versonnen, dabei entblößte sie ein lückenhaftes Gebiss. «Vielleicht», gestand sie zu. «Schließlich war er schon fast zwei Monate mit ihr zusammen.»

«Sieben Wochen und zwei Tage, soweit ich weiß.»

«*Come?*»

«Egal. War das denn ungewöhnlich?», fragte er weiter.

Ihr Lächeln wurde zu einem Grinsen. «Sagen wir es so: Signor Caruso hatte einen Sinn für Schönheit, aber nur wenig Geduld. Ihm wurde rasch langweilig.»

«Verstehe.» Paolo nickte, das entsprach schon eher dem

Bild, das er sich von diesem Menschen gemacht hatte. «Hatte er auch mehrere Freundinnen gleichzeitig?»

«No», erklärte sie empört und rümpfte die Nase, als wäre allein die Frage ehrenrührig. *«Solo una alla volta»*, stellte sie dann klar, einen Zeigefinger demonstrativ erhoben.

Nur immer eine.

Paolo schnaubte. Caruso war wahrlich ein Mann mit eisernen Prinzipien gewesen.

«Also seit er mit Chiara Larocca zusammen war, hatte er keine andere Freundin mehr?»

«Das sagte ich doch gerade, *Signor Investigatore.*»

Paolo nickte wieder. «Na gut. Was genau ist passiert, Giuseppina? Könnten Sie es mir erzählen?»

Während seiner Arbeit für das LKA hatte er die Erfahrung gemacht, dass es zwei Arten von Zeugen gab. Die einen, die unter dem Schock der Ereignisse kaum ein Wort hervorbrachten und für die jede Frage eine Qual war. Und die anderen, die freimütig berichteten und für die es beinahe etwas Therapeutisches hatte zu reden ... Glücklicherweise schien Giuseppina Emiliani zur zweiten Gruppe zu gehören.

«Ich kam zur Arbeit, wie an jedem Wochentag», berichtete sie. «Pünktlich um 6 Uhr 30 betrat ich die Villa – Signor Caruso hat mir einen eigenen Schlüssel anvertraut», fügte sie mit einem gewissen Stolz hinzu.

«Und dann? Was haben Sie gesehen?»

«Dass es sehr unordentlich war. Auf dem Boden lagen Kleider verstreut, den ganzen Weg ins Schlafzimmer.»

«Nur die von Signor Caruso?», hakte Paolo nach. «Oder auch andere?»

«Sie meinen, von einer Frau?»

«Das meine ich, ja.»

«Nein, nicht an diesem Morgen.»

«Kein zitronengelbes Abendkleid?»

Giuseppina schüttelte den Kopf. «Signor Caruso war kein sehr ordentlicher Mensch», fuhr sie fort, «deshalb wollte er ja, dass ich am Morgen komme und aufräume. Er nannte mich immer *‹la buon'anima›* …»

«Was ist dann geschehen?»

«Ich bin in die Küche gegangen, ganz leise, um niemanden zu wecken, und habe die Kaffeemaschine eingeschaltet. Signor Caruso will …» Sie unterbrach sich und starrte matt auf den Tisch. «Er wollte immer frischen Kaffee, gleich nach dem Aufstehen.»

«Und dann?»

«Habe ich seine Kleider aufgesammelt und in die Wäsche gegeben. Und dabei habe ich es gesehen …»

«Was?», wollte Paolo wissen.

«Sanguine», erwiderte sie schaudernd.

«Da war Blut.»

«Ja, am Boden vor dem Schlafzimmer. Ich hätte mir niemals erlaubt, Signor Caruso in seiner Nachtruhe zu stören, aber ich habe plötzlich Angst bekommen, also …»

«… sind Sie nachsehen gegangen.»

Sie nickte nur.

«Und was haben Sie gesehen, Giuseppina?»

«Signorina Larocca … così come Dio l'ha fatta», sagte die Haushälterin tonlos.

«Chiara war nackt?»

Giuseppina nickte wieder. «Sie lag auf dem Boden, und da war überall Blut. Ich dachte, sie wäre tot und habe wohl laut geschrien.»

«Und da ist sie aufgewacht?»

«Ja, und sie ist erschrocken und hat ebenfalls geschrien, und dann haben wir beide geschrien.»

«Und wo war Signor Caruso?»

«Nirgendwo. Chiara konnte ihr Kleid nicht finden, deshalb ist sie rasch in Sachen von ihm geschlüpft. Wir haben gemeinsam nach ihm gesucht, aber er war nicht im Haus. Dann haben wir gesehen, dass die Tür zur Terrasse offen stand und dass eine Spur nach draußen führte, eine Spur aus Blut ...» Sie stockte und erbebte innerlich. Man konnte ihr ansehen, welch große Überwindung es sie kostete, die nächsten Worte auszusprechen. «Wir folgten ihr zum Strand, und dort lag er. Reglos und mit dem Gesicht nach unten, er ...»

Was immer sie weiter hatte sagen wollen, blieb ihr im Hals stecken. «Er hat das nicht verdient, Signor Ritter. Er war so ein guter Dienstherr und immer freundlich ...»

Paolo biss die Lippen zusammen, wusste nicht recht, was er erwidern sollte.

«Wir haben dann einen Krankenwagen gerufen», fuhr Giuseppina fort. «Aber es war schon zu spät ... alles war zu spät.»

«Und Chiara?», wollte Paolo wissen.

«Sie konnte nicht glauben, was passiert ist, hat wieder geweint und geschrien. Genau wie ich.»

«Konnte sie sich zu diesem Zeitpunkt an irgendetwas erinnern?»

Statt auf seine Frage zu antworten, sah ihn die Haushälterin prüfend an. «Signor Ritter», sagte sie dann, «Sie haben mir gesagt, dass Sie ein privater Ermittler sind. Aber nicht, in wessen Auftrag Sie ermitteln.»

«Chiara ist eine Freundin», gestand Paolo, um gleich noch zu präzisieren: «Die Freundin einer Freundin.»

«Dann wollen Sie ihr also helfen.»

«Ich versuche es.»

«Das Mädchen ist es nicht gewesen, ganz sicher nicht», war Giuseppina überzeugt.

«Wegen der Karten?»

«Nein, sondern weil ihr Entsetzen echt gewesen ist. Sie hat Lysandro wirklich geliebt, wissen Sie.»

«Und er? Hat er sie auch geliebt?»

«Schwer zu sagen.» Sie verzog das faltige Gesicht. «Wer versteht schon die Männer?»

Paolo lächelte ein wenig gequält. «Irgendjemand ist es jedenfalls gewesen, denn Lysandro ist tot.»

«Dann finden Sie den Bastard und sorgen Sie für Gerechtigkeit», zischte Giuseppina.

«Ich bin kein Polizist, das ist nicht meine Aufgabe», schränkte Paolo ein. «Mir geht es nur darum, Chiaras Unschuld zu beweisen.» Er bedankte sich für das Gespräch und die Auskünfte, die sie ihm gegeben hatte, und erhob sich dann. «Falls Ihnen noch etwas einfällt, rufen Sie mich bitte an», sagte er, griff in die Innentasche seines Jacketts und legte eine Visitenkarte vor ihr auf den Tisch.

Giuseppina warf einen Blick darauf. «Sie wohnen in einem Hotel?»

«Ich bin der Besitzer des Hotels», verbesserte Paolo. «Jedenfalls versuche ich es. Im kommenden Frühjahr wollen wir eröffnen.»

«Aha. Viel Glück.»

«Danke sehr.» Er nickte. «Darf ich Sie noch um etwas bitten, Giuseppina?»

«Was?»

«Sie haben erwähnt, dass Sie im Besitz eines Nachschlüssels von Signor Carusos Haus gewesen sind.»

«*Sì*», bestätigte sie. «Er hat mir ganz und gar vertraut.»

«Haben Sie den Schlüssel noch?», fragte Paolo nach.

«Und wenn?»

«Würde ich fragen, ob ich ihn mir ausleihen könnte.»

Sie überlegte. «Kommt drauf an», sagte sie dann und sah ihn herausfordernd an.

«Worauf?»

«Sie haben ein Hotel, ja? Mit einem Restaurant.»

«Das stimmt.»

«Ich bin auf der Suche nach einer neuen Arbeit.»

«Ist das Ihr Ernst?» Paolo hob die Brauen. «Nun, meine ... Partnerin sucht tatsächlich eine Küchenhilfe.».

«Fein.» Sie lächelte, und im Austausch für Lucias Handynummer gab sie ihm den Schlüssel. Er war klein und vergoldet – passend, fand Paolo.

Er verabschiedete sich und wollte gehen.

«Falls Sie es noch nicht bemerkt haben, Signor Ritter», sagte Giuseppina. «Auf Ihrer Jacke ...»

«... ist ein Fleck, ich weiß», versicherte Paolo resignierend.

«Sie sollten das reinigen lassen, das macht einen schlechten Eindruck», gab die ordnungsliebende Haushälterin ihm mit auf den Weg, erst dann ließ sie Paolo gehen.

Er war noch nicht ganz auf der Straße, als er Lucias Nummer schon aus dem Speicher des Handys abgerufen hatte.

«*Pronto*», ertönte ihre Stimme. Sie klang heiter, was ihn überraschte.

«Gute Nachrichten», verkündete Paolo, während er die schmale Gasse hinabging, vorbei an den Kindern, die dort noch immer Bälle kickten. «Ich habe eine Küchenhilfe für Sie gefunden.»

«Ernsthaft?»

«Sie ist fleißig und kann Karten legen», fügte er hinzu.

«Che cosa …?»

«Es ist Carusos ehemalige Haushälterin», erklärte Paolo. «Sie hat mir einen Gefallen getan und …»

«Verstehe», sagte Lucia nur.

«Und wie läuft es auf der Baustelle?»

«Bene», versicherte sie eifrig. «Ich habe gerade mit Manfredi gesprochen. Stellen Sie sich vor, er bleibt heute extra länger hier, weil er noch ein Rohr verlegen will.»

«Wie bitte?»

«Im Garten, für die Wasserversorgung», erklärte sie. «Sie brauchen sich keine Sorgen zu machen, es ist alles in Ordnung. Ich halte Ihnen den Rücken frei, und Sie ermitteln. *Come d'accordo, sì?*»

«Sì», bestätigte Paolo, während er sich fragte, ob es wirklich eine gute Idee gewesen war, Lucia mit dem übereifrigen Installateur allein zu lassen, *«come d' accordo.»*

So war es abgemacht.

KAPITEL 12

In einer Bar am Strand – seine Wahl war erneut auf das *Nettuno* gefallen, wobei er sich diesmal an einen der kleinen Tische auf dem die Rotunde umlaufenden Balkon gesetzt hatte – ließ Paolo den Tag zu Ende gehen. Bei italienischen Jazzklängen und einem Negroni, den er mit zwei Teilen Gin bestellte; er war irgendwann für sich zu dem Schluss gekommen, dass das zusätzliche Wacholderaroma den Wermut und den Campari, die auch in dem Drink waren, besser ausbalancierte.

Paolo nahm das kühle Glas in die Hand und betrachtete das Getränk, seine tiefe Röte mit den Eiswürfeln und der Orangenzeste darin, dann genoss er den ersten Schluck. Den bitterfrischen Geschmack auf der Zunge, blickte er auf den beinahe verlassenen Strand und das glitzernde Meer. Darüber spielte sich ein gewaltiges Naturschauspiel ab, wenn wie an jedem Abend die untergehende Sonne den Himmel von Westen her in Brand zu setzen schien.

«Schön, nicht wahr?»

Paolo brauchte nicht hinzusehen, um zu wissen, dass Caruso sich zu ihm gesellt und auf dem anderen Stuhl des kleinen Zweiertischs Platz genommen hatte. Ein Stöhnen entfuhr ihm, und er nahm einen tieferen Schluck aus seinem Glas.

«Das solltest du aber nicht tun», tadelte Caruso.

«Was?»

«Trinken, um mich loszuwerden», erwiderte er. «Die Menge an Alkohol, die dazu erforderlich ist, ist geradezu unvernünftig.

Am Ende würdest du nur mit einem gewaltigen Kater aufwachen, und ich wäre immer noch da, deine Ermittlungen aber keinen Schritt weiter.»

Paolo widersprach nicht. Wie er es hasste, wenn vorlaute, sich verselbstständigende Erinnerungen recht hatten.

«Statt dich über mich zu ärgern, solltest du lieber überlegen, was wir bereits haben.»

Paolo lachte bitter auf. «Das ist eine gute Idee, was haben wir denn? Also, da wäre die Aussage einer Haushälterin, die Tarotkarten legt und große Stücke auf Sie hält. Auch wenn es mir offen gestanden schwerfällt, das nachzuvollziehen.»

«Ist aber so.» Paolo sah nicht hin, aber vermutlich grinste Caruso.

«... dazu eine Tatverdächtige, die sich an nichts erinnern kann, und ein Messer mit ihren Fingerabdrücken darauf», fuhr Paolo unbeirrt fort. «Das ist wenig genug. Und wenn sich herausstellen sollte, dass die Klinge zur Wunde passt, dann ...»

«Du zweifelst», stellte Caruso fest.

Nun sah Paolo doch zu ihm hinüber. Er trug das übliche Outfit, buntes Hemd und Man Bun. Die Sonnenbrille hatte er auf der Nasenspitze, sodass er darüber hinweglinsen konnte.

«Du denkst, dass Chiara es gewesen sein könnte», bohrte Caruso unbarmherzig nach.

Paolo starrte auf das Glas in seiner Hand und schwenkte es, sodass die Eiswürfel darin klirrend aneinanderstießen. «Es wäre nicht das erste Mal, dass jemand, der seine Unschuld beteuert, sich am Ende als Täter herausstellt», sagte er leise. «Man kann niemandem wirklich vertrauen.»

«Was du nicht sagst. Kann es sein, dass hier gerade etwas durcheinanderkommt?»

«Wovon sprechen Sie?»

«Du weißt genau, wovon ich spreche – nur weil du Probleme damit hast, anderen Menschen zu vertrauen, bedeutet das nicht, dass man ihnen generell nicht trauen kann.»

Paolo nahm erneut einen Schluck. «Warum sind Sie eigentlich hier?»

«Warum bist du denn hier?»

«Um die Zeit bis zum Einbruch der Dunkelheit totzuschlagen», antwortete Paolo ein wenig trotzig.

«Du hättest auch zurück nach Cervia fahren können, um dort nach dem Rechten zu sehen, es wäre genügend Zeit gewesen. Aber das wolltest du nicht, weil du Lucia dann beichten müsstest, dass du an Chiaras Unschuld zweifelst.»

Paolo schnitt eine Grimasse in Carusos Richtung und hoffte, dass es keiner von den anderen Gästen sah. Zum Glück war wenig los um diese Zeit.

«Dabei wünschst du dir, dass sie unschuldig ist», fuhr sein Gegenüber in der Analyse fort, «weil du selbst daran glauben willst, dass die Menschen hier besser sind als bei dir zu Hause. Dass sie offen sind und ehrlich und man ihnen noch vertrauen kann.»

«Und wenn?», fragte Paolo.

«Du bist ein Romantiker, mein Freund. Nach außen magst du dich rational und abgeklärt geben, mitunter auch ein wenig zynisch. Aber tief in deinem Herzen willst du an das Gute und Schöne glauben. Deshalb hast du auch meine Musik gemocht.»

Paolo antwortete nicht, sondern leerte seinen Drink und biss auf einem Eiswürfel herum, bis er in seinem Mund zersplitterte. Im gleichen Moment verschwand Caruso.

Paolo seufzte. Er mochte es nicht, wenn seine Erinnerungen klüger waren als er selbst.

Er bestellte noch einen zweiten Negroni und einen Teller

mit gemischten Vorspeisen. Für den Verzehr ließ er sich Zeit, bis die Sonne vollständig jenseits der Hotelfassaden versunken war. Rasch wurde es dunkler, eine kühle Brise wehte plötzlich den Strand entlang.

Paolo ging nach drinnen und bezahlte, dann machte er sich auf den Weg. Bis er sein Ziel erreicht hatte, würde es völlig dunkel geworden sein, und das war gut so – er war nicht erpicht darauf, dabei erwischt zu werden, wie er in die Strandvilla eines in der zurückliegenden Nacht ermordeten, noch dazu stadtbekannten Mannes eindrang.

Die sich scheinbar endlos aneinanderreihenden Strandbäder zur Linken, folgte Paolo der Promenade in südlicher Richtung. Die Nummerierung der Bäder diente ihm dabei zur Orientierung: bei *Bagno* 30 begann er seinen Fußmarsch, bei Nummer 150 näherte er sich dem Ziel. Die kleine Villa, die Lysandro Caruso bewohnt hatte, befand sich ein wenig zurückgesetzt in der Nähe des freien Strandes. Dort, wo Rimini mehr oder weniger nahtlos in das benachbarte Riccione überging. Zum Flughafen war es von hier nur ein knapper Kilometer, hin und wieder trug der Wind das Geräusch startender Maschinen heran.

Dem Alter nach zu urteilen, entstammte Carusos Haus noch den Kindertagen des Tourismus, als Rimini Mitte des vorletzten Jahrhunderts das erste Seebad Italiens eröffnet und wohlhabende, nach Sommerfrische dürstende Menschen ans Meer gelockt hatte: Eine von alten Kiefern umgebene eingeschossige Villa im Stil der Region, mit flachem Zeltdach, glatt verputzt und gelb gestrichen, mit von romanischen Bogen gekrönten Fenstern und einem Türmchen mit einem winzigen Balkon.

Die gute Stunde lang, die der Spaziergang hierher gedauert hatte, hatte Caruso Paolo in Ruhe gelassen. Jetzt war er wieder zur Stelle.

«Schick, nicht wahr?», fragte er mit Blick auf das Fahrzeug, das in der kurzen Einfahrt parkte – kein Geländewagen, wie Paolo an jenem Abend gemutmaßt hatte, sondern ein Sportflitzer, ein Alfa Romeo 4C, in dessen glänzend schwarzem Lack sich das Licht der Straßenbeleuchtung spiegelte. «Jammerschade, dass ich ihn nicht mehr fahren kann.»

«Woher hatten Sie all das Geld?», kam Paolo nicht umhin zu fragen. «Die Strandvilla, der Sportwagen ...»

«Nur kein Neid.» Caruso posierte vor dem Wagen, als gelte, es, Werbeaufnahmen zu machen.

«Ich meine es ernst», beharrte Paolo. «Ist ein Saisonvertrag bei den städtischen Theaterbetrieben so lukrativ?»

«Nicht unbedingt, das Haus habe ich wegen der Nähe zum Flughafen zum Schnäppchenpreis bekommen. Und was den Wagen betrifft, so hat Ihnen der Blick auf das Nummernschild ja bereits verraten, dass er nagelneu ist und erst in diesem Jahr zugelassen wurde.»

«Der Vertrag mit Falcone», mutmaßte Paolo.

«Es ist erstaunlich, wie leicht man an einen schicken Wagen kommt, wenn man den Vorschuss für ein Millionengeschäft in der Tasche hat», erklärte Caruso mit unschuldigem Lächeln.

Paolo nickte, dann trat er unter das kleine Vordach. Die Beamten der Forensik hatte an der Eingangstür eine Banderole angebracht, die das Haus als Schauplatz einer polizeilichen Untersuchung kennzeichnete, jedoch darauf verzichtet, ein Siegel anzubringen. Nachdem Paolo sich mit einem flüchtigen Seitenblick vergewissert hatte, dass ihn niemand beobachtete, zückte er den kleinen Schlüssel, den Giuseppina ihm gegeben hatte, sperrte rasch auf, huschte hinein und zog die Tür wieder hinter sich zu.

Blassblaues Halbdunkel empfing ihn – Mondlicht, das durch

die hohen Fenster einfiel und das Interieur beleuchtete. Die Taschenlampe des Handys würde er vorerst nicht brauchen. Die kühle, aber abgestandene Luft roch nach altem Mauerwerk und Poliermittel, begleitet von einer süßlichen Note, die Paolo zunächst nicht zuordnen konnte. Dann erinnerte er sich an den etwas aufdringlichen Duft, der Chiara am Vorabend umgeben hatte … es war ihr Parfüm, die letzten Nuancen davon.

Paolo sah sich im Haus um.

Die Eingangshalle, kaum groß genug, um den Namen zu verdienen, erschloss eine Küche, ein Bad sowie einen Wohnraum, an den sich wiederum das Schlafzimmer reihte. Paolo rief sich Giuseppinas Bericht ins Gedächtnis und versuchte sich vorzustellen, wie es ausgesehen haben mochte, als Carusos Kleider überall auf dem Boden verstreut gelegen hatten, den ganzen Weg bis zum Schlafzimmer.

Der Schlafraum selbst bot einen grausigen Anblick.

Der Tatort war bislang nicht wieder freigegeben worden, sodass auch noch nicht gereinigt worden war. Mit Ausnahme der Markierungen, die die Spurensicherung hinterlassen hatte, war alles noch weitgehend so, wie die Haushälterin es vorgefunden hatte – und Chiara, nachdem sie erwacht war.

«Verdammt», knurrte Paolo.

«Allerdings.» Caruso zwängte sich hinter ihm durch die Tür, trug jetzt seinen Smoking, als ob das der Situation angemessener wäre. «Ist 'ne ziemliche Sauerei gewesen.»

Paolo schauderte – die dunklen Flecke auf der Matratze und den Laken legten beredtes Zeugnis ab. Und da waren die Blutspritzer auf dem mit hellem Stoff gepolsterten Kopfende des Bettes.

«Ich hab geblutet wie ein Schwein», fügte Caruso überflüssigerweise hinzu, «hat wirklich wehgetan.»

«Den Blutspuren nach wurden Sie im Bett liegend von der Klinge durchbohrt», überlegte Paolo, «aber offenbar waren Sie nicht sofort tot, sondern haben sich nach draußen geschleppt.»

Er ging der Blutspur nach, die sich in einer dunklen, beinahe schwarzen Fährte noch immer auf den steinernen Bodenfliesen abzeichnete – es musste die sein, die Giuseppina gesehen hatte. Dann hörte die Fährte plötzlich auf, dafür gab es den Abdruck einer blutigen Hand an der Wand.

«Hier habe ich mich auf die Beine raffen können», erklärte Caruso dazu. «Eine Hand habe ich auf die Wunde gepresst, mit der anderen habe ich mich an den Möbeln entlanggehangelt», kommentierte er die Blutspuren an Wohnzimmerschrank und Sofa. Auf dem dunklen Holz und dem schwarzen Leder fielen sie kaum auf, was wohl auch der Grund dafür gewesen war, dass weder Giuseppina noch Chiara sie zunächst bemerkt hatten.

Paolo allerdings sah sie, und noch etwas entdeckte er: eine altmodische Stereoanlage, die im untersten Fach des Wohnzimmerschranks stand, komplett mit Boxen und Plattenspieler, genau wie Chiara gesagt hatte. Und unmittelbar daneben, fein säuberlich eingereiht, eine Sammlung von Langspielplatten. Paolo nahm nun doch die Taschenlampen-App zu Hilfe und ließ ihren Lichtschein über die schmalen Rücken der Plattenhüllen schweifen. Klassik, ohne Ausnahme.

«So viel Sinn für Nostalgie hätte ich Ihnen gar nicht zugetraut», stellte Paolo fest.

«Nicht wahr?»

Paolo sah, dass noch eine Platte auf dem Teller lag, und richtete den Lichtschein darauf. Er stöhnte leise auf, denn er erkannte dieses Label, die Platte sofort – es war die gleiche, die auch seine Mutter besessen hatte.

Pavarotti.

Tenorarien.

Nessun Dorma.

Die Hülle, deren Cover bei Paolo ebenfalls Erinnerungen auslöste, lag im Fach darüber, die Kompilation von London Records aus dem Jahr 1975. Etwas allerdings war anders bei dieser Ausgabe, denn quer über das Konterfei des berühmten Startenors war mit schwarzem Filzstift dessen Name geschrieben. Ein handsigniertes Stück!

In Erinnerung an das, was Chiara erzählt hatte, ging Paolos fragender Blick zu Caruso. «Und die haben Sie immer aufgelegt, bevor Sie …?»

«Nun ja.» Ein wenig verlegen trat Caruso von einem Bein auf das andere. «Ein wenig Bestätigung durch ein bewundertes Vorbild kann schließlich nicht schaden.»

Paolo schaltete die Handylampe aus und erhob sich wieder. Dann folgte er dem weiteren Verlauf der Blutspuren bis zu der Fenstertür, die hinaus auf die steingepflasterte Terrasse führte. Es gab Abdrücke am Rahmen und Spritzer am Boden – offenbar hatte Caruso beide Hände zu Hilfe nehmen müssen, um die Tür zu öffnen, wodurch er abermals stärker geblutet hatte.

«Beim Hinausgehen bin ich gestürzt», erklärte Caruso die großen, verschmierten Flecken, die sich draußen auf dem Porphyr abzeichneten. «Von da konnte ich mich nur noch auf allen vieren weiterschleppen, hinaus in den Sand …»

«… wo die Frauen Sie dann am Morgen gefunden haben», ergänzte Paolo und sah ihn fragend an. «Was sollten Sie da draußen?»

«Was wohl?» Er zuckte mit den Schultern. «Fliehen natürlich. Fort von dem Täter …»

«... oder der Täterin», wandte Paolo ein. Er ging zurück zur Schlafzimmertür. «Warum sind Sie eigentlich nicht vorne raus? Die Strecke ist nur halb so lang, und die Wahrscheinlichkeit, dass sie jemanden treffen, den Sie um Hilfe bitten können, ist auf der Straßenseite ungleich größer als zum Meer hin. Noch dazu mitten in der Nacht!»

«Da haben wir ihn wieder, den deutschen Besserwisser.» Caruso warf ihm einen indignierten Blick zu. «Bei dir mag ja alles, was du tust, wohlüberlegt sein – aber kannst du dir auch vorstellen, dass jemand spontan etwas tut, das ganz und gar unvernünftig ist? Noch dazu, wenn er eine Stichwunde im Bauch hat, irrwitzige Schmerzen leidet und dabei ist zu verbluten?»

«Möglich», gestand Paolo ein.

Nicht immer ließ sich alles rational erklären.

Besonders nicht in einem solchen Fall.

Er ging in die Küche und sah sich dort um, warf auch einen Blick in den Abfalleimer, in dem die Polizei die mutmaßliche Tatwaffe gefunden hatte. Den Rändern in der Spüle nach zu urteilen, hatten dort Weingläser gestanden, die die Forensiker vermutlich mitgenommen hatten, um Fingerabdrücke zu nehmen und Speichelproben zu prüfen.

Paolo kehrte ins Wohnzimmer zurück und nahm es noch eingehender als zuvor in Augenschein. Auf dem gläsernen Couchtisch entdeckte er verräterische Rückstände eines weißen Pulvers. Mit dem Fingernagel nahm er ein wenig davon auf und probierte es. Es war gallebitter.

«Kokain», stellte Paolo fest.

«Man gönnt sich ja sonst nichts», verteidigte sich Caruso.

«Trottel», beschied ihm Paolo und tröstete sich damit, dass zumindest Chiara die Finger von dem Zeug gelassen hatte, wie ihre negative Blutprobe bei der Polizei ergeben hatte.

Er überlegte, ob er riskieren konnte, ein paar Fotos zu machen. Vorhänge gab es nicht, nur Fensterläden, durch die man das Blitzlicht von draußen sehen würde.

Paolo wagte es dennoch und machte ein paar Aufnahmen – vom Schlafzimmer, dem Bett mit den blutigen Laken und vom Wohnzimmer. Das Blitzlicht des Handys, das aufflackerte und nicht nur die Räume, sondern auch das dunkle Rot des vertrockneten Blutes einen schreienden, entsetzlichen Augenblick lang aus der Dunkelheit riss, weckte etwas in ihm, eine Assoziation. Er überlegte und hatte plötzlich das Gefühl, der Lösung des Rätsels ein Stück näher zu sein – als plötzlich die Tür an der Vorderseite geöffnet wurde. Schwere Stiefeltritte waren zu hören.

«Mist», knurrte Caruso.

Paolos erster Reflex war Flucht. Er fuhr herum und wollte den Weg durch die Terrassentür nehmen, wie Caruso es in der vergangenen Nacht getan hatte, freilich in der Hoffnung, nicht ebenso ein blutiges Ende zu finden – doch es war schon zu spät, der Lichtkegel einer Taschenlampe erfasste ihn.

«Fermi! Che nessuno si muova!», brüllte eine ebenso laute wie energische Stimme hinter ihm.

Paolo erstarrte.

Zwei Hände packten ihn von hinten, während eine weitere Gestalt um ihn herum kam und ihm mit der Taschenlampe ins Gesicht leuchtete.

Es war eine junge Frau in der Uniform der *squadra volante*. In der einen Hand hielt sie die Taschenlampe, in der anderen ihre Dienstwaffe, die auf Paolo gerichtet war.

KAPITEL 13

Was haben Sie sich nur dabei gedacht?»

Statt auf die Frage zu antworten, gönnte sich Paolo den Luxus eines ausgiebigen Seufzens. Genau das war passiert, was er hatte vermeiden wollen, man hatte ihn auf frischer Tat ertappt. Natürlich hatte er versucht, sich vor den beiden Polizisten herauszureden, hatte behauptet, dass er ein alter Freund von Caruso sei und einen Schlüssel zum Haus besitze – geholfen hatte es alles nichts. Die Beamten hatten ihn in ihren Wagen gesteckt und kurzerhand zur *questura* gefahren, und da saß er nun zum zweiten Mal an diesem Tag Bibiana Gallo gegenüber, die ihn durch die Gläser ihrer roten Hornbrille vorwurfsvoll ansah. Mit diesen verflixt grünen Augen, die ihn an Julia erinnerten.

Der Schein der Schreibtischlampe ließ ihr Haar feuerrot leuchten. Trotz vorgerückter Stunde trug die Inspektorin ihre korrekte Uniform – ob sie länger gearbeitet hatte oder Paolos wegen eigens wieder auf die Wache gekommen war, ließ sich nicht feststellen. Aber sie wirkte nicht erheitert, was Paolo ihr angesichts seiner Einmischung auch nicht verdenken konnte.

«Ich wollte helfen», erklärte er in seiner Not, und obwohl sie sichtlich wütend war, schien das ihren Zorn ein wenig zu dämpfen. Die Falte, die sich unterhalb ihres streng zurückgekämmten Haaransatzes gebildet hatte, entspannte sich ein wenig, ihre Gesichtszüge wurden milder.

«Das glaube ich Ihnen», sagte sie, «und Signora Larocca

kann sich glücklich schätzen, einen Freund wie Sie zu haben, der sich so für sie einsetzt. Aber erstens haben Sie dabei eine Straftat begangen …»

«Ich hatte einen Schlüssel, ganz offiziell», wandte Paolo ein wenig hilflos ein.

«Ganz offiziell haben Sie einen noch nicht freigegebenen Tatort widerrechtlich betreten», beschied sie ihm mit einem bedeutsamen Blick über den Rand ihrer Brille. «Und zweitens war Ihre Aktion, so heldenhaft sie auch gewesen sein mag, völlig vergeblich. Denn wie ich Ihnen bereits gesagt habe, liegt der Fall diesmal eindeutig.»

«Wie können Sie da so sicher sein?», fragte Paolo, aber schon im nächsten Moment wurde es ihm klar. «Der Autopsiebericht? Sie haben ihn schon?»

Der bedeutsame Blick blieb auf ihm haften.

Dann zog Ispettore Gallo die oberste Schublade ihres Schreibtischs auf und entnahm ihm eine Mappe aus hellbrauner Pappe, die sie vor sich auf die polierte Platte legte.

«Morgen früh hätte ich Sie angerufen, aber wir können es auch gleich besprechen», sagte sie dazu.

«Der Bericht liegt bereits vor.» Paolo schürzte anerkennend die Lippen. «Das grenzt ja an Zauberei!»

Die Inspektorin lächelte, ob aus Dank für die Anerkennung oder in leisem Spott über Paolo, ließ sich nicht sagen. «Die Auswertung der DNA-Proben wird noch ein paar Tage in Anspruch nehmen, die gerichtsmedizinische Untersuchung ist jedoch abgeschlossen.»

«Und?» Paolo rückte bis an die vorderste Kante seines Stuhls. Er war nicht sicher, ob er die Antwort wirklich hören wollte.

«Nach allem, was wir bislang sagen können, stammt die Stichwunde von dem Messer, das im Abfalleimer der Küche gefunden wurde – mit den Fingerabdrücken von Chiara Larocca auf dem Griff. Und das Blut auf der Klinge ist ganz eindeutig das des Mordopfers.»

«Verdammt», sagte Paolo.

Für einen Moment herrschte Leere in seinem Kopf, er wusste nicht, was er darauf erwidern sollte. Seltsamerweise war es Gallo, die ihn aus der Lethargie befreite.

«Allerdings», fügte sie hinzu, «hat die Autopsie auch ergeben, dass Lysandro Caruso nicht allein an dem Messerstich gestorben ist.»

«Wie bitte?»

Gallo öffnete die Mappe, in deren Innerem Schriftstücke und Fotografien gesammelt waren, noch ganz auf die altmodische Art. In der neuen Quästur, nach dem Umzug, würde vermutlich alles digital bearbeitet werden.

Die Inspektorin sah die Aufnahmen durch, zog zunächst eine und dann noch eine zweite hervor und schob sie beide Paolo hin. Die erste Aufnahme zeigte Oberkörper, Arme und Hände eines schlanken, knapp dreißigjährigen Mannes – Carusos Oberkörper. Das Blut war abgewischt und die Wunde im oberen Bauchbereich gereinigt worden, sodass man den Einstich – eine klaffende, der Bemaßung nach rund fünf Zentimeter breite Wunde – deutlich sehen konnte.

Die zweite Aufnahme zeigte ein Tranchiermesser mit breiter, blutbefleckter Klinge.

Paolo spürte, wie sich etwas in ihm zusammenkrampfte. Er hatte solche Bilder schon eine Weile lang nicht mehr zu sehen bekommen. Und er hatte sie nicht vermisst.

«Wird es gehen?», erkundigte sich Gallo, beinahe besorgt.

«Natürlich.»

«Laut Bericht ist die Klinge unterhalb der Rippen etwa fünfzehn Zentimeter tief eingedrungen», erläuterte sie daraufhin. «Die Leber hat sie verfehlt, den Magen perforiert. Der Blutverlust war beträchtlich, doch wäre die Wunde allein bei entsprechender medizinischer Versorgung nicht tödlich gewesen.»

«Worauf wollen Sie hinaus?» Paolo sah sie an. «Dass es sich ‹nur›», er zeichnete mit den Händen Anführungszeichen in die Luft, «um Körperverletzung mit Todesfolge gehandelt hat?» Weder wusste er, ob das italienische Rechtssystem etwas Entsprechendes kannte, noch waren ihm die Bezeichnungen dafür geläufig. Er übersetzte sie einfach sinngemäß, so gut er es eben vermochte. Bibiana Gallo schien trotzdem zu verstehen.

«Nein, Signor Ritter», widersprach sie. «Damit möchte ich Ihnen sagen, dass die eigentliche Todesursache nicht der Messerstich gewesen ist.»

«Was dann? Drogen?»

«Wir haben verbotene Substanzen in seinem Blut gefunden», bestätigte Gallo bereitwillig, «aber auch das ist nicht maßgeblich gewesen. Laut Aussage der Gerichtsmedizin trat Lysandro Carusos Tod gegen vier Uhr morgens ein, und zwar durch Erstickung.»

«*Soffocacamento?*», hakte Paolo nach, der nicht sicher war, ob er richtig verstanden hatte. «Sie meinen, er …»

«In seinem Mundraum, in Speiseröhre und Magen sowie in der Luftröhre wurde Sand gefunden, Signor Ritter.»

«Sand», echote Paolo und versuchte, diese neue Information mit dem in Einklang zu bringen, was er im Zuge seiner illegalen Tatortbegehung herausgefunden hatte. «Caruso bekommt im Schlafzimmer einen Messerstich in den Oberbauch», rekonstruierte er den Tathergang. «Daraufhin wälzt er sich schwer verwundet aus dem Bett und ergreift die Flucht. An den Wohnzimmermöbeln entlang hangelt er sich zur Terrassentür und flieht hinaus auf den Strand. Doch ehe er Hilfe holen kann …»

«… wird er von jemandem gepackt und in den Sand gedrückt, sodass er keine Luft mehr bekommt und in grausamem Todeskampf erstickt», ergänzte die Inspektorin.

«Jemand?», hakte Paolo nach und sah sie prüfend an. «Ich nehme doch an, wir sprechen von derselben Person, die auch zugestochen hat?»

«Gut möglich. Aber warum hat sie das Opfer zunächst entkommen lassen?»

«Ich glaube nicht, dass das Absicht gewesen ist. Möglicherweise war sie durch etwas abgelenkt und hat dann plötzlich festgestellt, dass sich Caruso durch die Terrassentür nach draußen geschleppt hatte. Also ist sie rasch hinterher und hat es zu Ende gebracht.»

«Dafür spricht einiges, ja.»

«Gut», meinte Paolo, der plötzlich wieder Hoffnung für Chiara sah, «aber Sie werden mir doch auch zustimmen, dass einiges an roher Körperkraft vonnöten ist, um einen Mann derart in den Sand zu drücken, dass er erstickt.»

«Caruso war verwundet und entsprechend geschwächt», gab Gallo zu bedenken.

«Trotzdem – die Wunde und der Schmerz müssen für einen Adrenalinstoß bei ihm gesorgt haben. Er hat sich bestimmt nicht freiwillig in den Sand gelegt, um zu sterben.»

«Ganz sicher nicht.» Nicht Ispettore Gallo sagte das, sondern Lysandro Caruso, der plötzlich wieder da war und auf ihrem Schreibtisch saß, die Beine lässig übereinandergeschlagen.

«Signor Ritter, bevor Sie wieder anfangen, über einen möglichen Einbruch zu spekulieren …»

«Ich weiß, dass Sie gesagt haben, dass es kein gewaltsames

Eindringen gab», versicherte Paolo, «ich kann mich gut daran erinnern, glauben Sie mir. Aber vielleicht hat sich der Mörder ja bereits vor der Tat Zugang zum Haus verschaffen können. Vielleicht hat er nur darauf gewartet, dass Lysandro und Chiara nach Hause kommen. Er versteckt sich also und wartet auf den Moment, in dem die beiden am verletzlichsten sind, nämlich als sie ... ich meine, als sie ...»

«... im Bett sind und Sex haben», sprang Gallo ein, als ihm die Worte nicht recht über die Lippen wollten. «Tatsächlich wissen wir aus der Untersuchung, dass Caruso vor seinem Ableben noch Geschlechtsverkehr hatte.»

Caruso nickte beifällig und klopfte sich grinsend auf die Brust.

«Äh, richtig», stimmte Paolo zu. «Mit der Nachttischlampe schlägt der Eindringling Chiara also bewusstlos, dann sticht er mit einem Messer, das er zuvor aus der Küche geholt hat, auf Lysandro ein. Um den Verdacht in eine falsche Richtung zu lenken, sorgt er dafür, dass Chiaras Fingerabdrücke an den Griff des Messers kommen, dann wirft er es in den Abfall – nicht etwa, um es loszuwerden, sondern damit es später von der Polizei gefunden wird. Doch dabei unterläuft ihm ein Fehler – Caruso blutet zwar heftig, aber er ist noch nicht tot. Er schleppt sich aus dem Schlafzimmer, doch er kann nicht durch die Haustür fliehen, weil er dann an der Küche vorbeimüsste, wo sich der Täter aufhält. Also flüchtet er in seiner Verzweiflung auf die Terrasse und von dort an den Strand, aber er kommt nicht weit. Der Täter holt ihn ein und bereitet ihm ein hässliches Ende. Anschließend verwischt er seine Spuren und verschwindet unerkannt hinaus in die Nacht.»

«Eine schöne Theorie!», lobte Caruso begeistert. «Genau so muss es gewesen sein!»

Inspektorin Gallo war weniger beeindruckt.

«Es scheint für Sie festzustehen, dass es ein männlicher Täter war», wandte sie ein.

«Wie ich schon sagte, ich glaube nicht, dass Chiara dazu in der Lage gewesen wäre. Außerdem ist da noch die Beule an ihrem Kopf.»

«Die könnte sie sich auch selbst zugefügt haben.»

«Das hatten Sie bei unserem ersten ... Treffen schon erwähnt», räumte Paolo ein. «Trotzdem ... es passt einfach nicht zusammen. Verstehen Sie, was ich meine?»

Eine endlos scheinende Weile sah sie ihn an.

«Paolo», begann sie schließlich, «ich müsste Ihnen das nicht zeigen. Aber ich werde es trotzdem tun, aus Respekt vor Ihrer Arbeit und weil ich möchte, dass Sie auch meine Arbeit respektieren.»

«Da-das tue ich», versicherte Paolo. «Bitte verzeihen Sie, wenn ich respektlos ...» Er unterbrach sich, als er sah, wie sie eine weitere Fotografie hervorzog. «Was ist das?»

«Sehen Sie selbst.» Sie drehte das Foto in seine Richtung und schob es ihm hin.

Paolo nahm es in die Hand. Es war anders als das vorherige, war nicht mit grellem Licht und unter Laborbedingungen entstanden und entsprechend unscharf. Den Reflexionen nach zu urteilen, war die Aufnahme durch ein Fenster gemacht worden, am oberen und unteren Bildrand konnte man verschwommen sogar die Lamellen einer Jalousie oder eines Fensterladens erkennen.

Doch trotz der Spiegelungen und der Unschärfe war eindeutig zu erkennen, was das Bild zeigte.

Paolo errötete unwillkürlich.

Es war das Schlafzimmer der Caruso-Villa, nicht von der Tür, sondern vom Fenster her betrachtet, wodurch man direkt aufs Bett blicken konnte.

Am unteren Bildrand war Lysandro Caruso zu sehen, auf dem Rücken liegend und splitternackt. Auf seiner Leibesmitte saß rittlings Chiara Larocca, mit ihrem langen blonden Haar und dem zitronengelben Abendkleid, das sie bis zu den Hüften gerafft hatte. Ihr Oberkörper war nach hinten gebeugt, mit dem linken Arm stützte sie sich auf der Matratze ab. Ihre Rechte dagegen hatte sie hoch erhoben, und man konnte den Gegenstand, den sie damit umklammerte, mehr als deutlich erkennen.

Es war ein großes Tranchiermesser.

Das Messer …

«Woher haben Sie das?», ächzte Paolo in unverhohlenem Entsetzen, während er das eben erst mühsam errichtete Gebäude seiner Theorie tosend in sich zusammenbrechen sah.

«Das Bild kam heute Nachmittag als Anlage einer E-Mail», erklärte sie, leise und ohne jeden Triumph in der Stimme, wofür er ihr dankbar war. «Wir haben natürlich versucht, den Absender zu ermitteln, aber …»

Er nickte. Bei entsprechender Anonymisierung war es selbst Profis unmöglich herauszufinden, woher eine Mail gekommen war. Die Daten wurden zwischen verschiedenen Servern hin und her geschickt und gingen mehrmals um die Welt, ehe sie ihrem Empfänger zugestellt wurden. Und selbst wenn man nach aufwendiger Suche eine IP-Adresse ausfindig machen konnte, war diese meist nicht eindeutig zuzuordnen.

Paolo starrte auf das Bild.

«*Merda*», sagte Caruso auf dem Schreibtisch.

Und Paolo sprach es laut aus.

KAPITEL 14

Erst gegen zwei Uhr morgens kam Paolo nach Hause. Ein Streifenwagen brachte ihn auf Gallos Anordnung nach Cervia zurück, wo er sich still und leise auf sein Zimmer schlich in der Hoffnung, weder Lucia noch Caruso zu begegnen – und er hatte Glück.

Lucia schien in ihrem Zimmer bereits tief und fest zu schlafen, und er hatte gewiss nicht vor, sie zu wecken, nur um ihr eine so niederschmetternde Nachricht zu überbringen.

Schlaf fand er allerdings auch nicht.

Ruhelos wälzte er sich in dem alten Hotelbett hin und her, während er sowohl seinen Besuch am Tatort als auch das Gespräch mit Bibiana Gallo Revue passieren ließ, wieder und wieder. Und immer hatte er dabei das Gefühl, etwas übersehen zu haben, obwohl es direkt vor seiner Nase war.

Es war ein hässliches, unbefriedigendes Gefühl, das ihn quälte – oder machte er sich nur etwas vor? War es in Wahrheit nur sein Herz, das sich weigerte einzusehen, was sein Verstand längst begriffen hatte? Dass Chiara Larocca, die oberflächliche, ewig verpeilte, aber auf ihre Art doch liebenswerte Freundin von Lucia, eine kaltblütige Mörderin war?

Ganz gleich, wie oft Paolo es sich vorsagte, wie sehr er sich an den Gedanken zu gewöhnen versuchte – es war und blieb eine entsetzliche Vorstellung, und er hatte keine Ahnung, wie er es Lucia sagen sollte. In seinem müden Kopf suchte er nach einer Möglichkeit, es ihr schonend beizubringen, doch er fand keine. Es gab wohl keinen einfachen Weg, es ihr zu sagen.

So wie es keine einfache Lösung gab.

Nicht bei diesem Fall.

Erst gegen Morgen, draußen dämmerte es bereits, fielen Paolo endlich die Augen zu, und er fand etwas Schlaf, wenn auch nicht mehr als eine Stunde. Entsprechend gerädert fühlte er sich, als ihn das ratternde Geräusch eines Bohrhammers weckte. Er musste geträumt haben, denn im ersten Moment hatte er noch das Gefühl, dass das Rattern zu seinem Traum gehörte. Dann wurde er wach, und so schnell, wie der Traum verblasste, kehrte die Erinnerung an die Gegenwart zurück.

An das Hotel, die Renovierung und die unbezahlten Rechnungen. Vor allem aber an den Mord an Lysandro Caruso.

An Chiara.

Und an Lucia, die er nicht enttäuschen wollte.

Er warf seinen Bademantel über und schlich quer über den Gang in das einzige funktionstüchtige Badezimmer im Haus, das Lucia und er sich teilten. Eine heiße Dusche, so hoffte er, würde seine Lebensgeister zurückbringen und die mörderischen Verspannungen in Rücken und Nacken lösen, die fraglos von all den Sorgen herrührten. Wie sich jedoch herausstellte, gab es aus irgendeinem Grund kein heißes Wasser. Die kalte Dusche, die Paolo daraufhin zwangsläufig nahm, machte ihn zwar vollends wach, die Verspannungen aber nur noch schlimmer.

Er kam sich vor wie ein geprügelter Hund, als er schließlich in der kleinen Hotelbar erschien. Ringsum waren bereits Arbeiten im Gang, Lucia stand hinter dem Tresen und hatte schon die ganze Mannschaft mit *caffè* versorgt. Paolo entfuhr ein leises Stöhnen, als er sah, wer auf einem der schlanken weißen Barhocker thronte, noch dazu an seinem Stammplatz.

Es war Eros Manfredi.

Anders als Paolo sah der *installatore* so frisch aus wie der junge Morgen, das angegraute Kraushaar glitzerte im Schein der einfallenden Sonne. Und offenbar hatte er gerade einen Scherz gemacht, denn Lucia lachte herzlich. Paolo kannte ihr Lachen inzwischen gut genug, um zu wissen, wenn es nur künstlich war oder höflich. Dieses Lachen hingegen war echt …

«Buon giorno, patrono!», rief Manfredi ihm vergnügt entgegen. «Ein wunderbarer Morgen, nicht wahr?»

«Geht so», erwiderte Paolo. Das Sonnenlicht schmerzte in seinen Augen. Blinzelnd quälte er sich auf den freien Barhocker neben Manfredi und nickte Lucia zu, es war Morgengruß und Bestellung zugleich.

Sie verstand und begann an der chromblitzenden Cimbali zu hantieren, um ihm seinen Cappuccino zu machen.

«Tutto va bene», war Manfredi überzeugt und klopfte Paolo aufmunternd auf die Schulter. Dann schwang er sich vom Hocker, und indem er Lucia ein süffisantes *«Ciao bella!»* zurief, ging er an die Arbeit.

«Ciao bella?», wiederholte Paolo, während er sich mit der Hand über das müde Gesicht fuhr.

«Er macht nur Spaß», meinte Lucia auf Deutsch, während sie den Milchschaum auf den frisch bezogenen Kaffee goss. «Er ist eben ein lustiger Kerl.»

«Lustig», echote Paolo.

«Sì.» Sie stellte ihm die Tasse hin, mit dem Schaum hatte sie ein kleines Herz darauf gemacht. «Sie dürfen nicht so streng sein. Die Sonne scheint.»

Paolo rang sich ein Lächeln ab. Die italienische Neigung, die eigene Laune an der Sonne auszurichten, war eines der Phänomene, die er nie ganz begreifen würde. An Tagen, an denen die Sonne vom Himmel lachte, schienen selbst jene Leute ausgelassen, die eigentlich nichts zu lachen hatten – während an bedeckten Tagen oder gar in Regenperioden das Land in kollektive Depression zu verfallen schien. Zumindest war das Paolos Eindruck, und er konnte nur hoffen, dass die Sonne heute zuverlässig ihre Pflicht erfüllen würde, denn er würde Lucias Laune auf eine harte Probe stellen müssen …

«Wann sind Sie gestern zurückgekommen?», fragte sie, während sie mit einem Lappen über die Kaffeemaschine huschte. «Ich habe Sie gar nicht mehr gehört.»

«Spät», sagte er nur.

«*Allora*, sehr gesprächig ist *Herr Ritter* heute nicht.» Sie legte den Lappen weg und drehte sich zu ihm um. «Haben Sie etwas herausgefunden?»

Statt zu antworten, nahm er einen tiefen Schluck Cappuccino. Aber obwohl er wider jede Gewohnheit heute zwei Löffel Zucker hineingegeben hatte, schmeckte der Kaffee bitter. «So kann man es auch ausdrücken.»

Es war, als würde eine Wolke Lucias freundliche Züge verfinstern. Ihr Lächeln verschwand, eine Sorgenfalte bildete sich auf ihrer Stirn. «Was ist los?», wollte sie wissen.

Paolo blickte vom Tresen auf.

Er sah in ihr Gesicht, sah die leise Furcht in ihren Augen und kam sich vor wie ein Schuft. Er wollte das nicht tun, aber er wusste auch, dass kein Weg daran vorbeiführte.

«Es sieht nicht gut aus, Lucia», gestand er.

«*Perchè no?* Sind Sie in dem Haus gewesen?»

Er nickte.

«Und? *Mamma mia*, muss ich Ihnen jedes einzelne Wort von der Zunge ziehen?»

«Aus der Nase», verbesserte Paolo automatisch, obwohl es

völlig unwichtig war. Sie hatte recht, er war ein verdammter Besserwisser. «Ich ... ich weiß nicht, wie ich es Ihnen sagen soll.»

«Sie machen mir Angst, wissen Sie das?»

Paolo biss sich auf die Unterlippe. Er durfte Lucia nicht noch länger auf die Folter spannen. «Die Polizei hat Beweismaterial. Belastendes Beweismaterial ... alles deutet darauf hin, dass es Chiara gewesen ist.»

«*No!*»

Sie trat einen Schritt von der Bar zurück, vollführte mit den Armen eine abschneidende Geste. Empörung loderte in ihren eben noch so heiteren Augen. Und dann brach ein Wortschwall aus ihr hervor, eine Tirade italienischer Verwünschungen, von denen er glücklicherweise nur die Hälfte verstand.

«E-es tut mir leid, Lucia», sagte Paolo in die Pause, die entstand, als sie zwangsläufig irgendwann Luft holen musste. Ihm war klar, dass jedes weitere Wort, das er nun sagte, für sie eine Qual sein wurde, und er schämte sich dafür. «Es sieht wirklich nicht gut aus», eröffnete er. «Nicht nur, dass das Blut auf der Klinge tatsächlich von Lysandro stammt und das Messer zu der Stichwunde passt, es gibt sogar ein Foto ...»

«Ein Foto?» Sie sah ihn fragend an.

«Es zeigt Chiara, wie sie ...» Er unterbrach sich, schalt sich einen Idioten, weil er überhaupt damit angefangen hatte, die Aufnahme zu beschreiben. «Es ist belastend», fasste er stattdessen zusammen. «Sehr eindeutig.»

Lucia sah ihn an. Es war, als wäre mit diesem ersten Temperamentsausbruch auch ein Teil ihrer Kraft entwichen, die bodenständige, pragmatische Ruhe, für die er sie sonst so bewunderte. «Sie haben gesagt, dass alles gut wird.»

«Ich weiß.» Paolo wich ihrem Blick aus.

«Das ist das zweite Mal, dass Sie ein Versprechen brechen», fügte sie hinzu.

«Lucia, ich ...»

«Chiara ist es nicht gewesen», versicherte sie leise, Tränen glänzten dabei in ihren Augen.

«Lucia, wir müssen uns den Tatsachen stellen. Es gibt keinerlei Hinweise auf ein gewaltsames Eindringen oder die Anwesenheit einer weiteren Person zum Zeitpunkt des Mordes.»

«Ich kenne sie schon so lange, und ich weiß es, hier drin», fügte Lucia hinzu, auf ihr Herz deutend.

Paolo nickte wieder. Er hatte damit gerechnet, dass sie ihrer Freundin die Treue halten wurde, auch wenn es im Augenblick jeder Vernunft und jedem Anschein widersprechen mochte.

«Was werden Sie jetzt tun?», fragte Lucia leise. «Aufgeben?»

«Das sollte ich wahrscheinlich. Die Indizien sind in der Tat erdrückend, und alles scheint gegen Chiara zu sprechen. Ich sollte damit aufhören, Hirngespinsten nachzujagen und mich lieber wieder um das *Cavaliere* kümmern, damit hätte ich weiß Gott genug zu tun.» Er lachte freudlos beim Gedanken an seine nicht vorhandenen Hotelmanagertalente. «Das Problem ist nur ... ich kann es nicht», fügte er leise hinzu.

«Nein?» Lucia sah auf. Rasch wischte sie die Tränen aus dem Gesicht.

«Etwas lässt mir keine Ruhe – oder vielmehr jemand», knurrte Paolo.

«Ihre Erinnerungen?»

Paolo nickte. Er hatte es ihr erzählt, Lucia wusste von seinem episodischen Gedächtnis, von seiner Gabe ... und seinem Fluch. «Es ist Caruso», gestand er. «Die Erinnerung an ihn verfolgt mich wie ein Gespenst, und das würde sie nicht tun, wenn ich das Gefühl hätte, dass alles zusammenpasst. Dieses Foto, das plötzlich aufgetaucht ist – woher kommt es und wer hat es gemacht? Irgendetwas stimmt nicht, Lucia. Ich weiß noch nicht, was genau es ist und ob ich Chiara damit helfen kann. Aber solange die Möglichkeit besteht, werde ich nach Hinweisen suchen, um sie zu entlasten. Das zumindest kann ich Ihnen versprechen. Sofern Sie meinen Versprechungen überhaupt noch Glauben schenken wollen.»

«Das tue ich», versicherte sie, und als diesmal Tränen über ihre Wangen rannen, schienen sie eher der Erleichterung geschuldet.

«Ich bin noch nicht bereit aufzugeben», fügte Paolo hinzu. «Als Nächstes werde ich mit Benini sprechen, als sein Mentor und Entdecker scheint er Caruso gut gekannt zu haben. Vielleicht erhalte ich von ihm einen Hinweis auf den wahren Täter, denn eines hat die Polizei bei Chiara noch immer nicht gefunden.»

«Und das wäre?»

«Ein Motiv, Lucia. Ein Motiv …»

KAPITEL 15

Als Paolo ihn anrief, sagte Carlo Benini einem Treffen sofort zu. Zwar war auch er vom Tod seines Schützlings tief getroffen, jedoch beteuerte er, alles dazu beitragen zu wollen, den genauen Tathergang aufzuklären und den wahren Schuldigen zu finden.

Sie kamen überein, sich am späten Vormittag auf der Nordseite der Ponte Tiberio zu treffen, jener ehrwürdigen Brücke, die am nördlichen Ende des Corso d'Augusto in fünf steinernen Bogen über den Marecchia-Kanal wacht. Die alten Römer hatten sowohl dem Fluss als auch der angrenzenden Siedlung den Namen «Ariminum» gegeben, was der Ursprung des späteren Namens Rimini war.

Als Paolo die Ponte Tiberio erreichte – Lucia hatte ihn mit dem Talento hingefahren –, war Benini bereits vor Ort. Nach vorn gebeugt stützte er sich auf das metallene Geländer des Brückenkopfs und blickte auf das Monument. Reger Verkehr strömte darüber.

«Buon giorno, Signor Benini», sagte Paolo und trat neben ihn, hütete sich jedoch davor, ebenfalls die Hände aufs Geländer zu legen. So ganz hatte er sich seine Abneigung gegen Bakterien auch unter südlicher Sonne nicht abgewöhnen können. «Danke, dass Sie es so schnell einrichten konnten.»

Benini nickte, ohne den Blick zu wenden. Sein Bart war ungepflegt, seine Augen verbarg er hinter einer Wayfarer-Sonnenbrille. Er trug einen schwarzen, wollenen Mantel – vielleicht, um seiner Trauer Ausdruck zu verleihen, vielleicht auch nur, weil ihm trotz der spätsommerlichen Temperaturen kalt war. «Haben Sie sich schon einmal die Frage aller Fragen gestellt, Signor Ritter?», fragte er leise. Seine dünne, heisere Stimme kam kaum gegen den Verkehrslärm an.

Paolo sah ihn von der Seite an. «Was für eine Frage?»

«Die wichtigste, Signor Ritter, die nach dem Sinn», beschied Benini ihm. Das gegenüberliegende südliche Ufer mit dem Turm von Santa Maria in Corte spiegelte sich in seiner Brille. «Haben Sie sich je gefragt, ob das, was Sie tun, einen Sinn hat? Ob überhaupt etwas einen Sinn hat?»

«Schon oft», versicherte Paolo. «Ehrlich gesagt hatte ich immer gedacht, ich hätte die Frage erfunden.»

Benini gab ein Geräusch von sich, das wohl ein Lachen sein sollte. «Sehen Sie sich diese Brücke an. Obwohl sie nach Tiberius benannt ist, geht ihr Bau auf Kaiser Augustus zurück. Das bedeutet, dass sie mehr als zweitausend Jahre alt ist, und noch immer dient sie ihrem Zweck. Das ist Sinn, Signor Ritter!»

«Eine lange Zeit», gab Paolo zu, ahnend, worauf Benini hinauswollte. «Aber wir können nicht alle steinerne Monumente errichten.»

«Ich weiß», sagte er nur, und es klang resigniert. «Ich weiß, mein Freund.»

«Wie geht es Ihnen?»

Benini ließ sich mit der Antwort Zeit. «Gut, schätze ich … es geht mir gut. Ich habe mein Leben ja noch. Nur meine Hoffnung habe ich verloren.»

Er betonte die Worte seltsam, sang sie beinahe, so als stammten sie aus dem Libretto einer Oper – wenn es so war, dann aus einer, die Paolo nicht kannte.

«Sie hat mir alles genommen», fuhr er flüsternd fort. «Einfach alles.»

«Sie?», fragte Paolo nach.

Zum ersten Mal wandte Benini das Haupt und sah ihn an. In den dunklen Gläsern der Sonnenbrille sah Paolo allerdings nur sich selbst, die Augen seines Gegenübers waren nur zu erahnen. «Das Mädchen natürlich.»

«Chiara?»

Er schnaubte eine Bestätigung. «Lysandro war kein Kind von Traurigkeit, weiß Gott nicht. Der Herr hat ihn nicht nur mit einer großen Stimme gesegnet, sondern auch mit blendendem Aussehen. Das war sein Segen und sein Fluch. Die Frauen haben ihn geliebt, und er liebte die Frauen, die Blonden ganz besonders. Oft genug war es nur für eine Nacht. Ihre Namen hatte er am nächsten Morgen bereits wieder vergessen – wenn er überhaupt danach gefragt hatte.»

Benini unterbrach sich und sah wieder hinaus auf das stille Wasser des Kanals. «Doch auf einmal», fügte er schließlich hinzu, «schien er sich nur noch für eine einzige zu interessieren ...»

«Ich weiß», bestätigte Paolo, «ich habe mit Signora Emiliani gesprochen, Lysandros Haushälterin. Sie sagt, dass er keinen anderweitigen Damenbesuch mehr in seinem Haus empfangen hätte, seit er mit Chiara zusammen war.»

«Das glaube ich gern.» Benini lachte bitter auf. «Sie hatte etwas an sich, auf das er nicht vorbereitet war, das ihn vom ersten Tag an in Bann geschlagen hat – und wissen Sie, was die Ironie dabei ist? Dass ich froh darüber war! Dass ich ihn noch darin bestärkt habe, mit Chiara Larocca zusammen zu sein. Schließlich hatte er davor seine Gesangsstudien oft genug wegen seiner Frauengeschichten vernachlässigt. Chiara schien ein nettes Mädchen zu sein, und ich hatte die Hoffnung, dass er durch sie vielleicht ein wenig ruhiger werden würde und mehr zu sich finden, vielleicht irgendwann eine Familie gründen ... wer hätte gedacht, dass es so enden würde? Dass sie zu so etwas fähig sein würde?»

«Signor Benini», sagte Paolo leise, «ganz gleich, was die Polizei Ihnen erzählt hat, wir wissen noch nicht, was genau vorletzte Nacht geschehen ist.»

«Sie mögen es noch nicht wissen, Signor Ritter, aber ich weiß es», versicherte Benini und nahm nun doch die Brille ab. Paolo erschrak beinahe, denn Lysandros Mentor wirkte um Jahre gealtert. Sein Gesichtsausdruck war der, den Paolo im Zuge seiner Arbeit für das LKA leider viel zu oft gesehen hatte – der eines Menschen, der in den Abgrund blickte. Schmerz stand darin zu lesen und unendliche Trauer. Und da war Zorn, unbändige Wut auf diejenige, der er die Schuld daran gab ...

«*Era tutta la mia vita, quel ragazzo*», fügte er mit brüchiger Stimme hinzu.

Er war mein Leben, dieser Junge.

«Sie haben keine eigenen Kinder?»

Er schüttelte müde den Kopf. «Meine Frau – der Herr behüte ihre Seele – konnte uns keine Kinder schenken.»

«Das tut mir leid.»

«Wir haben gelernt, damit zu leben», versicherte er. «Meine Frau war Lehrerin. Genau wie ich hat sie Musik und Gesang unterrichtet, wodurch wir viel mit jungen Menschen zu tun hatten. Das war uns beiden eine Freude, und in mancher Hinsicht auch ein Ersatz.»

«Und Lysandro war auch einer ihrer Schüler?»

«*Sì.*» Benini nickte, und man konnte sehen, wie sich seine Augen mit Tränen füllten. Er schien es selbst zu bemerken, denn er setzte rasch die Sonnenbrille wieder auf. «Schon als ich ihn zum allerersten Mal hörte, war mir klar, welch außergewöhnliches Talent er besaß.»

«Wann und wo ist das gewesen?»

«Im Frühjahr 1996, damals leitete ich den Kinderchor in der Basilica Cattedrale. Ich weiß es noch, als wäre es gestern gewesen: Da wurde mir dieser schmächtige kleine Junge mit den traurigen Augen vorgestellt. Er war schüchtern und schien sich vor den anderen Kindern zu fürchten. Seine Mutter erzählte mir dann, dass er erst unlängst seinen Vater verloren hätte. Ich fragte nicht weiter nach, glaubte jedoch an einen Unfall oder so etwas. Erst Jahre später erfuhr ich, dass er einfach abgehauen war und seine Familie im Stich gelassen hatte. Lysandros Mutter wollte, dass er mir etwas vorsang, aber der Junge weigerte sich. Er kniff die Lippen zusammen und schwieg, so ging es mehrere Wochen. Jeden Dienstag erschienen seine Mutter und er bei der Chorprobe, ohne dass ich auch nur einen einzigen Ton von ihm zu hören bekommen hätte. Und dann, irgendwann, die anderen Kinder waren bereits nach Hause gegangen, öffnete er den Mund und begann zu singen. Es war ein Weihnachtslied – *Buon Natale,* und das am Anfang des Sommers … und in der Kathedrale hörte es sich an, als ob …» Benini unterbrach sich. Er schluckte sichtbar, ehe er mit brüchiger Stimme fortfuhr: «Als ob ein Engel vom Himmel herabgekommen wäre.»

Er sah zu Boden und brauchte einen Moment, um sich zu sammeln. Obwohl der Lärm der Fahrzeuge herüberdrang, die donnernd über die alte Brücke rollten, schien sie für einen Augenblick eisige Stille zu umgeben.

«Er ist tot, Signor Ritter», sagte Benini und krallte seine

Hände so fest um das metallene Geländer, dass die Knöchel weiß hervortraten. «Mein lieber Junge ist tot.»

«Lysandro war wie ein Sohn für Sie.»

«Und ob er das war. Das Schicksal hat uns zusammengeführt – den Lehrer, der nie einen Sohn hatte, und den Schüler, der keinen Vater mehr hatte. Von dem Moment an, als ich seine Stimme zum ersten Mal hörte, war mir klar, dass ich ihn fördern musste. Ich nahm ihn in den Chor auf, und beim großen Konzert zu Weihnachten trug er bereits sein erstes Solo vor, ebenjenes *Buon Natale*, das er mir damals vorgesungen hatte. Es sprach sich schnell herum, dass wir einen kleinen Star in unseren Reihen hatten. Schon im darauffolgenden Jahr gab ich die Leitung des Chors ab, um mich ganz meinem neuen Schüler widmen zu können. Ich meldete ihn bei Wettbewerben an, und wir reisten durch das ganze Land und gewannen einen Preis nach dem anderen. Und während bei anderen Jungen mit dem Stimmbruch die Gesangskarriere zu Ende war, fing die von Lysandro erst richtig an. In der Schule lief es für ihn nicht so besonders, seine Talente lagen anderswo. Aber aus meiner eigenen Zeit am Konservatorium hatte ich noch genügend Verbindungen, um ihm ein Stipendium zu verschaffen. Auf diese Weise konnte er Gesang studieren und sich ganz und gar seiner Leidenschaft widmen, der Oper.»

Versonnen blickte Benini aufs Wasser, schien für einen Moment überwältigt vom Wohlgefühl guter Erinnerungen. Paolo wollte es ihm nicht nehmen und verzichtete deshalb auf den Hinweis, dass Lysandros Liebe zur Klassik doch offenbar erkaltet war, schließlich hatte er einen Vertrag bei einem Produzenten für Popmusik unterschrieben. Aber das spielte letztendlich keine Rolle mehr. Lysandro war tot, aus der Sommertour durch Italiens Klubs, von der Enzo Falcone noch geschwärmt hatte, würde nun nichts werden.

«Was ist mit Lysandros Familie?», wechselte Paolo das Thema. «Sie erwähnten vorhin seine Mutter …»

«Sie lebt ebenfalls hier in Rimini, aber Lysandro hat sie nur selten besucht. Er hatte kein sehr gutes Verhältnis zu ihr, deshalb hat er sie auch nicht zum Wohltätigkeitskonzert eingeladen.»

«Chiara sagte auch etwas von einem Bruder?»

Benini hob den Blick und sah ihn an. «Signor Ritter … Paolo», begann er, «was soll das eigentlich werden? Warum unterhalten wir uns?»

«Das habe ich Ihnen schon am Telefon gesagt, Signore. Ich möchte die Wahrheit herausfinden.»

«Die Wahrheit», brummte der andere. «Oder geht es Ihnen letztlich nur darum, Ihrer Freundin Chiara zu helfen? Ganz gleich, was Sie von mir erwarten, ich werde mich von Ihnen nicht zu einem Werkzeug machen lassen, um eine Mörderin ihrer gerechten Strafe zu entziehen.»

«Das ist nicht meine Absicht», versicherte Paolo. «Aber ich stehe mit der Polizei in Verbindung und kenne den Stand der Ermittlungen – und ich habe den Eindruck, dass etwas damit nicht stimmt. Es gibt …» Er unterbrach sich und zögerte, überlegte einen Moment, ob er Benini von dem Foto erzählen sollte, das Chiara bei der Tat zeigte. Er entschied sich dagegen. Ispettore Gallo hatte ihm das Foto im Vertrauen auf seine Verschwiegenheit gezeigt, und er würde dieses Vertrauen nicht enttäuschen. Für Lucia hatte natürlich eine Ausnahme gegolten.

«Es gibt eine Reihe von Indizien», erklärte er, «aber eben auch einige Widersprüche. Ihnen gehe ich nach.»

«Ich verstehe. Dann hoffe ich, dass ich dazu beitragen kann, Widersprüche zu beseitigen.»

«Das hoffe ich auch», gestand Paolo. «Um also auf den Bruder zurückzukommen …»

«Den gibt es, Sie haben recht», bestätigte Benini und klang nicht eben begeistert dabei. «Er ist ein paar Jahre älter als Lysandro. Sein Name ist Demetrio.»

Paolo hob die Brauen. «Lysander und Demetrius?»

Benini lächelte. «Ihre Reaktion zeigt mir, dass Sie zu den wenigen Menschen gehören, die noch Bücher lesen und ins Theater gehen. Sie haben recht, die Wahl der Namen ist kein Zufall. Der Vater der beiden war ein glückloser Schauspieler, der seine Familie sitzenließ – nichtsdestotrotz hat er Shakespeare geliebt. Die Namen waren so ziemlich das Einzige, was er seinen Söhnen hinterließ – und übrigens auch das Einzige, was die beiden je verbunden hat. Sie wissen ja nicht, wie unterschiedlich Brüder sein können.»

«Ich weiß es, glauben Sie mir», versicherte Paolo.

«Demetrio ist ein ausgemachter Taugenichts. Wie ich gehört habe, arbeitet er inzwischen als Barmann.»

«Wissen Sie, wo?»

«Nein, und es interessiert mich auch nicht», erwiderte Benini. «Es ist doch kein ehrenwerter Beruf, den Leuten Getränke zu mixen und sie betrunken zu machen. Das einzige Talent, das Demetrio hat, besteht darin, Geld auszugeben – früher vor allem das, welches Lysandro von seinen Auftritten nach Hause brachte.»

«Demetrio hat sich von ihm aushalten lassen?»

«Nicht nur er, auch seine Mutter. Die beiden haben Lysandro schamlos ausgenutzt, und er hat es sich lange Zeit gefallen lassen, bis es ihm irgendwann zu dumm wurde. Auf mein Anraten hin ist er von zu Hause ausgezogen und hat sich das kleine Haus am Strand gekauft. Damit er es sich leisten konnte, habe ich ihm etwas vorgestreckt.»

«Das war großzügig von Ihnen.»

«Lysandro war wie ein Sohn für mich, Paolo. Es gab so gut wie nichts, das ich nicht für ihn getan hätte. Sogar meinen wertvollsten Besitz habe ich ihm geschenkt.»

«Nun machen Sie mich neugierig.» Hatte es womöglich doch Wertgegenstände gegeben, die in Carusos Haus versteckt gewesen waren und auf die es ein Einbrecher abgesehen haben konnte?

«Eine Schallplatte von Luciano Pavarotti, eine Erstpressung aus den Siebzigerjahren, handsigniert vom Meister daselbst. Meine ganze Laufbahn hindurch hat mich diese Platte zur Höchstleistung motiviert, und ich bin sicher, bei Lysandro ist es ebenso gewesen.»

«Ganz bestimmt», pflichtete Paolo trocken bei.

«Haben Sie noch viele Fragen?» Benini richtete sich am Geländer auf und sah Paolo an. «Über diese Dinge zu sprechen, schmerzt mehr, als ich angenommen hatte.»

«Das tut mir leid», versicherte Paolo. «Tatsächlich habe ich im Augenblick nur noch eine einzige Frage. Und ich hoffe, dass Sie sie mir beantworten können …»

KAPITEL 16

Sein Bruder und seine Mutter bekommen das ganze Erbe?»

Lucia sagte es so laut, dass es von der Hotelbar bis hinaus in den Garten zu hören war. Paolo sah sich unwillkürlich um, ob es einer von den Handwerkern mitbekommen hatte. Aber die machten allesamt gerade Mittagspause und dösten im Schatten oder beschäftigten sich mit anderen Dingen.

«So ist es», bestätigte Paolo. Nach seiner Unterredung mit Benini hatte er in Rimini noch rasch etwas gegessen. Dann war er mit dem Taxi nach Cervia zurückgekehrt, um Lucia zu berichten. «Und das, obwohl Lysandro offenbar kein sehr gutes Verhältnis zu ihnen hatte. Es ist wohl nur so, dass kein Testament existiert, und deshalb geht sein gesamter Besitz an seine Familie.»

«Ist es denn viel?» Lucia stand hinter der Bar und machte Espresso, war aber nicht recht bei der Sache. Gedankenverloren schob sie Paolo seine Tasse hin.

«Das Haus am Strand immerhin», erwiderte der, während er Zucker in das Tässchen gab und umrührte. «Laut Benini ist es so gut wie abbezahlt.»

«Und die Million aus dem Vertrag mit diesem Falcone?»

«Möglicherweise auch die.» Paolo nickte. «Kommt auf den Vertrag an, den Lysandro unterzeichnet hatte.»

«È un movente!» Sie schüttete ihren eigenen *caffè* hinab und stellte die Tasse auf den Unterteller zurück, dass es klirrte.

«Ein Motiv?», fragte Paolo.

«*Sì*, Lysandro umzubringen. Seine Mutter und sein Bruder haben es getan, um an das Erbe zu kommen!»

«Langsam», mahnte Paolo, dem das zu schnell ging. «und die Fingerabdrücke auf der Tatwaffe?»

«So was kann man fälschen, oder nicht?»

«Und die Fotografie?» Auf ihr Drängen hin hatte er ihr geschildert, was auf dem Bild zu sehen gewesen war, das Ispettore Gallo ihm gezeigt hatte. Mit allen hässlichen Details.

Lucia überlegte. Ob es kriminalistische Neugier war, die sie bewegte, oder einfach nur der Wunsch, einer Freundin in Not beizustehen, ließ sich nicht feststellen. Aber sie war mit Feuereifer dabei, ihre leuchtenden Augen und die vor Aufregung geröteten Wangen bewiesen es. «Was, wenn das auf dem Bild gar nicht Chiara ist? Das Gesicht ist nicht zu sehen, *no*?»

«Nein», gab Paolo zu, während er den Espresso leerte. «Das Gesicht wird von langem blondem Haar verdeckt. Aber die Frau auf dem Bild hat Chiaras Figur. Und sie trägt das Kleid, das Chiara an diesem Abend anhatte.»

«Auch das heißt nicht, dass sie es gewesen sein muss. Vielleicht hat ihr jemand das Kleid ausgezogen, um es selbst zu tragen – wir wissen ja, dass Chiara niedergeschlagen wurde.»

«Das ist wahr», gab Paolo zu, «mit der Nachttischlampe. Allerdings hegt die Polizei den Verdacht, dass sie das selbst gewesen sein könnte, um den Verdacht von sich zu lenken.»

«*Assurdo!*», regte Lucia sich auf. «Chiara würde sich nie so etwas antun.»

«Das sagen Sie, weil Sie ihre Freundin sind.»

«*No*, sondern weil sie viel zu große Angst hätte, dass ihr hübsches Aussehen darunter leiden könnte», widersprach Lucia kopfschüttelnd. «Chiara ist meine beste Freundin, ich habe sie wirklich gern. Aber manchmal ist sie auch ein kleines bisschen ... *vanitosa.*»

«Eitel?»

«Genau. Nur ein ganz kleines bisschen», fügte sie mit einem Augenzwinkern zu.

Paolo musste grinsen. «Nehmen wir also an, bei der Frau auf dem Bild handelte es sich um jemand anderes», ließ er sich auf ihre Theorie ein, «dann würde dazu Giuseppinas Aussage passen, dass Chiara nackt war, als sie sie fand ...»

«... weil nämlich die wahre Täterin ihr die Kleider abgenommen hatte», brachte Lucia den Gedanken zu Ende.

«Aber warum hat sie sie selbst angezogen?», fragte Paolo, um sich gleich selbst die Antwort zu geben: «Natürlich – weil sie wusste, dass sie fotografiert werden würde! Das Foto ist nicht zufällig entstanden, sondern war eine gewollte Inszenierung, und das wiederum bedeutet, dass wir es nicht mit einem Täter zu tun haben, sondern mit mindestens zweien: mit jemandem, der im Haus war, und mit jemandem, der mit der Kamera in der Hand von draußen zusah.»

«Das ist verrückt», sagte Lucia. «Und unheimlich», fügte sie ein wenig leiser hinzu.

«Allerdings, und es ergibt nur Sinn, wenn jemand von Anfang an geplant hat, alles Chiara in die Schuhe zu schieben», erwiderte Paolo.

«Wer würde so etwas tun?»

«Die Frage ist, wer einen Nutzen daraus zieht.»

«Lysandros Familie», gab Lucia die Antwort. «Seine Mutter und sein Bruder.»

«Immerhin hätten sie ein Motiv», räumte Paolo ein. «Aber die Frau auf dem Bild dürfte wohl weder die eine noch der andere sein. Vorausgesetzt, es ist tatsächlich nicht Chiara – bislang haben wir nur ein paar Mutmaßungen, aber noch keinen Beweis.»

«Das wird noch, ich vertraue Ihnen.» Ein Lächeln huschte über Lucias Gesicht, jetzt sprach wieder die alte Zuversicht aus ihr. «Noch ein Espresso? Das regt die Gedanken an.»

Bevor Paolo antworten konnte, hatte sie sich bereits nach der Kaffeemaschine umgedreht. Er dachte an das zitronenfarbene Kleid Chiaras, und dann wanderten seine Gedanken zu dem Kleid, das Lucia trug. Es war apricotfarben und – ihrer Vorliebe entsprechend – mit kleinen weißen Blümchen gemustert. Der knielange Schnitt war ein wenig an die Swinging Sixties angelehnt, entsprechend wurde es im Rücken geknöpft, und einer der Knöpfe war unverschlossen.

«Ihr Kleid», sagte Paolo.

Sie fuhr herum. «Das ist Ihnen aufgefallen?» Sie lächelte wieder. «Es ist ganz neu.»

«Natürlich», versicherte Paolo schnell. «Ich bin der Mann mit dem hyperthymestischen Gedächtnis, schon vergessen?»

«Und? Gefällt es Ihnen?» Sie trat bis zur Rückwand der Bar vom Tresen zurück und drehte sich, damit er es von allen Seiten betrachten konnte.

«Sehr hübsch», stellte er fest.

«Hübsch? Es ist außergewöhnlich», verbesserte sie. «Manfredi hat es mir besorgt.»

«Manfredi?» Paolo glaubte nicht recht zu hören.

«*Sì*. Seine Schwester hat eine schicke kleine Modeboutique drüben in Milano Marittima. Ich bekomme da zwanzig Prozent.»

«Donnerwetter.» Paolo schürzte die Lippen in höflichem Erstaunen. «Ich fürchte nur, Sie haben beim Anziehen einen Knopf übersehen.»

«Wirklich? Dann helfen Sie bitte», sagte sie und wandte ihm den Rücken zu, ihr Haar nahm sie kurzerhand beiseite.

«Einen Moment.» Paolo beugte sich über den Tresen. Ein wenig unbeholfen ging er daran, den Knopf zu schließen, was gar nicht so einfach war, da Knopf und Öse filigran gearbeitet waren. Dabei konnte er Lucias Duft riechen. Kein Parfüm, nur Lotion. Es passte gut zu ihr.

«Wird das heute noch?»

«Äh ... natürlich», versicherte Paolo und beeilte sich, den widerspenstigen Knopf endlich zu schließen – und in dem Moment, als es ihm endlich gelang, hatte er ein Déjà-vu!

«Verdammt!», rief er laut.

«*Que cosa?*» Erschrocken fuhr Lucia herum. «Haben Sie ihn abgerissen?»

«Nei-nein», stieß Paolo atemlos hervor. «Ich musste nur gerade an etwas denken. Das Kleid, die Knöpfe ...»

«Was ist damit?»

«Erinnern Sie sich, wie das Kleid aussah, das Chiara an jenem Abend getragen hat?»

«Zitronengelb, mit einem Schlitz bis hier.» Sie deutete auf Höhe ihres Kinns.

«Genau.» Paolo nickte. «Und es war ebenfalls geknöpft – auf der rechten Seite.»

«Was Männern alles auffällt.»

«Als Lysandro und Chiara später im Restaurant eintrafen, hat jedoch einer der fünf Knöpfe gefehlt», fuhr Paolo der Bemerkung ungeachtet fort.

«*Allora*, wo haben Sie eigentlich Ihre Augen?»

«Ich kann nicht anders», verteidigte sich Paolo. «Tatsache ist, dass auch der Saum ausgerissen war, was vermutlich beim – äh – Feiern in der Garderobe passiert ist.»

«Beim Feiern, *sì*.» Lucia feixte. «Und weiter?»

«Na ja», meinte Paolo und blickte noch einmal in sich hinein, «ich bin mir ziemlich sicher, dass bei dem Kleid auf der Fotografie kein Knopf gefehlt hat. Es war völlig unbeschädigt.»

«Das können Sie doch nicht wissen, das ...» Sie sah ihn zweifelnd an. «Sind Sie sicher?»

Paolo überlegte noch einmal. «Absolut», bestätigte er dann.

«Aber das ... das bedeutet, dass ...»

«... dass die Frau auf dem Bild ein anderes Kleid trägt», bestätigte er. «Und dass es sich aller Wahrscheinlichkeit nach auch nicht um Chiara handelt. Denn warum sollte sie sich ein zweites, vollkommen identisches Kleid anziehen, nur weil ein Knopf fehlt? Erst recht, wenn sie ohnehin schon beim ... Feiern sind? Eine Verteidigung könnte man wohl noch nicht darauf aufbauen, aber es ist ein erster Anhaltspunkt.»

«Ben fatto.» Lucia nickte anerkennend.

«Wissen Sie, wo Chiara das Kleid gekauft hat?»

«*No*. Aber warum fragen wir sie nicht einfach?»

«Weil sie in Untersuchungshaft sitzt und wir da nicht ständig rein- und rausmarschieren können», erklärte Paolo. «Außerdem will ich der Polizei vorerst noch nichts davon verraten», fügte er ein wenig leiser hinzu. «Also?»

«Ich kenne die Läden, in denen Chiara am liebsten einkauft, wir waren öfter zusammen shoppen.»

«Sehr gut, dann ...»

In diesem Augenblick wurden sie gestört. Manfredi kam durch die mit Malerfolie verklebte Glastür in das kleine Foyer, in dem sich die Rezeption und die Bar befanden. Unter den Arm geklemmt trug er einen Köcher mit Bauplänen.

«Avete un attimo, signor costruttore?», rief er gut gelaunt herüber.

«Leider nein», antwortete Paolo reflexhaft und griff nach dem Borsalino, den er auf dem Tresen abgelegt hatte. «Ich muss sofort wieder los.»

«Auf der Stelle?», fragte Lucia. «Aber es ist wirklich wichtig, glaube ich ...»

«Dann entscheiden Sie es», beschied er ihr, während er vom Barhocker glitt. «Sie genießen mein volles Vertrauen ... Partner!»

«So haben Sie mich noch nie genannt.»

«Gewöhnen Sie sich daran», meinte Paolo und schenkte ihr ein Lächeln, das sie erwiderte. «Bitte besprechen Sie alles mit Lucia», wandte er sich dann an Manfredi. «Sie genießt mein volles Vertrauen.»

«Sehr gerne.» Der *installatore* strahlte. «Lucia und ich werden in Ruhe über alles reden. Vielleicht auch bei einem gemeinsamen Abendessen?»

«Das – äh – dürfte sich kaum machen lassen», sagte Paolo schnell, noch ehe Lucia hinter dem Tresen antworten konnte. «Die Pflichten im Hotel, Sie verstehen ...»

«Zu schade, dann aber ein anderes Mal.» Manfredi klopfte ihm leutselig auf die Schulter. «Gehen Sie nur, großer Meister. Der gute Eros hat alles im Griff.»

Paolo verkniff sich eine Bemerkung, dass es genau das war, was er befürchtete, doch bleiben wollte er auch nicht. Ein paar Minuten, um sich anzuhören, was der *installatore* zu berichten hatte, hätte er zwar erübrigen können. Aber zum einen fehlte ihm dazu im Moment einfach der Nerv dafür. Und zum anderen war sein kriminalistischer Spürsinn nun vollends wieder zum Leben erwacht.

«Fertigen Sie bitte eine Liste der Läden an und schicken Sie sie mir aufs Handy», bat er Lucia – und damit war er auch schon an der Tür.

«Übrigens», rief Manfredi ihm hinterher, «Sie haben da einen Fleck auf Ihrer Jacke …»

KAPITEL 17

Nachdem Lucia anderweitig beschäftigt war, brauchte Paolo ein Taxi, das ihn wieder nach Rimini brachte. Die besten Aussichten rechnete er sich vorn am Lungomare aus, und tatsächlich brauchte er nicht lange zu suchen. Ein älteres Ehepaar – dem Dialekt nach Schweizer – war gerade dabei, vor einem der wenigen Hotels, die noch geöffnet waren, aus einem Taxi zu steigen. Der Mann tat dabei lautstark seinen Unmut gegenüber seiner Gattin kund: «Du und deine Million Effekten», hörte Paolo ihn lamentieren. «Ich brech mir irgendwenn noch des Chreuz wegen dir, odr?»

Kurz entschlossen sprang Paolo ihm bei und half ihm, die Gepäckstücke – nicht eine Million, sondern fünf – aus dem Kofferraum zu heben und auf den Bürgersteig zu stellen. Das verblüffte «Merci» quittierte er mit einem Winken, dann saß er auch schon selbst auf der rückwärtigen Sitzbank.

«Nach Rimini», verlangte er. «Und schnell, bitte.»

«Welche Adresse?»

«Das sage ich Ihnen später.»

Die Fahrerin, eine Mittfünfzigerin, die sich ihrer Figur, ihrer Stimme und ihrem Geruch nach hauptsächlich von Zigaretten ernährte, brummte etwas Unverständliches. Dann forderte sie ihn auf, sich anzuschnallen, und gab Gas.

«Mann», sagte Caruso, der unvermittelt neben Paolo auf der Rückbank saß, ganz entspannt mit Jeans und Sonnenbrille. «Du hast es ja mächtig eilig.»

«Und ob», bestätigte Paolo grimmig. «Jetzt haben wir nämlich endlich eine Spur.»

«Dann hast du die Wahrheit also endlich erkannt?»

«Welche Wahrheit?» Aus dem Augenwinkel schickte Paolo ihm einen geringschätzigen Blick.

«Dass Chiara unschuldig ist, was sonst?»

«Sie haben sie wirklich geliebt, nicht wahr?»

«Kann man wohl sagen.» Caruso nickte. «Clevere Schlussfolgerung, das mit dem Knopf. Ist übrigens passiert, als wir beide ...»

«Kein Wort weiter», fuhr Paolo ihm über den Mund. «Sie können es nicht wissen, weil ich es nicht weiß. Und ich möchte nicht darüber spekulieren.»

«Dann schweige und genieße ich.» Caruso grinste. «Was willst du also tun? Nach dem Kleid suchen?»

«Das dürfte wenig aussichtsreich sein. Wer immer die Frau auf dem Foto sein mag, sie hat vermutlich beide Kleider verschwinden lassen. Das eine, weil es erstens voller Blut war und zweitens mit ihren DNA-Spuren verseucht. Das andere, damit man nicht merkt, dass es zwei gewesen sind.»

«Ich bin verwirrt», gab Caruso zu – als besonders helles Licht hatte Paolo ihn ohnehin nicht in Erinnerung.

«Ich denke nicht, dass die Kleider jemals wiederauftauchen werden», fasste Paolo zusammen. «Also sollten wir uns eher die Frage stellen, woher sie gekommen sind. Mit etwas Glück wurden die beiden Kleider im selben Laden gekauft. Und wenn wir dann noch herausfinden, wer das zweite Exemplar erstanden hat, sind wir ein ganzes Stück schlauer.»

«Sprich nur für dich, Kumpel» Caruso kratzte sich beim Haaransatz. «Hast du einen Verdacht, wer die andere Dame sein könnte?»

«Nun ja, was ihre Figur betrifft und die Länge und Farbe ihrer Haare, ist sie Chiara durchaus ähnlich – und Giuseppina hat mir verraten, dass Sie so was wie ein Beuteschema hatten.»

«Das klingt etwas profan.» Lysandro grinste breit. «Ich hatte natürlich eine gewisse Schwäche für schlanke, blonde Frauen …»

«… und nach allem, was ich sowohl von Giuseppina als auch von Benini gehört habe, haben Sie nichts ausgelassen», ergänzte Paolo.

«Schuldig im Sinn der Anklage – Nächte sind nicht zum Schlafen da, das wusste schon der alte Puccini.»

«Wenn Sie jetzt wieder ‹Nessun Dorma› singen, hau ich Ihnen eine rein», prophezeite Paolo.

«Das geht nicht, Freund. Ich bin nur eine Spiegelung deiner Erinnerung. Ebenso gut könntest du dich selbst ohrfeigen.»

«Schon gut», wehrte Paolo ab.

«Du denkst also, die Frau auf dem Foto könnte eine meiner Verflossenen sein?», wollte Caruso wissen.

«‹Entsorgten› wäre wohl der treffendere Ausdruck.» Paolo schüttelte tadelnd den Kopf. «So wie ich Sie einschätze, waren Sie nicht sehr einfühlsam dabei. Es würde mich nicht wundern, wenn eine der Damen deshalb noch feindselige Gefühle hegen würde. Vielleicht hat sie sich ja mit jemandem zusammengetan, um es Ihnen heimzuzahlen.»

«Heimzahlen ist gut, ich bin tot», brachte Caruso entrüstet in Erinnerung. «Und wer soll der andere Jemand gewesen sein?»

«Vielleicht jemand, der einen Vorteil von Ihrem Ableben hatte – eine Million Euro zum Beispiel.»

«Ah», machte Caruso, «jetzt kommt die Familie ins Spiel.»

«In der Tat», bestätigte Paolo, «ich frage mich nur, mit wem ich zuerst sprechen soll, mit Ihrer Mutter oder ...»

In diesem Moment gab sein Handy einen piepsenden Laut von sich. «Lucia», stellte er mit einem Blick auf das Display fest. «Sie hat die Liste der Boutiquen geschickt, in denen sie mit Chiara gewesen ist.»

Es passierte Paolo nicht mehr oft, doch in seinem Eifer hatte er gerade laut gesprochen, was die Fahrerin des Taxis verständlicherweise stutzig machte.

«Qualche problema?», erkundigte sie sich und unterstrich ihre Frage durch einen forschenden Blick in den Rückspiegel.

«Nein, keine Probleme», versicherte Paolo schnell. «Ich weiß jetzt, wo die Fahrt hingehen soll. Bitte bringen Sie mich in die Via Cairoli ...»

KAPITEL 18

Die vier Läden, die Lucia aufgeschrieben hatte, befanden sich allesamt im alten Zentrum von Rimini und waren nicht weit voneinander entfernt.

Erste Anlaufstelle war eine Boutique in der Via Cairoli. Schon die Schaufenstergestaltung ließ erahnen, dass dort nur Kunden mit ausgefallenem Modegeschmack verkehrten – grellbunte Farben sowie viel Glitter und Chichi ließen vermuten, dass dies nicht unbedingt der Ort war, an dem sich ein eher konservativ wirkender Mittvierziger mit Kleidung versorgte. Entsprechend zweifelnd war der Blick, mit dem die Taxifahrerin Paolo aus ihrem Gefährt entließ.

«Und du willst da wirklich reingehen?», fragte Caruso, der ihn bereits auf dem Gehsteig erwartete. «Du bist mutiger, als du aussiehst.»

«Vielen Dank auch.» Paolo nahm die Sonnenbrille ab und wollte trotzdem eintreten.

«Moment noch!»

«Was denn?»

«Du wirst denen nicht sagen, wer du bist, oder?»

«Und warum nicht?»

«Weil …», Caruso schnitt eine Grimasse, «es seltsam wirken könnte.»

«Ich bin ein privater Ermittler auf der Suche nach Informationen, daran ist ganz und gar nichts Seltsames», stellte Paolo klar und drückte die gläserne Tür auf.

Ein Glockenspiel erklang, und der strenge Geruch von Räucherstäbchen quoll Paolo entgegen – hauptsächlich Sandelholz, aber auch noch ein paar andere Noten. Und er war nicht sicher, ob alle davon aus legalen Quellen stammten.

Die Boutique war winzig.

Auf eng stehenden Kleiderständern reihten sich Blusen, Kleider, Hosen und Mäntel in bunten Farben, Paolo fühlte sich in Hippie-Zeiten zurückversetzt. Er versuchte, sich Lucia und Chiara beim Shopping vorzustellen – wie, in aller Welt, hatten sie sich in diesem Durcheinander zurechtgefunden?

«Kann ich Ihnen helfen?»

Ein Verkäufer erschien unvermittelt aus dem Dickicht. Paolo hatte ihn gar nicht wahrgenommen, vermutlich, weil seine Kleidung genauso kunterbunt war wie der Warenbestand. Der junge Mann war geschminkt, was Paolo ein wenig irritierte – andererseits, sagte er sich, hatte jeder das Recht, nach seiner Fasson glücklich zu werden. Er selbst war wohl am allerwenigsten geeignet, anderen Leuten Vorschriften zu machen.

«Suchen Sie etwas für sich selbst?», fragte der Verkäufer freundlich. «Vielleicht einen neuen Anzug? Sie haben da …»

«… einen Fleck, ich weiß.» Paolo seufzte. «Nein, danke, ich brauche nichts. Tatsächlich bin ich ein privater Ermittler auf der Suche nach Informationen.»

«Oh.» Es war, als hätte der junge Mann in eine Zitrone gebissen. Sein Gesicht schien förmlich zuzuschnappen, das Lächeln verschwand.

«Es geht um ein Kleid, das möglicherweise in diesem Geschäft verkauft worden ist», fuhr Paolo unbeirrt fort, «vielleicht erinnern Sie sich ja. Es ist zitronengelb und reicht bis zu den Knöcheln, außerdem ist es an der Seite geschlitzt und …»

Er fuhr in seiner Beschreibung von Chiaras Abendkleid fort und beschrieb es, so gut sein Italienisch es eben zuließ. Um zu verdeutlichen, was er meinte, zeigte er an sich selbst, wo sich der Saum und die fünf Knöpfe befunden hatten. Zur Klärung des Sachverhalts schien das jedoch nicht beizutragen, der Verkäufer sah ihn mit immer größerem Befremden an.

«Signore», sagte er schließlich betont reserviert, «das Kleid, das Sie beschreiben, ist offenkundig dazu da, aufreizend zu wirken.»

«Das ist anzunehmen», gab Paolo zu. «Und?»

«In meiner Boutique verkaufe ich ausschließlich Mode, die Frauen wirklich gefällt. Meinen Kundinnen geht es darum, ihre innere Schönheit nach außen zu tragen, und nicht darum, von alten weißen Männern zum Objekt gemacht zu werden.» Und indem er ihm noch einen schönen Tag wünschte, komplimentierte er Paolo hinaus.

«Nun?», erkundigte sich Caruso, der draußen gewartet hatte.

«Fehlanzeige.» Paolo schüttelte den Kopf.

«Du hast es gesagt, oder?»

«Was gesagt?»

«Das mit dem privaten Ermittler.»

«Sie hatten recht. Es klingt komisch, wenn man es ausspricht.»

«Nicht so cool wie im Fernsehen?»

«Nein.» Paolo schnaubte. «Aber was hätte ich denn sonst sagen sollen?»

«Dass Sie etwas für Ihre Frau suchen, ein gelbes Abendkleid zum Beispiel.»

«Das ist lächerlich.»

«Auch nicht lächerlicher, als Philip Marlowe zu spielen.»

Paolo erwiderte nichts darauf. Gelegenheit, Carusos Vorschlag auszuprobieren, bot sich vorerst ohnehin nicht. Das nächste Geschäft auf Lucias Liste, das gleich um die Ecke in der Via Sigismondo Pandolfo Malatesta lag, war weniger extravagant, sondern eher dem schmalen Geldbeutel verpflichtet. Und da Chiaras Kleid ziemlich teuer ausgesehen hatte, verzichtete Paolo auf einen Besuch.

Die dritte Boutique befand sich wiederum ein Stück weiter an der Via Soardi.

«Denk daran», gab Caruso ihm mit auf den Weg, als Paolo hineinging, «du bist verheiratet und auf der Suche nach einem hübschen Kleid für deine Frau. Zeig ein bisschen Charme, und die Verkäuferin führt es dir sogar vor!»

Paolo hatte Zweifel, was das betraf, dennoch ließ er sich darauf ein, den Spruch aufzusagen. Und siehe da: Statt einzuschnappen wie ein Gummiband, hellten sich die Züge der Verkäuferin auf. Bereitwillig zeigte sie Paolo, was sie auf Lager hatte, aber natürlich waren jetzt, in der Herbstsaison, keine sommerlichen Abendkleider mehr dabei. Er beschrieb dennoch, was er sich vorstellte, worauf er immerhin erfuhr, dass Zitronengelb gar nicht im Trend des vergangenen Sommers gelegen habe, sondern ein etwas dunklerer Gelbton namens *turmerico*, zusammen mit Pfeffergrün, Prinzessblau und Koralle. Paolos Frage, ob sie etwas wie das Beschriebene im Angebot gehabt habe, verneinte die Verkäuferin nach kurzer Überlegung – und dabei musste er es wohl oder übel belassen. Er gab ihr seine Visitenkarte für den Fall, dass ihr noch etwas dazu einfiele, dann verließ er die Boutique wieder, nicht ohne ein charmantes Lächeln.

«Hat funktioniert, oder?», überfiel Caruso ihn gleich jenseits der Ladentür.

«Ja», gab Paolo ein wenig widerstrebend zu. «Nur leider haben wir immer noch keinen Hinweis auf das Kleid.»

«Nicht weiter schlimm.» Caruso zuckte mit den Schultern. «Einen Laden haben wir ja noch auf der Liste.»

Paolo seufzte. «War Ihr Optimismus wirklich so unverwüstlich, wie ich ihn in Erinnerung habe?»

«So unverwüstlich nun auch wieder nicht, immerhin bin ich tot. Und ich will nicht, dass Chiara dafür zur Verantwortung gezogen wird. Sie kann nichts dafür.»

«Warum sind Sie da so sicher? Was verschweigen Sie mir?», wollte Paolo wissen, aber natürlich blieb sein eingebildetes Gegenüber stumm. So lebendig, wie seine Erinnerungen waren, vergaß er bisweilen, dass sie genau das waren, nicht mehr und nicht weniger.

Er zückte sein Handy und ließ sich den Weg zur letzten Adresse auf der Liste zeigen. Sie befand sich unweit der Piazza Tre Martiri, des pulsierenden Mittelpunkts der Stadt. Nach so intensivem Kontakt mit der ihm doch eher fremden Welt der Mode hatte Paolo das Gefühl, sich zunächst eine kleine Stärkung verdient zu haben. Eine gemütliche kleine Kaffeebar stach ihm ins Auge, die am Ende des Platzes mit einem *primo bacio,* einem «ersten Kuss», lockte. Da ein kühler Wind über den Platz und durch die angrenzende Arkade strich, setzte er sich nicht an einen der Außentische, sondern ging hinein und ließ sich einigermaßen erschöpft in einen ledernen Sessel fallen. Durch das große Fenster konnte er dem Treiben auf der *piazza* zusehen, ohne selbst ein Teil davon zu sein.

Eine freundliche Bedienung kam, fragte ihn nach seinen Wünschen, und er orderte Espresso, ein Mineralwasser und ein *panino formaggio e prosciutto.* In Windeseile war die junge Dame wieder da und servierte das Bestellte. Der *caffè* war herrlich aromatisch, das Brot wunderbar kross, und der geschmolzene Käse zerlief herrlich warm und würzig auf der Zunge. Es war ein *momento perfetto*, einer dieser vollendeten Augenblicke, die man in Italien zu feiern verstand wie kaum an einem anderen Ort. Früher hatte Paolo das Prinzip nicht verstanden, doch nach sechs Monaten hier hatte auch er sie schätzen gelernt, die auf den ersten Blick so unscheinbaren Dinge, die bei richtiger Anwendung zu wahren Oasen in der Wüste des Alltags werden konnten. Sogar Caruso ließ ihn für eine Weile in Ruhe, was fast an ein Wunder grenzte.

Gestärkt brach er nach der Pause zur vierten Boutique der Liste auf – und damit auch zur letzten Chance, ein wenig mehr über das ominöse Kleid herauszufinden, das auf geheimnisvolle Weise in der Lage war, Knöpfe zunächst verschwinden und dann wieder erscheinen zu lassen.

Das Geschäft befand sich in einer kleinen Nebengasse und trug den verheißungsvollen Namen «Madame Allegra Fashion». Die Mode, die drei Schaufensterpuppen zeigten, war eher mondän und die Preise auf den kleinen Papierschildchen gehoben. Das erschien passend, dachte Paolo, vielleicht würde er hier ja fündig. Er nahm die Sonnenbrille ab, verstaute sie in der Brusttasche seines Sakkos und ging hinein. Caruso, der plötzlich wieder da war, ließ es sich nicht nehmen, ihn diesmal zu begleiten.

«Sie wünschen?» Eine apart aussehende Dame mittleren Alters trat ihm entgegen. Sie war schlank, beinahe hager, und trug weit geschnittene schwarze Hosen, dazu eine weiße Bluse. Um ihren Hals war so viel Modeschmuck gewickelt, dass es für Paolo an ein Wunder grenzte, dass sie sich noch aufrecht halten konnte. Ihr dunkles Haar war kurz geschnitten, die Gesichtszüge schmal mit hohen Wangen. Grün gesprenkelte Augen und eine dickrandige Cat-Eye-Brille verliehen ihrer Erscheinung tatsächlich etwas einschüchternd Katzenhaftes.

«E-ein Kleid», stieß Paolo hervor, der sich unter ihrem Blick ein wenig unwohl führte.

«*Per lei?*» Sie lächelte nachsichtig.

«Nein, nicht für mich», räumte Paolo ein. «Für ...»

«Na komm schon, sag deinen Spruch», ermunterte Caruso ihn.

«Für meine Frau», rückte Paolo heraus. «Sie ist auf der Suche nach einem Abendkleid. Es soll eine frische Farbe haben und, nun ja», er senkte seine Stimme, «ein wenig interessant geschnitten sein, wenn Sie verstehen.»

«Sexy, meinen Sie», sagte die Dame wissend.

Caruso grinste breit, Paolo nickte. «Sie haben es erfasst.»

«Ich bin Madame Allegra, die Inhaberin», stellte die Dame sich vor, «und ich bin sicher, dass wir etwas Passendes für Ihre Frau finden werden. Folgen Sie mir.»

Auf ihren hochhackigen Schuhen ging sie voraus, und Paolo blieb ihr auf den Fersen, hinein in die Boutique, die tiefer war als breit, jedoch recht übersichtlich gestaltet: Auf der einen Seite das Warenangebot für Damen, auf der anderen das für Herren. Dazwischen ein paar große Spiegel und in der Mitte eine mit grünem Samt bezogene Sitzbank. An der Rückwand noch die Kasse und eine Umkleide.

«Hier finden Sie die neue Kollektion für Herbst und Winter», sagte Madame Allegra, auf einen Ständer mit Kleidern in gedeckten Farben deutend. «Aber ich fürchte, das ist nicht, was Sie sich vorgestellt haben.»

«Nein», gab Paolo zu. «Ich hatte mehr an ein Kleid aus der Sommerkollektion gedacht, vielleicht mit einem hohen Einschnitt am Bein, und warum nicht gelb? Ja, warum nicht zitronengelb?»

«Wirklich?» Ihre Brauen stiegen über den Rand der Katzenaugenbrille. «Also, das ist schade.»

«Wovon sprechen Sie?»

«Davon, dass Sie zu spät kommen! Ich hatte tatsächlich ein Kleid, wie Sie es beschreiben, das hätte Ihrer Frau bestimmt gefallen – es war allerdings nicht ganz billig.»

«Der Preis spielt keine Rolle», behauptete Paolo lässig.

«... ein Entwurf von Andrea Lauro, einem noch weitgehend unbekannten jungen Designer aus Rom. Ich hatte zwei davon im Laden und habe beide verkauft. Wenn ich mich recht entsinne, sogar an ein und demselben Tag.»

Paolo erstarrte innerlich, ein eisiger Schauer rann seinen Rücken hinab.

«Ja, was seltsam war ... Wissen Sie, Zitronengelb liegt eigentlich gar nicht im Trend, alle verlangen in diesem Jahr nach Turmerico. Den ganzen Sommer über hingen die Kleider hier an der Stange, und niemand wollte sie haben.»

«Und dann?», hakte Paolo nach.

«Dann kam eine junge Frau, die ich schon öfter in meinem Laden bedient habe. Gewöhnlich kauft sie nur Sonderangebote, aber an diesem Tag hatte sie ihren Freund dabei, und der war derselben Meinung wie Sie.»

«Inwiefern?»

«Natürlich dass Geld keine Rolle spielt, wenn es darum geht, einer schönen Frau eine Freude zu machen.» Sie lächelte. «Er hat seine Kreditkarte genommen und ihr das Kleid gekauft. Er war sehr nett.»

«Da hörst du's», brummte Caruso.

«Schön für Sie», erwiderte Paolo säuerlich und hatte es versehentlich erneut laut ausgesprochen. Madame Allegra runzelte irritiert die Stirn und fuhr dann fort:

«Und keine Stunde später kommt jemand und kauft auch noch das andere Kleid aus der Lauro-Kollektion. Ist das zu glauben?»

«Nein, wirklich nicht», machte Paolo, der Mühe hatte, sich seine Aufregung nicht anmerken zu lassen. «Wann genau ist das gewesen?»

«Vor etwa zwei Wochen, denke ich.»

«War es ein Herr oder eine Dame?»

Der Blick durch die Cat-Eye-Brille wurde plötzlich kritisch. «Warum wollen Sie das alles wissen?»

«Nun», zögerte Paolo, «wenn ich den Käufer ausfindig machen kann, verkauft er mir vielleicht eines der Kleider.»

«Nicht jeder Mann würde sich so bemühen, um seiner Frau eine Freude zu machen.» Allegra lächelte und überlegte. «Es war eine Dame.»

«Wie alt?»

«Vielleicht um die sechzig. Aber mit der völlig falschen Figur!»

«Inwiefern?»

«Signore, das Kleid war Größe S. Aber die Dame, die es gekauft hat, war eine Größe L. Mindestens», fügte sie mit etwas despektierlichem Blick hinzu.

«Hm», machte Paolo – das passte zugegebenermaßen nicht zu seiner Theorie. «Hat die Dame vielleicht auch mit Karte bezahlt?»

Madame Allegra schien es nun doch ein wenig zu viel zu werden. «Ich habe auch noch andere Kleider im Angebot», sagte sie und rückte ihre Brille zurecht.

«Aber wenn es die falsche Größe war, hat es sich ja vielleicht um einen Fehlkauf gehandelt», erklärte Paolo, wobei er mit den Armen wild gestikulierte, um seine Verlegenheit zu überspielen, er war nun mal ein lausiger Lügner. «In diesem Fall wäre die Dame vielleicht froh, wenn sie das Kleid an mich verkaufen könnte, meine Frau hat nämlich Größe S. Und wenn sie mit Karte bezahlt hat, müsste ihre Adresse ja noch im System sein, und vielleicht könnten Sie freundlicherweise nachsehen, um wen es sich gehandelt hat …?»

Sein Italienisch war zuletzt immer stockender geworden, wie ein Wasserstrahl aus einem löchrigen Schlauch.

Madame Allegra hatte die Arme vor der reich geschmückten Brust verschränkt und sah ihn aus eng verkniffenen Augen an, während sie angestrengt nachzudenken schien.

«Sag was», säuselte Caruso Paolo ins Ohr. «Sag ihr, dass dein Leben davon abhängt und dass du es ihr niemals vergessen wirst.»

«Das ist doch Blödsinn.»

«Sag's schon!»

«Bitte, Signora», hörte Paolo sich selbst sagen und gab sich Mühe, dabei so treuherzig wie möglich dreinzublicken, «mein Leben hängt davon ab! Ich werde Ihnen das niemals vergessen!»

Allegras kritischer Blick währte noch einen Augenblick. Dann hellte sich ihre Miene wieder auf. «Ihre Frau ist wirklich zu beneiden. Also gut», erklärte sie sich bereit. «Unter einer Bedingung.»

«Natürlich. Welche?»

«Sie kaufen etwas in meinem Laden», erklärte sie geschäftstüchtig und deutete auf die Seite mit der Herrenmode. «Sie brauchen dringend ein neues Sakko. Ihr altes hat da einen hässlichen Fleck am Revers.»

«Ich weiß.»

«Also?»

«Einverstanden», erklärte Paolo, und sie kamen überein, dass sie zur Kasse gehen und die betreffende Rechnung heraussuchen würde, während er sich in der Zwischenzeit neu einkleiden solle.

Ein wenig unschlüssig schritt Paolo die Reihe der Sakkos ab, die dort säuberlich aufgereiht hingen. Die einen kamen nicht infrage, weil sie für sportliche, V-förmige Oberkörper geschnitten waren und eher nicht für seine Statur, die er beim Blick in den Spiegel gerne selbstkritisch mit einem Turnbeutel verglich.

Und von denen, die von der Größe her infrage kamen, war wenigstens die Hälfte in Farben gehalten, für die zu tragen man eine wahrhaft italienische Seele besitzen musste, Apricot- und Koralletöne. Und dann waren da noch die gemusterten …

«Dieses da», entschied Caruso und deutete auf ein Jackett, das mit bunten Kreisen darauf wie ein Verwandter seines Hemdes aussah. «Das hätte ich sofort gekauft.»

«Glaube ich sofort», brummte Paolo.

«Warum probierst du's nicht wenigstens mal an? Würde dir auch stehen, Kumpel.»

Paolo griff skeptisch nach dem Bügel und nahm ihn vom Ständer. Das Jackett war beigefarben, die Kreise orangerot.

«Genau, Mann! Du musst dich mal was trauen! Sei nicht immer der strenge Deutsche!»

Paolo schürzte die Lippen.

Er zog sein eigenes Sakko aus und schlüpfte in das neue, trat damit vor den Spiegel. Das Muster war kühn, geradezu verwegen, aber vielleicht hatte Caruso ja recht, und er sollte sich wirklich mal etwas trauen. Und vielleicht würde Lucia ihn dann auch nicht mehr für einen *so-tutto-io* halten …

In diesem Moment kam Madame Allegra zurück. «Und?», fragte sie lächelnd. «Etwas gefunden?»

«Ich bin noch unentschieden», erklärte Paolo diplomatisch. «Und Sie?»

Sie schüttelte den Kopf. «Der Verkauf ist im System gespeichert, es war am 14. September. Aber die Kundin hat bar bezahlt.»

«Also kein Name?», fragte Paolo. «Keine Adresse?»

«Ich bedaure.»

«Danke fürs Nachsehen», erwiderte Paolo und warf noch einmal einen Blick in den Spiegel. Es sah lächerlich aus, fand er jetzt, geradezu idiotisch.

Er legte das Sakko wieder ab und griff stattdessen zu einem, das im Grunde genauso aussah wie das alte, nur eben ohne Fleck. Er schlüpfte hinein. Es passte.

«Entschieden?», fragte Madame Allegra.

«*Sì*», erklärte er und behielt es gleich an, das alte Jackett nahm sie mit zur Kasse und faltete es in eine Papiertüte mit dem Logo der Boutique darauf.

«*Ottocentoventinove*», erklärte sie feierlich.

«Wie viel?» Mit italienischen Zahlen war Paolo noch nie sehr gut gewesen, sicher hatte er sich verhört.

Gewöhnt an Touristen, die der italienischen Sprache kaum mächtig waren, griff sie kurzerhand zu einem Notizblock, kritzelte drei Ziffern darauf und drehte ihn Paolo hin.

829.

Er hatte sich doch nicht geirrt.

«Selbst schuld», knurrte Caruso. «Das andere hätte bloß die Hälfte gekostet.»

Paolo achtete nicht auf ihn. «Ist das nicht ein Irrtum?», fragte er, während er mit bebender Hand nach der Geldbörse griff. «Rechnen Sie noch in Lire?»

«Sehr witzig, wirklich», versicherte sie – und nahm lächelnd die Kreditkarte entgegen. Nur Augenblicke später war er im Besitz eines Luxusjacketts.

«Unter uns», meinte Madame Allegra verstohlen, während sie ihm die Tüte mit dem alten Jackett über den Tresen reichte, «kein Mann würde solchen Aufwand betreiben. Sie sind nicht wirklich auf der Suche nach einem Kleid für Ihre Frau, oder?»

«Jetzt sag bloß nichts Falsches», raunte Caruso ihm zu.

Paolo seufzte. «Nein», gab er resignierend zu.

«Memme!», schimpfte Caruso.

«Ich bin ein privater Ermittler auf der Suche nach Informationen», fuhr Paolo unbeirrt fort.

Madame Allegra sah ihn staunend an. Die Augen hinter der Katzenbrille weiteten sich wieder. «Tatsächlich?»

«Tatsächlich.»

«Warum haben Sie das nicht gleich gesagt?» Sie schüttelte verständnislos den Kopf. «Dann hätten Sie doch nichts zu kaufen brauchen …»

KAPITEL 19

Die gute Nachricht war, dass Paolo nun niemand mehr auf den rosaroten Fleck an seinem Revers ansprechen würde. Allerdings hegte er angesichts der Ebbe, die auf seinem Konto herrschte, gewisse Zweifel, ob dies eine Investition von über achthundert Euro gerechtfertigt hatte.

Auch in anderer Hinsicht war sein Streifzug durch die Modewelt Riminis nicht so von Erfolg gekrönt gewesen, wie er es sich gewünscht hätte. Immerhin wusste er nun, dass er auf der richtigen Spur war, das Kleid war zweimal gekauft worden, noch dazu in derselben Größe, und es sprach alles dafür, dass dies mehr als bloßer Zufall gewesen war. Auf die Fragen, die diese Erkenntnis aufwarf, hatte Paolo aber leider keine Antwort bekommen: Wer war die Frau gewesen, die das Kleid gekauft hatte? Wie stand sie mit dem Verbrechen in Zusammenhang? Und wie mit der Frau auf dem Foto?

Paolo beschloss, das Naheliegende zu tun: Madame Allegra hatte ihre Kundin als Frau um die sechzig beschrieben – im ersten Moment hatte Paolo dabei an Giuseppina denken müssen, doch war sie eindeutig keine Größe L «mindestens». Folglich würde er sich zunächst an die andere Mittsechzigerin auf seiner Liste wenden und Lysandro Carusos Mutter befragen, ehe er sich seinen Bruder vornahm.

Über Benini war er zwar an die Adresse gekommen – eine kleine Wohnung in den am nordöstlichen Stadtende liegenden, wenig ansehnlichen Hochhäusern – und hatte versucht, ihr dort einen spontanen Besuch abzustatten, aber Francesca Caruso war nicht da gewesen. Später hatte er sie dann telefonisch erreicht und um ein Treffen gebeten, und sie hatte vorgeschlagen, sich am nächsten Tag in der Chiesa del Suffragio zu treffen, einer katholischen Kirche im Herzen der Stadt.

«Was glaubst du, warum sich meine Mutter ausgerechnet dort mit dir treffen will?», fragte die wie immer höchst lebendige Erinnerung an Caruso.

Paolo wusste keine Antwort darauf.

Die Chiesa del Suffragio – oder Chiesa di San Francesco Saverio, wie sie eigentlich hieß – stand an der Piazza Luigi Ferrari. Jesuiten hatten sie im frühen 18. Jahrhundert nach dem Vorbild ihrer römischen Mutterkirche errichtet, im Zweiten Weltkrieg war sie durch alliierte Bombenangriffe schwer beschädigt, später aber wieder aufgebaut worden. Ihre stets unvollendet gebliebene, unverputzte Steinfassade ließ einen ebenso unscheinbaren Innenraum vermuten – ein Irrtum, wie Paolo feststellen musste, als er das Hauptschiff betrat.

Ein strahlend weißes, von mächtigen Pfeilern getragenes Gewölbe, reiche Modellierungen, von Rollwerk umgebene Kartuschen mit Heiligenbildern und ein mit goldenen Kandelabern geschmückter Hochaltar vermittelten ihm das barocke, auf den modernen Betrachter überladen wirkende Bild, das er auch aus manchen Kirchen seiner bayerischen Heimat kannte. Aus dunklem Holz gezimmerte Kniebänke reihten sich beiderseits des Mittelgangs. Die meisten waren unbesetzt; nur ganz vorn, wo es einen Ständer mit Opferkerzen gab, kauerte eine schwarz gekleidete Gestalt. Das Haupt hatte sie gesenkt, die Hände zum Gebet gefaltet.

Beim Eintritt in die Kirche hatte Paolo den Borsalino abgenommen. Er war kein sehr religiöser Mensch, aber er respektierte, dass dies ein Ort war, der anderen viel bedeutete. Und er hatte schon immer die Stille geschätzt, die in Gotteshäusern herrschte und die er als so friedlich und beruhigend empfand, dass er hier für gewöhnlich Ruhe vor seinen Erinnerungen hatte. Langsam schritt er die Sitzreihen ab, seine Lederslipper machten leise Klopfgeräusche auf dem steinernen Boden.

Die Frau, die in der ersten Bank kniete, trug ein schwarzes Kleid und eine dünne Strickjacke. Über ihren Kopf hatte sie ein ebenso schwarzes, mit Fransen versehenes Tuch gebreitet. Das Haar, das darunter hervorlugte, war von leichtem Grau durchzogen, das Alter mochte also hinkommen. Eines allerdings stand ebenfalls fest: Eine Größe L war auch sie nicht.

«Signora Caruso?», fragte Paolo flüsternd.

Sie schien so sehr ins Gebet vertieft, dass sie ihn zunächst gar nicht bemerkte. Schließlich bekreuzigte sie sich, gab ihre kniende Haltung auf und nahm auf der Sitzbank Platz. Erst dann wandte sie sich Paolo zu und bedeutete ihm mit einem Nicken, sich zu ihr zu setzen. Paolo leistete der Aufforderung Folge, ließ sich aber Zeit dabei. Die Stille des Ortes wirkte sich auf ihn aus und verlieh ihm Ruhe.

«Signor Ritter», sagte die Frau halblaut, ohne ihren Blick vom Altar zu wenden.

«Danke, dass Sie sich Zeit nehmen», flüsterte er. «Es tut mir aufrichtig leid, was Ihrem Sohn widerfahren ist.»

«Ist das so?» Jetzt drehte sie den Kopf und sah ihn an. Die ältlichen Gesichtszüge, die jenen ihres Sohnes kaum ähnelten, waren gezeichnet, allerdings nicht nur von Trauer, sondern auch von Entbehrung, von den Enttäuschungen eines bewegten Lebens. Und wohl auch von Alkohol …

«Glauben Sie mir.»

«Wollten Sie mich nur treffen, um mir das zu sagen?»

«Ja … und nein. Ich habe auch ein paar Fragen an Sie.»

«Weil sie der Mörderin helfen wollen», stieß Signora Caruso voller Abscheu hervor. «Ihre Unschuld beweisen.»

«Und wenn Chiara wirklich unschuldig ist?»

«Niemand ist unschuldig, Signor Ritter.»

«Sie wissen, was ich meine.»

Sie erwiderte nichts, sah wieder geradeaus.

«Ich weiß nicht, wie Sie zu Chiara Larocca stehen, Signora», unternahm Paolo einen zweiten Anlauf. «Aber ich weiß, dass Ihr Sohn sie aufrichtig geliebt hat. Er würde nicht wollen, dass Sie sie verurteilen, ehe ihre Schuld bewiesen ist. Alles, was ich will, ist, die Wahrheit herauszufinden.»

«Was wissen Sie schon von Lysandro?», flüsterte Signora Caruso. Ihre Stimme bebte dabei, aber sie vergoss keine Tränen. «Haben Sie ihn gekannt?»

«Nicht wirklich», gab Paolo unumwunden zu. «Deshalb bin ich hier, um mit Ihnen zu sprechen, Sie sind seine Mutter.»

«Ich kannte ihn gut.»

«Hatten Sie beide ein gutes Verhältnis?», fragte Paolo. Zwar hatte Benini ihm bereits einiges erzählt, doch gehörte es zum kleinen Einmaleins des Ermittlers, Informationen stets zu überprüfen …

«Unser Verhältnis war wunderbar», bestätigte sie ohne Zögern. «Jedenfalls früher, als er noch ein Junge war, mein Lysandro …» Ein Lächeln huschte über ihr Gesicht, flüchtig und voller Wehmut.

«Und später nicht mehr?»

«Er ist erwachsen geworden, Signor Ritter. Und er hat sein eigenes Leben gelebt.»

«Und das hat Ihnen nicht gefallen?»

Wieder bekam er einen kühlen Blick ab. «Lysandro zu verstehen, war nicht einfach. Manchmal kam es mir vor, als ob er zwei Herzen hätte – eines, das rein war und unschuldig und das für die Kunst schlug, für seinen Gesang und für die Musik. Und eines, das voller Sünde war.»

«Sie meinen die Frauen?»

«Die Frauen, die Drogen … Sie müssen nichts vor mir verheimlichen, Signor Ritter. Ich kannte Lysandro, wie gesagt. Er hatte viel von seinem Vater.»

«Sein Vater? Wo ist er?», stellte Paolo sich unwissend.

Sie schnaubte verächtlich. «Hat Benini Ihnen das nicht verraten? Das wundert mich, gewöhnlich verliert er keine Zeit, wenn es darum geht, schlecht über mich zu reden.»

«Warum sollte er das tun?»

«Wie wäre es mit Eifersucht?», schlug sie vor. «Er hat immer so getan, als wäre Lysandro sein Sohn. Doch ich bin tatsächlich seine Mutter gewesen, und daran wird niemand je etwas ändern können.»

«Das ist nicht meine Absicht», versicherte Paolo.

«Nachdem mein Mann verschwunden war, musste ich mich um die Familie kümmern», erklärte sie nun ungefragt. «Wissen Sie, was es heißt, sich als verlassene Frau mit zwei Söhnen durchschlagen zu müssen? Man bekommt viel Spott und noch mehr zweifelhafte Angebote. Aber ich habe ihnen niemals nachgegeben, Signor Ritter. Ich habe immer versucht, meinen Kindern ein gutes Vorbild zu sein.»

Paolo war klar, dass Lucia jetzt etwas erwidert hätte, etwas Beruhigendes, Einfühlsames … «Das glaube ich Ihnen», stieß er ein wenig unbeholfen hervor und schickte noch ein «Das war bestimmt nicht einfach» hinterher.

«Nein, es war nicht einfach», bestätigte sie, «besonders

nicht mit zwei Söhnen wie diesen. Demetrio ist immer der Stärkere von beiden gewesen, Lysandro der sensible Künstler – das hatte er von seinem Vater, wissen Sie.»

Paolo nickte. Trotz all der Jahre, die vergangen waren, und obwohl er sie schmählich im Stich gelassen hatte, schien zumindest ein Teil von ihr noch immer etwas für diesen Kerl zu empfinden. Vermutlich, so nahm Paolo an, war er die Liebe ihres Lebens gewesen. Vielleicht auch die einzige …

«Ich war es, die Lysandros Talent zuerst entdeckt hat», berichtete sie weiter. «Er hatte eine Stimme wie ein Engel, also habe ich ihn in die Kirche gebracht, damit er im Chor singt …»

«Und dort lernten Sie Carlo Benini kennen», fügte Paolo hinzu.

«So war es. Er hat Lysandro in den Chor aufgenommen und ihn gefördert. Und er hat auch dafür gesorgt, dass er auf die Musikhochschule gehen und dort studieren konnte.»

«Klingt gut», meinte Paolo.

«Ja. Aber zugleich trug er auch Schuld daran, dass Lysandro sich von mir abgewandt hat.»

Man konnte hören, wie die Kirchenpforte geöffnet wurde. Für einen Moment drang das Stimmengewirr der nahen *piazza* herein, dann fiel die schwere Tür ins Schloss, und es wurde wieder still. Schritte erklangen auf dem harten Boden, und aus dem Augenwinkel nahm Paolo wahr, wie eine Gestalt in einem der Beichtstühle verschwand.

«Sie sagten, Lysandro hätte sich von Ihnen abgewandt», nahm er wieder das Gespräch auf.

«Immer mehr», bestätigte sie. «Bis wir uns zuletzt ganz fremd geworden sind.» Ihre Züge waren wie erstarrt. Trauer und Bitterkeit schüttelten sie, doch ihre Tränen hielt sie weiterhin tapfer zurück.

«Hatte das auch mit Lysandros Bruder zu tun?», hakte er nach – von Benini hatte er die Geschichte schließlich ein wenig anders gehört. «Wie haben Demetrio und er sich verstanden?»

Sie lachte leise auf. «Wie sich Brüder eben verstehen – doch ich habe Fehler gemacht.»

«Inwiefern?»

«So unterschiedlich die beiden waren, so ungleich habe ich sie behandelt», erklärte Signora Caruso mit einem Seufzen. «Lysandro war der Jüngere, der Schwächere von beiden, auf den ich aufpassen musste und der mich immer an seinen Vater erinnert hat. Demetrio dagegen hat meine Hilfe nicht gebraucht, er ist immer der Stärkere von beiden gewesen. Als es zum Streit zwischen den beiden kam und Lysandro ging, habe ich Demetrio die Schuld gegeben.»

«Warum ist Lysandro gegangen?», fragte Paolo leise. «Ist Demetrio eifersüchtig gewesen? Oder ging es auch um Geld?»

«Was denken Sie? Wenn der eine Sohn alles hat und der andere nichts, dann kann das auf Dauer nicht gut gehen. Obwohl Lysandro immer sehr großzügig gewesen ist – irgendwann wurde es ihm wohl zu viel. Er war 24 Jahre alt, als er mich verlassen hat, genau wie sein Vater. Kann das Zufall sein, Signor Ritter?»

«Ich weiß nicht …»

«Natürlich nicht», gab sie selbst die Antwort. «Benini hat ihn dazu ermutigt! Und er hat dafür gesorgt, dass Lysandro sich nicht nur von Demetrio, sondern auch von mir abgewendet hat. Dabei war ich in all den Jahren stets bei ihm gewesen.»

Sie griff nach etwas, das neben ihr auf der Kirchenbank lag. Es war ein großformatiges, in dunkelrotes Leder gebundenes Fotoalbum. «Wollen Sie es sehen?»

«Wenn ich darf.»

Sie nickte und legte es Paolo auf den Schoß, und er begann zu blättern. In dem Album hatte Carusos Mutter alles gesammelt, was mit ihrem Sohn zu tun hatte, von den ersten Kinderfotos bis hin zu jedem Zeitungsschnipsel, dessen sie hatte habhaft werden können, und das waren viele. Sie zeichneten Lysandros Karriere nach, von den ersten Erfolgen im Kinderchor bis zu den Anfängen seiner Gesangskarriere.

«Warum haben Sie mir das mitgebracht, Signora?», fragte Paolo.

«Ganz einfach, weil ich will, dass Sie sehen, was für ein Mensch Lysandro gewesen ist. Sie wollen die Wahrheit herausfinden, Signor Ritter? Die Wahrheit ist, dass er geliebt wurde und vermisst wird. Ich will, dass Sie das begreifen!»

«Ich verstehe», sagte Paolo – er war sich nur keineswegs sicher, ob auch er das wollte.

Bislang war Lysandro Caruso für ihn wenig mehr als ein Name gewesen, jemand, den er nur einen Abend lang kennengelernt und nur als bedingt sympathisch empfunden hatte, und der ihn seither als – bisweilen ziemlich lästige – Erinnerung verfolgte. Doch mit jeder neuen Seite, die Paolo in dem Album aufschlug, mit jedem Bild, das er betrachtete, änderte sich dies. Bislang hatte er sich einigermaßen erfolgreich dagegen gewehrt, doch nun bewahrte ihn nichts mehr vor der Erkenntnis, dass Lysandro Caruso ein Mensch aus Fleisch und Blut gewesen war, der seine eigene Geschichte und Vergangenheit gehabt hatte, seine eigenen Träume und Hoffnungen, die ihm auf jedem einzelnen Bild aus den Augen dieses Jungen entgegenblickten – und die Sonntagnacht auf so jähe und grausame Weise ein Ende gefunden hatten.

Besondere Aufmerksamkeit war in dem Album dem ersten

Wettbewerb gewidmet, den Lysandro gewonnen hatte – ein Gesangswettstreit für Jugendliche, zu dem Benini mit ihm nach Bologna gereist war. Es lag eine bittere Ironie darin, dass Lysandro den ersten Preis ausgerechnet mit jenem Lied gewonnen hatte, das er auch in seinem letzten Konzert gesungen und das Paolo so nachhaltig beeindruckt hatte.

Nessun Dorma.

Auf den Fotos der Preisverleihung war Benini zu sehen, mit noch vollem, rabenschwarzem Haar und vor Stolz auf seinen jungen Schützling beinahe berstend. Und natürlich Lysandro, der auch im zarten Alter von elf Jahren schon ein gut aussehender Junge gewesen war und in seinem schwarzen Samtanzug wie eine verkleinerte Version des erwachsenen Lysandro wirkte, die Paolo aus dem Theater in Erinnerung hatte. Am Zeigefinger seiner rechten Hand glänzte ein goldener Ring, und wie die Bildunterschrift erläuterte, war dies der gewonnene Preis.

Paolo musste genauer hinsehen, aber er irrte sich nicht – es war derselbe Ring, den Lysandro an jenem Abend getragen hatte, wenn auch inzwischen am kleinen Finger. In all den Jahren schien er sich nie davon getrennt zu haben, vermutlich hatte er ihm viel bedeutet.

Und im nächsten Moment fiel Paolo ein, dass auf der Aufnahme, die Ispettore Gallo ihm von Carusos Torso gezeigt hatte, der Ring nicht zu sehen gewesen war. Entweder man hatte ihn im Zuge der Untersuchung entfernt, oder …

«Die Oper war Lysandros große Leidenschaft», stellte Signora Caruso versonnen fest und holte Paolo damit aus seinen Gedanken. «Ich weiß, er wäre einer der ganz Großen geworden, ein zweiter Pavarotti, und noch berühmter als der andere Caruso …»

Paolo sah sie von der Seite an. Sie schien nicht zu wissen, dass ihr Sohn sich zuletzt von der hehren Kunst ab- und der leichten, einträglicheren Muse zugewandt hatte. Für einen Moment überlegte er, es ihr zu sagen, ließ es dann aber bleiben. Was hätte es geändert? Lysandro war tot, es spielte keine Rolle mehr, warum also seiner Mutter die schönen Illusionen nehmen? Der alte Paolo hätte es wahrscheinlich trotzdem getan. Der neue fand es unnötig grausam.

Stattdessen ließ er sich von Carusos weiterem Werdegang berichten, von seinen Weggefährten und Rivalen, soweit seine Mutter davon wissen konnte, und schließlich auch von den Mädchen, die ihr, der strengen Katholikin, ein Dorn im Auge gewesen waren und für die sie – das war ihren Worten deutlich zu entnehmen – nichts als Verachtung hegte.

«Wenn all diese jungen Frauen nur hinter Lysandro her waren, weil sie sich davon einen Vorteil versprachen – wie können Sie sich dann so sicher sein, dass Chiara Larocca die Täterin ist?», fragte Paolo schließlich. «Könnte es nicht auch eine der anderen gewesen sein?»

«Das denke ich nicht, Signor Ritter», entgegnete sie, «denn soweit ich weiß, ist er mit keiner anderen so lange zusammen gewesen wie mit ihr.»

«Und ist das nicht etwas Gutes? Ich meine … könnte sie ihn nicht auch einfach geliebt haben? Und er sie?»

Von unter ihrem schwarzen Kopftuch sah Francesca Caruso ihn an, als hätte er den Verstand verloren. Schließlich lachte sie, leise und verächtlich. «Mein Lysandro», erklärte sie, «hat die Musik geliebt und das Leben – und leider auch die Sünde. Es war nur eine Frage der Zeit, bis der Herr ihn dafür strafen würde. Die Larocca war nur das Werkzeug.»

«Das ergibt keinen Sinn», widersprach Paolo. «Warum hätte sie so etwas tun sollen? Welchen Vorteil hätte sie davon, dass Lysandro nicht mehr am Leben ist?»

«Das weiß ich nicht, Signor Ritter. Aber ich weiß, was Sie damit andeuten wollen.»

«Nämlich?»

«Dass ich selbst Gewinn aus dem Tod meines geliebten Sohnes ziehe, weil ich sein Vermögen erben werde.»

«Jedenfalls einen großen Teil davon», gab Paolo zu.

«Und? Was wollen Sie mir unterstellen?» Der Blick ihrer dunklen Augen richtete sich direkt auf ihn.

«Nichts, Signora. Ich bin nur auf der Suche nach der Wahrheit.»

«Die Wahrheit ist, dass ich all das ohne Zögern für Lysandros Leben eintauschen würde», beschied sie ihm. «Sogar mein eigenes Leben. Sagen Sie das Benini, wenn Sie ihn das nächste Mal treffen», fügte sie hinzu.

Dann griff sie nach dem Fotoalbum und erhob sich. Im Stehen wirkte sie noch kleiner und schmächtiger als im Sitzen. Man konnte jetzt auch sehen, dass sie einen Buckel hatte, so als hätte der Gram des Lebens sie gebeugt.

«Signora Caruso ...»

«Was ist denn noch?»

«Lysandros Beisetzung, wann wird sie stattfinden?»

«Wozu wollen Sie das wissen?»

«Nun», meinte Paolo ein wenig verlegen, «ich würde gerne daran teilnehmen, wenn Sie es erlauben.»

Ihre filigrane Gestalt straffte sich, die knochigen Hände ballten sich zu Fäusten. «Signor Ritter», sagte sie mit bebender Stimme, «wäre es nach mir gegangen, hätte ich Lysandro längst in den Schoß der Erde gebettet, doch die Polizei hat ihn mir noch immer nicht zurückgegeben. Wenn sie es aber tut, dann werde ich ihn in aller Stille beisetzen, und ich will weder Sie noch sonst jemanden dabeihaben.»

«Das ist Ihr gutes Recht», räumte Paolo ein.

Sie nickte, dann trat sie aus der Bank, bekreuzigte sich und verließ die Kirche, ohne sich noch einmal umzudrehen.

Paolo blieb alleine sitzen, noch unter dem Eindruck des Gesprächs. Signora Carusos Verletztheit, aber auch ihre Verbitterung hatten einen schalen Nachgeschmack hinterlassen. Er fühlte sich schlecht und konnte den Grund dafür nicht recht benennen. Natürlich, er hatte diese Frau, die am Tod ihres Sohnes schwer zu tragen hatte, indirekt wissen lassen, dass er auch sie zum Kreis der Verdächtigen zählte. Andererseits, war dies nicht seine Aufgabe, wenn er die Wahrheit herausfinden wollte? Den Finger dorthin zu legen, wo es wehtat?

Wie oft hatte er dies früher getan, ohne auch nur einen Hauch von Reue dabei zu empfinden! Aber irgendwie fühlte es sich jetzt anders an …

Und was Lysandro betraf, so war er sich nicht mehr ganz sicher, ob das Bild, das er sich nach jenem Abend im Restaurant von ihm gemacht hatte, tatsächlich der Wahrheit entsprach. Dem kleinen Jungen auf den Bildern in die Augen zu sehen, hatte ihm Caruso nähergebracht. Nicht die eindimensionale Erinnerung, die ihm wie ein Schatten folgte, sondern den echten Menschen, und das machte alles schwieriger. Es brachte Emotionen ins Spiel, wo eigentlich nur bloßer Verstand hätte walten sollen.

Wäre Lucia dabei gewesen, hätte Paolo es auf ihren Einfluss geschoben, aber sie war nicht hier – hatte dieser Ort, dieses Land ihn bereits derart verändert?

Der Gedanke war ihm unangenehm. Er erhob sich und verließ das kühle, stille Innere der Kirche, trat wieder hinaus auf den belebten Platz. Sonnenschein fiel ihm ins Gesicht, vom nahen Spielplatz drang Kinderlachen herüber.

Paolo zückte sein Handy, um einen Anruf zu tätigen – da war etwas, das ihm keine Ruhe ließ.

Er hatte die Nummer noch nicht aus dem Speicher abgerufen, als er ein leichtes Ziehen in der Magengegend verspürte – und im selben Moment wurde es ihm bewusst.

Jemand war hinter ihm.

Er wurde verfolgt.

KAPITEL 20

Im ersten Moment war es nicht mehr als ein mieses Gefühl. Doch als Paolo begriff, was er kraft seiner Gabe bislang nur unterbewusst wahrgenommen hatte, wurde ihm schnell klar, dass es keine Einbildung war.

Die Gestalt, die vorhin in die Chiesa del Suffragio gehuscht und im Beichtstuhl verschwunden war – der Statur nach ein junger, sportlich trainierter Mann, der eine grau melierte Kapuzenjacke trug –, hatte die Kirche kurz nach ihm verlassen. Die Kapuze hatte er jetzt hochgeschlagen und so tief ins Gesicht gezogen, dass man es nicht erkennen konnte. Als Paolo kurz stehen geblieben war, um zu telefonieren, hatte er das Spiegelbild des Kerls im Handydisplay gesehen. Und als er jetzt am anderen Ende der Piazza Luigi Ferrari noch einmal stehen blieb, war sein Verfolger noch immer hinter ihm.

Paolos Pulsschlag beschleunigte sich.

Er hatte Erfahrung genug, um sich weder auffällig umzudrehen noch in ein schnelleres Tempo zu verfallen – in beiden Fällen hätte der Verfolger Verdacht geschöpft und sicherlich die Flucht ergriffen. Dabei wollte Paolo zu gerne erfahren, wer sich da an seine Fersen geheftet hatte.

Er bog nach rechts in die Via Alessandro Gabalunga ein, eine schmale, von Steinziegelfassaden gesäumte Straße, in der zahllose Fahrräder abgestellt waren. Am Corso d'Augusto erkannte Paolo den Grund dafür: Es war Mittwoch, und das bedeutete, dass Markt war in Rimini.

Vom Corso und der Piazza Tre Martiri zogen sich die Verkaufsstände durch die Innenstadt, erstreckten sich über die Via IV Novembre bis hinab zur Via Roma. Wochenmärkte gab es zwar auch in Deutschland, ein italienischer *mercato* jedoch war ungleich mehr. Neben Lebensmitteln wie Obst und Gemüse sowie frischen Fleisch- und Backwaren gab es hier auch zahllose Dinge des täglichen Bedarfs: Haushaltswaren und Spielzeug waren ebenso im Angebot wie der typische Nippes, der von Handyhüllen bis zu Sonnenbrillen reichte; dazu Lederwaren verschiedenster Art, von der Geldbörse bis zum Reisekoffer, vom Handschuh bis zur Motorradjacke; es gab Stände mit Schuhen, wo sich unter weit gespannten Zeltdächern Hunderte von Kartonschachteln mit den unterschiedlichsten *calzature* stapelten; und natürlich Textilien. Auch hier gab es eigentlich nichts, was es nicht gab, vom Vorhang bis zur Bettwäsche, vom T-Shirt bis zum Businesshemd, von der Jeanshose bis zum langen Abendkleid.

Paolo, für den die Auswahl seiner Kleidung etwas sehr Persönliches darstellte, hatte die Leidenschaft der Italiener, sich selbst bei größter Hitze ins Getümmel zu stürzen und bei fahrenden Händlern auch recht private Kleidungsstücke zu erwerben, nie recht nachvollziehen können. Selbst Lucia bekam leuchtende Augen, wann immer Marktstände in Sichtweite waren, und pflegte dann alles einzukaufen, was sie so brauchte – auf diese Weise hatte er unwillentlich erfahren, dass sie lilafarbene Unterwäsche trug. Er selbst hatte dem lärmenden Treiben und der drückenden Enge des *mercato* nie besonders viel abgewinnen können.

Heute kam es ihm gerade recht.

Mit einem wie zufälligen Blick in ein Schaufenster, das ihm als Spiegel diente, vergewisserte er sich, dass sein Schatten ihm noch immer folgte, dann ließ er sich von dem immer dichter werdenden Menschenstrom zur Piazza hinabtragen. Dort bog er nach links in die Via IV Novembre ein, hoffend, dass sein Verfolger es ihm gleichtat. Die Menschenmenge war inzwischen zu dicht, als dass Paolo es noch hätte überprüfen können – stattdessen gab er seinem Schatten immer wieder Zeit, zu ihm aufzuschließen, indem er an Ständen verharrte, sich hier und dort etwas ansah oder eine Sonnenbrille anprobierte.

Jenseits des *mercato coperto*, der großen Markthalle, die vor allem dem Verkauf leicht verderblicher Waren wie Käse, Fleisch und Fisch vorbehalten war, weitete sich der Markt. Da viele Besucher aus der Via Castelfudardo entgegendrängten, war das Getümmel hier besonders dicht, und Paolo nutzte die Gelegenheit, sich seitlich unter ein Sonnensegel zu flüchten, unter dem Fußball-Fantrikots verkauft wurden: Die blauen der *squadra azzurra* natürlich, aber auch die aller wichtigen Mannschaften der Serie A. Und sogar ein paar der deutschen Fußballnationalmannschaft, die an Kleiderbügeln aufgehängt im Wind wehten und nach den letzten deutschen Touristen der Saison Ausschau hielten. Eins mit der Rückenaufschrift «Müller 13» hing so günstig, dass Paolo sich dahinter verstecken und trotzdem noch die Gasse im Auge behalten konnte.

Erst jetzt bemerkte er, wie sehr er außer Atem war. Sein Herz schlug wie wild in seiner Brust, Adrenalin pumpte durch seine Adern. Obwohl es nur Sekunden waren, die er in seinem Versteck wartete, kamen sie ihm wie eine Ewigkeit vor. Hatte sein Verfolger ihn womöglich aus den Augen verloren? Oder – auch das schien ihm jetzt denkbar – hatte er sich vielleicht doch geirrt und sich alles nur eingebildet?

Doch schon im nächsten Moment schwanden alle Zweifel, als der Kerl mit den breiten Schultern und dem grauen Hoodie plötzlich wiederauftauchte, keine zehn Meter von Paolo entfernt. Die Kapuze hatte er trotz der warmen Temperaturen noch immer geschlossen, sodass vom Gesicht nur ein bärtiges Kinn zu erkennen war. Die Augen spähten suchend umher, er drehte den Kopf bald in die eine und bald in die andere Richtung, jedoch ohne fündig zu werden. An der Stelle, wo sich der Markt erweiterte und in drei Gassen auffächerte, blieb der Vermummte zuerst unschlüssig stehen, dann stampfte er frustriert mit dem Fuß auf.

Paolo grinste in seinem Versteck.

Wenn es noch eines Beweises bedurft hatte, dass ihn der Kapuzenmann verfolgte – hier war er. Kurzerhand hielt er sein Handy hoch und schoss ein paar Bilder.

Der Unbekannte schien unterdessen unsicher zu sein, wie es weitergehen sollte. Er machte ein paar Schritte die eine Gasse hinab, nur um gleich wieder umzukehren und es in der anderen Richtung zu versuchen, jedoch ebenfalls nur für wenige Meter. Schließlich entschied er sich für die dritte Gasse – und Paolo beschloss, den Spieß umzudrehen. Er wartete in seinem Versteck, bis ihm der Abstand groß genug erschien, dann folgte er seinem Verfolger.

Seit Paolo das letzte Mal an einer Observierung teilgenommen hatte, war einige Zeit vergangen, die wichtigsten Regeln musste er sich erst wieder ins Gedächtnis rufen. Der Kniff bestand darin, möglichst großen Abstand zum Zielobjekt zu halten, während man es gleichzeitig nicht aus den Augen verlieren durfte. Und natürlich, sich dabei unauffällig zu verhalten und nach Möglichkeit mit der Umgebung zu verschmelzen, was nicht so einfach war, wenn man einen hellen Sommeranzug und einen Borsalino trug.

Zu Paolos Glück war der Kapuzenträger so damit beschäftigt, das vor ihm liegende Gelände zu sondieren, dass er gar keine Zeit hatte, sich umzudrehen. Oder vielleicht war er seinerseits auch nur derart mit seiner Aufgabe verschmolzen, dass er gar nicht auf den Gedanken kam, jemand könnte sich an seine Fersen heften.

Der Mann folgte der Marktgasse bis zum Ende und bog noch in einen Nebengang ein; als er sein Zielobjekt auch dort nicht ausmachen konnte, gab er auf.

Der Vermummte verließ den Markt und ging die Via Aponia hinab. Mit einem Blick auf seine Armbanduhr beschleunigte er seine Schritte, offenbar hatte er einen Termin, zu dem er nicht zu spät kommen wollte. Die Kapuze stieß er jetzt vom Kopf, ein kahles, sonnengebräuntes Haupt kam darunter zum Vorschein.

Paolo blieb ihm auf den Fersen. Da die Zahl der Passanten geringer wurde, je weiter sie sich vom Markt entfernten, hielt er sich eng im Schutz der Hausfassaden und suchte in Eingangsnischen Zuflucht. Doch der Unbekannte drehte sich auch weiterhin nicht um. Mit ausgreifenden Schritten bog er in die Via Dante Alighieri ein und überquerte die lärmende Via Roma, eine der Hauptverkehrsadern der Stadt. Der Beschilderung nach, die Paolo im Vorbeigehen erspähte, waren sie jetzt auf dem Weg zum Bahnhof. Wollte der Kerl womöglich einen Zug erwischen? Hatte er deshalb auf die Uhr geblickt?

Paolo überlegte bereits, ob er sich auf das Abenteuer einlassen und mitfahren sollte, doch es stellte sich heraus, dass er sich geirrt hatte. Der Fremde ließ das Bahnhofsgebäude zu seiner Rechten liegen und folgte weiter der Straße bis zu der Unterführung, die unter den Gleisen hindurch auf die andere, dem Meer zugewandte Seite führte.

Paolo wurde langsamer.

Die Unterführung, das war ihm bewusst, war eine heikle Stelle, zumal der Unbekannte und er die einzigen Fußgänger weit und breit waren. Wenn der Kerl sich umwandte, weil er im Tunnel Paolos Schritte hörte, war es vorbei.

Auch auf die Gefahr hin, ihn aus den Augen zu verlieren, wartete Paolo ab, bis der Fremde auf der anderen Seite angelangt war. Dann erst folgte er ihm. Im Laufschritt hastete er durch die dunkle Röhre, verlangsamte seine Schritte erst kurz vor deren Ende, um sicherzugehen, dass der andere ihn nicht vielleicht doch entdeckt hatte und ihm auflauerte. Aber auch diese Sorge war unbegründet. Wer immer der Mann mit der Glatze war, er schien wirklich nicht sehr erfahren darin zu sein, Leute zu beschatten. Was die Vermutung nahelegte, dass er es womöglich zum allerersten Mal in seinem Leben getan hatte.

Den Unbekannten wiederzufinden, war nicht weiter schwer, er ging die schnurgerade Viale Principe Amadeo hinab. Die Bäume der Allee boten Paolo hinreichend Möglichkeit, sich zu tarnen. Nach knapp zehn Minuten erreichten sie das südliche Ende des Felliniparks und die *Fontana dei Quattro Cavalli*, wo Paolo vergangenen Sonntag mit Lucia gewesen war. Obwohl seither erst ein paar Tage vergangen waren, hatte er das Gefühl, dass das Wochen, wenn nicht Monate zurücklag. Und plötzlich hatte er eine Ahnung, wohin der Kahle womöglich wollte …

Tatsächlich bog er an der Via Luci del Varietà nach links ab und hielt auf das große Gebäude zu, das sich dort vor dem blauen Himmel erhob: Das *Grand Hotel* von Rimini, dem Meister Fellini einst in seinem Film «Amarcord» ein Denkmal gesetzt hatte und dessen weiße Mauern, verschnörkelte Jugendstil-Balkone und hohe Fenster Erinnerungen an die Belle Époque weckten, an die Tage eines César Ritz und John Jacob Astor und eine Zeit, in der der Urlaub an der Riviera Romagnola noch einer kleinen Anzahl äußerst wohlhabender Menschen vorbehalten gewesen war. Im Lauf seiner mehr als hundertjährigen Geschichte hatte das Hotel Höhen und Tiefen erlebt, aber noch immer thronte es da wie der sprichwörtliche Fels in der Brandung – und dieses Monument der Beständigkeit schien das Ziel des Unbekannten zu sein.

Allerdings betrat er es weder über die Gartenseite noch vom Parkplatz her, sondern durch einen Nebeneingang, der laut Beschriftung dem Hotelpersonal vorbehalten war. Die Tür fiel ins Schloss, noch ehe Paolo folgen konnte, aber das spielte keine Rolle mehr.

Denn in diesem Moment wurde ihm klar, mit wem er es zu tun hatte …

KAPITEL 21

Paolo betrat das Hotel ganz offiziell durch den Eingang für Gäste und gelangte in eine weite Eingangshalle, die das Flair einer großen Vergangenheit durchwehte. Salonmusik säuselte aus verborgenen Lautsprechern, gewaltige Kristalllüster hingen von der hohen, von Säulen getragenen Decke, antike Globen und Möbel im Louis-XVI-Stil sorgten für klassizistisches Flair. Ein junger Mann in Pagenuniform grüßte Paolo freundlich, und er erkundigte sich nach dem Weg zur Bar.

Die Hotelbar war, wie er sie sich vorgestellt hatte, mit einem Tresen aus dunklem Holz ausgestattet, in den Jugendstilornamente eingearbeitet waren; dahinter prangte ein großer Spiegel mit verschnörkeltem Rahmen, gesäumt von mit bunten Spirituosen gefüllten Flaschen. Der Barkeeper war – zu Paolos Enttäuschung – eine junge Frau. Mit weißer Bluse, Fliege und schwarzer Weste war sie klassisch gekleidet, ihr Haar war zum Pferdeschwanz gebunden. Sie erblickte Paolo und wollte ihn gerade nach seinen Wünschen fragen, als die Tür zu einem Nebenzimmer aufflog und ein Kollege von ihr herausplatzte. Er schien sich eben erst umgezogen zu haben, denn er war noch damit beschäftigt, seinen Hemdkragen zu richten. Und ganz offensichtlich kam er zu spät, denn sie überschüttete ihn mit einem Schwall heiser geflüsterter Vorhaltungen. Paolo verstand zwar nur die Hälfte, aber es war klar, dass sie sauer war, weil er zu spät zum Schichtwechsel kam. Sie pfefferte das

Handtuch auf die Anrichte und rauschte wortlos davon, während ihr Kollege vor den Spiegel trat und sich noch vollends zurechtmachte.

Er war ein sportlich aussehender Typ Mitte dreißig, sonnengebräunt, mit einem schwarzen Kinnbart und kahlem Haupt, und als er in den Spiegel sah, erblickte er Paolo.

Einen Herzschlag lang stand er, als ob ihn ein Blitz getroffen hätte. Dann fuhr er ächzend herum.

Die dunklen Augen, in die Paolo jetzt blickte, kamen ihm bekannt vor. Sie erinnerten ihn an die von Signora Caruso – nur dass die sehr viel intelligenter dreingesehen hatten.

«Demetrio Caruso, wie ich annehme», sagte Paolo. Als der geheimnisvolle Unbekannte den Weg zum *Grand Hotel* eingeschlagen hatte, hatte er sich an das erinnert, was Carlo Benini über Lysandros Bruder erzählt hatte, nämlich dass er dem Beruf eines Barkeepers nachging. Und da war es Paolo wie Schuppen von den Augen gefallen.

«We-wer will das wissen?», entgegnete der Ertappte wenig geistreich.

Paolo seufzte. «Da Sie mich verfolgt haben, gehe ich davon aus, dass Sie sehr genau wissen, wer ich bin, Signor Caruso.»

«Wo-wovon sprechen Sie?»

«Bitte ersparen sie uns das», bat Paolo und hielt sein Handy hoch. «Ich habe Fotos», behauptete er wahrheitsgemäß. «Fotos, auf denen sie trotz ihrer lächerlichen Verkleidung eindeutig zu erkennen sind», fügte er nicht ganz so wahrheitsgemäß hinzu, «und ich habe sie bereits in eine Cloud geladen, auf die die Polizei von Rimini Zugriff hat. Wenn Sie schon jemanden verfolgen, sollten Sie es nicht so stümperhaft tun.»

Mit noch immer weit aufgerissenen Augen sah Caruso Paolo an. Glücklicherweise kam er nicht auf den Gedanken, die Bilder sehen zu wollen oder zu fragen, was damit denn bewiesen wäre. Die Erwähnung der Gesetzeshüter genügte, um ihn ein wenig einzuschüchtern. Sicherlich auch deshalb, weil er nicht wollte, dass seine Arbeitgeber im Hotel davon erfuhren …

«E-es tut mir leid», versicherte er mit gesenkter Stimme, wobei er nervös nach dem Eingang schielte. Aber es kam niemand, Paolo und er waren allein in der Bar.

«Was sollte das alles?», wollte Paolo wissen. Er steckte das Handy wieder weg und trat an den Tresen.

«Le porto qualcosa da bere?»

«No grazie.» Paolo schüttelte den Kopf. Er hatte gelernt, dass kleine Rituale und Gefälligkeiten im Alltag der Menschen hier eine große Rolle spielten. Einen spendierten Drink anzunehmen, bedeutete Einlenken, bedeutete Nachsicht. Und er hatte nicht vor, Lysandro Carusos Bruder so schnell eine Absolution zu erteilen.

«Noch einmal», beharrte er, «was sollte das? Zuerst belauschen Sie uns im Beichtstuhl, und dann verfolgen Sie mich wie in einem schlechten Spionagefilm.»

Demetrio druckste herum, während er ein bereits makellos glänzendes Whiskyglas polierte. «Ich habe mitbekommen, dass Sie sich mit meiner Mutter treffen, um ihr Fragen zu stellen wegen Lysandro … und ich wollte wissen, was gesprochen wird.»

«Warum haben Sie Ihre Mutter nicht einfach gefragt, ob Sie dabei sein dürfen?»

Er lachte freudlos auf, stellte das Glas auf den Tresen und sah Paolo direkt an. «Meine Mutter und ich sind nicht sehr gut aufeinander zu sprechen.»

«Und deshalb beschatten und belauschen Sie sie?» Paolo hob die Brauen – auf ein besonders gutes Verhältnis zwischen

Mutter und Sohn ließ das in der Tat nicht schließen. Zumal er noch im Ohr hatte, in welch hohen Tönen Francesca Caruso von ihrem anderen Sohn erzählt hatte ... «Haben Sie befürchtet, dass Ihre Mutter mir etwas Schlechtes über Sie berichten könnte?»

«Und wenn?»

«In welchem Verhältnis standen Sie zu Ihrem Bruder?», wollte Paolo wissen.

«Warum sollte ich Ihnen das sagen? Warum sollte ich überhaupt mit Ihnen reden? Sie sind nicht von der Polizei, oder?»

«Nein», gab Paolo zu. «Aber auch Sie wollen, dass die Wahrheit über den Tod Ihres Bruders ans Licht kommt, oder nicht?»

Diesmal hielt Demetrio Paolos fragendem Blick stand. «Was ich weiß», erwiderte er, «habe ich bereits dieser rothaarigen Hexe erzählt.»

«Sie meinen Inspektorin Gallo?»

«Ja, so hieß sie wohl. Sie hat mich auch mit ihren Fragen genervt, genau wie Sie, aber ich konnte ihr nicht helfen. Lysandro und ich hatten kein besonders gutes Verhältnis zueinander, also kann ich Ihnen auch nicht sagen, warum es ein so übles Ende mit ihm genommen hat.»

«Ihre Trauer scheint sich in Grenzen zu halten», stellte Paolo fest.

«Haben Sie Geschwister?»

«Einen Bruder», bestätigte Paolo und gab damit ein wenig von sich preis. Es war der klassische Weg, sein Gegenüber zum Reden zu bringen, quid pro quo ... «Aber er ist bereits verstorben.»

Demetrio senkte die Brauen. «Dann wissen Sie vielleicht, dass kein Schmerz so tief ist wie der, den einem der eigene Bruder zufügt.»

«Inwiefern? Was hat Ihr Bruder Ihnen angetan, dass Ihr Zorn sogar über seinen Tod hinaus geht?»

«Ich verspüre keinen Zorn», bestritt der andere.

«Aber sie haben ihm auch nicht verziehen.»

«Ich habe keinen Grund dazu.» Caruso hatte nach einem Lappen gegriffen und wischte jetzt die makellos schimmernde Glasplatte auf dem Tresen.

Paolo kannte dieses schale Gefühl der Verbitterung, das man verspürte, wenn man zwar das Recht auf seiner Seite wähnte, jedoch wusste, dass man niemals wieder Gelegenheit bekommen würde, die Angelegenheit mit dem Betreffenden zu klären und aus der Welt zu räumen. Es war wohl auch dann belastend, wenn man kein hyperthymestisches Gedächtnis hatte.

Er sah Caruso prüfend an und fragte sich, ob er hier auf etwas Bedeutsames gestoßen war, zumal im Lichte dessen, was er von Carlo Benini und Signora Caruso erfahren hatte. Ein Mann, der praktisch sein ganzes Leben lang im Schatten seines jüngeren und sehr viel brillanteren Bruders gestanden hatte, erbte nach dessen unerwartetem und gewaltsamem Tod einen guten Teil von dessen Vermögen – das hörte sich nach der Sorte Zufall an, die es eigentlich nicht gab. Andererseits hatte Paolo im Lauf der vielen Ermittlungen beim LKA feststellen müssen, dass gerade jene Dinge, die auf den ersten Blick völlig klar zu sein schienen, sich bei näherer Betrachtung als sehr viel komplizierter erwiesen.

«Ich weiß, was Sie jetzt denken», versicherte Caruso, weiter den Tresen putzend. «Dasselbe, was auch die Rothaarige dachte, als sie mich befragte. Aber ich lasse mir nichts anhängen, weder von ihr noch von Ihnen!»

«Das ist nicht meine Absicht», versicherte Paolo. «Die Polizei hätte Sie längst verhaftet, wenn Sie für die Tatnacht kein Alibi vorzuweisen hätten.»

«Das habe ich allerdings. Ich war hier im Hotel und habe wegen einer Hochzeitsfeier Überstunden gemacht.» Er warf den Lappen so heftig auf das Glas, dass es klatschte. «Bei der Beschattung mag ich mich blöd angestellt haben, aber ich bin nicht dämlich», stellte er klar. «Ich weiß, wie das alles aussieht, aber ich habe nichts mit dem Tod meines Bruders zu tun.»

«Dann dürfte es auch in Ihrem Interesse sein, wenn ich die Wahrheit herauszufinden versuche», wiederholte Paolo. «Und hierzu würde ich Ihnen noch gerne ein paar Fragen stellen.»

«Jetzt nicht, ich muss arbeiten.» Erneut warf er einen nervösen Blick in Richtung Eingang.

«Wann und wo?»

«Sagen wir heute Abend. Um 20 Uhr am alten Amphitheater.»

«Einverstanden.»

«Und jetzt verschwinden Sie, okay?»

«Okay.» Paolo wandte sich bereits zum Gehen, als er auf das Namensschild an Carusos Weste zeigte. «Da steht ‹Dimitri›», stellte er fest.

«Ja und?»

«Ein Druckfehler?»

«Nein, Mann.» Der andere schüttelte den Kopf, offenbar tief erschüttert über so viel Unverstand. «Das ist wegen der Russen.»

«Der russischen Touristen?»

«*Sì*. Wenn sie mich für einen der Ihren halten, geben sie doppelt so viel Trinkgeld.»

«Ernsthaft?» Paolo hob die Brauen. «Man hört doch sofort, dass Sie kein Russe sind.»

«Soll das ein Witz sejn?» Ansatzlos sprach er mit gutturalem «L» und holte die Reibelaute plötzlich aus der hintersten Kehle: «Ich spreche natierlich mit russischem Acksent, Towarischtsch.»

«Nicht schlecht», meinte Paolo anerkennend. «Kann ich mir vorstellen, dass man Ihnen das abkauft.»

«Im wahrsten Sinn des Wortes», bestätigte Demetrio alias Dimitri grinsend.

Paolo verabschiedete sich und verließ die Bar. Auf dem Weg nach draußen sagte er sich, dass Signor Beninis Beschreibung von Demetrio in vielerlei Hinsicht zutreffend gewesen sein mochte. In einer allerdings hatte sich der alte Musiklehrer grundlegend geirrt: Der ausgefallene Name war nicht das Einzige, was Demetrio von seinem Vater erhalten hatte, sondern ganz offenbar auch schauspielerisches Talent.

«Du darfst ihm nicht glauben, kein Wort!» In der Hotelbar mochte Lysandro Caruso sich zurückgehalten haben, jetzt war er wieder zur Stelle und verlieh Paolos Bedenken Stimme. «Wieso will er sich mit dir erst nach Einbruch der Dunkelheit treffen? Seine Schicht geht höchstens bis fünf! Das könnte eine Falle sein …»

«Ist mir klar», versicherte Paolo.

«Dann weißt du hoffentlich auch, dass ich dir in einem solchen Fall keine Hilfe bin. Du brauchst einen Begleiter aus Fleisch und Blut, einen Zeugen … oder besser noch eine Zeu*gin*!»

Paolo seufzte – Lysandro sagte das nicht von ungefähr, der Gedanke war ihm auch schon gekommen.

Er brauchte Lucia.

Er verließ das *Grand Hotel* durch den Garten und das schmiedeeiserne Portal, als er plötzlich nicht mehr allein war.

Zwei hünenhafte Männer in sportlichen Kombinationen versperrten ihm den Weg.

«Äh – 'tschuldigung?», fragte Paolo – auf Deutsch, weil er so verblüfft war.

«Bitte kommen Sie mit uns, Signor Ritter», erwiderte der eine der beiden Hünen mit einer Stimme, die freundlich-sonor war, aber auch unmissverständlich klarmachte, dass sein Kollege und er keinen Widerspruch duldeten. «Ihre Anwesenheit ist dringend erforderlich.»

KAPITEL 22

Paolo rechnete mit dem Schlimmsten.

Die Riesen, beide in dunkelblauen Anzügen, eskortierten ihn zu ihrem Wagen, den sie vorn am Kreisverkehr geparkt hatten – eine schwarze Limousine, was sonst? Wortlos schoben sie Paolo auf die Rückbank. Seine protestierenden Fragen, wer die beiden eigentlich seien oder wohin die Reise gehen solle, blieben unbeantwortet.

Die Hünen quetschten sich auf die Vordersitze, und los ging die Fahrt. Trotz der Klimaanlage, die im Inneren des Wagens auf Hochtouren lief, wurde ihm heiß in seinem Anzug. Seine Gedanken begannen zu galoppieren und hegten die übelsten Befürchtungen. Auch solche, die recht klischeehaft waren und es an politischer Korrektheit fehlen ließen.

Bang stellte er sich die Frage, ob es jetzt so weit war. Hatte er den Bogen überspannt, sein Schicksal einmal zu oft herausgefordert? War er durch seine Ermittlungen dem organisierten Verbrechen auf die Füße getreten? Brach jetzt das Verhängnis über ihn herein? Sodom und Camorra?

Seinen Aufenthalt hatten die beiden vermutlich über sein Handy ermittelt, sie mussten also gezielt nach ihm gesucht haben, aber wozu? Um mit ihm zum Hafen zu fahren, ihm ein Paar Betonschuhe zu verpassen und ihn im Schatten eines rostigen Tankers zu versenken? Seine Anwesenheit sei dringend erforderlich, hatten sie behauptet. Wo denn? Auf dem Grund des Hafenbeckens?

Doch die Fahrt ging nicht dorthin, noch nicht einmal in Richtung Meer. Stattdessen steuerte der Fahrer den Wagen ins Stadtzentrum, an die Piazza Cavour, wo vor noch nicht einmal ganz vier Tagen das alles begonnen hatte. Diesmal ging es nicht ins Theater, sondern in den Palazzo Garampi, einen beeindruckenden, von sieben steinernen Bögen getragenen Bau am anderen Platz, in dem die Stadtverwaltung untergebracht war. Und nur Augenblicke später – Paolo wusste nicht, wie ihm geschah – stand er auf der Schwelle eines großen, mit dunklen Holzmöbeln eingerichteten Büros mit Blick auf die *piazza*.

«Signor Ritter, kommen Sie herein!»

Ein Mann, den Paolo nur wenig älter als sich selbst schätzte, kam um seinen Schreibtisch herum. Er trug eine dunkle Jeans und ein weißes Hemd, dessen aufgekrempelte Ärmel das Bild von jemandem vermittelten, der entschlossen zupacken konnte. Die Augen, die Paolo durch eine hippe Hornbrille ansahen, blickten freundlich und aufmerksam, das gewellte Haar war grau meliert. Auch wenn Paolo dem Herrn noch nie persönlich begegnet war, kannte er sein Bild aus der Zeitung. Es war kein Geringerer als der Bürgermeister von Rimini …

«Signor sindaco», entfuhr es ihm verblüfft, während der andere seine Hand ergriff und sie herzlich schüttelte. Mit einem Blick gab er Paolos hünenhaften Begleitern zu verstehen, dass ihre Dienste nicht länger benötigt wurden. Sie verabschiedeten sich mit einem Nicken und schlossen die Tür hinter sich.

Paolo war mit dem Bürgermeister allein.

«Sie sind überrascht», stellte der fest.

«Ein wenig», gab Paolo zu.

«Bitte entschuldigen Sie die etwas seltsame … Einladung», erklärte der *sindaco*, wobei er wieder hinter seinen Schreibtisch zurückkehrte und Paolo einen der Besucherstühle zuwies, «aber ich wollte möglichst rasch mit Ihnen sprechen.»

«In welcher Sache?» Paolo setzte sich.

«Mineralwasser?» Der Bürgermeister wies auf die kleinen grünen Fläschchen und umgedrehten Gläser, die in einer Ecke des großen Schreibtischs standen.

«Nein, danke.»

«Wie Sie wollen.» Er selbst angelte nach einem der Fläschchen, öffnete es und schenkte sich ein. Er schien es gewohnt zu sein, dass andere auf ihn warteten. Er nahm einen tiefen Schluck, wobei er Paolo durch die Brille musterte.

«Ich denke, Sie wissen, warum Sie hier sind», sagte er dann.

«Der Fall Caruso», mutmaßte Paolo.

Der Bürgermeister nahm wieder einen Schluck. «Bibiana Gallo von der staatlichen Polizeibehörde hat mich darüber informiert, dass Sie in den Fall – wie soll ich es ausdrücken? – vertieft sind ...»

«So kann man es auch ausdrücken.» Paolo lächelte schwach.

«... und dass Sie auf eigene Faust Nachforschungen anstellen.»

«Und das gefällt Ihnen nicht», vermutete Paolo. Schon das rasche Reagieren der Staatsanwaltschaft war für ihn ein Anzeichen dafür gewesen, dass Ispettore Gallo ordentlich Druck in der Sache bekam. Vermutlich, so nahm er an, saß er dem Urheber gerade gegenüber.

Der Bürgermeister nahm noch einen Schluck Wasser, dann lehnte er sich in seinem ledergepolsterten Stuhl zurück. «Sehen Sie», begann er, «ich bin jetzt seit acht Jahren Bürgermeister dieser Gemeinde. Davor saßen die falschen Leute im Rathaus, sie waren dabei, dieser Stadt ihre Seele zu nehmen. Dabei ist Rimini einst das Zentrum des Tourismus an der mittleren Adria gewesen! Ich will, dass es das wieder wird, Signor Ritter! Dass wieder Familien hierherkommen und die schönsten Wochen im Jahr bei uns verbringen, und im darauffolgenden Jahr erneut.»

Paolo schürzte die Lippen. «Nach allem, was ich aus der Zeitung weiß, sind Sie auf einem guten Weg.»

«Das ist wahr, die Besucherzahlen steigen, und dafür haben wir viel getan. Wir haben die Strandpromenade neu gestaltet und sind dabei, ein Museum für den wohl berühmtesten Sohn unserer Stadt zu errichten ...»

«... Federico Fellini», ergänzte Paolo.

«So ist es. Wir haben wirklich viel unternommen, um alles zum Besseren zu wenden – und nun dieser Mord.»

«Keine schöne Geschichte», stimmte Paolo zu.

«Zumal die Presse gerade erst anfängt, sie für sich auszuschlachten. Ich will mir gar nicht ausmalen, was alles noch geschehen könnte, der Schaden für Rimini könnte am Ende beträchtlich sein.»

«Und nun wollen Sie, dass ich die Finger von der Sache lasse?», fragte Paolo.

Ein rätselhaftes Lächeln huschte über das Gesicht des Bürgermeisters. «Signor Ritter, ich weiß, was in Parma geschehen ist. Ispettore Gallo hat es mir erzählt, und ich habe meinen Kollegen dort angerufen und mich nach Ihnen erkundigt.»

«Verstehe», sagte Paolo nur.

Das konnte nicht gut gehen ...

«Aber anders als mein Kollege möchte ich nicht, dass Sie sich aus der Sache heraushalten.»

«Nein?» Paolo horchte auf.

«Signor Ritter, Sie mögen kein Italiener sein, aber Sie sind auch kein Tourist. Sie sind selbst Inhaber eines Hotels und wissen, mit welchen Schwierigkeiten die Branche zu kämpfen hat – und welch schreckliche Auswirkungen eine solche Geschichte haben kann. Wir brauchen rasche, greifbare Ergebnisse. Deshalb möchte ich Sie bitten, mit der Polizei zu kooperieren.»

Einen Moment lang saß Paolo nur da. «Ich bin mir nicht sicher, ob ich Sie richtig verstehe», gestand er dann. Im Allgemeinen kam er mit der italienischen Sprache ganz gut zurecht, zumal wenn man bedachte, dass er erst seit einem halben Jahr hier lebte und seine Kenntnisse von früher recht eingerostet gewesen waren. Aber manchmal kam es vor, dass er einfach nicht wusste, was die Leute von ihm wollten (wobei ihm das auch in Deutschland gelegentlich passiert war) …

«Sie haben in München für die Polizei gearbeitet, und zwar mit großem Erfolg, nicht wahr?», wurde der *sindaco* deutlicher. Woher er das wusste, blieb sein Geheimnis.

«Aber das war früher. Ich habe mein altes Leben hinter mir gelassen.»

«Ich verlange auch nicht, dass Sie dorthin zurückkehren. Alles, worum ich Sie bitten möchte, ist, dass Sie Ihr Talent in den Dienst der richtigen Seite stellen.»

«Und welche ist die richtige Seite?»

Der Bürgermeister lächelte. «Natürlich die von Gesetz und Ordnung.»

«Natürlich.» Paolo verstand jetzt, was die unerwartete Einladung und der kleine Vortrag zu bedeuten hatten. Die Stadt hatte keine leichte Zeit hinter sich, war von Wirtschaftskrisen und gesellschaftlichem Wandel gebeutelt worden und eben erst dabei, sich wieder ein wenig zu erholen. Ein hässlicher Mordfall – und womöglich einer, dessen Ermittlungen sich lange hinzogen – war so ziemlich das Letzte, was sie brauchen konnte. Doch statt Paolo aus der Sache herauszuhalten, wollte ihn der Bürgermeister in die Ermittlungen der Behörden einbinden …

«*Signor sindaco*», erwiderte Paolo, «ich fürchte, Sie wissen nicht sehr viel über mich. Meine Methoden sind ein wenig … ungewöhnlich.»

«Das ist mir egal, solange sie erfolgreich sind», erklärte der andere und stützte sich mit den Ellbogen auf den Tisch. «Ich habe dieses Amt nicht deshalb schon so lange inne, weil ich auf Prinzipien poche, sondern weil ich bemüht bin, Lösungen zu finden, die der Gemeinde dienen. Verstehen Sie, was ich meine?»

«Ich denke schon», bestätigte Paolo. «Kann ich mir bei künftigen Ermittlungen also die Hilfe der Polizei erhoffen?»

«So habe ich mir das gedacht, in der Tat. Im Gegenzug stellen Sie das, was Sie herausfinden, der Polizei zur Verfügung.»

«Ich verstehe», sagte Paolo. Ihm dämmerte langsam, warum dieser Mann in seinem Amt so erfolgreich war. Er schien gut darin zu sein, Abmachungen zu treffen, die für beide Seiten Vorteile brachten, zumindest auf den ersten Blick. Denn gleichzeitig bedeutete das wohl auch, dass sich Paolo den polizeilichen Ermittlungen unterzuordnen hatte.

«Ich denke darüber nach», versprach er diplomatisch.

«Tun Sie das – und vergessen Sie dabei nicht, dass auch Sie ein Hotel besitzen.»

«Drüben in Cervia», ergänzte Paolo.

«Das spielt keine Rolle. Was die Branche trifft, trifft uns alle, Signor Ritter. Und Sie werden noch feststellen, dass die Riviera Romagnola wie ein Dorf ist. Jeder kennt hier jeden, und man weiß nie, wann man einander wieder braucht.»

Paolo wollte fragen, was genau damit gemeint war, aber er

kam nicht dazu, denn im nächsten Moment war der findige *sindaco* schon dabei, ihn wieder hinauszukomplimentieren.

«Und jetzt entschuldigen Sie mich bitte, Signor Ritter», sagte er, auf die Unterlagen deutend, die auf dem Schreibtisch ausgebreitet lagen, «es gibt noch viel Arbeit für mich zu tun. *Buona giornata!*»

Die beiden so hünenhaften wie hilfreichen Geister holten Paolo wieder ab und geleiteten ihn hinunter. Durch die Säulenhalle trat er hinaus ins helle Sonnenlicht.

Er war noch dabei, seine Gedanken zu sortieren, als sein Handy klingelte.

«Ja?»

«Paolo, hier ist Lucia», drang die Stimme seiner Geschäftspartnerin aus dem kleinen Lautsprecher. Sie klang ein wenig gehetzt, fand Paolo.

«Was gibt es?»

«Ein kleines Problem», erwiderte sie.

«Womit?»

«Mit dem Swimmingpool», antwortete sie so ansatzlos und ohne Zögern, dass er einen Moment brauchte, um zu begreifen.

«Mit welchem Swimmingpool?», schrie er so laut, dass sich einige Passanten auf der Piazza Cavour nach ihm umdrehten. «Lucia? Sind Sie noch dran …?»

KAPITEL 23

Ich wiederhole meine Frage», sagte Paolo, jede einzelne Silbe betonend – jetzt allerdings nicht mehr am Telefon, sondern live vor Ort in Cervia, wohin er sich sofort hatte fahren lassen. Er war noch dabei, den Taxifahrer zu bezahlen, während er bereits mit Lucia sprach. «Welcher Swimmingpool?»

«Na, *der* Swimmingpool», erklärte sie mit unschuldigem Lächeln.

«La piscina», erklärte Manfredi, der ebenfalls dabeistand und zur Verdeutlichung mit den muskulösen Armen Schwimmbewegungen machte.

«Ich weiß, was ein Swimmingpool ist», versicherte Paolo. «Ich frage mich nur, was er in unserem Garten zu suchen hat, von einem Pool war nämlich nie die Rede!»

Er warf die Wagentür zu, worauf das Taxi davonbrauste, fluchtartig, wie es schien – der Fahrer hatte wohl gemerkt, dass sich ein Unwetter zusammenzog. Ein mittelschwerer Orkan, in dessen Mittelpunkt Lucia und ein gewisser *installatore* standen …

An den beiden vorbei drückte sich Paolo durch das Gartentor – und sah die Bescherung. Er riss sich die Sonnenbrille vom Gesicht in der Hoffnung, die dunkle Tönung hätte eine optische Täuschung verursacht. Aber daran hatte es nicht gelegen, er sah den Graben noch immer, der von der Straße kommend quer durch den Garten führte.

Und den kreisrunden Krater, der in der Wiese klaffte, so als wäre dort eine mittelgroße Bombe explodiert.

«Das ist ein Scherz, richtig?» Paolo schielte nach oben, um zu überprüfen, ob nicht irgendwo in den Platanen, die die Straße säumten, vielleicht eine Kamera versteckt war. Aber das schien nicht der Fall zu sein. «Ein kleiner Scherz», wiederholte er dennoch, es klang beinahe flehend.

«Eigentlich nicht», widersprach Lucia kopfschüttelnd.

«Dann», ächzte Paolo, der mit der Tatsache klarzukommen versuchte, dass ein gut sieben oder acht Meter durchmessendes Loch im Garten seines Hotels klaffte, «erklären Sie mir doch bitte, was das zu bedeuten hat!»

«Das ist eine Überraschung», erklärte Lucia feierlich.

«Dafür ist doch das Rohr gewesen, das ich im Garten verlegt habe», fügte Manfredi zur Erklärung hinzu. «Haben Sie sich nicht gefragt, wozu das gut sein soll?»

«Nein», musste Paolo zugeben, wobei er Lucia einen zweifelnden Seitenblick schickte. «Ich muss wohl mit anderen Dingen beschäftigt gewesen sein.»

«Wir dachten, Sie würden sich freuen», meinte der *installatore* ein wenig enttäuscht.

«Gar kein Problem.» Paolo schnitt eine Grimasse. «Wenn sie hinzufügen, dass Sie mir das alles», er machte eine unbestimmte Handbewegung in Richtung des Kraters, «nicht in Rechnung stellen, dann freue ich mich ganz bestimmt.»

«Tut mir leid», erwiderte Manfredi mit ernstem Kopfschütteln, wobei er sich nachdenklich am schütter behaarten Hinterkopf kratzte. «Ich fürchte, das geht nicht.»

«Hab ich mir gedacht.» Paolo rang sich ein säuerliches Lächeln ab. «Lucia», wandte er sich dann auf Deutsch an seine Geschäftspartnerin, «könnte ich Sie wohl kurz sprechen?»

«*Certo.*»

Sie entfernten sich ein paar Schritte, sodass Paolo halbwegs sicher sein konnte, dass Manfredi ihnen nicht mehr auf die Pelle rückte. Dann sah er Lucia verzweifelt an. «Was, in aller Welt, soll das werden?»

«Unser neuer Swimmingpool», erwiderte sie schlicht und verschränkte die Arme vor der Brust. Sie trug einmal mehr den Overall, offenbar hatte sie auf der Baustelle mit Hand angelegt, unter Manfredis Anleitung.

Paolo hatte Mühe, ruhig zu bleiben. «Um einen neuen Pool zu bekommen, müssten wir erst mal einen alten gehabt haben», erklärte er mit bebender Stimme. «Hier im *Cavaliere* hat es aber noch nie einen Pool gegeben!»

«*Sì*, und das war ein Fehler, Ihr Bruder hat das oft erwähnt. Er war überzeugt, dass wir noch viel mehr Gäste hätten haben können damit. Leider wurde er krank, bevor er ...»

«Das ist ja alles schön und gut», räumte Paolo ein, «aber erstens bin ich nicht mein Bruder, und zweitens habe ich kein Geld für einen Pool. Das Budget reicht so schon kaum, wollen Sie uns noch vor der Eröffnung ruinieren?»

«*No*, aber ich will es richtig machen», widersprach sie, «und wenn wir keinen Pool haben, haben wir gegen die anderen Hotels gar keine Chance. Felix hat das gewusst.»

«Ich bin aber nicht Felix!», erwiderte Paolo und wurde dabei lauter, als er es beabsichtigt hatte. «Mein Bruder hatte die fatale Neigung, sich finanziell völlig zu verausgaben, und unsere Eltern mussten ihm dann aus den Schwierigkeiten helfen, in die er sich selbst gebracht hatte. Ich habe diesen Luxus nicht, Lucia. Wenn ich es nicht aus eigener Kraft schaffe, dann schaffe ich es gar nicht, und das bedeutet, dass wir kleine Brötchen backen müssen. *Piccoli pani*, verstehen Sie?»

«*Sì, piccoli pani.*» Sie nickte. «Ich habe getan, was Sie gesagt haben, keine Whirlpools und keine goldenen *rubinetti*.»

«Aber einen verdammten Swimmingpool!» Es war ein halblauter Schrei, und von den Verputzern, die auf dem Baugerüst standen und ihrer Arbeit nachgingen, sahen einige zu ihnen herunter. Er seufzte. «Warum haben Sie mich nicht wenigstens gefragt? So etwas hätten wir unbedingt besprechen müssen!»

«Aber das habe ich doch, neulich, als Eros mit den Plänen kam, wissen Sie noch?»

«Natürlich.» Paolo massierte die Nasenwurzel. «Ich erinnere mich an alles, wie Sie wissen.»

«*Molto bene*, dann erinnern Sie sich bestimmt auch, dass ich mit Ihnen reden wollte, und dass Sie gesagt haben, dass ich es allein entscheiden soll. Als Ihre Partnerin, wissen Sie noch?» Lucias dunkle Augen sahen ihn groß und unschuldig an.

Paolo zögerte einen Moment, dann seufzte er resignierend.

Auch das wusste er natürlich noch.

«Und was», erkundigte er sich schließlich, «ist jetzt das Problem, dessentwegen ich so unbedingt kommen sollte?»

«Ein Missverständnis», antwortete Lucia.

«Inwiefern?»

«*Allora*, Eros hat gebaggert, ein rundes Loch», erklärte sie, auf den nahen Sprengkrater deutend. «Aber das Becken, das sein Cousin aus Ancona besorgt hat, ist *quadrato*.»

Sie zeigte in die andere Richtung, ein Stück die Straße hinab – den Sattelschlepper, der dort stand, sah Paolo erst jetzt. In der Annahme, dass dieses riesige Ungetüm nichts mit ihm zu tun haben konnte, hatte er ihm bei seiner Ankunft keine Bedeutung beigemessen. Jetzt allerdings konnte er sehen, dass auf dem Auflieger ein quadratisches Schwimmbecken verzurrt war, seitlich gekippt und in schönstem Swimmingpool-Blau.

«Und jetzt?», fragte er und fürchtete sich beinahe vor der Antwort.

«Die Genehmigung für ein rundes Becken lag bereits vor, die hatte ihr Bruder noch beantragt», erklärte jemand auf Italienisch hinter ihm. «Aber für ein quadratisches Schwimmbad muss bei der Gemeinde ein neuer Antrag gestellt werden.»

Paolo wandte sich um.

Der Geometer stand vor ihm, Signor Fernandi, in der Armbeuge eine Kladde und den bereits vorbereiteten Antrag. «Sie brauchen nur noch zu unterschreiben», fügte er lächelnd hinzu.

«Warum ich? Lucia kann doch …»

«Leider nein, Sie sind der Besitzer des Grundstücks», klärte der Geometer ihn auf.

«Und was wird mich das wieder kosten?»

«Für ein beschleunigtes Verfahren? Nur zweitausend.» Fernandi winkte ab. «Nicht der Rede wert.»

«Verstehe.»

«Und nun? Sind Sie einverstanden?» Auch Manfredi hatte sich wieder hinzugesellt, und die beiden Lieblingsschwager sahen ihn erwartungsvoll an.

Paolo erwog für einen Moment, einen Doppelmord zu begehen. Wenn die beiden im Krater verschwanden, ehe er ihn wieder zuschütten ließ, würden sie vermutlich nie gefunden. Er wusste schließlich besser als jeder andere, wie man es anstellen musste, damit es keine verräterischen Spuren gab …

«Nein», sagte er dann so langsam und beherrscht, wie es ihm angesichts der Hitze in seinem Gesicht und seines leicht erhöhten Blutdrucks nur möglich war, «ich bin nicht einverstanden.»

«*Come?*», fragte Manfredi.

«*Umorismo tedesco*», vermutete sein Schwager.

«Nein, das ist durchaus kein Anfall von deutschem Humor», stellte Paolo klar. «Es tut mir leid, aber ich fürchte, das alles hier ist ein Missverständnis zwischen meiner Geschäftspartnerin und mir gewesen.»

Manfredi und Fernandi sahen ihn an, als wäre er ein Alien, das gerade vor ihren Augen aus seinem Ufo gestiegen war. «*Un fra-in-ten-di-men-to*», wiederholte er das letzte Wort deshalb noch einmal deutlich, um ganz sicher zu gehen.

«Warum?», fragte Manfredi. «Was wurde falsch verstanden?»

«Dass Sie hier ein Rohr verlegen», beschied Paolo ihm schnaubend. «Das war so nicht abgemacht.»

«Und jetzt?», fragte Fernandi sichtlich ratlos.

«Jetzt möchte ich, dass Sie die Leitung wieder entfernen, das Loch dort zuschütten und das Becken wieder an ihren Schwager in Ancona zurückgeben.»

«Cousin», verbesserte Manfredi.

«Wie auch immer.»

«Paolo, nein», widersprach Lucia. «Bitte tun Sie das nicht! Wir sind doch schon so weit gekommen.»

«Aber wir können es nicht bezahlen», wandte Paolo ein. «Verstehen Sie das denn nicht? Wir sind so gut wie pleite!»

«Dann müssen wir auf die Bank und einen Kredit aufnehmen», war sie überzeugt.

«Damit es uns am Ende genauso geht wie meinem Bruder? Ich habe Ihnen doch erzählt, was damals passiert ist.»

«*Sì*, das haben Sie, aber wir beide können es besser machen als er.» Ihre großen Augen nahmen einen beschwörenden Ausdruck an. «Bitte, Paolo! Vertrauen Sie mir!»

Paolo hielt ihrem Blick stand, und einen Moment lang zögerte er, war er tatsächlich versucht, ihr nachzugeben. «Tut mir leid», erklärte er dann jedoch.

«Ist das Ihr letztes Wort?»

Paolo seufzte. «Ich fürchte ja.»

«*Allora*, was sollte das Gerede von Partnerschaft? Und von Vertrauen?»

Er schüttelte den Kopf, zuckte dann mit den Schultern. «Tut mir leid, Lucia.»

«Mir auch», versicherte sie. «Eros», wandte sie sich dann auf Italienisch an Manfredi, «gilt die Einladung von neulich noch?»

«Äh – *certo*», versicherte der Installateur nickend.

«Heute Abend, acht Uhr?»

«Wann immer Sie wollen», versicherte Manfredi mit allem Charme, der ihm zu Gebote stand.

«Äh, nein», ging Paolo hilflos dazwischen, «das geht nicht!»

«Perché no?»

«Weil ich Sie brauche, Lucia, dringend!»

«Wirklich?» Ihre Züge entspannten sich ein wenig, ihr Blick wurde milder.

«Wenn ich es doch sage. Da ist ein Treffen mit einem Informanten, und ich brauche einen Zeugen, der …»

Ansatzlos wandte sich Lucia von ihm ab und Manfredi zu. «Acht Uhr?», fragte sie ihn.

Der *installatore* grinste, dass die weißen Zähne blitzten. «Ich hole Sie ab.»

«Danke.» Lucia sandte Paolo noch einen undeutbaren Blick, dann wandte sie sich ab und ging.

Mit einer Mischung aus Überraschung und Bestürzung sah Paolo ihr hinterher – und zum ersten Mal bereute er den Entschluss, den er vor rund einem halben Jahr in der Kanzlei des Notars getroffen hatte.

Es war eine dämliche Idee gewesen, sein geordnetes Leben in Deutschland aufzugeben und sich Hals über Kopf ins italienische Abenteuer zu stürzen, ausgerechnet er, der weder Sand noch Sonne mochte. Was hatte er sich nur dabei gedacht?

Er war wütend auf Manfredi und Fernandi, die keine Gelegenheit auszulassen schienen, ihn auszupressen wie eine Zitrone; auf Lucia, die ihn ganz offenbar mit Felix verwechselte und dem *installatore* schöne Augen machte; vor allem aber auf sich selbst, denn er ganz allein hatte sich diese *minestrone* eingebrockt.

Er musste weg, so rasch wie möglich, brauchte dringend etwas Ruhe zum Nachdenken.

Und da fiel ihm nur ein einziger Ort ein.

KAPITEL 24

Der Friedhof befand sich am nördlichen Ortsrand von Cervia, nahe dem Parco Naturale.

Vorbei an steinernen Familiengräbern und Mausoleen, die im Schatten grüner Bäume lagen, ging Paolo zu dem *colombario*, einer jener mit Grabnischen versehenen Mauern, wie sie hier im Süden zur Bestattung üblich waren. Auch sein Bruder war in einem solchen Schiebegrab beigesetzt worden – dass Paolo, der sich stets so davor gescheut hatte, diesem Grab einen Besuch abzustatten, nun hierherkam, um ein wenig Ruhe zu finden, entbehrte nicht einer gewissen Ironie.

Um vom Hotel hierherzukommen, brauchte man zu Fuß eine knappe halbe Stunde. Zeit, die Paolo zum Nachdenken genutzt hatte. In seinem Kopf ging alles wild durcheinander – der Fall, Carusos Tod, das Hotel und zuletzt die Sache mit dem Swimmingpool. Manchmal passierten im Leben so viele Dinge gleichzeitig, dass man die Übersicht zu verlieren drohte. In solchen Fällen hatte Paolo, der sich für einen reinen Verstandesmenschen hielt, stets die Stille gesucht – so still es um jemanden, der ein hyperthymestisches Gedächtnis hatte, eben werden konnte – und versucht, das Durcheinander in seinem Kopf zu ordnen.

Heute gelang es ihm nicht, und er gab Italien die Schuld dafür, dem Chaos, das hier bisweilen herrschte. Wie hatte er nur glauben können, sich jemals darin zurechtzufinden? Vermutlich, sagte er sich, war dies das Schicksal eines jeden Auswanderers, nämlich erst in der Fremde zu entdecken, wie sehr man in seinem Herkunftsland doch verhaftet war. Paolo liebte nun einmal die Ordnung, und ganz gleich, wie sehr er versuchte, das Durcheinander hier zu ordnen, es wurde nur noch schlimmer! Chaos im Hotel, Chaos bei dem Mordfall, den er zu lösen versuchte, Chaos bei Lucia …

Auch wenn er es sich nicht gerne eingestand, er hatte den Überblick verloren. So jedenfalls hätte sein stets so chaotisch agierender Bruder es wohl ausgedrückt, vor dessen Grab Paolo jetzt stand, das Haupt gesenkt und den Borsalino in den Händen knetend.

FELIX RITTER
1974–2018

stand in nüchternen Lettern auf der Grabplatte. Und obwohl es in Stein gemeißelt war, fühlte es sich noch immer seltsam unwirklich an, war Felix doch stets der Agile gewesen, der Sportliche, der vor Kraft Strotzende.

Dem Krebs war das egal gewesen.

In der kleinen Vase, die neben der Grabplatte angebracht war, steckte wie immer eine frische rote Rose. Von wem diese Rosen stammten, wusste Paolo nicht, aber es tröstete ihn zu wissen, dass sein Bruder offenbar nicht vergessen war.

«Na los», murmelte er leise vor sich hin. «Sag es schon.»

Er stand weiter vor dem Grab und starrte auf die Inschrift, aber nichts geschah.

«Sag schon, dass ich ein Trottel bin. Dass du es von Anfang an gewusst hast und ich lieber hätte zu Hause bleiben sollen.»

Er erwartete, dass Felix in irgendeiner Inkarnation neben ihm auftauchen und ihn auslachen oder sich sonst wie über ihn lustig machen würde, Erinnerungen an vergleichbare Situationen hatte er schließlich im Überfluss.

Aber sie schwiegen.

So elend er sich fühlen und sosehr er in diesem Moment das Gefühl haben mochte, den Spott seines älteren Bruders zu verdienen, Felix zeigte sich nicht. Und auch das war in gewisser Weise typisch für ihn, hatte Felix doch grundsätzlich nie das getan, was andere von ihm erwartet hatten. Vielleicht, dachte Paolo, war diese Erinnerung an seinen Bruder ja so vorherrschend, dass sie alles andere überdeckte.

«Paolo?»

Paolo fuhr auf. Er brauchte einen Moment, um zu begreifen, dass die Stimme nicht aus der Vergangenheit kam.

«Tino!»

«Ciao, come stai?»

Noch ehe Paolo es verhindern konnte, war der andere schon dabei, ihn herzlich zu umarmen. Dabei grinste er über sein ganzes sonnengebräuntes Gesicht.

Mit der durchtrainierten Figur, dem Gardemaß von einem Meter neunzig, den ebenmäßigen, von kurzem Haar und Bart umrahmten Zügen und dem Herzensbrecherblick seiner dunklen Augen hätte Tino Rossi jederzeit als Male Model durchgehen können – in Wirklichkeit arbeitete er in einem Strandbad, das er und seine Mutter Gianna gemeinsam in Cervia betrieben. Beide waren Freunde von Lucia, und so waren sie irgendwie auch Paolos Freunde geworden. Zumal Tino ihm bei der Geschichte in Parma mit einem wichtigen Hinweis geholfen hatte.

«Du besuchst deinen Bruder», sagte Tino, nachdem er Paolo wieder aus einer Umarmung entlassen hatte. Es war anders als bei Lucia – die beiden duzten sich, allein schon deshalb, weil Tino Paolo gar keine andere Wahl gelassen hatte. «Das ist gut, er hat sich immer über Besuch gefreut.» Tino lächelte wehmütig – Felix und er waren Freunde gewesen, sicher fehlte er ihm. Paolo, das wusste er selbst am besten, war nur ein sehr unzureichender Ersatz für seinen vor Lebensfreude und Tatendrang sprühenden Bruder.

«Und was machst du hier?», fragte er, obwohl er eigentlich keine Lust auf Smalltalk hatte.

«Papa besuchen», erwiderte Tino, mit einer unbestimmten Handbewegung in Richtung der Familiengräber deutend. «Es werden vierzehn Jahre», fügte er in einem Anflug von Traurigkeit hinzu. «Seitdem kümmern Mamma und ich uns allein um das Strandbad.»

«Und das macht ihr wirklich gut», versicherte Paolo.

Tino lächelte, machte dabei aber ein seltsames Gesicht, sein eigentlicher Traum war es nämlich, eine Bar zu eröffnen und die Gäste dort mit Cocktails und erlesenen Weinen zu verwöhnen, aber Mamma Gianna hatte dafür herzlich wenig Verständnis. Zumal sie dazu neigte, ihren Sohn, der mit 31 noch bei ihr zu Hause wohnte, zu bevormunden ... «Es ist nicht immer leicht», meinte Tino seufzend.

«Kann ich mir vorstellen. Aber immerhin hast du noch eine Familie, mit der du dich streiten kannst. Ich habe niemanden mehr.» Er biss sich auf die Zunge – seit wann plauderte er denn mit mehr oder weniger fremden Leuten über sein Gefühlsleben?

«Das ist nicht wahr», widersprach Tino, «du hast schließlich Freunde. Da ist erstens Lucia, richtig? Und Mamma und mich hast du auch.»

«Vero», musste Paolo zugeben, was hätte er sonst auch sagen sollen?

«Vergesst nicht, Freitagabend bei uns – Mamma Gianna hat Geburtstag.»

«Natürlich», versicherte Paolo schnell und hoffte, dabei nicht allzu rot zu werden. Er erinnerte sich zwar, dass Lucia ihm von der Einladung erzählt hatte, aber das war vor einer ganzen Weile gewesen. Und irgendwie hatte er es nicht mehr auf dem Schirm gehabt, ein episodisches Gedächtnis war schließlich kein Terminkalender.

«Keine große Feier, nur ein bisschen essen», kündigte Tino an. Paolo wusste inzwischen, dass dies die italienische Art war, anzukündigen, dass sich der Tisch unter Unmengen von Speisen biegen würde. «Ihr kommt doch?»

«*Sì, certo*», hörte Paolo sich erwidern – in Wahrheit sträubte sich alles in ihm gegen ein geselliges Beisammensein.

Andererseits …

«Tino?», fragte er, nachdem der andere sich bereits verabschiedet hatte und gehen wollte.

«*Sì?*»

«Ich habe eine Frage … eigentlich eher eine Bitte», rückte Paolo heraus.

«Natürlich, was ist los?» In Tinos Augen blitzte es wissbegierig. «Geht es um den neuen Fall?»

«Du weißt davon?»

«Nur wenig. Mamma Gianna hat gesagt, dass eine Freundin von Lucia in Schwierigkeiten steckt.»

«Das ist wahr. Sie sitzt unten in Rimini wegen Mordverdachts in Untersuchungshaft.»

«Aber sie ist unschuldig, ja?»

«Das versuche ich zu beweisen, allerdings. Heute Abend habe ich eine Verabredung beim alten Amphitheater, und ich habe mich gefragt, ob du vielleicht mit mir …»

«Ich soll mitkommen?» Tino sah ihn erstaunt an. «Was ist mit Lucia?»

«Lucia ist … hat eine Besprechung», knurrte Paolo. «Außerdem könnte es vielleicht ein wenig rau werden, und …»

«Dovrei fare la tua guardia del corpo?» Tinos Stimme überschlug sich beinahe vor Aufregung.

Paolo nickte.

Guardia del corpo.

Leibwächter.

Das traf es ziemlich genau.

KAPITEL 25

N*e sarei onorato»*, hatte Tino geantwortet, es sei ihm eine Ehre. Und er hatte das später noch an die zwei Dutzend Mal wiederholt, rund die Hälfte davon allein in den fünfzehn Minuten, die sie inzwischen schon an dem Zaun standen, der das alte Amphitheater von Rimini umgab.

Das *anfiteatro* gehörte zusammen mit der Tiberiusbrücke und dem *Arco di Augusto* am südlichen Ende der Altstadt zu den großen Hinterlassenschaften der Antike, auf die die Riminesen zu Recht stolz waren. Sehr viel war von dem einstmals gewaltigen elliptischen Bau, der in römischer Zeit Gladiatorenkämpfe beherbergt hatte, allerdings nicht übrig geblieben. Schon während der Barbarenstürme der Völkerwanderungszeit war das Theater, das als Teil der städtischen Befestigung gedient hatte, eingerissen worden. Im Mittelalter war ihm dasselbe Schicksal wie anderen Stätten der Antike widerfahren, und es war zum Steinbruch geworden. Die alliierten Bomben, die während des Zweiten Weltkriegs über Rimini abgeworfen worden waren, hatten ihm schließlich den Rest gegeben. Doch auch die wenigen verbliebenen Mauern ergaben noch immer eine eindrucksvolle Kulisse, die immer wieder für Veranstaltungen genutzt wurde, allerdings nicht heute. Und so fanden Tino und Paolo das Gelände, das in einer Mulde unweit der Via Roma lag, völlig verlassen vor.

Die Dunkelheit war bereits hereingebrochen und sorgte dafür, dass all die Nischen und dunklen Ecken, die das Areal umgaben, in Schwärze versanken. Vermutlich hätte sich eine Dutzendschaft von Schlägern dort verbergen können, ohne dass man es bemerkt hätte, entsprechend froh war Paolo, dass Tino ihn begleitete, zumal dieser auch das Fahren übernommen hatte. Auf Tinos Vorschlag, doch einfach seinen Fiat Panda zu nehmen, war Paolo allerdings nicht eingegangen – seine Bandscheiben hatten das «Haushaltsgerät auf Rädern» noch in zu schlechter Erinnerung …

«Denkst du, er wird noch kommen?»

Paolo warf einen Blick auf seine Armbanduhr.

Zehn nach acht.

«Ich glaube schon», sagte er trotzdem. Dass Pünktlichkeit nicht Demetrio Carusos Stärke war, hatte sich ja bereits gezeigt. Denn wäre sein Zuspätkommen am Morgen nur eine einmalige Sache gewesen, hätte seine Kollegin im *Grand Hotel* sicher nicht so brüsk reagiert.

«Tino Rossi, investigatore privato», sagte Tino. Er schlug den Fellkragen seiner dunkelblauen Bomberjacke hoch und warf Paolo einen Blick zu, den er für besonders detektivisch hielt. «Sieht das gut aus?»

«Prächtig.» Auch Paolo hatte sein nagelneues Sommersakko gegen eine wattierte Jacke getauscht. Tagsüber mochte es noch immer angenehm warm sein, doch nach Sonnenuntergang wehte eine frische Brise vom Meer landeinwärts, die nach Salz und Tang roch und mit jedem Tag ein wenig kühler zu werden schien.

«Wir beide als Detektive.» Tino konnte sich noch immer nicht beruhigen. «Daran könnte ich mich gewöhnen.»

«Lieber nicht.» Paolo winkte ab. Er wollte hinzufügen, dass er nicht vorhatte, sich weiter in Italien als Ermittler zu betätigen, ja dass er streng genommen noch nicht einmal wusste, ob er sich *überhaupt* weiter in Italien betätigen wollte – als Demetrio Caruso den Weg heraufkam. In seinem Mundwinkel glomm eine Zigarette, auf dem kahlen Haupt trug er eine dünne Wollmütze. Die Hände hatte er in den Taschen seiner Lederjacke vergraben.

«Sie kommen spät», stellte Paolo fest.

«Seien sie froh, dass ich überhaupt komme», beschied ihm Lysandros Bruder. «Und wer ist der da? Polizei?», fragte er mit einem argwöhnischen Blick in Tinos Richtung.

«Vielleicht», erwiderte der mit zu Schlitzen verkniffenen Augen, durch die er Demetrio kritisch musterte.

«Unsinn», widersprach Paolo, «Signor Rossi ist lediglich ein Freund, der mich begleitet.»

«Als Leibwächter.» Demetrio grinste spöttisch.

«Als Zeuge», sagte Paolo.

«Von mir aus.» Der andere nahm noch einen Zug von seiner Zigarette, dann schnippte er sie davon. «Ich habe nichts zu verbergen.»

«Gut.» Paolo schürzte die Lippen. «Dann wüsste ich gerne, wann und wo Sie Ihren Bruder zuletzt gesehen haben.»

«Vor einem halben Jahr oder so.» Er zuckte mit den Schultern.

«Genau wissen Sie es nicht mehr?»

«Nein. Ich sagte ja schon, dass wir uns nicht besonders nahestanden. Außerdem haben Sie mit meiner Mutter gesprochen, also wissen Sie schon alles.»

«Ihre Mutter hat auch erwähnt, dass Lysandro Ihnen Geld gegeben hat», nahm Paolo den Faden auf. «Wieder und wieder ...»

«Na und? Er hat mehr verdient, als er ausgeben konnte. Und ich bin schließlich sein Bruder.»

«… bis er irgendwann genug davon hatte und von zu Hause ausgezogen ist», fuhr Paolo fort. «Ist das der Grund dafür, dass Ihr Verhältnis sich verschlechtert hat? Hatten Sie Streit?»

«Sie meinen, wegen des Geldes?» Demetrio grinste. «Nein, das war es nicht. Wir haben uns nur … auseinandergelebt.»

«Gab es einen konkreten Anlass?»

«Verdammt, warum fragen Sie das alles?» Er griff in die Innentasche seiner Lederjacke und zog ein Zigarettenpäckchen hervor. Mit fahrigen Bewegungen schüttelte er eine Kippe heraus und schob sie sich in den Mundwinkel. Das Feuerzeug musste er gleich mehrmals betätigen, Funken sprühten in der Dunkelheit, bis die Zigarette endlich brannte. Hastig sog er daran.

«Weil ich wissen möchte, in welcher Beziehung Ihr Bruder und Sie zuletzt zueinander standen», stellte Paolo klar.

«In gar keiner, in Ordnung?» Caruso funkelte ihn wütend an. «Wir waren Brüder, aber dann hatte es sich auch schon mit den Gemeinsamkeiten.»

«Trotzdem werden Ihre Mutter und sie alles erben, seinen gesamten Besitz.»

«Ach, darum geht es.» Demetrio tat wieder einen Zug und blies den blauen Rauch hinaus. Daraufhin schien er sich ein wenig zu entspannen. «Natürlich.»

«Es ist ein mögliches Motiv», erklärte Paolo. «Hat die Polizei nicht danach gefragt?»

«Doch, allerdings, und ich habe der roten Hexe …»

«Ispettore Gallo», half Paolo aus.

«… gesagt, was ich auch Ihnen jetzt sage: dass Sie mir nichts anhängen können, weil ich für die Mordnacht ein Alibi habe! Ich war im Hotel und habe gearbeitet, mein Chef kann das bezeugen.»

«Danach habe ich gar nicht gefragt.»

«Aber ich sage es Ihnen trotzdem, weil ich genau weiß, wie ihr Arschlöcher denkt.»

«Ehi», mahnte Tino und trat einen halben Schritt vor, *«tranquillo, fratello ...»*

«Tutto bene», versicherte Demetrio angesichts der Tatsache, dass Paolos Begleiter ihn um einen ganzen Kopf überragte und nicht weniger breite Schultern hatte als er selbst. «Ich will damit nur sagen, dass ich mit dem Tod meines Bruders nichts zu tun habe. Und was das Geld betrifft, sollten Sie vielleicht lieber meine Mutter fragen.»

«Was soll das heißen?»

Demetrio nahm die Zigarette aus dem Mundwinkel und grinste wieder. «Wo haben Sie sie getroffen?»

«In der Kirche», antwortete Paolo. «Das wissen Sie doch, Sie waren schließlich auch dort.»

«Und warum gerade da?»

«Nun, ich nehme an, dass sie eine gläubige Katholikin ...»

Demetrio lachte nur. «Mal bei ihr zu Hause gewesen?»

«Ja, aber sie war nicht da.»

«Von wegen.» Er lachte auf. «Jede Wette, dass sie hinter der Tür gestanden und Sie durch den Spion beobachtet hat.»

«Warum sollte sie so etwas tun? Aus Angst?»

«Unsinn, sondern weil Sie dann gesehen hätten, in was für Verhältnissen sie lebt. Meine Mutter kann mit Geld nicht umgehen, Signor Ritter. Konnte sie noch nie. Sobald sie es hat, gibt sie es aus, und selten für Dinge von Bestand.»

«Komisch», meinte Paolo. «Dasselbe hat man mir auch von Ihnen erzählt.»

Demetrio ließ die Zigarette im Mundwinkel hängen und breitete in einer Unschuldsgeste die Arme aus. «Was soll ich sagen? Ich bin der Sohn meiner Mutter. Aber immerhin habe ich eine Arbeit und verdiene Geld, während sie es nur ausgibt. Und das bei einer Rente, die gerade so zum Leben reicht.»

«Sie wollen damit sagen, dass …»

«… dass meine Mutter Lysandros Erbe sehr viel besser brauchen kann als ich.»

Paolo hob die Brauen. Beim LKA hatte er vieles erlebt, aber dass Mutter und Sohn sich gegenseitig belasteten, kam nicht oft vor. Irgendetwas verhinderte das, vermutlich Verhaltensmuster, die tief in der menschlichen Psyche verankert waren. Doch hier schienen sie nicht zu greifen …

«Wenn Sie jetzt denken, dass wir eine ziemlich kaputte Familie sind, dann haben Sie recht», schien Demetrio Paolos Gedanken zu erraten. «Unser Vater ist abgehauen, als wir noch Kinder waren, danach mussten wir uns allein durchschlagen, und das war nicht leicht.»

«Das glaube ich gern.»

«Haben Sie so etwas auch erlebt? Hat sich Ihr Vater ebenfalls vom Acker gemacht?»

Paolo schüttelte den Kopf. «Nein.»

«Dann haben Sie keine Ahnung.» Demetrio warf die erst halb aufgerauchte Zigarette fort, sie schien ihm nicht mehr zu schmecken. «Unsere Mutter hat getan, was sie konnte, aber irgendwann hat sie dabei den Faden verloren. Lysandro hat sie von uns beiden immer lieber gemocht, daraus hat sie nie einen Hehl gemacht. Und irgendwie war das in Ordnung, wissen Sie? Er war schließlich mein kleiner Bruder. Als Kind fand ich es okay, wenn er mehr Zeit und Zuwendung bekam. Und wenn es überhaupt mal Geschenke gab, dann hat er sie gekriegt.»

«Und später? Als Erwachsener?»

Demetrio lächelte matt. «Als Lysandro begann, mit der Singerei Geld zu verdienen, habe ich mir erlaubt, die Verhältnisse ein wenig auszugleichen.»

«Sie haben sich von ihm aushalten lassen.»

«Als Gegenleistung für das, worauf ich als Kind verzichten musste, weil er es bekommen hat.»

«Hm», machte Paolo. Die alte Weisheit, dass jede Geschichte mindestens zwei Seiten hatte, hatte sich gerade mal wieder bestätigt. «Aber irgendwann hat Lysandro nicht mehr mitgespielt, richtig?»

«Er hat sich Geld geliehen und diese alte Hütte am Strand gekauft, und dann ist er ausgezogen, hat uns sitzen lassen wie damals unser Vater.»

«Das hat sie gekränkt», stellte Paolo fest.

«Schon.» Er nickte. «Aber bevor Sie jetzt etwas Falsches von mir denken – eigentlich hat Lysandro mir damit einen Gefallen getan, denn auf diese Weise musste ich mir Arbeit suchen und habe im Leben Tritt gefasst. Meine Mutter dagegen hat es nie verwunden. Sie ist Lysandro nachgelaufen und hat um Almosen gebettelt.»

«Hat er sie ihr gegeben?»

«Ich denke nicht.» Demetrio schüttelte den Kopf – und behauptete damit das genaue Gegenteil von dem, was Signora Caruso gesagt hatte. «Mein Bruder war nicht der nette Kerl, für den ihn alle halten, wissen Sie. Er hatte auch eine andere, dunkle Seite.»

«Sie meinen die Drogen?»

«Drogen, Frauen … er liebte das schnelle Leben.»

«Es heißt, zuletzt wäre er ruhiger geworden.»

«Dazu kann ich nichts sagen, ich hatte seit einem halben

Jahr nicht mehr mit ihm gesprochen. Aber nun ist er tot, und wer auch immer ihn getötet hat, ich bin es nicht gewesen.»

«Wollen Sie damit andeuten, dass Ihre Mutter ...?»

«Würde mir nie einfallen. Aber vielleicht sollten Sie mal über Folgendes nachdenken: Meine Mutter und ich erben, weil mein Bruder nichts anderes verfügt hat, richtig?»

«Richtig», bestätigte Paolo. «Soweit ich weiß, gibt es kein Testament oder etwas in der Art.»

«Nun», meinte Demetrio, «vielleicht war Lysandro ja im Begriff, das zu ändern. Ich hatte keine Ahnung, dass er mit dieser Chiara zusammen war und es zwischen den beiden tatsächlich etwas Ernstes war. Aber meine Mutter hat es offenbar gewusst.»

«Sie meinen ...?»

«Hätte er sich entschieden, das Mädchen zu heiraten, dann wäre ein Großteil des Erbes wohl futsch gewesen», ergänzte Caruso. «Haben Sie daran schon mal gedacht?»

Nicht nur er, auch Tino sah Paolo fragend an, der den Wortwechsel mit ähnlichem Interesse zu verfolgen schien wie einen Krimi im Fernsehen.

Paolo jedoch blieb eine Antwort schuldig. Stattdessen bemühte er seine Gabe und rief sich etwas ins Gedächtnis zurück, das vier Tage zurücklag. Wie in einem Film sah er Chiara in ihrem gelben Abendkleid vor sich stehen und hörte sie über Lysandro sagen: *Und er ist so herzensgut, ganz besonders zu Kindern, deshalb veranstaltet er dieses Konzert. Er hat auch gesagt, dass er selbst welche haben will ...*

Paolo hatte das für schwärmerisches Geschwätz gehalten, aber vielleicht war es ja mehr als das gewesen, er erinnerte sich jetzt, dass auch Benini bei ihrem Treffen an der Brücke etwas in dieser Art angedeutet hatte. Vielleicht hatten die beiden tatsächlich Zukunftspläne geschmiedet, hatten über das Gründen einer eigenen Familie gesprochen und womöglich auch darüber zu heiraten – spätestens dann wäre Lysandros Besitz im Todesfall nicht mehr an seine Mutter und seinen Bruder, sondern an Chiara gegangen.

Beklommen stellte Paolo fest, dass Demetrio recht hatte.

Es war ein Motiv.

Zwar sträubte er sich dagegen zu glauben, dass eine Mutter ihrem Sohn aus purer Gewinnsucht nach dem Leben trachtete, aber das war kein Grund, diese Möglichkeit auszuschließen. Natürlich hatte sie es nicht selbst getan, musste Komplizen gehabt haben. Aber war dies womöglich die konkrete Spur, nach der Paolo schon die ganze Zeit suchte? Oder verfolgte Demetrio Caruso seinen ganz eigenen Plan, indem er den Verdacht auf seine Mutter lenkte?

Obwohl er scheinbar so bereitwillig plauderte, wurde Paolo das Gefühl nicht los, dass Lysandros Bruder ihm etwas verheimlichte. Mehr noch, dass er ihn in eine bestimmte Richtung zu drängen versuchte …

«Sie kennen Chiara Larocca?», fragte Paolo wie beiläufig.

«Wir sind uns nie begegnet», erwiderte Demetrio und bestätigte damit, was auch Chiara gesagt hatte. «Aber meine Mutter kannte sie.»

«Und Falcone?» Es war bloß ein Versuch, Paolo konnte noch nicht einmal sagen, warum er den Namen nannte. Er warf einfach nur den Köder ins Wasser, um zu sehen, ob die Fische danach schnappten.

Das Zucken in Demetrio Carusos Mundwinkeln war kaum zu bemerken, aber Paolo sah es trotzdem.

«Wer soll das sein?», fragte Caruso dennoch.

«Ein Musikproduzent aus Rom. Lysandro hatte bei ihm

einen Vertrag unterschrieben. Einen ziemlich lukrativen Vertrag …»

«Davon weiß ich nichts, denn …»

«… Sie haben seit einem halben Jahr nicht mit Ihrem Bruder gesprochen, ich weiß.» Paolo schürzte nachdenklich die Lippen und beschloss, die Karten auf den Tisch zu legen. «Signor Caruso, ehrlich gesagt habe ich den Eindruck, dass Sie ein Spiel zu spielen versuchen. Sie wollen mir etwas sagen, ohne es zu sagen.»

«Ich weiß nicht, was Sie meinen.» Er griff wieder nach der Zigarettenschachtel, aber alles, was er noch herausschütteln konnte, war ein abgeknicktes Exemplar, dem er einen frustrierten Blick schenkte, ehe er es wegwarf. Und die leere Schachtel gleich hinterher.

«Sie kennen Falcone, oder?», hakte Paolo nach.

Demetrio antwortete nicht, kniff die Lippen zusammen, als wollte er sich selbst am Sprechen hindern.

«Signor Caruso, Sie müssen nicht mit mir reden, wenn Sie es nicht wollen», versicherte Paolo. «Aber Sie wissen, dass ich mit der Polizei zusammenarbeite und dass ich Ispettore Gallo alles weitergeben werde. Spätestens dann werden Sie reden müssen.»

«Ich kann nicht.» Er schüttelte den Kopf.

«Warum nicht?»

Lysandros Bruder sah Paolo direkt an. Der Blick seiner dunklen Augen war schwer zu deuten. War das Furcht, die Paolo da entgegenblickte? Stille Verzweiflung?

«Warum fragen Sie nicht Falcone?», stieß er endlich hervor.

«Dann kennen Sie ihn also doch?» Paolo schüttelte verständnislos den Kopf. «Wie kann das sein, wenn Sie und Ihr Bruder seit einem halben Jahr nicht miteinander gesprochen haben? Falcone und er kannten sich doch erst seit Kurzem …»

«Ich sage nichts mehr», beschied ihm Demetrio mit verkniffener Miene, «ich habe sowieso schon zu viel gesagt.»

«Zu viel wovon? Und für wen?»

«Es ist nicht so einfach, wie es aussieht, Signor Ritter», lautete die wenig erschöpfende Antwort. Damit schlug Demetrio Caruso den Kragen seiner Lederjacke hoch, wandte sich ab und ging ohne ein weiteres Wort.

«Signor Caruso», rief Paolo ihm hinterher.

Aber er drehte sich nicht einmal mehr um.

«Er ist ein Trottel», stellte Tino fest.

«Ja», stimmte Paolo zu. «Aber ein Trottel, der möglicherweise auch ein Mörder ist …»

KAPITEL 26

Erst gegen 23 Uhr kehrte Paolo nach Cervia zurück. Nach dem Treffen mit Lysandros Bruder hatte Tino darauf bestanden, noch einen Absacker in einer Bar zu nehmen. Paolo hatte zuerst gezögert, weil sein Kopf mit anderen Dingen voll war, dann aber nachgegeben. Und so hatten sie noch bei einem Glas Rotwein und *prosciutto crudo* zusammengesessen, und Tino hatte ihm sein altes Leid geklagt – dass er in Cervia so gerne eine Bar eröffnen wollte, Mamma Gianna aber dagegen war.

Wie es der Zufall wollte, waren sie nicht die Einzigen, die zu nächtlicher Stunde vor dem *Cavaliere* vorfuhren. Als Paolo den weißen Lieferwagen mit der Aufschrift

E. MANFREDI
IMPIANTI IDRAULICI DEL MAESTRO

erblickte, der bereits am Straßenrand parkte, entfuhr ihm ein leises Stöhnen. Diese Begegnung hätte er sich nun wirklich gerne erspart.

«Da ist ja Lucia!», rief Tino erfreut, als er die Freundin auf der Beifahrerseite aussteigen sah.

«Ich weiß», murrte Paolo.

Tino fuhr rechts ran, und sie stiegen aus, während Manfredi gleich wieder davonfuhr und die Allee hinab davonbrauste.

Lucia hatte ein hübsches Kleid an – das schwarze mit dem rosa Blumenmuster, das sie auch vergangenen Sonntag getragen hatte. Ihr dichtes schwarzes Haar trug sie offen und nur durch einen Haarreif gebändigt, und sie duftete nach Parfüm – entschieden zu sehr, wie Paolo fand.

«*Ciao, ragazza!*», grüßte Tino. Sie umarmten einander herzlich, und es gab *bacetti* auf die Wangen.

«Tino, was tust du hier?», fragte Lucia und sah erstaunt an seiner hochgewachsenen Gestalt empor.

«Ich habe Paolo begleitet», erwiderte Tino voller Stolz und warf sich in die breite Brust. «Als Leibwächter.»

«Als Zeuge», verbesserte Paolo.

«Ja, weil du keine Zeit hattest», stimmte Tino an Lucia gewandt zu. «Paolo hat gesagt, dass du auf einer Besprechung bist, da bin ich für dich eingesprungen.»

«Das war nett von dir.» Lucia nickte ihm dankbar zu. «Nur hat Paolo offenbar etwas falsch verstanden», fügte sie dann süßlich lächelnd hinzu. «Ich hatte nämlich keine Besprechung mit Eros Manfredi, sondern eine Verabredung.»

«Eine Verabredung, wirklich?» Tino machte große Augen.

«Ja, und er ist sehr freundlich gewesen, ein wunderbarer Mann.»

Das war zu viel. Selbst für Paolo, der ständig Stimmen in seinem Kopf hörte und gelernt hatte, sie zu ignorieren.

In diesem Fall konnte er das nicht.

«Dieser Papagallo und ein wunderbarer Mann?», schnaubte er und merkte gar nicht, dass er in seiner Empörung ins Deutsche gewechselt war. «Manfredi macht Ihnen den Hof, seit er das erste Mal hier aufgetaucht ist mit dieser albernen Föhnwelle und seinem Zahnpastalächeln!»

«Äh ... ich sollte nicht hier sein», wurde Tino bewusst. «Ich muss dringend nach Hause, Mamma Gianna sorgt sich bestimmt schon.»

«Klar», murmelte Paolo. «Gute Nacht, Tino. Und danke noch mal.»

«*Buona notte, Tino*», sagte auch Lucia. «Gib Mamma Gianna einen Kuss von mir.»

«Mach ich. Wir sehen uns ja ohnehin bei der Geburtstagsfeier am Freitag, ja …?»

Keiner der beiden antwortete mehr. Sie nahmen nur am Rande wahr, wie Tino sich in seinen Wagen flüchtete und davonfuhr.

«Ob Papagallo oder nicht, es geht Sie nichts an, was ich am Abend mache», stellte Lucia klar. «Ich bin Ihnen keine Rechenschaft schuldig, *chiaro*?»

«Doch», widersprach Paolo, «Sie sind nämlich meine Geschäftspartnerin in diesem Hotel!» Er deutete auf das *Cavaliere*, das trotz aller Baufortschritte im spärlichen Schein der Straßenbeleuchtung noch ziemlich unfertig aussah, von der Kraterlandschaft im Garten ganz zu schweigen.

«*Vero*? Davon habe ich nichts gemerkt, als Sie mich heute vor allen Leuten bloßgestellt haben», konterte Lucia, und an ihrer verkniffenen Miene konnte man erkennen, wie ernst es ihr damit war.

«Bloßgestellt?» Paolo schüttelte den Kopf. «Aber das war nicht meine Absicht! Ich wollte doch nur …»

«Und ich wollte Ihnen eine Freude machen», schnitt sie ihm das Wort ab, Tränen glänzten in ihren Augen. «Ich wollte Ihnen beweisen, dass ich eine gute Geschäftspartnerin bin, aber Sie haben sich nicht einmal dafür interessiert!»

«A-aber doch nur wegen dieses Falles, den ich …»

«Sie haben gesagt, ich soll entscheiden. Und das habe ich getan.»

«I-ich weiß», räumte Paolo ein. «Aber ich …»

«Gute Nacht, Signor Ritter.»

Und dann ging auch sie und ließ Paolo allein.

«Lucia ...!»

Er rief ihren Namen, aber als sie sich nicht mehr umwandte, verzichtete er darauf, ihr nachzulaufen, und wartete stattdessen, bis sie im Hotel verschwunden war. Und auch dann ließ er noch eine Weile verstreichen, gab ihr einen fairen Vorsprung, sich in ihr Zimmer zurückzuziehen, ehe er den Schlüssel mit dem monströsen Anhänger aus der Jackentasche zog und sich ebenfalls zur Nachtruhe begab.

Schlaf fand er allerdings auch diesmal nicht, und nicht nur des Streits wegen.

Was Lucia betraf, so hoffte er, sie würde sich wieder beruhigen. Schließlich kannte er ihr Temperament inzwischen, und egal, wie man es betrachtete, er hatte die Vernunft nun mal auf seiner Seite ... auch wenn er zugeben musste, dass sein Vorgehen nicht sehr diplomatisch gewesen war.

Andere Dinge beschäftigten ihn jedoch ungleich mehr, und das war erstens die Sache mit dem Geld für die Renovierung, das hinten und vorn nicht reichte.

Und zweitens der Fall Caruso.

Was die Finanzen betraf, so hatte es schon vorher nicht gut ausgesehen, die Angelegenheit mit dem Swimmingpool hatte es ihm nur noch deutlicher bewusst gemacht. Paolo brauchte frisches Geld, und das möglichst ohne sich zu ruinieren, wie sein Bruder es damals getan hatte, und die Familie gleich noch mit.

Und da war das Treffen mit Demetrio Caruso, das Paolo nicht mehr aus dem Kopf wollte und das in Endlosschleifen vor seinem inneren Auge ablief, wie ein Film, der einfach nicht enden wollte.

Nach allem, was Demetrio über seine Mutter gesagt hatte, hatte Paolo eigentlich zunächst Signora Caruso noch einmal auf den Zahn fühlen und herausfinden wollen, wie viel sie über das Verhältnis zwischen ihrem Sohn und Chiara Larocca gewusst hatte. Aber dann war Falcone ins Spiel gekommen, und Paolo beschloss, anders vorzugehen. Noch in der Nacht rief er bei der Hafenkommandantur an und erfuhr, dass Falcones Jacht, die *Adesso*, nach wie vor an der Marina vor Anker lag, und er entschied, ihr gleich am nächsten Morgen einen Besuch abzustatten.

Was, so fragte er sich unablässig, hatte Demetrio Caruso gemeint, als er sagte, dass die Dinge nicht so einfach seien? Und was hatte ein Musikproduzent aus Rom damit zu tun?

Es war ein Rätsel, und es beschäftigte ihn, bis er endlich in unruhigen, wenig erholsamen Schlaf fiel, in dem er von roten Rosen, Zigaretten und Swimmingpools träumte.

Und von Lucia.

KAPITEL 27

Am nächsten Tag stand Paolo früh auf und verließ das Hotel lange vor Eintreffen der Arbeiter und noch bevor Lucia aufgestanden war, er wollte keinem von ihnen begegnen.

Im *Kalix*, einer modern eingerichteten, ab sechs Uhr geöffneten Kaffeebar unweit des Hotels an der Viale Roma, trank er einen Cappuccino, dann ging er zum nächsten Taxistand und fuhr nach Rimini.

Aufgrund des Berufsverkehrs, der bereits eingesetzt hatte – im Gegensatz zu den in Deutschland weit verbreiteten Vorurteilen begann der Arbeitstag in Italien nicht erst um zehn Uhr vormittags –, dauerte die Fahrt länger als sonst. Erst gegen sieben Uhr erreichte Paolo den Jachthafen, über dem noch morgendliche Ruhe lag. Das Meer lag still und glitzernd im fahlen Licht der Sonne, die eben erst über den Horizont stieg, die Boote, vom kleinen Motorflitzer bis zur Hochseejacht, dümpelten an ihren Trossen. Der obligatorische Mülllaster, ein Fahrradfahrer und ein paar Jogger waren unterwegs, ansonsten lag die Marina ganz still, beinahe verlassen.

Um Falcones Jacht ausfindig zu machen, bedurfte es keiner besonderen detektivischen Fähigkeiten; erstens war sie eine der wenigen, die noch nicht mit Planen überzogen und winterfest gemacht worden waren; zweitens war sie nicht gerade klein, schließlich diente sie ihrem Besitzer als schwimmende Wohnung.

Paolo schätzte, dass die *Adesso* vom Bug bis zum Heck knapp dreißig Meter maß – strahlend weiß und schnittig gestaltet, mit einem überdachten Achterdeck und einem sich zum Bug hin verjüngenden Vordeck, dessen Teakholzplanken wie gemacht dafür schienen, dass sich barbusige Groupies darauf räkelten, Paolo brauchte nicht einmal Erinnerungen, um es direkt vor sich zu sehen. Die Fensterscheiben waren schwarz verspiegelt, sodass sie keinen Blick ins Innere gewährten, den Eindruck von Exklusivität aber verstärkten.

Auf Paolo wirkte das Ding wie ein Vehikel aus einer anderen Welt, und vielleicht wäre er umgekehrt, um zu einem späteren Zeitpunkt wiederzukommen – wäre da nicht die Gestalt oben auf dem Sonnendeck gewesen. In einem Trainingsanzug aus schwarz glänzender Ballonseide saß sie auf einem Ergometer und strampelte, was das Zeug hielt, der kugelrunde Kopf so rot, dass zu befürchten war, er könnte jeden Augenblick platzen.

«Signor Falcone?», rief Paolo vom Kai aus hinauf.

Keine Reaktion. Der Mann auf dem Sonnendeck strampelte weiter. Die Augen hatte er geschlossen, das Gesicht in Richtung der aufgehenden Sonne, sodass man die Schweißperlen glänzen sah.

Paolo formte die Hände zu einem Schalltrichter und versuchte es noch einmal. «Signor Falcone!»

Diesmal hatte er Erfolg.

Falcone sah aus, als würde er aus tiefer Trance erwachen. Er blinzelte, dann wandte er den Blick, ohne mit dem Treten aufzuhören, und sah Paolo unten stehen. Da sich kein Erkennen in seinen verschwitzten Zügen zeigte, half Paolo ein wenig nach.

«Paolo Ritter. Wir haben uns vergangenen Sonntag kennengelernt, bei der Feier von Lysandro Caruso.»

Bei der Nennung von Carusos Namen kam Falcone aus dem Tritt und musste neu ansetzen. Er schien nachzudenken, was ihm angesichts der hohen Pulsfrequenz offenbar schwerfiel. Dann hellten sich seine Züge plötzlich auf. *«Il tedesco»*, rief er.

«Genau der», bestätigte Paolo. «Ich hoffe, ich störe nicht.»

«Was tun Sie hier so früh?»

«Ehrlich gesagt hatte ich gehofft, mit Ihnen sprechen zu können.»

«Worum geht es?»

«Lysandro», sagte Paolo nur.

Falcone hörte endlich zu strampeln auf. Er griff nach dem Handtuch, das über dem Haltebügel des Ergometers hing, und trocknete sich damit ausgiebig Gesicht und Nacken ab. Dann hängte er es sich um die Schultern und schwang sich schwerfällig vom Sattel.

«Kommen Sie», forderte er Paolo auf.

Damit verschwand er im Inneren der Jacht. Paolo wartete, bis ein Bediensteter erschien, der eine kurze Planke vom Achterdeck zum Kai legte und ihn an Bord kommen ließ.

Es war das erste Mal, dass Paolo ein solches Gefährt betrat. Er war nicht fürs Wasser gemacht und bekam gewöhnlich schon bei einer Dampferfahrt auf dem Bodensee weiche Knie. Entsprechend wurde ihm etwas mulmig, als sein Gleichgewichtssinn die leichte Dünung registrierte.

«Signor Falcone erwartet Sie im Salon», sagte der Diener und deutete nach der verspiegelten Glastür, die vom Achterdeck ins Innere der Jacht führte. Paolo zog sie auf und wurde von kaltem Zigarrengeruch empfangen. Der Salon war gut und gern dreimal so groß wie das Hotelzimmer, das er derzeit bewohnte, mit einem Parkett aus dunklem Holz, großen, stark getönten Fenstern ringsum und einer mit weißem Leder bezogenen Couch. Ihr gegenüber stand ein gewaltiger Sessel, der Paolo an den Kommandostuhl von Captain Kirk erinnerte. Darin saß Enzo Falcone in seiner Trainingskleidung, noch immer mit hochrotem Kopf und dem Handtuch im Nacken. Allerdings hielt er jetzt ein Longdrinkglas mit einer orangefarbenen Flüssigkeit in der fleischigen Hand.

«Kommen Sie», forderte er Paolo nochmals auf. «Treten Sie ein in mein bescheidenes Heim.»

«Guten Morgen, Signor Falcone», grüßte er, «danke, dass Sie sich Zeit nehmen.»

«Warum nicht?» Falcone nahm einen Schluck aus seinem Glas. «Ich habe mehr Zeit, als mir lieb ist – auf Anweisung der Polizei muss ich mich als Zeuge verfügbar halten und darf die Stadt nicht verlassen. Dadurch bin ich zum Nichtstun verdammt.»

«Verstehe.»

«Eine schreckliche Geschichte, oder?», fragte Falcone.

«Allerdings.»

«Als der Anruf kam, konnte ich es kaum glauben.»

«Wann ist das gewesen?», fragte Paolo.

«Montag, gegen Mittag ... Wir wollten gerade ablegen. Ich war geschockt, glauben Sie mir. Lysandro war so ein wunderbarer Mensch, voller Energie und Kreativität ... dass er nicht mehr unter uns sein soll, will mir immer noch nicht in den Kopf.»

«Das kann ich gut verstehen.» Paolo hatte sich noch nicht gesetzt, sondern betrachtete die Dekoration, die zwischen den großen Fenstern an der Wand hing: goldene Schallplatten von Künstlern, die Falcone unter Vertrag hatte, Auszeichnungen der italienischen Musikindustrie für verkaufte CDs und Downloads.

«Gefallen sie Ihnen?», fragte Falcone mit erkennbarem Stolz. «Das ist nur ein kleiner Teil der Sammlung. Der Rest befindet sich in meinem Haus in Rom.»

«Sie wohnen also nicht immer auf dieser Jacht?»

«Natürlich nicht, wo denken Sie hin? Aber in den Sommermonaten versuche ich meine Geschäfte von hier aus zu erledigen, und das gelingt mir ganz gut.» Er nahm einen weiteren Schluck. «Das ist mein Wachmacher», erklärte er dazu. «Vitamine und ein Schuss Wodka. Soll ich Ihnen auch einen machen lassen?»

«Nein danke.» Paolo winkte ab, während er weiter die Trophäensammlung bestaunte. «Denken Sie, Lysandro hätte auch so erfolgreich werden können?»

«Sonst hätte ich ihn wohl kaum unter Vertrag genommen.» Falcone leerte das Glas in einem Zug und stellte es auf den runden Tisch vor sich. «Ich bin kein Hellseher, Signor Ritter. Aber im Lauf der Zeit habe ich ein Gespür für Talent entwickelt. Ich kann es fühlen, wenn jemand das Zeug dazu hat, ein großer Star zu werden, und ich habe damit fast immer richtiggelegen. An Lysandro habe ich geglaubt, wie ich schon seit langer Zeit an niemanden mehr geglaubt habe.»

Er stand auf und trat an die Bar, die die Rückwand des Salons einnahm, gegenüber der Treppe, die unter Deck zu den Schlafräumen führte. Er griff unter den Tresen, holte eine Zigarrenschachtel hervor und klappte sie auf – *Cohiba Talisman*, das Stück rund 50 Euro, wie Paolo wusste.

«Auch eine?», fragte Falcone.

«Nein, danke. Ich rauche nicht.»

«Und trinken tun Sie auch nicht?»

«Jedenfalls nicht um diese Zeit.»

«Also, was haben Sie dann für ein Laster?» Der Musikproduzent nahm eine der Zigarren heraus und schnupperte genüsslich daran.

«Ich kann nichts vergessen», entgegnete Paolo.

Falcone lachte nur, vermutlich hielt er es für einen Scherz. Er klappte die Schachtel wieder zu und stellte sie weg, benutzte dann den auf dem Tresen liegenden Abschneider und steckte sich die Zigarre paffend an.

«In welcher Branche arbeiten Sie, Signor Ritter?», erkundigte er sich, während er wieder in seinem Sessel Platz nahm und Paolo mit einer Geste die Couch anbot.

«Hotelgewerbe», sagte Paolo nur.

«Damit kenne ich mich nicht aus, aber in meiner Branche ist Zeit Geld», stellte Falcone klar und stieß eine Wolke von blauem Dunst aus, der zur verspiegelten Decke stieg. «Deshalb bitte ich Sie, nicht lange um den heißen Brei herumzureden und mir zu verraten, warum Sie hier sind.»

«Um zu helfen.»

«Mir? Wobei?»

«Nicht Ihnen. Chiara Larocca. Sie wird des Mordes an Lysandro Caruso verdächtigt.»

«Ich weiß.» Er nickte gedankenverloren. «Und Sie halten die Kleine für unschuldig?»

«Halten Sie sie für schuldig?», fragte Paolo dagegen.

Falcone paffte nur und ließ die Frage unbeantwortet.

«Ich schätze Loyalität, Signor Ritter», eröffnete er stattdessen, «vielleicht deshalb, weil sie in meiner Branche verdammt selten ist. Wenn Sie hier sind, um einer Freundin zu helfen, respektiere ich das, also stellen Sie Ihre Fragen. Aber nicht dasselbe langweilige Zeug, das die Polizei wissen wollte. Nur fürs Protokoll: In der Tatnacht bin ich hier gewesen und habe friedlich geschlafen. Meine Mannschaft kann das bezeugen.»

«Schon gut.» Paolo wehrte ab. «Mir geht es um andere Dinge.»

«Nämlich?»

«Zum Beispiel um die Million, die Lysandro laut Vertrag bekommen sollte.»

«Was ist damit?»

«Mich würde interessieren, ob sie trotz seines überraschenden Todes ausbezahlt wird.»

«Allerdings.» Falcone paffte kleine Wölkchen. «Natürlich nicht von mir, eine Versicherung wird sich darum kümmern. Lysandro hat auf eine entsprechende Klausel in seinem Vertrag bestanden, als ob er geahnt hätte, was geschehen würde.»

«Hm», machte Paolo.

«Was denken Sie gerade?»

«Dass Lysandro wohl mehr an seiner Familie lag, als er anderen gegenüber zugegeben hat.»

«Und das finden Sie ungewöhnlich?» Falcone lehnte sich in seinem Sessel zurück und betrachtete sein eigenes Spiegelbild an der Decke. «Seine Familie zu hassen, ist nicht leicht.»

«Ich weiß», versicherte Paolo. «Ich habe es jahrelang versucht.»

«Und?»

Paolo schüttelte den Kopf. «Es ist mir nicht gelungen.»

Falcone lächelte zwischen zwei Zügen. «Hass ist ein zweischneidiges Schwert, Signor Ritter. Er kann Kraft verleihen, und er kann einen auffressen. Vielleicht wollte Lysandro nicht, dass ihm das passiert. Sehen Sie», er klopfte die Asche einfach auf den Fußboden, das Personal würde sich wohl darum kümmern, «ich habe in meiner Branche viel mit jungen Talenten zu tun. Manche von ihnen sind leibhaftige Genies, manche dämliche Arschlöcher und wieder andere beides zusammen. Bei Lysandro jedoch konnte ich erkennen, dass trotz seines affektierten Verhaltens ein gutes Herz in seiner Brust schlägt.»

Paolo nickte. Chiara und Benini hatten das wohl ebenso erkannt – vielleicht war es an der Zeit, dass auch er das Bild, das er an jenem Abend von Lysandro Caruso gewonnen hatte, ein wenig nachjustierte.

«Aber das habe ich auch schon der Polizei erzählt», versicherte Falcone gelangweilt. «Können Sie mich denn nichts anderes fragen?»

«Wann ist der erste Kontakt zwischen Ihnen und Lysandro zustande gekommen?»

Falcone paffte einfach weiter. Doch für einen Moment glaubte Paolo, im runden Gesicht des Musikproduzenten, das erst ganz allmählich seine natürliche Farbe wiederfand, einen Anflug von Unsicherheit zu erkennen.

«Was vermuten Sie?», fragte er dagegen, statt zu antworten.

«Ich denke, dass Sie beide einander bereits länger kannten, mindestens ein halbes Jahr.»

«Das ist wahr. Ein Freund beim Radio hatte mich auf Lysandro aufmerksam gemacht, und mir hat gefallen, was ich hörte, also nahm ich mit ihm Kontakt auf.»

«Wissen Sie, dass etwa zur selben Zeit etwas vorgefallen ist, das zum Bruch zwischen Lysandro und seinem Bruder Demetrio geführt hat?», fragte Paolo.

«Sì.»

«Kennen Sie auch den Grund dafür?»

«Nun, ich nehme an, dass Demetrio neidisch gewesen ist. So etwas kommt in den besten Familien vor.»

«Zweifellos», räumte Paolo ein, «aber es muss noch mehr gewesen sein als das.»

«Ah», machte Falcone und lachte in seine Dunstwolke. «Die berühmte deutsche Gründlichkeit.»

«Warum sagen Sie das?»

«Weil es wahr ist. Ich kenne einige Musikproduzenten in Deutschland, die nehmen auch immer alles ganz genau.»

«Kennen Sie den wahren Grund für den Streit oder nicht?»

Falcone nahm einen besonders tiefen Zug – wollte er Zeit gewinnen? «Vielleicht», sagte er dann, «ist es ja um das gegangen, was drüben in Kroatien geschehen ist.»

«In Kroatien?» Paolo horchte auf, davon hörte er zum ersten Mal.

«Diese deutsche Neugier.» Falcone lächelte, jetzt wieder mit der gewohnten Souveränität. «Also gut, von vorn: Ich hatte Lysandro also in Rimini besucht, und schon beim ersten Treffen habe ich sein Potenzial erkannt. Dieses Aussehen, diese Augen, diese Ausstrahlung ... und dann noch diese Stimme! Er war wie gemacht dafür, ein Star zu werden. Also habe ich ihm angeboten, ihn unter Vertrag zu nehmen.»

«Und wie hat er darauf reagiert?»

«Zögernd, Signor Ritter. Sehr zögernd. Er hatte diese fixe Idee, der neue Pavarotti zu werden, das musste ich ihm erst einmal ausreden.»

«Ich nehme an, darin haben Sie Übung.»

Ein Haifischlächeln huschte über Falcones rundes Gesicht. «In der Musikwelt genieße ich den Ruf, zu bekommen, was ich möchte. Ich habe also damit begonnen, ihm Angebote zu machen.»

«Geld?», fragte Paolo.

«Natürlich, aber die Erfahrung hat mich gelehrt, dass Geld nicht alles ist, Signor Ritter. Für viele junge Talente geht es auch darum, aus ihrem bisherigen Alltag auszubrechen und endlich einmal das zu tun, was sie sonst nur aus dem Fernsehen und von Instagram kennen. Ich habe also vor ein paar Jahren diese Villa drüben in Kroatien erstanden – exklusive Ausstattung, einsam gelegen, direkt am Meer. Dorthin schicke ich gerne meine zukünftigen Schützlinge, damit sie einen Vorgeschmack auf das schöne neue Leben erhalten und ein paar rauschende Partys feiern können, mit Mädchen und allem, was sonst noch dazugehört.»

«*Sex and drugs and rock 'n' roll*», kommentierte Paolo.

«Kommen Sie, werden Sie nicht pathetisch. Es sind junge Menschen, die ihr Leben genießen wollen.»

«Mit Kokain?», fragte Paolo.

«Damit habe ich nichts zu tun, Lysandro hat sich schon früher gerne die Nase gepudert. Vermutlich war das auch der Grund dafür, dass diese Geschichte passiert ist.»

«Welche Geschichte?»

«Die alte, Signor Ritter. Statt sich ein paar kroatische Strandschönheiten zu angeln, wie ich es ihm geraten hatte, ist Lysandro mit einem italienischen Mädchen hingefahren. Irgendetwas hatte sie wohl an sich, sie hat ihm jedenfalls ziemlich den Kopf verdreht.»

«Und weiter?»

Falcone blies spöttisch Rauch durch die Nase. «Nichts weiter. Er hat sich ein paar Tage mit ihr vergnügt und ihr dann den Laufpass gegeben, wie er es immer getan hat.»

«Wann genau ist das gewesen?», wollte Paolo wissen.

«Ende März. Danach hat Lysandro dann bei mir unterschrieben und zugesagt, seine Opernkarriere mit der Saison zu beenden.»

«Einfach so?», hakte Paolo nach. «Nachdem er sein Leben lang davon geträumt hatte, der nächste Pavarotti zu werden?»

Der Gesinnungswandel kam für seine Begriffe ein wenig schnell. Ein Gefühl sagte ihm, dass das noch nicht alles war …

«Junge Menschen ändern spontan ihre Pläne, Signor Ritter», entgegnete Falcone und paffte wieder. Die Luft im Salon war inzwischen zum Schneiden dick. Zusammen mit dem schwankenden Boden sorgte sie dafür, dass Paolo allmählich übel wurde … «Außerdem fürchte ich, dass das niemals sein Traum gewesen ist, sondern der seines Mentors …»

«Sie sprechen von Signor Benini.»

«In der Tat, ja.»

«Er ist wie ein Vater für Lysandro gewesen.»

«Zumindest wollte er das sein, obwohl diese Rolle eher auf mich zutraf.» Falcone ließ die Hand mit der Zigarre sinken. «Lysandro wurde von seinem eigenen Vater sitzengelassen, als er noch ein kleiner Junge war. Natürlich war er sein Leben lang auf der Suche nach einem Ersatz.»

«Und Sie haben das erkannt und für Ihre Zwecke genutzt», folgerte Paolo.

«Nicht nur zu meinem Vorteil, vor allem auch zu Lysandros.» Falcone grinste. «Die Welt, die ich ihm bieten konnte, war einfach größer, schöner und bunter.»

Paolo überlegte. Falcone war ein abgebrühter Verhandler. Es war Teil seines Jobs, andere über die wahre Natur seiner Pläne im Dunkeln zu lassen. Wenn Paolo von ihm die ganze Wahrheit erfahren wollte, musste er einen Meißel zur Hand nehmen und ein paar Risse in die scheinbar makellose Fassade klopfen …

«Diese junge Frau», wechselte er abrupt das Thema, «wie war ihr Name?»

«Wozu wollen Sie das wissen?» Falcone ruderte mit der Zigarre. «Sie war nur ein Mädchen von vielen.»

«Falls Sie sich nicht erinnern, kann ich auch Lysandros Haushälterin Giuseppina fragen. Sie hat über alle Freundinnen genau Buch geführt», fuhr Paolo lächelnd und frei erfunden fort. «Richtig deutsch, wenn Sie so wollen.»

Falcone seufzte und machte einen Zug. «Palucci, glaube ich», stieß er dann in einer blauen Wolke hervor. «Romina Palucci.»

Paolo hob die Brauen. «Sie erinnern sich?»

«Offensichtlich.»

«Obwohl sie nur ein Mädchen von vielen war?»

Der Produzent starrte ihn an, und ihm schien kurz zu dämmern, dass er sich aufs Glatteis hatte locken lassen. Trotzdem wollte er wieder in seine alte, gleichgültige Haltung verfallen. Aber Paolo ließ ihn nicht mehr.

«Sie erinnern sich sehr genau, nicht wahr?», hakte er nach. «Was ist noch passiert in dieser Villa?»

«Sie denken, dass ich Ihnen etwas verheimliche? Wieso?»

«Vielleicht sollte ich sagen, dass die Hotellerie nicht mein einziges Gewerbe ist», erwiderte Paolo. «Zu Hause in Deutschland habe ich bei der Kriminalpolizei gearbeitet.» Dass er beim LKA nur ziviler Mitarbeiter gewesen war, behielt er für sich, es tat hier nichts zur Sache.

«Ich verstehe.» Falcone hatte gelernt, seine Gesichtszüge zu kontrollieren, doch in seinen Augen funkelte es.

«Mein besonderes Talent liegt darin, Dinge zu vergleichen. Ich erinnere mich in jeder Einzelheit an den Enzo Falcone, dem ich vergangenen Sonntag begegnet bin – und er unterscheidet sich von dem, der mir jetzt gegenübersitzt. Es sind nur kleine Dinge, Veränderungen in der Stimme, in der Haltung, in der Bewegung der Augen … aber ich merke es, wenn mir jemand etwas verheimlicht. Und Sie tun es gerade.»

Falcone sagte nichts, nahm nur einen tiefen Zug.

«Sie rauchen Zigarre, um Ihre Nervosität zu verbergen», stellte Paolo fest, «und jedes Mal, wenn sie ausatmen, blasen sie ein wenig Wahrheit in die blauen Wolken um sich herum. Aber ich würde gerne die ganze Wahrheit erfahren.»

«Rompicoglioni», stieß Falcone hervor.

Das war ein Wort, das Paolo erst kürzlich gelernt hatte.

Es bedeutete so etwas wie «Nervensäge». Und das war noch freundlich übersetzt.

«Ich sagte es doch schon, Lysandro sah in mir einen Vaterersatz. Er hat mir alles erzählt – auch, wenn er ein Problem hatte.»

«Ihnen? Warum nicht Benini?»

Falcone schnaubte spöttisch, «Vielleicht deshalb, weil ich nicht nur darüber rede, sondern auch in der Lage bin, ein Problem aus der Welt zu schaffen.»

Paolos Augen wurden schmal, und er legte den Kopf schief, während er Falcone forschend ansah. Er hatte das Gefühl, dem Kern der Sache näher zu kommen. «Von was für einem Problem sprechen wir hier, Signor Falcone?»

Er lächelte matt. «Machen Frauen früher oder später nicht immer Probleme?»

«Es muss etwas gewesen sein, das auch Lysandros Karriere als Popstar betroffen hätte», überlegte Paolo laut, und plötzlich fiel es ihm wie Schuppen von den Augen: «Diese Romina war schwanger! Von Lysandro …»

Falcone zuckte zusammen wie unter einem Nadelstich. «Er war jung und dumm, und dann passiert so was eben. Zu viel Sonne, zu viel Schnaps und zu viel weißes Pulver.»

«Und Sie haben das Problem beseitigt», folgerte Paolo. «Was genau haben Sie getan?»

«Was notwendig war, um meine Interessen und die meines

Künstlers zu schützen.» Erneut ließ Falcone Asche auf den Boden fallen. «Ein knappes Vierteljahr nach dieser Geschichte in Kroatien ist Romina bei Lysandro aufgetaucht. Sie hat ihm gesagt, dass sie von ihm schwanger sei, und ihn damit unter Druck gesetzt. Er sollte sie heiraten, oder sie wollte damit an die Öffentlichkeit gehen.»

«Na und?», fragte Paolo.

«Dies ist nicht Deutschland, Signor Ritter, sondern Italien im Jahr 2019, und die Leute, die uns derzeit regieren, würden das Rad der Zeit am liebsten zurückdrehen, wenn Sie verstehen, was ich meine. Die Schwangerschaft bedrohte Lysandros Karriere, noch ehe sie richtig angefangen hatte. Also habe ich das Problem für ihn gelöst.»

Paolo verkrampfte sich innerlich. «Und wie?»

«Nicht wie Sie jetzt womöglich denken.» Falcone grinste. «Sondern so, wie die meisten Probleme gelöst werden, Signor Ritter – mit Geld. Ich habe ihr 50000 Euro geschenkt.»

«Geschenkt?» Paolo hob die Brauen. «Wohl eher nicht», mutmaßte er dann. «Sie haben ihr das Geld unter der Voraussetzung gegeben, dass sie eine Abtreibung vornehmen und sich niemals wieder blicken lässt.»

«Das haben Sie gesagt, nicht ich.» Er grinste schon wieder.

«Und darauf hat sie sich eingelassen?»

«Für eine junge Frau Mitte zwanzig sind 50000 Euro eine Menge Geld, Signor Ritter. Außerdem habe ich ihr klargemacht, dass sie niemals Chancen hätte, Ansprüche ihres Kindes vor Gericht durchzusetzen.»

«Was glatt gelogen war», mutmaßte Paolo. «Und was ist dann geschehen?»

«Sie hat das Geld genommen und das Land verlassen. Soweit ich weiß, ist sie nach Norden gegangen.»

«Nach Norden?» Paolo hob die Brauen. «Wie weit nach Norden? Österreich? Schweden? Grönland?»

Falcone seufzte wieder. «Deutschland. Die Frist für eine legale Abtreibung war fast abgelaufen, und die italienischen Behörden neigen dazu, das Verfahren zu verschleppen.»

«Ich verstehe.» Beim LKA hatte Paolo gelernt, Zeugenbefragungen durchzuführen, ohne sich dabei persönlich zu engagieren, und dafür war er in diesem Moment dankbar. Denn ohne diese Ausbildung hätte er Enzo Falcone vermutlich das genannt, was er zweifellos war, nämlich ein schmieriger, gewissenloser Mistkerl.

Lucia hätte es auf jeden Fall getan ...

«Und Lysandro war damit einverstanden?»

«Er war noch nicht bereit für eine Vaterschaft und hatte andere Dinge im Kopf. Er war nur froh, dass ich mich darum kümmerte.»

«Verstehe», knurrte Paolo – vielleicht, sagte er sich, brauchte Lysandro betreffend ja doch nichts nachjustiert zu werden. «Kam es so also zum Streit mit Demetrio?»

Falcone schnitt eine Grimasse. «Wer sieht schon gerne zu, wenn der eigene Bruder ihm die Freundin ausspannt? Zudem war er mit der Art und Weise unseres Vorgehens wohl nicht ganz einverstanden.»

Paolo überlegte, das ergab durchaus Sinn – aber wieso hatte Demetrio ihm das alles nicht selbst erzählt? Vielleicht, weil er sich für seinen Bruder schämte und trotz aller Differenzen nicht schlecht von ihm reden wollte, nun, da er tot war?

«Wo ist Romina Palucci jetzt?», wollte Paolo wissen.

Den Zigarrenstummel zwischen den dicken Fingern, machte Falcone eine schicksalsergebene Geste. «Wer weiß?»

«Haben Sie wirklich keine Ahnung?»

«Nach dem Abbruch der Schwangerschaft haben wir uns aus den Augen verloren.»

Paolo nickte, das war Falcones Art auszudrücken, dass ihm Romina Paluccis Schicksal von diesem Augenblick an herzlich egal gewesen war. Interessiert hatte er sich nur für sie, solange sie eine Bedrohung fürs Geschäft dargestellt hatte.

«Die Polizei weiß nichts davon?»

«Nein.»

«Warum nicht?»

Zum ersten Mal beugte Falcone sich in seinem Sessel vor. Das Handtuch um seinen Nacken rutschte dabei herab und fiel zu Boden, aber er bemerkte es nicht einmal. Sein Blick war fest auf Paolo gerichtet. «Weil, Signor Ritter, es in meinem Land nicht üblich ist, das Andenken der Verstorbenen zu beschmutzen. Lysandro weilt nicht mehr unter uns, lassen wir ihn also in Frieden ruhen.»

«Hier geht es nicht um Lysandro, sondern um Romina», verbesserte Paolo. Seiner aufsteigenden Übelkeit zum Trotz sah er das Foto vor sich, die anonyme Aufnahme, die der Polizei zugespielt worden war, die junge Frau auf dem Bett … «Ist sie groß, schlank und blond?»

«Lysandros bevorzugtes Beuteschema.» Falcone grinste freudlos. «Vermutlich ist die ganze Geschichte deshalb überhaupt erst passiert.»

«Sie gehört zum Kreis der Verdächtigen», erklärte Paolo. «Und sie hatte ein Motiv.»

«Wut auf Lysandro?» Falcone blies spöttisch durch die Nase. Reste von Rauch wölkten daraus hervor, was ihn wie einen bösen alten Drachen wirken ließ, der in seiner Höhle fläzte. «Das ist lächerlich. Sie hat bei dieser Geschichte mehr als gut abgeschnitten.»

«Wir werden sehen», meinte Paolo und erhob sich, nicht ohne vorher noch seine Visitenkarte über den Couchtisch zu schieben. «Sollte Ihnen doch noch einfallen, wo Romina sich derzeit aufhält, rufen Sie mich bitte an.»

Falcone nahm das Kärtchen vom Tisch und betrachtete es. «Seien Sie vorsichtig bei Ihren Ermittlungen», murmelte er.

«Wovon sprechen sie?»

«Sie sind fremd in diesem Land und kennen die Gewohnheiten nicht, Signor Ritter», beschied Falcone ihm mit einem undeutbaren Blick. «Also sehen Sie sich lieber vor …»

KAPITEL 28

Paolo brauchte eine Weile, um das zu verdauen. Nicht nur die neuen Informationen, die er erhalten hatte, sondern auch die Tatsache, dass Enzo Falcone, der mächtige Musikproduzent aus Rom, ihm am Ende ihres Treffens mehr oder minder unverhohlen gedroht hatte.

Es war klar, dass man keine 30-Meter-Jacht sein Eigen nannte, wenn man immer nur ein netter Kerl war. Aber Falcone hatte mehr als deutlich gemacht, dass er Hindernisse kompromisslos aus dem Weg räumte und dass dazu auch Paolo gehörte, falls dessen Ermittlungen sich nachteilig für ihn auswirken sollten. Doch all das konnte nicht davon ablenken, dass Paolo eine neue Spur hatte, der er nachgehen musste.

Zuerst tat er das Naheliegende und versuchte es im Internet. Er gab Rominas Namen bei den wichtigsten Suchmaschinen ein, suchte nach ihr auf Facebook, Instagram und einem halben Dutzend weiterer sozialer Medien. Doch entweder hatte sie nie Accounts besessen, oder sie waren vollständig gelöscht worden. Oder vielleicht, dachte Paolo, hatte Falcone auch jemanden damit beauftragt.

Der nächste Gedanke war, Demetrio Caruso anzurufen und ihn nach seiner Sicht der Dinge zu befragen, aber Lysandros Bruder ging nicht ran. Paolo hinterließ eine Sprachnachricht und bat um Rückruf. Auf einer Bank an der breiten Strandpromenade sitzend, von Palmen beschattet und den Blick aufs Meer gerichtet, wägte er dann seine Möglichkeiten ab.

Wenn es stimmte, was Falcone gesagt hatte, und Romina tatsächlich nach Deutschland gegangen war, um die Abtreibung vornehmen zu lassen, dann gab es eine gute Chance, mehr über sie herauszubekommen oder sie womöglich sogar ausfindig zu machen, falls sie sich noch immer in Deutschland aufhielt.

Argwöhnisch, so als wäre es ein giftiges Reptil, das jeden Augenblick zubeißen konnte, betrachtete er das Handy, das neben ihm auf der Bank lag, und irgendwie schien das kleine Gerät auch zurück zu starren. Dann, in einem jähen Entschluss, griff Paolo danach und rief die betreffende Nummer aus dem Speicher ab. Eigentlich hatte er sie längst löschen wollen, jetzt war er froh, es nicht getan zu haben.

Es knackte, dann tutete es in der Verbindung.

Und wieder.

Und noch einmal.

Es war Donnerstagmorgen, um diese Zeit war sie gewöhnlich am Schreibtisch … oder sah sie seine Nummer gerade im Display und überlegte, ob sie überhaupt rangehen sollte? Wollte er womöglich gar nicht, dass sie das Gespräch entgegennahm?

Im nächsten Moment war es zu spät, um sich darüber noch Gedanken zu machen.

«Ja?», sagte eine Stimme am anderen Ende.

Paolo hatte nicht erwartet, dass es ihn so treffen würde, sie zu hören. Vor seinem inneren Auge sah er sie an ihrem Schreibtisch sitzen, in ihrer schneeweißen Bluse, das blonde Haar zum Pferdeschwanz gebunden. Er hatte sogar noch ihr Parfüm in der Nase, Annick Goutal. Es war wie ein Hieb in die Magengrube, sein Mund war plötzlich trocken.

«Hallo, Julia», krächzte er.

Für einen Augenblick herrschte Schweigen.

«Paolo? Bist du das?»

Er konnte ihr nicht verdenken, dass sie überrascht war. Es war das erste Mal, dass er sie anrief, eigentlich das erste Mal, dass sie überhaupt miteinander redeten seit damals, seit jenem Abend in Cervia, der so romantisch begonnen hatte und in einem Fiasko geendet war.

Als sie ihm eröffnete, dass sie schwanger war, hatte er für einen Moment das Gefühl gehabt, im siebten Himmel zu schweben – bis sie ihn darüber aufklärte, dass das Kind nicht von ihm war, sondern von Thomas Greiner, einem Kollegen beim LKA. Wie in Trance war Paolo aufgestanden und hatte das Lokal verlassen. Und das war bis zum heutigen Tag der Stand der Dinge zwischen ihnen.

«Das … ist unerwartet.» Sie gab sich Mühe, neutral zu klingen, aber er konnte die Vorsicht in ihrer Stimme hören.

«Kann ich mir denken», versicherte er. «Wie geht es dir?»

«So weit gut. Übernächste Woche gehe ich in Mutterschutz, dann wird alles ein wenig einfacher.»

«Das freut mich für dich.» Er erwog einen Moment, sie nach Thomas zu fragen, aber das wäre zu viel gewesen.

Es ging ihn nichts an, wie es um ihre Beziehung stand.

Und es interessierte ihn auch nicht.

«Paolo, warum rufst du an?», fragte sie, leise und um Sachlichkeit bemüht, wie es immer ihre Art gewesen war. «Falls du dich entschuldigen möchtest, das ist nicht nötig, der Fehler lag bei mir, ich …»

«Ich brauche eine Auskunft», stellte Paolo klar.

Eine lange Pause entstand.

«Julia?», fragte er. «Bist du noch dran?»

«Ja.»

Es war eine seltsame Situation. Aber irgendwie mussten beide damit umgehen.

«Ich habe auch Fehler gemacht und nicht wenige», versicherte er. «Wollen wir einfach so tun, als wären wir zwei ganz normale erwachsene Menschen?»

Wieder eine Pause.

«Ich versuche, hier neu anzufangen», fuhr Paolo fort, «und das ist schwer genug, du kennst mich.»

«Du bist immer noch in Italien?»

«Allerdings. Ich bin dabei, Felix' Hotel zu renovieren. Im nächsten Jahr ist Eröffnung.»

Ein ungläubiges Lachen entfuhr ihr. «Das klingt nicht nach dir.»

«Ich weiß. Ich versuche wirklich, die Dinge in den Griff zu bekommen … aber da ist diese eine Sache, bei der ich deine Hilfe brauche.»

«Paolo …»

«Bitte, Julia, es ist wichtig. Eine Bekannte steckt hier unten in Schwierigkeiten, und ich will ihr helfen.»

Ein leises Seufzen, dann: «Was brauchst du?»

«Auskunft über eine gewisse Romina Palucci, Alter Mitte zwanzig, italienische Staatsbürgerin», eröffnete Paolo rundheraus, Julia hatte es nie gemocht, wenn er lange um den heißen Brei herumredete. «Ich habe versucht, im Internet mehr über sie herauszufinden, aber sie will wohl nicht gefunden werden. Sie hat vor etwa einem Vierteljahr in Deutschland eine Abtreibung vornehmen lassen und hält sich womöglich noch immer dort auf.»

«Das sind nicht gerade umfangreiche Hinweise.»

«Ich weiß, dass du sie finden kannst.»

«Also gut, ich habe mitgeschrieben. Ich werde sehen, was ich für dich tun kann.»

«Danke, Julia.»

Wieder trat eine Pause ein, länger als alle vorangegangenen.
«Schon gut», sagte sie. «Und – Paolo?»
«Hm?»
«Es war schön, dich zu hören.»
«Ja», sagte er nur – und beendete das Gespräch.

KAPITEL 29

Paolos nächster Weg führte ihn in die Quästur am Corso d'Augusto. Er bat, mit der Untersuchungsinhaftierten Chiara Larocca sprechen zu dürfen, wurde stattdessen jedoch abermals zu Ispettore Gallo gebracht.

«Schon wieder hier, Signor Ritter?», begrüßte ihn die attraktive Polizistin von ihrer Seite des Schreibtischs aus. Ihr rotes Haar trug sie heute offen, was sie weniger streng wirken ließ. Der prüfende Blick durch ihre rote Brille allerdings war bestechend wie immer. «Sollte etwa ich der Grund dafür sein, dass Sie so oft vorbeikommen?»

Sie sagte es mit einem Lächeln, es war nur eine jener belanglosen Schäkereien, die in Italien nicht unüblich waren. Paolo brachte es trotzdem ein wenig aus der Fassung, er war nicht sehr gut in diesen Dingen.

«Äh, nein», wehrte er ab und errötete ein wenig. «Eigentlich bin ich wegen Chiara Larocca hier.»

«Davon bin ich ausgegangen.» Ihr Lächeln wurde noch ein wenig breiter, und sein Gesicht noch ein wenig röter. «Sie haben Glück, sie noch anzutreffen, Signora Larocca wird vermutlich noch im Lauf dieses Tages überstellt.»

«Wohin?», fragte Paolo.

«*Casa circondariale di Rimini.*»

«Ins Gefängnis?», fragte Paolo erstaunt. «Ich wusste nicht einmal, dass Rimini überhaupt ein Gefängnis hat.»

«Das wissen viele nicht, die Touristen sowieso nicht, aber

auch nicht die Einheimischen. Es liegt ein Stück außerhalb der Stadt an der Via Santa Christina. Hier in der Quästur sind wir für längere Aufenthalte nicht eingerichtet.»

«Warum lassen Sie Chiara nicht einfach gehen, wenn Sie nichts gegen sie in der Hand haben?»

«Signor Ritter ... Paolo.» Sie sah ihn direkt an. «Wie Sie wissen, haben wir nicht ‹nichts› in der Hand.»

«Aber offenbar reicht es nicht für eine Anklage», erwiderte Paolo. «Und möglicherweise wird es dazu auch nicht kommen.»

«Haben Sie etwas herausgefunden?»

«Vielleicht ... es gibt ein paar Dinge, die ich Chiara fragen muss. Danach weiß ich möglicherweise mehr.»

«Was für Dinge?»

Paolo grinste freudlos. «Kommen Sie doch einfach mit, dann brauchen Sie uns auch nicht zu belauschen.»

Zunächst schien sie widersprechen zu wollen, überlegte es sich dann aber anders und lächelte nur. «Wir haben eine Abmachung», brachte sie dann in Erinnerung. «Wenn es neue Erkenntnisse gibt, informieren Sie mich.»

«Deswegen bin ich hier», erwiderte Paolo.

«Warum laden Sie mich dann nicht einfach zum Abendessen ein?», schlug sie schulterzuckend vor. «Dann reden wir über alles, was Sie nicht beweisen können. Und noch mehr», fügte sie mit einem Blick hinzu, der ihm Unbehagen bereitete. Die Befürchtung beschlich ihn, dass es ihm wie Goethes Zauberlehrling ergehen und er die Geister, die er rief, nicht wieder loswerden würde. Aber dann musste er an das Gespräch mit dem Bürgermeister denken, und er fragte sich, ob er überhaupt die Möglichkeit hatte, das Angebot auszuschlagen.

Und außerdem: Was Lucia konnte, das konnte er auch ...

«Einverstanden», erklärte er, ohne die Sache bis zum Ende zu durchdenken, was eigentlich untypisch für ihn war. Aber seit er in Italien war, tat er ja ständig Dinge, die untypisch für ihn waren.

«Heute Abend?», fragte sie nur.

«Warum nicht?» Er lächelte dünn.

Sie nannte ihm die Uhrzeit und den Namen des Restaurants. Paolo machte für beides eine Notiz auf dem Handy, was sie ein wenig konsterniert zur Kenntnis nahm. Dann griff sie nach dem Telefon auf ihrem Schreibtisch und rief einen Beamten, der Paolo abholen und zu Chiara bringen sollte. Sie selbst verzichtete darauf, ihn zu begleiten, und begnügte sich mit einem verheißungsvollen: «Bis heute Abend.»

Chiara war noch immer in derselben Zelle.

Man hatte ihr gestattet, sich umzuziehen, auch der Verband um ihren Kopf war verschwunden und einem großen Heftpflaster gewichen – wirklich gesund sah Lucias Freundin aber nicht aus. Ihre Gesichtszüge waren bleich, die Wangen hohl, um die Augen lagen dunkle Ränder. In kauernder Haltung saß sie auf der Pritsche.

Als Paolo ihre Zelle betrat, hellten sich ihre Züge schlagartig auf, und sie erhob sich – um gleich wieder zurückzusinken, als sie sah, dass Paolo allein war.

«*Ciao*», grüßte er.

«Wo ist Lucia? Ist sie nicht mitgekommen?»

«Nein», erwiderte Paolo. «Sie … musste im Hotel bleiben, um sich um alles zu kümmern.»

Aus ihren dunkel geränderten Augen sah Chiara ihn kritisch an. «Sind Sie wieder ein deutscher Besserwisser gewesen?»

«Sagt Lucia das wirklich über mich?»

«Manchmal.»

Er räusperte sich. «Da sind ein paar Dinge, die ich Sie fragen muss, Chiara.»

Sie zuckte mit den Schultern. *«Certo.»*

«Sind Ihre Erinnerungen inzwischen wiedergekommen?»

«Nein, es ist immer noch alles ziemlich verschwommen.» Sie schüttelte den Kopf. «Alles, woran ich mich erinnern kann, ist das helle Licht.»

«Das Blitzlicht», präzisierte Paolo – inzwischen hatte er ja eine Vermutung, woher es gekommen war.

«... und der Schlag auf meinen Kopf.» Sie deutete auf die Stelle mit dem Pflaster. «Sonst weiß ich nichts mehr, bis zu dem Moment, wo ich aufgewacht bin.»

«Ich verstehe.»

«Können Sie mich nichts anderes fragen?» Sie sah ihn flehend an. «Ich komme mir hier drin so nutzlos vor. Ich möchte gerne etwas tun.»

«Haben Lysandro und Sie jemals übers Heiraten gesprochen?», fragte Paolo.

«Come?» Der abrupte Themawechsel überraschte sie offenbar.

«Letzten Sonntag haben Sie Lucia erzählt, dass sie zusammen Kinder haben wollten ...»

«Ja, irgendwann vielleicht. Wir kannten uns ja kaum. Aber ich hätte es mir vorstellen können mit ihm.»

«Hm», machte Paolo. Was einer anderen jungen Frau widerfahren war, die sich dasselbe hatte vorstellen können, behielt er geflissentlich für sich. Chiara sah die verkniffenen Mundwinkel, die er dabei machte, deutete sie aber falsch.

«Ich bin nicht naiv», stellte sie klar. «Ich weiß, dass Lysandro viele Frauen vor mir hatte. Aber zwischen uns war es anders, glauben Sie mir.»

«Das tue ich», versicherte Paolo. «Hat Lysandro je vor Ihnen über andere Frauen gesprochen?»

«Nein, so geschmacklos wäre er niemals gewesen.»

«Hat er nie einen Namen erwähnt?»

Chiara schüttelte weiter den Kopf.

«Romina Palucci?»

«No.»

«Sind Sie sich ganz sicher?», hakte Paolo nach. «Bitte denken Sie genau nach, Chiara, es ist wichtig.»

«Nein, diesen Namen habe ich noch nie zuvor gehört», beteuerte sie. «Warum ist das so wichtig?»

«Nur so», erwiderte Paolo, der ihr weder falsche Hoffnungen machen noch sie beunruhigen wollte.

«Sie haben eine Spur.»

«Vielleicht, ich bin mir noch nicht sicher.»

«Sind Sie schon in den Klubs gewesen?», fragte Chiara. «Vielleicht finden Sie da dort ja etwas.»

«Noch nicht.» Paolo schüttelte den Kopf. «Aber bei den Informationen, nach denen ich suche, geht es nicht um …»

Er unterbrach sich.

Wenn – und davon war wohl auszugehen – die Klubs, die Lysandro in jener Nacht zusammen mit Chiara besucht hatte, seine bevorzugten Adressen waren, dann war es wohl vernünftig anzunehmen, dass er sie auch zusammen mit anderen Damen besucht hatte. Und vielleicht ja auch mit Romina Palucci.

«Wo haben Sie Ihre Tour noch mal begonnen?»

«Im Bounty Club. Danach waren wir in einer anderen Welt …»

«Kein Wunder, Sie haben ja auch ordentlich gebechert.»

«Aber nein.» Trotz ihrer prekären Lage musste Chiara lächeln. «Das ist der Name eines weiteren Klubs, *Altromondo* … aber genau kann ich mich an nichts mehr erinnern.»

«Ich habe ja die Liste, die Sie mir gegeben haben», versicherte Paolo. «Darf ich Sie noch etwas fragen?»

«Aber sicher.»

«Dieser Ring, den Lysandro am kleinen Finger trug …»

«Der war ihm sehr wichtig», wusste Chiara zu berichten. «Ich glaube, es war der allererste Preis, den er in einem Gesangswettbewerb gewonnen hatte. Da ist er noch ein Kind gewesen, deshalb konnte er den Ring auch nur am kleinen Finger tragen.»

«Hat er ihn jemals abgelegt?»

Sie überlegte, schüttelte dann den Kopf. «Nicht dass ich wüsste.»

«Danke, Chiara.»

«Warum ist das wichtig?», wollte sie wissen.

«Ich weiß noch nicht, ob es wichtig ist», gestand er. «Aber jede noch so kleine Information kann helfen.»

«Ich helfe gerne», versicherte sie. «Kommen Sie wieder vorbei, wenn Sie etwas wissen müssen.»

Er nickte. «Dass Sie verlegt werden sollen, wissen Sie?»

«Hat man mir gesagt, ja. Die Zimmer dort sollen besser sein», fügte sie dann in einem Anflug von Galgenhumor hinzu. «Na ja, ist nicht schwer, oder?»

«Nein», gab Paolo angesichts der abblätternden Farbe an den Wänden und der heruntergekommenen Toilette in der Ecke zu und schenkte ihr ein Lächeln, das sie flüchtig erwiderte.

«Ich habe Angst, Paolo», sagte sie unvermittelt.

«Ich weiß. Ich gebe mein Bestes.»

Sie kauerte auf der Pritsche und versuchte ein dankbares

Lächeln, während ihr Tränen über die Wangen liefen. Paolo war klar, dass Lucia jetzt zu ihr gegangen wäre und sie getröstet hätte, und für einen Moment erwog er, dies ebenfalls zu tun … doch letzten Endes ließ er es bleiben. Es hätte seltsam wirken können. Und überhaupt, was hätte er zu ihr sagen sollen?

Das alles gut werden würde?

Das hatte er schon einmal behauptet.

Und es war alles andere als gut geworden …

Er trat an die metallene Tür und klopfte dagegen. *«Aprite, per favore!»*

Der Beamte, der draußen gewartet hatte, öffnete und ließ ihn heraus. Auf der Schwelle drehte sich Paolo noch einmal um.

«Chiara?»

«Sì?»

«Hat Lucia sonst noch etwas über mich gesagt? Ich meine, außer dass ich ein deutscher Besserwisser bin?»

Sie dachte kurz nach, während sie sich die Tränen aus dem Gesicht wischte. Dann schüttelte sie den Kopf.

Paolo seufzte. «Lucia hat sich gut mit meinem Bruder verstanden, nicht wahr?»

«Sie waren Freunde», bestätigte Chiara. «Die besten.»

«Aber sie waren niemals …»

«… zusammen?», ergänzte Chiara und hob die Augenbrauen. «Wenn Sie das wissen wollen, warum fragen Sie Lucia nicht einfach selbst?»

«Das habe ich.»

«Und? Was hat sie gesagt?»

«Nein», erwiderte Paolo.

«Da haben Sie's», erwiderte Chiara lächelnd. «Im Zweifel für den Angeklagten, richtig?»

«Richtig», bestätigte Paolo – und ging.

KAPITEL 30

«Lysandro Caruso? Ja, der war hier.»

Der Barkeeper, mit dem Paolo sprach, wirkte ziemlich aus der Zeit gefallen, er trug ein weißes Hemd mit weiten Korsarenärmeln und hatte sich ein rotes Tuch um den Kopf gebunden. Ein großer goldener Ohrring komplettierte die piratenhafte Erscheinung.

Das *Bounty* gehörte zu den ältesten und bekanntesten Lokalen von Rimini. Ganz vorn am Lungomare Augusto Murri gelegen, zog der Klub, der zugleich auch Restaurant und Bar war, nicht nur Touristen an, sondern auch Einheimische. Es war daher nicht verwunderlich, dass Lysandro und Chiara an jenem Abend zuerst hierhergekommen waren. Beim Namen des Klubs hatte Paolo reflexhaft an Schokoriegel gedacht. Aber jetzt, wo er das urige Ambiente mit all den Mastbäumen, den Seilen, den Fässern und sogar einem großen hölzernen Steuerrad sah, war offensichtlich, dass es das Schiff gleichen Namens war, das den Klub zu seinem Namen inspiriert hatte. Zusammen mit allen Piratenklischees, die man aus einschlägigen Hollywoodfilmen kannte.

«Wann ist das gewesen?», erkundigte sich Paolo, um zu überprüfen, ob der junge Mann wirklich wusste, wovon er sprach.

«Letzten Sonntag, glaube ich.» Der Barkeeper strich über seinen Seeräuber-Kinnbart und schien nachzudenken. «Ja, letzten Sonntag», sagte er dann entschieden, «da war ich hinter der Bar. Schreckliche Vorstellung, dass er schon am nächsten Tag ...»

«Sie wissen davon?»

«Hab's in der Zeitung gelesen. Üble Sache.» Er schauderte sichtlich.

«War er allein oder in Begleitung?»

«In Begleitung. Er hatte eine hübsche Blondine dabei. Nicht mehr ganz jung, schon über dreißig, aber ziemlich heiß.» Der Barmann schürzte anerkennend die Lippen.

«Ist Lysandro öfter hier Gast gewesen?»

«Warum fragen Sie das? Wenn Sie ein Freund von ihm sind, sollten sie das doch wissen.»

Paolo sah sein Gegenüber an. Um an Informationen zu kommen, hatte er sich einmal mehr als Freund Lysandro Carusos vorgestellt. «Wir haben uns eine ganze Weile nicht mehr gesehen», stellte er klar, während er beiläufig einen 50-Euro-Schein auf den Tresen legte.

«Verstehe.» Der Pirat ließ den Fünfziger verschwinden, ohne auch nur hinzusehen.

«Also? War Lysandro öfter hier?»

«Schon, ja. Das Publikum ist hier ziemlich gemischt, Einheimische und Touristen wie Sie.»

«Ich bin kein Tourist», fühlte Paolo sich genötigt klarzustellen. «Ich habe drüben in Cervia ein Hotel.»

«Ich bin beeindruckt.»

«Ist Signor Caruso oft in weiblicher Begleitung hier gewesen?», kam Paolo wieder auf das eigentliche Thema zurück.

«Manchmal, aber gegangen ist er auf jeden Fall niemals allein, wenn Sie verstehen.» Der Barmann setzte ein breites Korsarengrinsen auf.

«Er hat seine Partnerinnen oft gewechselt?»

«Kann man behaupten.» Das Grinsen wurde noch breiter. «Der Mann war eine echte Inspiration. Nur zum Schluss schien er ein bisschen nachzulassen, diese eine Dame hatte er öfter am Start. Aber wie gesagt, sie war auch ganz schön heiß.»

«Erwähnten sie schon», meinte Paolo – Chiara schien tatsächlich Eindruck gemacht zu haben. «Sonst können Sie sich an keine seiner Begleiterinnen erinnern? Oder vielleicht an einen Namen?»

Der andere lachte auf. «Wer könnte sich die schon merken?»

«Romina?», versuchte Paolo es trotzdem. «Romina Palucci?»

Der andere schüttelte den Kopf. «Da klingelt gar nichts bei mir.»

«Wann genau sind Caruso und seine Begleitung letzten Sonntag hier gewesen?»

Der Barkeeper überlegte wieder. «So gegen elf, glaube ich. Sie haben hier bei mir an der Bar gesessen und was zu essen bestellt, Pizza und Steak.»

Paolo nickte – das Essen im *Zio* hatten die beiden verpasst, entsprechend ausgehungert waren sie vermutlich gewesen. Zumal nach ihrer privaten kleinen Feier in Lysandros Garderobe …

«Und dann?», fragte er weiter.

«Nichts weiter. Sie haben noch ein, zwei Bier getrunken – wir haben hier im *Bounty* unser eigenes Bier, wissen Sie – und sind dann wieder gegangen.»

«Wann?»

«Gegen Mitternacht, würde ich sagen. Sind vermutlich weitergezogen in den nächsten Klub, die Nacht war ja noch jung.

Da fällt mir was ein …» Er ließ Paolo stehen und trat an die Kasse, die auf dem Tresen stand. Nachdem er eine Weile daran herumgetippt hatte, kam ein Papierstreifen heraus, der rund einen halben Meter lang war. Er riss ihn ab und legte ihn vor Paolo auf den Tresen.

«Was ist das?», fragte Paolo.

«Carusos Rechnung. Als Stammgast durfte er anschreiben.»

«Und?»

«Und von seinem Freund erwarte ich, dass er sie begleicht. Vor allem, wenn dieser Freund keinen Ärger bekommen will.» Als schien er nur auf diese Gelegenheit gewartet zu haben, setzte der Kerl das schönste Freibeuterlächeln auf, das er im Repertoire hatte. Paolo spähte nach der Zahl, die am Fuß der langen Rechnung stand. Ihn traf fast der Schlag. Es wäre wohl an Lysandros Manager gewesen, die Zeche zu bezahlen, aber wenn es jemanden gab, den Paolo im Augenblick nicht wegen so etwas anrufen wollte – zumal nach dem seltsamen Ende, das ihre Unterhaltung genommen hatte –, dann war es Falcone. «Kann ich mit Karte bezahlen?», fragte er tonlos.

«Natürlich», sagte der Pirat, und ein paar Augenblicke später waren rund sechshundert Euro weniger auf Paolos ohnehin schon ziemlich klammem Konto.

«Danke sehr», meinte der Barmann und gab ihm die Quittung. «Ich hoffe, ich konnte Ihnen helfen.»

«*Assolutamente*», stammelte Paolo – und ging von Bord.

Der nächste Klub auf Chiaras Liste war das *Acqua Marina*, nicht vorn am Strand, sondern ein paar Häuserzeilen weiter hinten gelegen. Während sich im *Bounty* die Piraten der Karibik ein Stelldichein gaben, war das *Acqua Marina* der Welt des Meeres gewidmet: Plastikfische hingen von der Decke, der Tresen hatte die Form eines U-Boots, und Bullaugen, hinter denen Monitore hingen, zeigten bei Betrieb den Blick in eine bunte Unterwasserwelt. Jetzt waren sie allerdings abgeschaltet, und statt schummrigen Glimmers erhellte nüchtern weißes Arbeitslicht den Raum.

«Sie hatten Glück, dass ich das Klopfen an der Tür gehört habe», erklärte die Besitzerin des Schuppens, die sich jovial als Liliana vorgestellt hatte. Sie trug löchrige Jeans und ein Achselshirt, das mit kunstvollen Mustern tätowierte Arme sehen ließ. Zur einen Seite trug sie ihr schwarzes Haar schulterlang, auf der anderen einen Undercut, durch den ihre Kopfhaut schimmerte. Und der müde Aufschlag ihrer Augen besagte, dass dies ganz und gar nicht ihre Uhrzeit war.

«Also, was wollen Sie?», erkundigte sie sich mit rauer Stimme. «Für heute Abend reservieren?»

«Eigentlich wollte ich Ihnen nur ein paar Fragen stellen.»

«So?» Ihr wenig begeisterter Blick ließ ahnen, dass sie es schon bereute, die Tür geöffnet zu haben. «Und worum geht es?»

«Um Lysandro Caruso. Sagt Ihnen der Name etwas?»

«*Sì*», versicherte Liliana prompt. «Er ist ein Arschloch.»

«Er ist tot», sagte Paolo ein wenig diskreter.

«Richtig. Dann *war* er eben ein Arschloch», verbesserte sie sich. «Was haben Sie mit ihm zu tun?» Sie zündete sich eine Zigarette an, vermutlich die erste Mahlzeit des Tages.

Paolo druckste herum. «Er ist ein … ich war … bin sein …»

«Also was nun?»

«… Privatdetektiv», stieß Paolo hervor.

«Un ficcanaso?»

Es war eine wenig schmeichelhafte Bezeichnung, die Paolo aus TV-Krimis kannte. Am besten wurde das Wort wohl mit dem deutschen «Schnüffler» übersetzt.

«Nun – ja», gab er zu. «Ich versuche herauszufinden, was genau in der Nacht seines Todes geschehen ist.»

Liliana hatte sich die Zigarette angesteckt und nahm einen tiefen Zug, den sie jedoch verhalten ausatmete, der Rauchmelder wegen ... «In der Zeitung stand, dass er erstochen wurde», erwiderte sie mitleidlos.

«Sie scheinen ihn nicht sehr geschätzt zu haben?»

«Nein, wirklich nicht», gab sie unumwunden zu. «Er war ein Aufreißer der übelsten Sorte und hat seine Mädchen behandelt wie Dreck.»

«Woher wissen Sie das? Hatten Sie auch das – äh – Vergnügen?»

Ihr Gelächter war laut und dröhnend. «Nein, wirklich nicht. Er spielte nicht in meiner Liga, wenn Sie verstehen. Und selbst wenn wir in derselben Liga gespielt hätten, wäre ich nicht sein Typ gewesen», fügte sie hinzu und deutete auf die lange Seite ihres Haars. «Falsche Farbe.»

«Habe ich mitbekommen.» Paolo lächelte schwach. «Wie ich gehört habe, ist er am Sonntag noch hier gewesen?»

«Allerdings – und hat seinem Ruf mal wieder alle Ehre gemacht.»

«Inwiefern?»

«Er hat sein Mädchen übel behandelt. Hat ihr Champagner in den Ausschnitt gekippt. Ihr gelbes Kleid wurde davon ganz durchsichtig.»

«Und was hat sie getan?»

«Die Kleine?» Liliana zuckte mit den Schultern. «Dämlich gekichert hat sie, sie hatte ja schon ordentlich getankt.»

«Hat Lysandro so etwas öfter getan, ich meine, ausfällig zu werden?»

«Pausenlos. Je erfolgreicher er wurde, desto schlimmer.

Einer von denen, die glauben, sie können sich alles erlauben.»

«Hm», machte Paolo. «Ist er immer so gewesen?»

«Ich denke schon, ein Idiot wird man ja nicht von jetzt auf gleich. Aber seit einiger Zeit war es besonders schlimm. Einmal musste ich ihn sogar rauswerfen, weil er angefangen hat, meine DJane zu befummeln.»

«Wann ist das gewesen?»

«Weiß nicht.» Sie blies wieder Rauch zum Boden und wedelte mit der Hand, um ihn zu verteilen. «Irgendwann im Frühjahr.»

«März? April?»

«Ja doch», bestätigte sie gereizt. «Warum ist das wichtig?»

«Nur so», erwiderte Paolo – tatsächlich war es natürlich genau der Zeitpunkt, zu dem Falcone mit ihm Kontakt aufgenommen hatte. Unter dem Einfluss des Musikproduzenten hatte Lysandro offenbar begonnen, sich zu fühlen wie Fellinis großer Zampano – und sich entsprechend benommen …

«Die jungen Frauen, die er dabei hatte», begann Paolo.

«Was ist mit ihnen?»

«Sie waren alle blond?»

«Ohne Ausnahme. Ich meine, ich sehe hier haufenweise Kerle an der Bar stehen, denen die Hose eng wird, wenn sie eine Blondine sehen. Aber bei ihm war das eine … wie sagt man?»

«*Obsessione?*» Paolo wendete wieder den Trick mit dem angehängten -e an, um aus dem deutschen Fremdwort ein italienisches zu machen.

«*Un'ossessione, sí*», bestätigte Liliana. «Sie waren nicht nur blond, sie sahen auch alle gleich aus – dieselbe Größe, dieselbe Figur, ziemlich dasselbe Alter. Hätten sie nicht verschiedene

Sachen angehabt, hätte ich wahrscheinlich gedacht, es wäre immer dieselbe.»

«Würden Sie das auch vor Gericht aussagen?», fragte Paolo. Bewiesen war damit freilich nichts, aber Lysandros offenkundige Fixierung auf Frauen, die einem bestimmten Typ entsprachen, musste jeden Richter mit Augen im Kopf daran zweifeln lassen, ob es wirklich Chiara Larocca war, die auf dem angeblichen Beweisfoto zu sehen war, wenn man die Unstimmigkeit mit dem Kleid bedachte. Sicherlich, dachte Paolo bitter, hatten schon mehrere Frauen den Wunsch gehegt, Lysandro Caruso ins Jenseits zu befördern. Allerdings ging sein Verdacht in eine bestimmte Richtung …

«Romina Palucci», sagte er unvermittelt.

Aus ihren müden Augen sah Liliana ihn an. Nicht die geringste Erkenntnis flackerte darin. «Wer soll das sein?»

«Der Name einer Freundin, die er etwa zu dieser Zeit hatte, als Sie ihn rausgeworfen haben.»

Sie überlegte kurz, schüttelte dann aber den Kopf. «Vielleicht hab ich den Namen mal gehört, vielleicht auch nicht. Bei Lysandros Frauen den Überblick zu behalten, fiel einem schwer. Hat er selbst vermutlich nicht mal geschafft.»

«Vermutlich», gab Paolo zu.

«Und jetzt», sagte Liliana, wobei sie den Rest ihrer Zigarette in einen Ascher in Form einer großen Muschel hämmerte, «muss ich Sie bitten zu gehen. Das Schwätzchen ist vorbei, ich muss wieder an die Arbeit.»

«Wenigstens ist keine Rechnung mehr offen», hörte sich Paolo sagen.

«Wie meinen?»

«Ach nichts.» Paolo bedankte sich und gab auch ihr seine Visitenkarte, falls ihr noch etwas einfiele, das ihm weiterhelfen könnte. Als sie erfuhr, dass er nicht nur Privatdetektiv war, sondern offenbar auch noch Hotelbesitzer, verfiel sie erneut in Gelächter, vor allem der Name des Hotels schien ihr zu gefallen.

«*Arrivederci, mio cavaliere!*», gab sie ihm theatralisch mit auf den Weg nach draußen.

KAPITEL 31

Der nächste Klub auf der Liste war das *Coconuts* vorn am Strand, aber auch dort erfuhr Paolo nicht mehr, als er ohnehin schon wusste, nämlich dass Lysandro Caruso ein Frauenschwarm und Möchtegern-Playboy gewesen war, der zumindest bis vor zwei Monaten nichts hatte anbrennen lassen. Dass es ausgerechnet die auf den ersten Blick so naive Chiara geschafft haben sollte, diesen Hansdampf zu zähmen, war schwer zu glauben, aber so musste es wohl gewesen sein, und vermutlich hatte auch die Sache mit Rominas Schwangerschaft dabei eine Rolle gespielt. Allerdings war der Wandel zu spät gekommen. Am Ende, so schien es, hatte ihn sein unsteter Lebenswandel eingeholt.

Durch eifriges Nachfragen gelang es Paolo, den Weg, den Chiara und Lysandro in jener Nacht genommen hatten, einigermaßen schlüssig zu rekonstruieren. Demnach waren sie insgesamt in fünf Klubs gewesen, hatten getanzt und gefeiert und sich ganz nebenbei so zugeschüttet, dass bei Chiara wohl irgendwann der Faden gerissen war. Der letzte Klub, den sie besucht hatten, war *Altromondo Studios* gewesen, ein riesiger Tanzschuppen, der sich draußen am Flughafen befand und damit schon in der Nähe von Lysandros Haus. Einer der Kellner dort sagte aus, die beiden schließlich in ein Taxi gesetzt und nach Hause geschickt zu haben – so hatte sich zuletzt auch noch die Frage geklärt, wie Chiara und Lysandro zu seinem Strandhaus gekommen waren.

Die Recherchen dauerten den ganzen Nachmittag und ließen keine Zeit für eine kurze Rast oder Einkehr, entsprechend hungrig war Paolo, als er sich zur verabredeten Zeit zum Abendessen mit Bibiana Gallo einfand.

Das Restaurant, das sie ausgewählt hatte, war das *Casa Brigandi*. Es befand sich unweit der Piazza Tre Martiri am belebten Corso d'Augusto, in einem Palazzo aus dem 18. Jahrhundert, der sich zu einem verborgenen Innenhof hin öffnete. Das Ambiente war schlicht und geschmackvoll, wenn auch für Paolos Empfinden vielleicht ein wenig zu romantisch. Kerzen an den Tischen sorgten für gedämpftes Licht.

Obwohl er ein paar Minuten zu früh war, erwartete Ispettore Gallo ihn bereits. Ihre Uniform hatte sie gegen einen schwarzen Hosenanzug getauscht, der weich an ihrer schlanken Gestalt herabfloss. Ihre Dienstbrille hatte sie gegen ein dezenteres Modell getauscht, durch dessen schmale Gläser sie gerade die Speisekarte studierte, als Paolo an ihren Tisch trat.

«Buonasera, ispettore Gallo», sagte er und deutete eine Verbeugung an. *«Mi scuso per il ritardo.»*

«Sie sind nicht zu spät, mein Lieber», versicherte sie und verwies auf den Platz gegenüber. «Ich bin nur etwas früher gekommen, weil ich weiß, dass man in Deutschland Pünktlichkeit schätzt.»

Paolo lächelte ein wenig gequält, gewisse Dinge würde er wohl niemals loswerden.

«Schön, dass Sie es einrichten konnten.»

«Die Freude ist ganz meinerseits», versicherte Paolo, während er sich setzte. Dabei tauchte er in die Duftwolke ein, die die Polizistin umgab. Er tippte auf Valentino. Es war wirklich betörend.

«Ich hoffe, das Lokal gefällt Ihnen. Der Chef stammt aus Sizilien, aber seine kulinarische Heimat ist die Romagna.»

«Klingt wunderbar», versicherte Paolo und lächelte ein wenig hölzern. Der Kellner kam und servierte zwei Dry Martinis, die sie offenbar schon bestellt hatte.

«Aperitivo?», fragte sie.

Paolo bejahte, und sie hoben die Gläser. Und an der Art, wie sie ihn über den Rand hinweg ansah, wurde selbst ihm klar, dass dies wohl kein nüchternes Arbeitsessen werden sollte. Was auch an ihrem im Nacken gebundenen Wasserfallkragen lag, der tiefe Einblicke in ihr Dekolleté gewährte.

Trotz des neuen Jacketts fühlte sich Paolo in seinem Sommeranzug mal wieder falsch gekleidet. «Verzeihen Sie meinen Aufzug», sagte er deshalb, nachdem er an seinem Glas genippt und es wieder auf den Tisch gestellt hatte. «Ich bin leider nicht mehr dazu gekommen, mich umzuziehen.»

«Waren Sie den ganzen Tag unterwegs?»

Paolo nickte.

«Und? Etwas herausgefunden?»

«Ich denke schon.»

«Wo genau sind Sie gewesen?» Sie nahm erneut einen Schluck, und das sehr viel beherzter als er – die Oliven in ihrem Glas lagen schon weitgehend auf dem Trockenen.

«Zuerst beim Hafen. Dann noch in einigen Klubs. Rein beruflich, versteht sich.»

«Und?»

«Wie gesagt, ich kann noch nichts beweisen.»

«Das sagten Sie schon.» Die Inspektorin leerte ihr Glas, so als benötigte ihr Mut ein wenig alkoholische Unterstützung. «Ich bin hier, um mir anzuhören, was Sie *nicht* beweisen können.» Sie stellte das leere Glas energisch auf den Tisch zurück.

Der Kellner kam und fragte nach ihren Wünschen. Da Bibiana Gallo das Lokal zu kennen schien, überließ Paolo ihr die Auswahl, und sie bestellte als Vorspeise Carpaccio von weißem Thunfisch an Pistazien und fermentierter Zitrone, danach *linguine* mit roten Garnelen und Auberginencreme, und schließlich Schwertfischsteak mit schwarzem Knoblauch und grünen Bohnen. Dazu – auf Empfehlung des Kellners – einen 2018er Rebola l'Animo vom benachbarten Weingut Tenuta Saiano.

Das alles klang so vortrefflich, dass dem hungrigen Paolo nicht nur das Wasser im Mund zusammenlief, sondern auch sein Magen laut und vernehmlich knurrte, was Bibiana Gallo jedoch charmant zu überspielen wusste.

«Bevor Sie anfangen zu erzählen, habe ich eine Frage», fuhr sie fort. «Warum sind Sie davon ausgegangen, dass Chiara Laroccas Zelle abgehört wird? War es so ein abwegiger Gedanke, dass ich Ihnen nur einen Gefallen tun will?»

Paolo lächelte schwach. «Das nicht, aber ich hätte an Ihrer Stelle vermutlich dasselbe getan.»

«Wir sind einander ähnlich», folgerte sie.

«Nun ja, ich …»

«Nur zu Ihrer Information, bei Ihrem heutigen Besuch habe ich Sie nicht belauschen lassen. Irgendetwas sagte mir», fügte sie hinzu, wobei ihre grünen Augen ihn durchdringend ansahen, «dass ich Ihnen vertrauen kann.»

«Das können Sie», versicherte Paolo. «Ich werde Ihnen nichts verheimlichen, das für die Auflösung des Falles von Wichtigkeit ist.»

«Auch nicht, wenn es Chiara schadet?»

«Auch dann nicht», versicherte Paolo ernst.

«Sie sind ein ungewöhnlicher Mann, Paolo Ritter.»

«Finden Sie?» Paolo starrte auf den Tisch vor sich. Es war

lange her, dass ihm eine Frau ein Kompliment gemacht hatte, noch dazu eine, die er kaum kannte. Auch diese Dinge pflegte man in Italien wohl etwas offensiver anzugehen. «Ich weiß nicht recht. Wenn Sie mich etwas besser kennen würden, würden Sie sehen, dass ich gar nicht so ungewöhnlich bin.» Von seiner speziellen Gabe natürlich einmal abgesehen, fügte er in Gedanken hinzu. Aber die eignete sich nicht als Thema beim ersten Date.

«Dann geben Sie mir Gelegenheit, Sie ein wenig besser kennenzulernen», bat sie lächelnd.

Der Wein kam, ein frischer *biancho* mit fruchtigem Bouquet, mit dem sie anstießen.

«Ispettore Gallo», begann Paolo.

«Bibiana», verbesserte sie und sah ihm dabei in die Augen, und da war wieder dieses Grün, das ihn an Julia erinnerte.

Er zögerte, war kein großer Freund vorschneller Vertraulichkeit, in Lucias Fall allerdings hatte er sich zu viel Zeit damit gelassen … «Paolo», erwiderte er, und sie stießen gleich noch einmal an und tranken.

«Nachdem wir das geklärt haben», sagte sie mit charmantem Lächeln, «würde ich nun gerne wissen, was du über diesen Fall denkst. Und natürlich auch, was du herausgefunden hast.»

«Na schön.» Er versuchte seine Gedanken trotz des Parfümgeruchs zu ordnen. «Zuallererst fühlt sich dieser ganze Fall nicht richtig an.»

«Was meinst du?»

«Auf den ersten Blick scheint alles gegen Chiara zu sprechen – die Tatzeit, ihre Fingerabdrücke auf der Tatwaffe, die Tatsache, dass keine Hinweise auf fremdes Eindringen gefunden wurden …»

«Und vergiss nicht das Foto», fügte Bibiana hinzu.

«Richtig, das Foto. Ehrlich gesagt, stört mich das Foto am meisten. Ich meine, woher kommt es? Wer hat es gemacht und aus welchem Grund?»

Sie lachte rau. «Das würdest du nicht fragen, wenn du wüsstest, wie oft unsere Streifen Spanner aufgreifen, die durch die Jalousien von Häusern wildfremde Menschen filmen oder fotografieren. Die Welt ist voller Irrer, Paolo, besonders an einem Ort mit vielen Touristen.»

«Das ist ein Scherz, hoffe ich.»

«Nein, eigentlich nicht.» Sie schüttelte den Kopf. «Wenn man diesen Beruf eine Weile macht – und ich bin schon ein paar Jahre dabei –, dann kann einen nichts mehr wirklich überraschen.»

«Das glaube ich gern», räumte Paolo ein. «Aber dass just in diesem Augenblick ein Spanner vor dem Fenster stand, scheint mir doch ein ziemlicher Zufall zu sein.»

«Worauf willst du hinaus? Dass es kein Zufall war?»

«Genau das. Ich denke, dass jemand den beiden eine Falle gestellt hat. Jemand, der von Anfang an vorhatte, Lysandro zu ermorden und es so aussehen zu lassen, als wäre es Chiara gewesen.»

«Jemand», wiederholte sie, ohne durchblicken zu lassen, was sie von seiner Hypothese hielt. «Ich nehme an, du hast einen Verdacht.»

«Nun ja», begann Paolo, «wenn du dich in Lysandros Umfeld umgehört hast, weißt du sicher, dass er kein Unschuldsengel war. Die Liste der Frauen, denen er das Herz gebrochen hat, ist praktisch endlos, und von vielen kennen wir nicht einmal die Namen. Nur eines wissen wir – dass sie einander ähnlich gesehen haben, denn der gute Lysandro war ein wenig … einseitig in seinem Geschmack.»

«Und weiter?»

«Erinnere dich an das Foto, Bibiana, das Gesicht der Frau auf dem Bett ist nicht wirklich zu sehen. Im Grunde könnte es jede seiner ehemaligen Freundinnen sein. Und jede von ihnen hätte mehr Grund, ihn umzubringen, als Chiara.»

«Du meinst aus Eifersucht.» Sie hob die Brauen. «Hast du eine Ahnung, wie viele junge Frauen hier während der Sommermonate von ihren Liebhabern sitzengelassen werden? Keine von denen greift zum Messer …»

«Richtig», gab Paolo zu, «aber sollte ich mit meiner Theorie richtig liegen, ist die Täterin auch nicht allein gewesen, sondern es gab einen Komplizen …»

«… der das Foto geschossen hat.»

«Ganz recht, und vielleicht ist dieser Komplize auch der eigentliche Drahtzieher des Mordes. Vergessen wir nicht, dass es auch um eine Menge Geld geht, ein Strandhaus und eine Million Euro aus dem Vertrag mit Enzo Falcone.»

«Bravo», lobte Bibiana. «Du hast gut recherchiert.»

«Die Million wird von einer Versicherung ausbezahlt, und zwar an die Erben, an Carusos Mutter und an seinen Bruder. Wenn das kein Motiv ist, dann weiß ich auch nicht.»

Sie hob die Brauen. «Mord in der Familie?»

«Soll schon vorgekommen sein.»

«Beide haben Alibis für die Tatnacht», versicherte Bibiana.

«Was in diesem Fall nicht zwangsläufig bedeutet, dass sie unschuldig sind», wandte Paolo ein.

Sie konnten nicht weitersprechen, weil die Vorspeise kam – das Thunfischcarpaccio. Die hauchdünn geschnittenen Scheiben wurden auf einem gläsernen Teller serviert, was sie beinahe durchsichtig wirken ließ, Salzzitrone und grüne Pistazie waren darübergestreut. Doch der Augenschmaus war nichts im Vergleich zu dem Geschmack, der sich an Paolos Gaumen entfaltete, der rohe Fisch, der mit der fermentierten Zitrone eine perfekte, salzig-fruchtige Verbindung einging, mit den Pistazien als knuspriger Garnierung. Es schmeckte ausgezeichnet, und Paolo bedauerte ein wenig, dass Lucia nicht hier war, um es auch zu genießen.

«Gut, nicht wahr?», fragte Bibiana lächelnd.

«Vortrefflich», versicherte er und schob sich eine weitere Gabelspitze Carpaccio in den Mund. Der Fisch zerging fast auf der Zunge. «Darf ich dich etwas fragen?»

Bibiana nippte an ihrem Glas. «Natürlich.»

«Wie wichtig ist es, dass die Polizei schnelle Ergebnisse vorweisen kann?»

«Rapidi risultati?», wiederholte sie seine letzten Worte und sah ihn fragend an, ob aus Empörung oder aus Unverständnis, weil er sich falsch ausgedrückt hatte, war für Paolo nicht festzustellen.

«Ich weiß, dass die Sache sehr wichtig ist für die Stadt», erklärte er deshalb. «Ich habe eine freundliche Einladung bekommen, den Bürgermeister im Rathaus zu besuchen ...»

«Er ist so ein netter Mann!», lobte Bibiana. Offenbar, dachte Paolo, geriet sie bei Männern mit einem gewissen Reifegrad leicht ins Schwärmen. «Und er hat so viel für Rimini getan!»

«Das hat er mir versichert», erwiderte Paolo. «Und er hat mich auch gebeten, mit der Polizei zusammenzuarbeiten.»

«Ich weiß.»

«Man hat es dir gesagt?» Er hatte zu Ende gegessen und legte das Besteck auf den Teller. «Sind wir deshalb hier?»

«Wir sind hier, um über den Fall zu sprechen, über all die Dinge, die du noch nicht beweisen kannst», brachte sie in Erinnerung. «Aber», fügte sie hinzu, wobei sich der Blick ihrer grünen Augen intensivierte, «wir hätten das auch in der *questura* tun können, in einem nüchternen Büro, ich in meiner Uniform …»

«So ist es wirklich angenehmer», musste Paolo zugeben.

«Das finde ich auch», bekräftigte sie, und er war sich nicht sicher, welche von beiden ihm zulächelte, Bibiana oder *ispettore* Gallo. «Also, sprich bitte weiter. Warum denkst du, dass die Frau auf dem Bild nicht Chiara Larocca ist?»

Paolo zögerte nur kurz. Der Zeitpunkt war gekommen, um wenigstens mit einem Teil von dem herauszurücken, worauf er gestoßen war … «Da ist zum einen natürlich die Tatsache, dass Lysandro Carusos Geschmack in Bezug auf Frauen recht einseitig war, sie glichen einander wie ein Ei dem anderen.»

«Zugegeben», sagte sie. «Was noch?»

«Die Sache mit dem Knopf», erwiderte Paolo und erläuterte kurz, wie Chiaras Abendkleid sich in der betreffenden Nacht auf rätselhafte Weise selbst erneuert hatte.

«Das ist zumindest seltsam», gab sie zu. «Wobei man ein kaputtes Kleid natürlich auch reparieren kann.»

«Wann hätte das geschehen sollen? Ich bin in sämtlichen Klubs gewesen, die die beiden in jener Nacht besucht haben, und man hat mir berichtet, dass die beiden wild gefeiert haben. Es war keine Rede von einer …» Er unterbrach sich, das Wort für «Nähmaschine» fehlte ihm. Er machte kurzerhand ein Rätselspiel daraus und führte mit ein paar Handbewegungen vor, was er meinte, und machte die entsprechenden Geräusche dazu.

«Una macchina da cucire?»

«Genau, so was gab es da nicht. Die beiden haben gefeiert und sich betrunken. Irgendwann sind sie mit einem Taxi zu ihm nach Hause gefahren und waren zweifellos eher daran interessiert, die verbliebenen Knöpfe loszuwerden, als noch welche anzunähen.»

«Na schön.» Sie schmunzelte über die Anzüglichkeit. «Aber das würde bedeuten, dass es zwei Kleider gab.»

«Richtig», bestätigte Paolo, «und zwar eins, das Chiara getragen hat, und eins, das die Täterin getragen hat.»

«Am Tatort wurde nichts gefunden.»

«Natürlich nicht, weil die Täterin beide mitgenommen hat – das eine, weil es voller Blut war, aber mit ihrer DNA versetzt, das andere, weil eben gerade kein Blut darauf war. Das Messer dagegen hat sie mit Chiaras Fingerabdrücken versehen und an einem Ort zurückgelassen, wo man es leicht finden konnte.»

Der Kellner kam, um das Geschirr der Vorspeise abzuräumen. Währenddessen sah Bibiana Gallo Paolo prüfend an. «Deine Theorie klingt ungewöhnlich, aber interessant», stellte sie schließlich fest, nachdem der Kellner wieder abgezogen war. «Sie hat nur einen Haken.»

«Nämlich?»

«Du argumentierst mit einem Beweis, den du nicht vorliegen hast.»

«Richtig», stimmte Paolo zu.

«Weißt du, wie du dich anhörst?»

«Wie ein windiger Anwalt?»

«Nein, wie jemand, der verzweifelt versucht, einer Freundin in Not zu helfen. Chiara kann sich wirklich glücklich schätzen.»

«Danke sehr», sagte er und schnitt eine Grimasse. Er erwog für einen Moment, ihr von Romina Palucci zu erzählen, entschied sich aber dagegen, zumal er deswegen bei der deutschen Polizei nachgefragt hatte. Das zu erklären, wäre schwierig geworden, und nicht nur aufgrund seiner letztlich doch begrenzten Sprachkenntnisse …

«Sonst hast du nichts?», fragte sie.

«Doch», versicherte er, «da ist noch der goldene Ring, den Lysandro am kleinen Finger trug.»

«Was ist damit?»

«Auf dem Foto, das du mir von der Autopsie gezeigt hast, war er nicht zu sehen.»

«Daran erinnerst du dich?»

«Mein Gedächtnis ist … recht zuverlässig.»

«Kann man wohl sagen.» Sie nickte anerkennend. «Du hast recht, da war kein Ring, jedenfalls nicht an seiner Hand.»

«Sondern?»

«Es wurde ein Ring im Sand gefunden, er hatte darauf gelegen. Warum fragst du das?»

«Weil es ein ganz besonderer Ring ist. Es war der Preis im allerersten Gesangswettbewerb, den Caruso gewonnen hat. Er war damals noch ein Junge, aber er muss wirklich stolz darauf gewesen sein, denn er hat ihn auch als Erwachsener niemals abgelegt, wie Chiara sagt. Warum also trug er ihn nicht mehr am Finger?»

«Vielleicht ist er einfach herabgerutscht, schließlich waren Carusos Hände glitschig von Blut», meinte Bibiana – und erinnerte Paolo daran, wie robust polizeiliche Ermittler in diesen Dingen waren. Auch Julia hatte nie ein Problem damit gehabt, beim Essen über Themen zu sprechen, die anderen Magengrummeln bereiten mochten.

Paolos Magen jedenfalls grummelte – und wie!

Weniger des Blutes selbst wegen, sondern aufgrund der Vorstellung, wie der rot verfärbte Sand an dem Leichnam geklebt haben mochte. Die Vorstellung sandiger Füße war schon immer dazu angetan gewesen, ihn an den Rand einer Panik zu bringen. Und die Tatsache, dass der Sand mit frischem, noch warmem Blut vermischt war, das unaufhaltsam aus einer Stichwunde quoll, machte es nicht besser.

«Du kannst nie etwas hinnehmen, oder?», hörte er Bibiana wie aus weiter Ferne sagen. «Du musst alles hinterfragen, aber gerade das macht dich so interessant, Paolo Ritter …»

Abrupt schoss er in die Höhe.

«Was ist?», fragte sie.

«Ich …», stieß er hervor. Sein Herz begann zu rasen, Schweiß trat ihm auf die Stirn.

«Ist alles in Ordnung?» Besorgt runzelte sie die Stirn.

«Alles okay», versicherte er – tatsächlich wollte er nur möglichst rasch fort von ihr angesichts der respektablen Panikattacke, die sich in ihm zusammenbraute.

Mit etwas, das ein entschuldigendes Lächeln sein sollte, wandte er sich ab und ging zu der kleinen Weintheke, wo einer der Kellner dabei war, eine teuer aussehende Flasche zu entkorken.

«Sie wünschen?», fragte er.

«Einen Korb mit Brot, bitte», bestellte Paolo.

«Sofort, der Herr.»

Paolo stützte sich auf das helle Holz des Tresens und versuchte, seine zuletzt arg schnappende Atmung wieder unter Kontrolle zu bringen. Es kam nicht mehr oft vor, dass Gedanken oder Bilder ihn derart aus der Fassung brachten – früher war es an der Tagesordnung gewesen, und er hatte es eingehender psychologischer Beratung und nicht zuletzt Julia zu verdanken, dass sich dies deutlich gebessert hatte. Warum es ihn ausgerechnet jetzt überkam, konnte er nur vermuten. Vielleicht lag es an dem Fall, vielleicht auch an diesem seltsamen Date, von dem er keine Ahnung hatte, wie es enden sollte.

Der Kellner zog los, um den Wein an einen der Tische zu

bringen und das Brot zu besorgen, und Paolo entspannte sich ein wenig. Er wendete die Strategien an, die er sich für Fälle wie diesen zurechtgelegt hatte und zu denen auch gehörte, dass er sich mit dem Sprühfläschchen, das er stets in der Tasche seines Jacketts hatte, die Hände desinfizierte.

Der nüchterne, antiseptische Geruch, der für einen Moment die wunderbaren Aromen von Rosmarin, Basilikum und frisch gegrilltem Fisch überlagerte, wirkte beruhigend auf ihn, und sein galoppierender Pulsschlag legte sich. Er kniff mehrmals die Augen auf und zu, um die Flecke loszuwerden, die davor auf und ab tanzten. Sein Blick fokussierte sich wieder und erfasste etwas, das hinter dem Tresen an der Wand hing.

Es war, als würde Paolo erneut ein Blitzschlag treffen.

Zuerst glaubte er, dass seine Sinne ihm einen Streich spielten, und er beugte sich vor, um genauer hinzusehen – doch er hatte sich nicht geirrt.

An der Wand hinter der Bar, zwischen den rautenförmigen Fächern mit den Weinflaschen, hing eine kleine Pinnwand. An ihr waren Fotos befestigt, Aufnahmen von besonders denkwürdigen Abenden. Auf einem der Bilder glaubte Paolo einen italienischen Schauspieler zu erkennen, der auch in Deutschland bekannt war, auf einem anderen einen prominenten Fußballer. Und wieder auf einem anderen Lysandro und Demetrio Caruso – und in der Mitte zwischen ihnen eine junge Frau in einem sexy Abendkleid und mit langem blondem Haar …

Der Kellner kam zurück, in der Hand einen Korb mit frisch aufgeschnittenem Weißbrot. «*Ecco il pane, signore.*»

«*Grazie*», erwiderte Paolo und nahm den Korb entgegen. «Eine Frage», fügte er schnell hinzu, nach dem Foto deutend. «Den Herrn da auf dem Bild glaube ich zu kennen.»

Der Kellner nickte. «Das ist Lysandro Caruso, ein ziemlich bekannter Sänger hier in der Stadt.»

«Ah», machte Paolo – der Mann las offenbar keine Zeitung. «Und der andere Herr?»

«Das ist sein Bruder Demetrio, er hat hier eine Zeitlang als Sommelier gearbeitet. Das Mädchen auf dem Bild war damals seine Freundin.»

«Lysandros Freundin», hakte Paolo instinktiv nach.

«Nein, die von Demetrio. Ihr Name war Romina, glaube ich.»

«Sind … Sie sicher?» Paolos Herz begann wieder heftig zu pochen, diesmal allerdings nicht wegen einer weiteren Panikattacke.

«Klar, so ein Mädchen vergisst man nicht so schnell.» Der Kellner grinste. «Die war ein echter Hauptgewinn, wir alle haben uns gefragt, was sie an Demetrio findet.»

«Wann war das?»

Der Mann überlegte. «Vor einem halben Jahr, schätze ich. Wieso? Warum fragen Sie das alles?»

«Ich – äh – glaube, dass ich die junge Frau kenne», sagte Paolo. «Von früher.»

«Verstehe», meinte der Kellner. Ihm war anzusehen, dass er sich gerne noch länger unterhalten hätte. Aber ein energischer Blick seines Chefs erinnerte ihn an seine Pflichten, und er stürzte sich wieder in die Betriebsamkeit, die in dem kleinen, aber gut besuchten Lokal herrschte.

Paolo stand noch immer wie vom Donner gerührt, konnte kaum glauben, dass der Zufall ihm derart unter die Arme griff. Aber vielleicht hatte Lucia ja auch recht, die felsenfest behauptete, dass es keinen wirklichen Zufall gab …

Er zückte kurzerhand sein Handy und beugte sich mit ausgestreckter Hand so weit über den Tresen, dass er die Aufnahme in brauchbarer Qualität abfotografieren konnte. So gelangte er nach all der vergeblichen Suche im Internet auf recht analoge Weise an ein Bild von Romina Palucci.

Sie war hübsch, gar keine Frage, mit dunklen Augen, blonden Haaren und aufregender Figur, und damit Chiara auf den ersten Blick tatsächlich sehr ähnlich. Doch das war nicht die eigentliche Sensation – die bestand in der Enthüllung, dass Romina zunächst ganz offenbar nicht Lysandros, sondern Demetrios Freundin gewesen war!

Dieses kleine, aber feine Detail hatte Falcone Paolo vorenthalten, doch es lieferte einen plausiblen und absolut nachvollziehbaren Grund dafür, dass die Brüder von diesem Zeitpunkt an offenbar nicht mehr miteinander gesprochen hatten: Lysandro hatte Demetrio die Freundin ausgespannt und war mit ihr nach Kroatien gefahren, um in Falcones Villa ein paar schöne Tage – und vor allem Nächte – zu erleben.

Dass diese so weitreichende Folgen haben würden, hatte da ja noch niemand ahnen können.

Paolo prüfte die Qualität der Aufnahme auf seinem Handy, dann steckte er es weg. Mit dem Brotkorb in der Hand kehrte er an den Tisch zurück, wo Bibiana Gallo etwas irritiert wartete. Der *primo piatto*, die *linguine al gambero*, war inzwischen eingetroffen, kleine, aus schmalen Bandnudeln gedrehte Türmchen mit Garnelen und Auberginencreme, die wirklich verführerisch aussahen. Doch Paolo hatte dafür keinen Sinn mehr.

«Bibiana», stieß er hervor.

«*Sì?*» Sie sah ihn fragend an.

«Ich muss gehen. Ich kann es jetzt nicht erklären, aber es ist sehr wichtig.»

«*Come ...?*»

Ihr Blick wurde nun vollends verstört. Und noch ehe er selbst recht wusste, was er tat, beugte er sich zu ihr hinab und gab ihr einen Kuss auf die Wange. Es war so wesensfremd und entgegen seiner sonstigen Gewohnheiten, dass er sich selbst darüber wunderte. Dann hatte er sich bereits abgewandt und war auf dem Weg nach draußen.

«Ist das eine Art, eine Frau zu behandeln?» Kein anderer als Lysandro Caruso erwartete ihn draußen auf der Straße, in seinem Smoking auf einer Mülltonne hockend.

Paolo verdrehte die Augen. «Sie haben mir gerade noch gefehlt! Warum kommen Sie ausgerechnet jetzt wieder? Hätten Sie nicht einfach wegbleiben können?»

«Ich mache, was dein Unterbewusstsein will», brachte Caruso in Erinnerung, «und ich fürchte, es sorgt sich gerade ziemlich um dich.»

«Ach ja?» Paolo stampfte wütend an ihm vorbei, den Corso d'Augusto hinab.

«Allerdings!» Caruso rutschte von der Tonne und stolperte hinter ihm drein. «Dein Unterbewusstsein ist nämlich der Meinung, dass du ein wenig Zweisamkeit bitter nötig hättest. Aber so wird das nichts mit der attraktiven Polizistin!»

«Was Sie nicht sagen», schnaubte Paolo. «Ganz ehrlich, ich glaube, Sie sollten Frauen betreffend besser keine Ratschläge erteilen – die letzte, die Ihnen tief in die Augen gesehen hat, hat Ihnen ein Messer in den Leib gerammt.»

«Das ist jetzt sehr verletzend», beschwerte sich Caruso, der Mühe hatte, mit ihm Schritt zu halten. «Warum rennst du eigentlich wie ein Wahnsinniger? Wo willst du hin?»

«Zum Jachthafen», stieß Paolo hervor. «Da ist jemand, dem ich ein paar dringende Fragen stellen muss …»

KAPITEL 32

Als Lucia am darauffolgenden Morgen die Lobby des *Cavaliere* betrat, erwartete Paolo sie dort bereits. Er war erst spät in der Nacht zurückgekehrt, hatte jedoch – zum ersten Mal in den letzten Tagen – wieder ein paar Stunden Schlaf abbekommen, was nicht nur seiner äußeren Erscheinung, sondern auch seinem Nervenkostüm zugutekam: Der Paolo Ritter, der ihn durch den Spiegel an der Rückwand der kleinen Bar ansah, zeichnete sich immer noch durch spärliches Haar und eine turnbeutelartige Figur aus, aber er hatte wieder Farbe im Gesicht und fühlte sich ausgeglichen. Und das hing nicht zuletzt mit den jüngsten Erfolgen bei seinen Ermittlungen zusammen.

«*Buon giorno!*», rief er Lucia entgegen.

Sie erwiderte den Gruß, blieb aber zurückhaltend. Sie trug eins ihrer geblümten Kleider und hatte die Haare wie meist zusammengebunden. Dennoch war etwas anders, und Paolo musste nicht einmal seine Gabe bemühen, um dahinterzukommen: Ihr berühmtes Lächeln fehlte an diesem Morgen.

«Lucia, ich habe gute Nachrichten.»

«Tatsächlich.» Sie wandte ihm den Rücken zu und hantierte an der Cimbali, mehr aus Gewohnheit, wie es schien.

«Ich denke schon.» Paolo, der auf einem der Barhocker saß, griff in die Innentasche seines Jacketts. Er beförderte sein Handy zutage, schaltete das Display an und drehte es Lucia hin. «Sehen Sie sich das an.»

Sie warf einen flüchtigen Blick darauf. Dann sahen ihre Augen, die seltsam grau waren an diesem Freitagmorgen, ihn fragend an. «Und?»

«Erkennen Sie ihn nicht? Das auf dem Bild ist Lysandro Caruso und daneben sein Bruder Demetrio und dessen damalige Freundin Romina Palucci.»

«Viele Namen», sagte sie. Sie goss die Milch auf seinen Kaffee und schob ihm die Tasse hin. Kein Eichenblatt diesmal, kein Herz und auch sonst kein Muster. Nur einfach Milchschaum.

«Aber entscheidend ist», fuhr er fort, «dass Romina ein paar Tage nach der Aufnahme dieses Fotos nicht mehr Demetrios Freundin war, sondern Lysandros. Er ist mit ihr nach Kroatien durchgebrannt und hat mit ihr ein paar wilde Tage verlebt. Danach hat er mit ihr Schluss gemacht.»

«I maschi», murmelte Lucia nur.

«Einige Wochen später ist sie bei ihm aufgetaucht und hat erklärt, schwanger zu sein, worauf Enzo Falcone ... Erinnern Sie sich an ihn?»

«*Sì*, der Musikmann aus Roma», bestätigte sie.

«Ganz recht. Lysandro hatte zu diesem Zeitpunkt bereits mit ihm Kontakt. Er war es, der die Schwangerschaft ... aus der Welt geschafft hat, indem er Romina Geld gab unter der Bedingung, dass sie Italien verlassen und eine Abtreibung vornehmen sollte.»

«Das ist ja widerlich. Und? Hat sie es getan?»

«Das nehme ich an, in jedem Fall hat sie Italien verlassen. Aber was, wenn sie es später bereut hat? Wenn sie irgendwann aufgewacht ist und es Lysandro heimzahlen wollte?»

Lucia ließ ihre Tasse sinken. «Sie meinen ...?»

«Ich bin gestern Abend noch einmal bei Falcone gewesen», berichtete Paolo weiter. «Er war nicht begeistert, mich bereits so bald wiederzusehen, hat mich dann aber zu sich an Bord gelassen. Und er hat bestätigt, dass die Frau auf diesem Bild Romina Palucci ist. Haben Sie sie genau angesehen? Die Ähnlichkeit zu Chiara ist verblüffend!»

«Also ist Chiaras Unschuld bewiesen?»

«Nein, noch nicht», schränkte Paolo ein. «Da ist nach wie vor die Sache mit dem Messer und den Fingerabdrücken darauf. Aber inzwischen gibt es jede Menge Fragezeichen, Lucia – und Romina Palucci ist das größte von allen! Ein Gefühl sagt mir, dass niemand anders als sie die Frau ist, die auf dem Tatfoto zu sehen ist. Und ich werde es beweisen.»

«Schön», sagte sie nur. Für einen kurzen Moment zeigte sich ein Lächeln, aber es war flüchtig und eher sachlich. Dann leerte sie ihren Espresso.

«Stimmt etwas nicht?», fragte Paolo. «Wenn es wegen neulich ist …»

«No, va tutto bene», fiel sie ihm kopfschüttelnd ins Wort. «Auf der Baustelle geht alles gut voran. Der Pool wurde wie gewünscht abtransportiert, das Loch wird Ende nächster Woche wieder zugeschüttet und die Leitung entfernt.»

«Danke», sagte Paolo. «Ich hoffe, ich war nicht zu …»

«Die Fenster sind alle eingesetzt und der Außenputz so gut wie fertig», fuhr sie in ihrem Bericht fort. «Bis übernächste Woche sind die Installationsarbeiten abgeschlossen, dann können die Fliesenleger mit ihrer Arbeit beginnen. Wenn sie fertig sind, werden die Maler auch die Außenfassade gestrichen haben und nach innen wechseln. Den Gerüstbauer habe ich informiert, dass er dann zusammenpacken kann.»

«Danke, Lucia», sagte Paolo noch einmal und kam nicht umhin, ehrlich beeindruckt zu sein. «Das ist wirklich gute Arbeit. Ich habe gewusst, dass ich mich auf Sie verlassen kann.»

«*Certo*, Partner», gab sie zurück, wobei sie ein wenig die Augen verdrehte. «Sie sind gestern aus gewesen?», schickte sie dann wie beiläufig hinterher. «Mit *ispettore* Gallo?»

Paolo, der gerade einen Schluck Cappuccino hatte nehmen wollen, sah sie fragend an. «Woher wissen Sie …?»

«Ich kenne viele Leute», beschied sie ihm mit einem freudlosen Lächeln. «Auch drüben in Rimini. Und sie haben alle Augen zum Sehen und einen Mund zum Reden …»

«… und ein Handy, um Sie anzurufen», ergänzte Paolo.

«Ganz recht.» Lucia drückte den Rücken durch und straffte sich. «Sie wurden mit ihr im *Casa Brigandi* gesehen, bei einer *cena romantica*. Und sie soll sehr schön ausgesehen haben in ihrem schwarzen Kleid.»

«Es war ein Overall», verbesserte Paolo. «Halterneck.»

Bislang war es Lucia irgendwie gelungen, ihr hitziges Temperament zu zügeln, jetzt brach es ungehindert aus ihr hervor, und sie schlug mit der flachen Hand auf den Tisch. «Das ist mir doch völlig egal! Die Frage ist, warum Sie mit dieser Frau ausgehen, statt sich um den Fall zu kümmern, wie wir es vereinbart haben! *Ecco cosa mi domando!*»

«Lucia», erwiderte Paolo, einigermaßen erschrocken über ihren Ausbruch, «ich versichere Ihnen …»

Er verstummte plötzlich.

War er gerade dabei, sich für sein Treffen mit Bibiana Gallo zu entschuldigen? Warum sollte er? Erstens war es ein geschäftlicher Anlass gewesen, und zweitens hatte er die Inspektorin nicht gebeten, statt in ihrer Uniform im schwarzen Hosenanzug zu erscheinen, umnebelt von Valentino-Düften.

«Ich kann nicht glauben, dass Sie mir das vorwerfen!», hielt er stattdessen dagegen, und das lauter, als er es beabsichtigt hatte. «Wer von uns beiden hat sich denn von Eros Manfredi zum Abendessen einladen lassen? Wen von uns hat dieser notorische Rohrverleger denn erst spätnachts vor dem Hotel abgesetzt?»

«Rohre … *come*?» Sie sah ihn verwirrt an.

«Vergessen Sie's.» Paolo winkte ab, jetzt tatsächlich wütend. «Ich will damit nur sagen, dass Sie auch keine Heilige sind, meine Liebe.»

«Was soll das heißen?» Sie verschränkte die Arme vor der Brust und funkelte ihn an. «Eros und ich haben nur über das Geschäft gesprochen!»

«Genau wie Bibiana und ich», konterte Paolo. «Es ging nur um den Fall.»

«Bei Kerzenschein.»

«Für die Art der Beleuchtung kann ich nichts. Außerdem: Haben nicht Sie mir beigebracht, dass die Dinge in Italien anders gehandhabt werden als in Deutschland? Dass ich meinen Charme spielen lassen soll?»

«Aber doch nicht so!», hielt sie ihm vor, jetzt sehr italienisch mit beiden Händen gestikulierend.

«Bitte, wie denn dann?»

Lucia erstarrte auf der anderen Seite des Tresens, ihre Arme verharrten in der Luft wie die Zeiger einer Uhr, die man versäumt hatte aufzuziehen. Einen endlos scheinenden Augenblick stand sie so, dann stampfte sie mit einem Fuß auf.

«Sie sind so … so …»

«Was denn?», verlangte er zu wissen, während sie nach der passenden Vokabel suchte.

«*Tedesco!*», platzte sie dann heraus, dass ihre Stimme sich überschlug – und damit fuhr sie auf dem Absatz herum und stürzte davon.

KAPITEL 33

Chaos …

Es gab nichts, was Paolo so sehr hasste – und doch hatte er, willentlich oder nicht, eine Menge davon erzeugt.

Was auch immer in Lucia gefahren war, er würde das ein anderes Mal mit ihr klären müssen. Der Fall hatte Vorrang, und das bedeutete, dass er zunächst jene Verwerfungen klären musste, die er bei Bibiana Gallo hinterlassen hatte. Es hätte der Erinnerung an Lysandro Caruso, die ihn seit vergangenem Abend wieder begleitete, nicht bedurft, um ihm klarzumachen, dass ihm im Umgang mit Frauen das nötige Fingerspitzengefühl fehlte.

Was also sagte man zu jemandem, den man während eines Abendessens einfach hatte sitzen lassen? Selbst für Paolos Verhältnisse war das ziemlich schräg, und es half ihm auch keine Erinnerung, denn ein solches Vorkommnis war selbst für ihn beispiellos. Außer vielleicht das eine Mal, als er Julia vor allen Leuten im Foyer des Münchener Gärtnerplatztheaters hatte stehen lassen. Aber eigentlich war auch das nicht zu vergleichen, denn damals war er der festen Überzeugung gewesen, sich mit einem der während der Pause gereichten Horsd'œuvres den Magen verdorben zu haben.

Salmonellen konnte er diesmal wohl nicht zu seiner Entschuldigung heranziehen, auch wenn er es einen Moment lang in Betracht zog. Er beschloss daher, als Erstes in die *questura* zu fahren, sich bei Bibiana zu entschuldigen und ihr dann alles zu sagen, was er herausgefunden hatte.

«Keine gute Idee», sagte Lysandro Caruso voraus, der wieder Hemd und Jeans trug und es sich nicht nehmen ließ, Paolo bis ins Amtszimmer der Inspektorin zu begleiten.

Doch dieses Mal lag er falsch.

In der sicheren Erwartung, zum zweiten Mal an diesem Tag Opfer eines südländischen Temperamentsausbruchs zu werden, betrat Paolo Bibiana Gallos Büro, doch das erwartete Donnerwetter blieb aus. Bibiana sah ihn nicht mehr auf dieselbe Weise an wie noch am Abend zuvor, aber sie machte ihm auch keine Szene. Vielleicht auch nur deshalb, weil sie wieder ihre Uniform trug und das eine nicht zum anderen passte. Seine Entschuldigung nahm sie zur Kenntnis und meinte, dass der *secondo piatto* mit dem gegrillten Schwertfischsteak ganz ausgezeichnet gewesen sei. Die Verletztheit, die dabei aus ihr sprach, war deutlich zu spüren und fast noch schlimmer, als wenn sie ihn lauthals beschimpft hätte. Danach jedoch ging die Polizistin zur Tagesordnung über, und der Fall stand wieder im Mittelpunkt.

«Gestern im Lokal», begann er und hielt ihr das Display seines Handys hin, «habe ich dieses Foto entdeckt.»

Bibiana, die wieder ihre rot umrandete Brille trug, warf einen prüfenden Blick darauf. «Ich erkenne Lysandro und Demetrio Caruso. Wer ist die junge Frau?»

«Ihr Name ist Romina Palucci», eröffnete Paolo. «Am liebsten würde ich dieses Foto Chiara zeigen, aber da sie nicht mehr hier ist …»

«Sie ist noch im Haus», versicherte Bibiana.

«Wie bitte?»

Sie lächelte schwach. «Als du gestern von all den Dingen

erzählt hast, die du herausgefunden hättest, aber noch nicht beweisen könntest, da dachte ich, dass du der Lösung des Falles vielleicht schon nahe sein könntest – und habe deshalb angeordnet, Chiaras Überstellung ins Gefängnis noch ein paar Tage hinauszuzögern.»

«Das ... ist großartig.» Paolo nickte ihr zu. «Danke, Bibiana.»

«Aber ich werde von nun an immer dabei sein, wenn du mit ihr sprichst», stellte sie klar.

Und gemeinsam gingen sie zur Zelle.

Chiara war diesmal nicht mehr verwundert darüber, dass Paolo ohne Lucia kam. Ihre Züge hellten sich merklich auf, als er ihr eröffnete, dass es neue Hinweise gab. Hinweise, die ihr womöglich helfen konnten.

Dann zeigte er ihr das Foto auf seinem Handy.

«Lysandro», sagte sie mit einem Anflug von Traurigkeit. «Und wer ist der andere?»

«Sein Bruder Demetrio», erklärte Paolo. Chiara hatte ihn ja nie persönlich getroffen. Zu dem Zeitpunkt, als Lysandro und sie sich kennenlernten, hatte das Verhältnis zwischen den beiden Brüdern bereits in Trümmern gelegen.

«Und – die Frau?»

Chiara sah die Fotografie seltsam an, Paolo glaubte, ein vages Erkennen in ihren Augen zu entdecken.

«Das ist Romina Palucci», sagte er.

«War sie ... mit Lysandro zusammen?»

«Etwa ein Vierteljahr, ehe Sie beide einander begegnet sind.»

Chiara starrte weiter auf das Bild, ihre Augen wurden schmal dabei. «Er hat sie nie erwähnt», flüsterte sie, «aber ...»

«Ja?», hakte Paolo nach.

«Ich ... ich weiß nicht.» Sie fuhr sich mit den Händen übers

Gesicht, massierte ihre Schläfen. «Vielleicht irre ich mich auch, aber ich habe das Gefühl, sie schon mal irgendwo gesehen zu haben.»

«Wann?», fragte Paolo. «Und wo?»

«In dieser Nacht ...» Sie rieb sich den Kopf an der Stelle, wo das Pflaster war, so als würde die Wunde plötzlich wieder schmerzen. «Wenn ich doch nur nicht so viel getrunken hätte ...»

«Ganz ruhig», sprach Paolo behutsam. «Versuchen Sie, sich diese Nacht vorzustellen, Chiara. Gehen Sie die Bilder durch, die Sie im Kopf haben, auch wenn sie verschwommen sind ... und dann sagen Sie uns, was Sie sehen.»

«Im letzten Club, in dem wir waren ...»

«Dem *Altromondo*», hakte Paolo nach.

Sie nickte. «Ich saß in einem Taxi ...»

«Das stimmt, man hat Ihnen eins gerufen», bestätigte Paolo. «Und dann?»

«Ich habe durch das Fenster nach draußen gesehen», flüsterte sie, den Blick starr vor sich auf den Betonboden gerichtet. «Auf einmal stand da jemand.»

«Wer, Chiara? Wissen Sie es noch?»

«Es war seltsam, weil ... weil ich zuerst dachte, es wäre mein eigenes Spiegelbild, aber in Wirklichkeit ...»

«... war es eine junge Frau, die Ihnen ähnlich sah», ergänzte Paolo, als sie erneut verstummte. «War sie es?» Er hielt ihr nochmals das Display hin.

«Ich ... ich glaube schon.» Chiara sah ihn fragend an. «Was hat das zu bedeuten?»

«Das werden wir sehen», erwiderte Paolo. «Versuchen Sie weiter, sich zu erinnern. Und wenn Ihnen etwas einfällt, dann sagen Sie es gleich der Polizei. Inspektorin Gallo ist auf unserer

Seite», fügte er hinzu, auf Bibiana deutend, die dezent im Hintergrund gewartet, aber alles genau verfolgt hatte.

Er verabschiedete sich von Chiara, und sie verließen die Zelle wieder, gingen zurück in Bibianas Büro.

«Das ist gut», meinte Paolo, «Chiara scheint sich langsam wieder zu erinnern.»

«Oder sie spielt uns etwas vor», warf Bibiana ein. «Beurteilen kann ich das erst, wenn du mir verrätst, was es mit diesem Bild auf sich hat. Wer, in aller Welt, ist diese Romina Palucci? Und was hat sie mit dem Fall zu tun?»

«Ganz einfach», eröffnete Paolo, während sie mit einem großen Schlüssel geräuschvoll ihre Amtsstube aufschloss, «wenn ich recht habe, dann ist Romina die Frau auf dem Foto, das dir anonym zugespielt wurde.»

Bibiana antwortet nicht. Wenn sie überrascht war, dann ließ sie es sich nicht anmerken. Mit großen Schritten umrundete sie ihren Schreibtisch und nahm in dem Sessel dahinter Platz. «Erklär mir das», verlangte sie.

Paolo schloss sorgfältig die Tür hinter sich, nahm auf einem der Besucherstühle Platz und begann zu berichten: dass Romina Demetrios Freundin gewesen, sie ihm später jedoch von Lysandro ausgespannt worden war; er berichtete von Enzo Falcone und seiner Villa in Kroatien und dass der Aufenthalt dort nicht folgenlos geblieben war; und auch, was Lysandro und sein neuer Manager dagegen unternommen hatten.

«Falcone hat Romina Geld gegeben und sie zu einer Abtreibung gedrängt, weil eine Vaterschaft schlecht für Lysandros Karriere gewesen wäre?», fragte Bibiana ungläubig nach.

«Er wird sicher leugnen, dass dieser Zusammenhang besteht», relativierte Paolo. «Aber unterm Strich ist es genau so gewesen, ja.»

«Wann ist das geschehen?»

«Vor etwa drei Monaten. Nur wenige Wochen bevor Lysandro Chiara kennenlernte – womit wir auch beim Motiv wären.»

Durch die Gläser ihrer roten Brille sah sie ihn an. «Du meinst Rache?»

«Na ja», machte Paolo und führte aus: «Romina wurde von Lysandro auf ziemlich miese Weise abserviert, und nur wenig später hat er eine neue Freundin, die ihr noch dazu überaus ähnlich sieht. Wenn sie ihn also umbringt und den Mord ihrer Nachfolgerin in die Schuhe schiebt, rächt sie sich an beiden.»

«Zugegeben, aber als Motiv für ein Kapitalverbrechen ist mir das zu dünn, zumal du selbst gesagt hast, dass auch noch andere daran beteiligt gewesen sein müssen. Zum Beispiel der, der das Foto gemacht hat.»

«Wie wäre es mit Demetrio?», schlug Paolo vor. «Romina war seine Ex-Freundin, er hatte also allen Grund, Lysandro dafür zu hassen, von ihrer schwierigen gemeinsamen Vergangenheit ganz abgesehen. Und außerdem gibt es da noch eine große Zahl weiterer Gründe. Eine Million, um genau zu sein.»

«Das Geld aus dem Vertrag mit Falcone», folgerte sie.

«*Esattemente.*»

Bibiana überlegte. «In Ordnung», sagte sie schließlich, «aber es genügt noch nicht für einen Haftbefehl. Alles, was wir haben, sind Vermutungen.»

«Plausible Vermutungen», wandte Paolo ein.

«Aber trotzdem nur Vermutungen. Ohne einen echten Beweis kann ich damit nicht zum Staatsanwalt gehen.»

Ein wenig verlegen rieb Paolo sich das Kinn. «Würdest du das auch sagen, wenn … ich dich gestern Abend nicht sitzen gelassen hätte?»

Sie holte tief Luft und seufzte. «Gut, reden wir darüber.» Sie lehnte sich in ihrem Sitz zurück, als wollte sie noch ein wenig mehr Distanz zwischen sich und Paolo bringen. «Ich mag dich, Paolo Ritter», gestand sie dann, ohne mit der Wimper zu zucken. «Ich kann selbst nicht sagen, was es ist, aber irgendetwas gefällt mir an dir. Und wenn meine Menschenkenntnis nicht völlig versagt, würde ich sagen, dass auch du mich nicht ganz unsympathisch findest, ja?»

«Das ist wahr», musste er zugeben.

«Aber gestern, mein Freund, bist du nicht nur geflohen, weil du diesen Hinweis bekommen hattest, dem du unbedingt nachgehen wolltest, oder?»

Ihr Blick wurde forschend, es war sicherlich derselbe, mit dem sie auch Verdächtige beim Verhör dazu brachte, die Wahrheit zu sagen. «Du bist eine gute Polizistin, Bibiana», gestand Paolo.

«Ich tue nur, was ich immer tue – ich gehe den Hinweisen nach und ziehe Schlussfolgerungen. Und bei dir, Paolo Ritter», sie beugte sich wieder vor, stützte die vor der Brust verschränkten Arme auf den Tisch, «kann ich leider deutlich erkennen, dass da noch jemand anderer in deinem Herzen ist.»

Sie sagte es ganz leise, aber der Blick ihrer grünen Augen schien dabei direkt durch ihn hindurchzugehen, so als wäre er für sie ein offenes Buch.

«Nein», widersprach er, «das ist vorbei, ich …»

«Vielleicht weißt du es selbst noch nicht, aber es ist so», beharrte Bibiana und reichte ihm die rechte Hand über den Tisch. «Deshalb lass uns einfach gut zusammenarbeiten und alles andere vergessen, okay?»

Paolo sah sie verblüfft an. So also sprachen Erwachsene, sagte er zu sich selbst und bewunderte sie ehrlich in diesem Augenblick. «Okay», sagte er, ergriff ihre Hand und drückte sie. *«Grazie, ispettore Gallo.»*

«Grazie a lei», erwiderte sie.

Er verabschiedete sich und kündigte an, Beweise finden zu wollen, die seine Theorie untermauerten. Dann verließ er ihr Büro, mit pochendem Herzen, aber erleichtert darüber, zumindest ein wenig der Verwirrung beseitigt zu haben.

«Erbärmlich», kommentierte Caruso, der ihn draußen auf dem Gang erwartete. «Einfach nur erbärmlich! So wird das nie etwas mit einer romantischen Beziehung, mein unbedarfter Freund!»

«Vielleicht», stieß Paolo hervor, «verstehe ich unter einer romantischen Beziehung ja etwas anderes als Sie.»

«Wenn du meinst.» Mit den Händen in den Hosentaschen schlich Lysandro neben ihm her.

«Bibiana ist eine großartige Frau», erklärte Paolo, «auch wenn sie völlig falschliegt, was mein Herz betrifft. Mit Julia zu telefonieren war seltsam, aber es hat nicht mehr wehgetan. Ich bin über sie hinweg.»

«Schön für dich», meinte Lysandro und grinste über sein ganzes, unverschämt gut aussehendes Gesicht. «Aber warum, beim großen Puccini, glaubst du immer noch, dass sie von Julia gesprochen hat?»

KAPITEL 34

Den Nachmittag hatte Paolo in der Stadtbibliothek von Rimini verbracht, wo es auch ein zumindest teilweise digitalisiertes Zeitungsarchiv gab. Er hatte dort noch einmal über den Werdegang und die Vergangenheit Lysandro Carusos recherchiert. Dass die Erinnerung an denselben ihn dabei begleitet und so ziemlich jede Information kommentiert hatte, hatte es ein wenig anstrengend gemacht.

Entsprechend müde war Paolo, als er gegen neunzehn Uhr zum *Cavaliere* zurückkam. Auch die Handwerker waren längst in den Feierabend gegangen, von Lucia fand er nur eine Nachricht vor, die auf der Bar in der Lobby lag: «*Non dimenticarti – 21.00 Mamma Gianna*», stand in ihrer schwungvollen Handschrift darauf geschrieben.

Paolo seufzte.

Das hätte er tatsächlich beinahe vergessen – heute war Freitag, was bedeutete, dass Mamma Gianna ihren Geburtstag feierte. Auch Tino hatte ihn ja extra noch einmal daran erinnert, und trotzdem wäre es ihm nun fast durchgerutscht. Oder vielmehr, gestand er sich ein, hatte er es schlicht verdrängt.

Er ging auf sein Zimmer und legte sich für eine Stunde aufs Ohr, fand tatsächlich sogar ein wenig Schlaf; dann nahm er eine Dusche, rasierte sich und kleidete sich frisch an. Anschließend sah der Kerl, der ihm aus dem Spiegel entgegenblickte, wieder einigermaßen präsentabel aus.

Die Feier fand nicht bei Mamma Gianna und Tino zu Hause

statt, sondern in ihrem *bagno* unten am Strand. Vom *Cavaliere* aus waren es nur wenige Minuten zu Fuß. Nicht von ungefähr hatte schon Paolos Bruder Felix eine Vereinbarung getroffen, die den Gästen des *Cavaliere* die kostenlose Benutzung des Strandbads ermöglichte. Und natürlich hatten Paolo und Lucia diese Abmachung verlängert.

Schon den ganzen Nachmittag über hatte sich der Himmel im Westen verfinstert, inzwischen entlud sich über den Bergen ein gewaltiges Gewitter. Wetterleuchten erhellte die hereinbrechende Nacht, der auffrischende Wind trug Donnergrollen heran. Das Meer rauschte und warf hohe Wellen an den Strand, die sich schäumend im Sand verloren, die Luft roch nach Salz und Fisch. Paolo kannte die meteorologischen Bedingungen in der Gegend inzwischen gut genug, um zu ahnen, dass das Unwetter im Lauf der Nacht die Küste erreichen würde. Mit etwas Glück, dachte er, war er bis dahin schon wieder im Hotel. Wobei Abendessen bei Mamma Gianna die Tendenz aufwiesen, lange zu dauern und feuchtfröhlich zu enden. Vor allem dann, wenn sie ihren berühmten Nocino aus dem Schrank holte, einen Nusslikör, den sie selbst ansetzte und mit dem Paolo schon früher Bekanntschaft gemacht hatte.

In einer Seitenstraße kaufte er noch einen Blumenstrauß aus rosafarbenen Hortensien und zartgelben Rosen, dann schlug er den direkten Weg zum Strandbad ein.

BAGNO TININO

stand auf dem geschwungenen, auf beiden Seiten von Rankgittern gesäumten Eingangstor. So hieß das Bad, das die Familie Rossi seit drei Generationen betrieb. Den Namen trug es seit Tinos Geburt, denn so hatte Mamma Gianna ihn genannt, als er noch ein kleiner Junge gewesen war (und tat es manchmal heute noch). Verständlicherweise war der erwachsene Tino mit dem Namen nicht mehr ganz so zufrieden und hatte schon mehrmals eine Änderung angeregt, war damit bei seiner Mutter jedoch auf ebenso taube Ohren gestoßen wie mit seiner Idee, eine eigene Bar zu eröffnen. So einig Mutter und Sohn sich in vielerlei Hinsicht sein mochten, dies war ein Thema, über das sie ansatzlos und ohne jede Vorwarnung aufs Erbittertste streiten konnten. Zu einem Ergebnis gelangten sie jedoch nie, und es endete meist damit, dass Mamma Gianna weinend aus dem Zimmer lief.

Doch ihr Streit war es nicht, der an diesem ganz speziellen Abend eskalieren sollte …

«Paolo! Eccoti finalmente!»

Er hatte das Eingangstor kaum passiert, als ihm aus dem schneeweiß gestrichenen Pavillon, der die Theke und die kleine Küche des *bagno* beherbergte, ein spitzer Schrei entgegendrang, dicht gefolgt von Mamma Gianna, die es sich nicht nehmen ließ, ihren Gast ausgiebig zu herzen.

Und das war durchaus wörtlich zu nehmen.

Paolo versuchte erst gar nicht, sich ihrer Umarmung zu entziehen, er war ohnehin dagegen machtlos. *«Tanti au…»*, konnte er gerade noch hervorpressen, als ihre festen Oberarme ihn bereits gepackt hatten und an ihre mächtige Brust drückten. Das *«…guri a te»*, brachte er erst heraus, als er wieder Luft holen konnte. Dabei wurde ihm klar, dass er eigentlich gar nicht wusste, den wievielten Geburtstag Mamma Gianna feierte. Mit ihrer kräftigen Statur, den rundlichen Gesichtszügen und dem angegrauten Haar, das sie stets zu einem Dutt geordnet trug, war ihr genaues Alter schwer zu schätzen. Irgendwo in den frühen Siebzigern, nahm Paolo an. Genau wusste er es nicht, und natürlich fragte er auch nicht danach.

Stattdessen wurde er die Blumen los, die Mamma Gianna mit einem spitzen Freudenschrei entgegennahm. «*Che fiori bellissimi*», rief sie, steckte ihre breite Nase in einen Blütenkelch und schnupperte daran. Dann hakte sie sich kurzerhand bei Paolo unter und zog ihn in den Pavillon.

Die Feier fand in dem kleinen Aufenthaltsraum vor der Theke statt; die aus dicker durchsichtiger Folie bestehenden Seitenwände waren herabgelassen worden, um Schutz vor dem Wind zu bieten, die kleinen Tische, an denen im Sommer Badegäste Zeitung lasen, Kaffee tranken oder Karten spielten, hatte man zusammengeschoben, sodass sie eine quadratische Tafel bildeten. Darum verteilt waren vier Stühle, von denen zwei bereits besetzt waren. Tino saß auf dem einen, Lucia auf dem anderen.

«Paolo!» Tino sprang auf und kam um den Tisch herum, und sie begrüßten einander freundschaftlich – anders als Lucia, die sitzen blieb und sich damit begnügte, Paolo zuzunicken. Sie trug ein hellblaues Kleid mit großem Kragen, das sehr elegant an ihr wirkte. Ihre dunklen Augen erschienen Paolo an diesem Abend weniger freundlich als geheimnisvoll, und als sie ihn damit ansah, grollte in der Ferne leiser Donner.

«Hoffentlich sind wir heute glückliche», meinte Mamma Gianna in ihrem sehr italienischen Deutsch, das sie von Felix gelernt hatte. «Kommt-e eine furchtbare Wetter zu uns.»

«Aber Mamma», wandte Tino auf Italienisch ein, «du musst nicht so reden. Paolo kann unsere Sprache inzwischen wirklich sehr gut.»

«Dank Lucias Hilfe», sagte Paolo und lächelte zu ihr hinüber, aber da kam nichts zurück.

«*Sieditil*», rief Mamma Gianna und schob Paolo kurzerhand einen Stuhl in die Kniekehlen, sodass er unweigerlich zum Sitzen kam, genau zwischen Lucia und ihr. Dann gab es erst mal einen *aperitivo*, den Tino zubereitet hatte – Prosecco auf püriertem Pfirsich, den er in schmalen Sektflöten servierte. «Bellini» nannte man diese Köstlichkeit, die ursprünglich aus Venedig kam und außerordentlich erfrischend und belebend war.

«Auf Mamma Gianna!» Paolo erhob sein Glas.

«Auf eine glückliche Zukunft!», fügte Tino hinzu.

«Auf die Freundschaft», erwiderte Mamma Gianna.

«*Salute*», sagte Lucia nur.

Dann tranken sie, und Paolo ertappte sich dabei, dass er sein Glas in einem Zug leerte. Vielleicht lag es nur an dem bevorstehenden Gewitter, aber er hatte das Gefühl, dass eine gewisse Unruhe in der Luft lag, die ihn beschlich und die er so zu mildern hoffte.

«Und jetzt essen wir, ich habe gekocht!», verkündete Mamma Gianna, und ihre kleinen Augen strahlten dabei vor Freude. Bestimmt hatte Tino ihr angeboten, gemeinsam in ein *ristorante* zu gehen. Aber für Mamma Gianna, die nichts so sehr liebte, wie die Menschen, die sie liebte, zu bewirten, kam so etwas nicht infrage. Nicht von ungefähr trug sie auch an ihrem Geburtstag über ihrem Kleid eine weiße Schürze. Mit einem Augenzwinkern bat sie Lucia, ihr zu helfen, und schon im nächsten Moment begannen die beiden aufzutragen, dass sich die Platten der Tische durchbogen.

Als Vorspeise gab es in Balsamico-Essig eingelegten, mit frisch geriebenem Parmesan bestreuten Fenchelsalat; als Zwischengang das Paradegericht der Region, *penne al ragú*, von dem Mamma Gianna wusste, dass es zu Paolos Lieblingsgerichten gehörte; und schließlich als Hauptspeise hauchdünne, im Ofen gebackene Kalbsschnitzel mit Limettensoße. Dazu reichte sie Brot und einen fruchtigen Verdicchio, den Tino beim Weinhändler seines Vertrauens besorgt hatte.

Das alles schmeckte so hervorragend – das zarte *vitello* mit dem feinen Limettengeschmack hatte es Paolo besonders angetan –, dass er darüber das Hotel, den Fall und sogar seine äußerst knappen Finanzen vorübergehend vergaß. Auch Lucia wirkte endlich etwas gelöster. Sie aßen gemeinsam und lachten, und Mamma Gianna wusste das Essen mit Episoden aus Tinos Kindheit zu würzen, die dem Armen zwar todpeinlich waren, aber auch ziemlich amüsant.

«Und weißt du noch, wie du bei der Polizei angerufen hast? Du wolltest, dass Diego Maradona ins Gefängnis kommt, weil die argentinische Mannschaft gegen unsere gewonnen hatte.»

«Da war ich noch keine vier Jahre alt, Mamma», wandte Tino zu seiner Verteidigung ein. «Und es war das Halbfinale der Fußballweltmeisterschaft!»

«So ist er, mein Tinino, ein wahrer Italiener.» Mamma Giannas Augen glänzten vor Rührung.

Tino lächelte, sowohl verlegen als auch ein wenig gequält. Jeder außer seiner Mutter konnte sehen, wie unangenehm es ihm war, und natürlich war es Lucia, die ihm zu Hilfe kam. «Aber wenn ich mich richtig erinnere», fügte sie hinzu, «haben die Argentinier die Weltmeisterschaft damals nicht gewonnen ...»

«Nein», nahm Paolo den Ball an, den sie ihm zuspielte, «das sind wir gewesen. An den Wirbel, den Felix damals veranstaltet hat, kann ich mich noch gut erinnern. Vater fuhr mit dem Familienwagen über die Leopoldstraße, und Felix saß oben auf dem Dach und hat eine Fahne geschwenkt.»

«Siege muss man feiern», war Tino überzeugt. «Hast du denn nicht gefeiert?»

«Ich weiß es nicht mehr», erwiderte Paolo und kniff die Lippen zusammen. In Wahrheit erinnerte er sich natürlich noch ziemlich deutlich an jenen 8. Juli des Jahres 1990. Er war damals sechzehn Jahre alt gewesen, und das ganze Fußballgedöns hatte ihn ziemlich genervt. Also hatte er noch ein wenig gelesen und war dann früh zu Bett gegangen. Im Nachhinein wünschte er sich allerdings, mit Felix und ihrem Vater gefeiert zu haben, wenigstens ein bisschen.

«Das ist so bei Paolo», meinte Lucia und trank ihr Weinglas aus, das Tino schon zweimal befüllt hatte. «Er macht die Dinge immer anders als alle anderen.»

Wieder grollte Donner, so laut, dass er die leise Musik übertönte, die aus dem Radio säuselte.

«Und das ist so schlecht?», fragte Paolo.

«Was ist falsch daran, die Dinge so zu machen wie andere auch?», fragte sie dagegen, jetzt auf Deutsch.

«Alles», entgegnete er kategorisch. «Man muss im Leben seinen eigenen Weg gehen!»

«*Vero*», gab sie zu, «aber dann sollte man auch damit rechnen, dass man auf diesem Weg allein ist!»

«Was soll das heißen?»

Lucia antwortete nichts darauf, stattdessen schob sie Tino ihr Weinglas hin, das dieser wieder bereitwillig mit Verdicchio füllte. So süffig der Wein sein mochte, er löste die Zunge und brachte zum Vorschein, was sonst verborgen blieb.

«Lucia», fügte Paolo seufzend hinzu, «ich weiß nicht, was in Sie gefahren ist, aber wir sollten uns nicht streiten. Nicht hier und nicht jetzt.» Er sah hilflos zur Gastgeberin hinüber, denn Lucias Ausbruch war ihm äußerst unangenehm. «Und wenn es um die Sache mit dem Swimmingpool geht – ich weiß, dass ich mich Ihnen gegenüber nicht korrekt …»

«Nicht korrekt?» Sie warf den Kopf herum und sah ihn direkt an, Zorn funkelte dabei in ihren Augen. «Darum geht es bei Ihnen immer, nicht wahr? Alles muss korrekt sein! Haben Sie eine Ahnung, wie deutsch das ist?»

«Äh, nein», gab er zu. «Aber was den Pool angeht …»

«Es geht nicht um den Pool!», herrschte sie ihn an. «Es geht noch nicht einmal um das Hotel, sondern einzig und allein um Sie, denn Sie sind ein elender *ipocrita*!»

«Ein Heuchler?», fragte er atemlos. «Das werfen Sie mir vor? Nachdem ich alles getan habe, um Ihrer Freundin zu helfen? Nachdem ich sogar meine Arbeit vernachlässigt habe?»

«Kommen Sie mir nicht so!», zischte sie. «Sie waren doch froh, nicht im Hotel sein und mit den Handwerkern reden zu müssen. Das haben Sie gerne mir überlassen!»

«Dazu haben Sie ja auch offenbar Talent!» Inzwischen war er so aufgebracht, dass er Tino und seine Mamma darüber fast vergaß, die beide nur dasaßen und mit großen Augen zuschauten.

«Was soll das jetzt wieder heißen?»

«Oh, gar nichts», versicherte er. «Aber wenn ich nur an den guten *installatore* denke …»

«Und was war mit Ihnen und dem *ispettore*?»

«Bibiana und ich sind Freunde, weiter nichts», stellte Paolo klar. «Überhaupt habe ich mich mit ihr nur getroffen, weil Julia am Telefon gesagt hatte, dass …»

Als er sah, wie sich ihre Miene verfinsterte, verstummte er. Und ihm wurde klar, dass er einen Fehler gemacht hatte …

«Ach so, mit Julia haben Sie ebenfalls telefoniert?», wollte Lucia wissen. Plötzlich sprach sie nicht mehr laut, sondern gefährlich leise, und ihre Stimme bebte.

«Nur wegen einer Information, die ich dringend brauchte»,

erklärte Paolo schnell. «Es geht dabei um die Verdächtige, die ich ermittelt habe.»

«Sie haben gesagt, dass Sie ein neues Leben beginnen, dass Sie neu anfangen wollen ...»

«Das will ich ja auch», versicherte Paolo.

«... dass Sie in Zukunft mehr wie Ihr Bruder sein wollen und weniger wie Sie selbst.»

Er konnte sich erinnern, dass er auch das gesagt hatte, aber in diesem Moment ärgerte es ihn, dass sie es ihm vorhielt. «Ganz gleich, was ich gesagt habe und was nicht», stellte er klar, «ich bin nicht Felix, Lucia, und ich werde es auch niemals sein. Ich bin Paolo, und daran lässt sich nichts ändern, ebenso wenig wie an meiner Gabe.»

«Oh, capisco.» Lucia nickte. «Das ist die Rechtfertigung für alles? Sie denken, dass man deswegen mehr Geduld mit Ihnen haben sollte?»

«Ich weiß, dass ich nicht immer einfach bin», erwiderte er, «aber wenn Ihnen das nicht gefällt, bin nicht ich derjenige, der etwas ändern muss.»

«Was soll das heißen?» Sie hob die Brauen.

Paolo holte tief Luft und versuchte, Fassung zu bewahren. «Dass ich der bin, der ich nun einmal bin», eröffnete er. «Wenn Sie das nicht ertragen, dann sollten Sie sich überlegen, ob Sie noch länger meine Geschäftspartnerin sein wollen.»

Lucia starrte ihn an.

Jede Weinseligkeit war aus ihrem Blick und ihrer Miene verschwunden, sie schien genau zu verstehen – und war offenbar bereit, Konsequenzen zu ziehen.

Mit einem Nicken griff sie zur Serviette und tupfte sich die Mundwinkel. Dann erhob sie sich.

«Es war sehr schön», sagte sie auf Italienisch und an Mamma Gianna und an Tino gewandt. «Habt vielen Dank für alles.»

«Sie wollen doch jetzt nicht gehen?», fragte Paolo.

Lucia beachtete ihn nicht. Man konnte direkt sehen, wie sich alles in ihr verkrampfte und sie mit den Tränen kämpfte, aber sie hielt sie tapfer zurück.

«Willst du uns wirklich schon verlassen, Kind?», fragte Mamma Gianna unglücklich. «Worte sind nur Worte. Und es gibt noch Süßes zum Nachtisch.»

«Richtig, Worte sind nur Worte», bestätigte Lucia leise. «Aber irgendwann sind es zu viele davon.»

Sie kam um den Tisch herum und umarmte zuerst Mamma Gianna und dann Tino, verabschiedete sich jeweils mit einem Kuss auf die Wange. Dann ging sie hinaus, ohne Paolo noch eines weiteren Blickes zu würdigen.

Sie konnten hören, wie sich ihre Schritte über den gepflasterten Weg entfernten.

Wieder donnerte es.

«*Allora*, nicht gut verstehe die deutsche Sprache», sagte Mamma Gianna in die Stille. «Aber glaube, Lucia sehr, sehr wütend-e.»

«Danke für den Hinweis, Mamma Gianna», sagte Paolo trocken, um sofort ein müdes «Bitte entschuldige» hinterherzuschicken. Wenn es eine Person gab, die für all das am allerwenigsten konnte, dann war es Mamma Gianna ...

«Wein?», fragte Tino.

Paolo wollte nichts mehr trinken, ein Kater vom Verdicchio war so ziemlich das Letzte, was er jetzt noch brauchen konnte. Dennoch schob er Tino sein Glas hin. «Schenk schon ein», bat er und nahm sogleich einen tiefen Schluck. «Tut mir leid,

Mamma Gianna», wiederholte er dann in leicht lallendem Italienisch, «wir wollten dir nicht die Feier ruinieren.»

«Nichts ist ruiniert, und wenn, dann nur ein bisschen», versicherte sie lächelnd. «So ist das eben, manchmal gibt es Streit.»

«*Sì*», räumte Paolo ein. «Das Problem ist nur, dass ich nicht einmal weiß, worüber wir uns eigentlich streiten.» Er nahm erneut einen tiefen Schluck und starrte trübsinnig in sein Glas. «Manchmal glaube ich, ich hätte nie nach Italien kommen dürfen.»

«*No*», widersprach Mamma Gianna, und auch Tino schüttelte entschieden den Kopf.

«Ich und ein Hotel?» Er stieß keuchend Luft aus. «Das ist lächerlich.»

«Nein, ist es nicht», widersprach Tino. «Das ist immer Felix' Traum gewesen, und du bringst ihn zu Ende.»

«Ja, genau. Ich bin hier, um dem verlorenen Traum meines Bruders nachzujagen. Wisst ihr, wie jämmerlich das ist?»

Er sah die beiden an, die jedoch nur mit offenen Mündern zurückstarrten. Einen in Selbstmitleid zerfließenden Deutschen hatten sie wahrscheinlich noch nicht erlebt. Vielleicht, sagte sich Paolo, hatten sie bislang noch nicht einmal gewusst, dass sich die sonst so diszipliniert auftretenden Herrschaften von jenseits der Alpen derart erbärmlich benehmen konnten.

Er setzte das Weinglas an und trank es aus. «Ich fühle mich verloren», erklärte er und starrte in das Glas, als könnte er sich darin finden.

«In Italien haben wir ein Sprichwort», erwiderte Mamma Gianna: *«Chi lascia la strada vecchia per la nuova, sa quel che lascia, ma non quel che trova.»*

Auch im betrunkenen Zustand reichten Paolos Sprachkenntnisse noch aus, um zu übersetzen: *Wer die alte Straße für eine neue verlässt, weiß, was er zurücklässt, aber nicht, was er findet …*

«Das ist wohl wahr», sagte er nur.

Dann trat eine Pause ein, in der man es erneut draußen donnern hörte. Das Gewitter war jetzt ganz nah.

«Ich sollte gehen, nicht wahr?», fragte er dann.

«*Sì*», bestätigte Mamma Gianna. «Lucia ist etwas Besonderes.»

Paolo brummte eine Zustimmung, dann erhob er sich, ein wenig wankend vom hastig getrunkenen Verdicchio. Timo klopfte ihm zum Abschied auf die schmalen Schultern, Mamma Gianna umarmte ihn innig wie immer – und diesmal tat die Umarmung gut.

Dann verließ Paolo den Strandpavillon, genau in dem Moment, als es zu regnen begann.

KAPITEL 35

Es war nicht nur ein Gewitter, sondern ein wahrer Wolkenbruch, der über Cervia niederging.

Die Schleusen des Himmels hatten sich weit geöffnet und entleerten sich über der Stadt, und wie so oft, wenn nach längerer Trockenheit starker Regen einsetzte, verstopften Sand und Staub die Abflüsse, und die Straßen verwandelten sich in Kanäle von mehreren Zentimetern Tiefe, auf die immer neuer Regen klatschte und pladderte.

Es war die Sorte Regen, in der man wirklich nass wurde, und obwohl es nur wenige Gehminuten bis zum *Cavaliere* waren, war Paolo schon nach wenigen Schritten völlig durchnässt. Anfangs hielt er noch die Arme über den Kopf, als er durch die menschenleere Dunkelheit lief, die immer wieder von Blitzen erhellt wurde, während Donnerschläge krachten. Schnell jedoch gab er es auf und rannte einfach nur.

Atemlos und mit heftig pochendem Herzen erreichte er das Hotel. Mit tief zwischen die Schultern gezogenem Kopf tauchte er unter dem Eingangsspalier hindurch und durchquerte den Garten, vorbei an der Baugrube des Swimmingpools, die sich bereits zur Hälfte mit Wasser gefüllt hatte.

Er musste daran denken, was für Schäden das Unwetter am Hotel angerichtet hätte, wären die Fenster noch nicht eingesetzt worden. Lucia hatte das wirklich gut gemacht, und er ärgerte sich jetzt darüber, dass er das nicht deutlicher gewürdigt hatte. Überhaupt tat ihm jetzt leid, was geschehen war, und er brannte darauf, ihr zu sagen, wie sehr er sie schätzte und dass er sich nicht vorstellen konnte, dieses Hotel auch nur einen Tag lang ohne sie zu führen. Lucia war schon Felix' Geschäftspartnerin gewesen, das alles hier ergab überhaupt keinen Sinn ohne sie!

Er erreichte die noch immer mit Folien verklebte Eingangstür. Das Schlüsselloch im Irrlicht des Gewitters zu finden, war nicht ganz einfach, aber schließlich gelang es ihm. Paolo sperrte auf und stürzte hinein, froh darüber, den Regen endlich hinter sich zu lassen. Draußen ging das prasselnde Inferno weiter, er selbst war endlich im Trockenen. In einer Pfütze stehend, die sich um ihn auf dem Boden sammelte, schlüpfte er aus seinem triefnassen Jackett, als plötzlich das Handy klingelte.

Mit einer Verwünschung auf den Lippen fischte Paolo das kleine Gerät aus der Innentasche, den formlosen Lappen, zu dem sein Sakko geworden war, warf er kurzerhand über die Theke der kleinen Hotelbar.

«Ja?»

«Paolo, hier ist Julia.»

«Hallo», erwiderte er und wunderte sich selbst darüber, dass der Klang ihrer Stimme nicht mehr Konfusion in ihm anrichtete. Er war wohl wirklich über sie hinweg – oder vielleicht lag es auch an der Tatsache, dass der Empfang infolge des Unwetters lausig war und es knackte und rauschte.

«Was ist denn bei dir los?», fragte sie.

«Gar nichts … nur ein Gewitter», versicherte er. «Das legt sich wieder.»

Jedenfalls hoffte er das.

«Paolo, ich rufe wegen dieser Frau an, nach der ich für dich suchen sollte, Romina Palucci.»

«Und?», fragte Paolo gespannt.

«Du hattest recht, sie hält sich derzeit offenbar in Deutschland auf, sie ist an einer Fachhochschule als Studentin registriert.»

«Wo?», wollte Paolo wissen.

«In Kempten, das ist eine kleine Stadt im …»

«Ich weiß, wo das ist», unterbrach Paolo.

«Ihre Fachrichtung ist Tourismus. Laut unseren Informationen hat sie sich für das Wintersemester immatrikuliert, das in den nächsten Tagen beginnt.»

«Gibt es auch eine Adresse? Ich muss mit ihr sprechen.»

«Paolo …»

«Bitte, Julia», sagte er beschwörend. Wasser troff von seinem nassen Kinn auf das Handy, er wischte flüchtig darüber.

«Worum geht es dabei eigentlich?»

«Schwere Körperverletzung und Beihilfe zum Mord», erklärte Paolo. «Sie ist eine Tatverdächtige. Reicht dir das aus?»

«Hat die Polizei sie auch auf dem Schirm?»

«Nicht so wie ich.»

Eine Pause entstand, in der man es nur rauschen hörte. Dann ein tiefes Seufzen. «Verdammt, Paolo.»

«Ich weiß.»

«Konntest du es nicht einfach lassen?»

«Ich bin da so reingeschlittert.»

«Natürlich.»

«Julia, könntest du das für mich tun, bitte?», drängte Paolo. Regenwasser tropfte von seiner Stirn. «Nur noch dieses eine Mal, in Ordnung?»

«Du verlangst viel», sagte sie.

«Ich denke, ich habe das Recht dazu», erwiderte er.

Wieder eine kurze Pause.

«In Ordnung», sagte sie, und es klang kälter als zuvor.

Dann legte sie auf.

Paolo legte das Handy auf den Tresen, eilte dann den Gang hinab. Pudelnass, wie er war, hinterließ er eine feuchte Spur auf dem Boden, von seinen durchweichten Slippern ganz zu schweigen, aber das war ihm egal. Er wollte zu Lucia, wollte ihr sagen, dass es ihm leidtat und er bedauerte, was geschehen war. Und wenn er ihr erst die Neuigkeit von Romina erzählte und dass Chiara damit womöglich aus dem Schneider war, dann würde sie sicher einlenken.

Er hatte kein Licht gemacht. Die Blitze, die sich draußen entluden, sorgten immer wieder für helles Licht – in dem er Lucia den Gang überqueren sah. Sie trug ihren Bademantel aus dunkelgrünem Frottee, offenbar hatte sie eine kurze Dusche genommen und war jetzt auf dem Weg zu ihrem Zimmer.

«Lucia!», rief er, aber der Donner verschluckte seine Stimme, und sie hörte ihn nicht. Oder vielleicht wollte sie ihn auch nicht hören.

Er beschleunigte seine Schritte, fing die Tür ihres Zimmers ab, als sie sie hinter sich ins Schloss werfen wollte, und blieb auf der Schwelle stehen.

«Lucia, ich ...»

Sie drehte sich zu ihm um. Ihr Zimmer war ähnlich eingerichtet wie das seine, eine Lampe auf dem kleinen Nachttisch sorgte für gedämpften Schein. Ihm fiel auf, dass er noch nie hier hineingeblickt hatte.

Immer wieder drang das grelle Flackern der Blitze durch das Fenster.

Lucia sah ihn nur an.

Ihr rabenschwarzes Haar hing in nassen Strähnen, umrahmte ihr Gesicht, das ihm in diesem Moment zugleich vertraut war und fremd. In hundert Jahren hätte er nicht zu sagen vermocht, was in ihren Augen vor sich ging.

Endlos scheinende Sekunden lang standen sie einander gegenüber, während der Regen gegen das frisch gesetzte Fenster prasselte und draußen der Donner grollte.

Dann griff Lucia nach dem Gürtel ihres Bademantels und zog ihn auf, ließ das Kleidungsstück von ihren schmalen Schultern gleiten und zu Boden fallen. Darunter war sie – wie Giuseppina es wohl ausgedrückt hätte – *così come Dio l'ha fatta*.

Für den Bruchteil eines Augenblicks stand Paolo da. Dann überkam ihn Panik, so unerwartet und urgewaltig, dass er nichts dagegen unternehmen konnte.

Sein Gesicht wurde heiß, sein Herz hämmerte gegen seine Brust. Wie ein Kreisel wirbelte er herum und stürzte aus dem Zimmer, lief Hals über Kopf davon.

Lucia blieb allein zurück.

KAPITEL 36

Zu behaupten, dass Paolo schlecht geschlafen hatte, wäre eine ziemliche Untertreibung gewesen.

Er hatte *überhaupt nicht* geschlafen, und das gleich aus mehreren Gründen.

Zum einen war da natürlich das Gewitter gewesen, das noch weiter geblitzt, gegrollt und sich in einer wahren Sturzflut entleert hatte. Erst gegen zwei Uhr nachts hatte es nachgelassen, danach waren wiederholt Sirenen zu hören gewesen. Polizei und Feuerwehr im Einsatz.

Zum anderen war es der Fall, der Paolo keine Ruhe ließ – die Tatsache, dass es Julia offenbar gelungen war, Romina Palucci ausfindig zu machen, wies seinen weiteren Ermittlungen die Richtung und brachte neue Möglichkeiten, gleichwohl mussten die nächsten Schritte wohlbedacht werden.

Und natürlich war da Lucia …

War es wieder eine von ihren Launen gewesen, wollte sie sich über ihn lustig machen? Ihr musste doch klar sein, dass sie mit einem solchen Verhalten gegen die Regeln ihres Zusammenlebens verstieß – jedenfalls, soweit Paolo sie verstand. Und dass sie ihn damit völlig durcheinanderbrachte! Oder hatte der Verdicchio ihr dermaßen zugesetzt, dass sie nicht mehr gewusst hatte, was sie tat?

Nein, dämmerte ihm irgendwann. Lucia war eine kluge Frau, und soweit er sagen konnte, auch einigermaßen trinkfest. Natürlich hatte sie das alles gewusst – und es trotzdem getan.

Und das wiederum sagte ihm, dass er selbst sich über einige Dinge klar werden musste, nicht nur über den Fall, sondern auch über das Leben selbst.

Am anderen Morgen verließ er das Hotel einmal mehr früh, um Lucia nicht zu begegnen. Auf einen Kaffee verzichtete er und rief sich ein Taxi nach Rimini. Dort ließ er sich an der noch weitgehend verlassenen Strandpromenade absetzen und ging in eine Kaffeebar, um seinen morgendlichen Cappuccino zu trinken. Dann tat er, was er seit undenklich langer Zeit nicht mehr getan hatte und vermutlich schon längst einmal wieder hätte versuchen sollen.

Über eines der steinernen Portale stieg er von der Promenade zum Strand hinab. Die Sonne war bereits aufgegangen, tat sich aber noch schwer gegen die grauen Wolkentrümmer, die das Unwetter am Himmel hinterlassen hatte. Die Luft war kühl und salzig, nur hier und dort brachen helle Strahlen durch, die das Meer an einigen Stellen glitzern ließen, während andere noch in matter Dunkelheit lagen. Der Anblick berührte Paolo, nicht nur, weil es spektakulär anzusehen war, sondern auch weil es sein Inneres spiegelte. Da war Licht, aber auch Dunkelheit, mehr, als er sich eingestehen wollte.

Mit der Entscheidung, in Italien zu bleiben, hatte er sich damals selbst unter Zugzwang setzen und einen anderen, neuen Menschen aus sich machen wollen. Doch der alte Paolo, der voller Eigenheiten war und dessen Kopf voll war mit den Stimmen der Vergangenheit, holte ihn immer wieder ein. Er konnte ihn nicht einfach loswerden.

Er musste an sich arbeiten.

Tag für Tag.

Und er würde jetzt damit beginnen.

Es kostete ihn Überwindung, sich auf die etwas schäbig wirkende Bank zu setzen, die am Fuß der Treppe stand. Die weiße Farbe war teils abgeblättert, teils vom Sand abgeschliffen, und sie war noch nass vom Regen der vergangenen Nacht, sodass Paolo ohnehin nur am äußersten Rand hocken konnte. Er beugte sich nach vorn, löste die Schnürsenkel der Laufschuhe, die er trug, weil seine Slipper noch immer völlig nass gewesen waren. Er zog sie aus und schlüpfte aus seinen Socken, die er anschließend säuberlich zusammenlegte und in die Schuhe stopfte, den linken in den linken, den rechten in den rechten. Dann krempelte er die Hosenbeine bis zu den Knien hoch.

Zum Glück waren um diese Zeit noch nicht viele Menschen unterwegs. Das Unwetter schien die Leute verschreckt zu haben, selbst Jogger waren kaum zu sehen. Hätte jemand Paolo beobachtet, so hätte er den Eindruck eines Mannes gewonnen, der sich auf eine große Herausforderung vorbereitete, auf das Besteigen eines einsamen Berggipfels etwa oder einen Tauchgang auf den Grund des Meeres. Andere mochte das, was Paolo sich vorgenommen hatte, keine Überwindung kosten. Für ihn war es ein großes Unterfangen.

Skeptisch blickte er an sich herab, sah seine bleichen, bloßen Füße auf dem weiß gestrichenen Betonpflaster. Davor war der nackte, raue, vom Regen noch dunkle Sand.

«Nur ein kleiner Schritt für die Menschheit», murmelte er vor sich hin, um sein eigenes Unvermögen etwas ins Lächerliche zu ziehen, «aber ein gewaltiger Sprung für mich.»

Er schloss die Augen, von Widerwillen geschüttelt. Es war, wie wenn man jemanden, der unter ausgeprägter Spinnenangst litt, dazu zwang, sich eins der Viecher auf den Kopf zu setzen. Oder wie wenn jemand mit langen Fingernägeln über eine Tafel kratzte. Unwohlsein, das an körperlichen Schmerz grenzte – und doch überwand sich Paolo. Noch ehe er es sich anders überlegen oder die Flucht ergreifen konnte, machte er einen Schritt nach vorn.

Die gute Nachricht: Es war kein Treibsand.

Er verschlang Paolo nicht bei lebendigem Leibe, und er fraß ihm auch nicht den Fuß von den Knochen. Er klebte noch nicht einmal an der Haut, sondern war angenehm kühl und feucht und hart vom Regen. Und weil Paolo nun schon einen Fuß darauf gesetzt hatte und noch immer am Leben war, zog er den anderen hinterher. Es fühlte sich seltsam an, das schon, aber längst nicht so furchtbar, wie er es angesichts seiner Erinnerungen befürchtet hatte. Vielleicht, sagte er sich, waren es ja eher Erinnerungen an das gewesen, was er damals empfunden hatte, als an die tatsächlichen Gegebenheiten.

Er überwand sich zu einem Schritt nach vorn und dann noch zu einem weiteren. Und ehe er sich's versah, war er einige Meter gegangen. Wie jemand, der schwimmen lernte und sich vergewissern wollte, dass er sich nicht zu weit vom Ufer entfernte, drehte er sich um und sah nach der Bank, wo seine herrenlosen Schuhe warteten.

Zu seiner Überraschung stellte er fest, dass er sich schon ein gutes Stück entfernt hatte, aber die erwartete Panikattacke blieb aus. Also ging Paolo weiter.

Das Rauschen des Meeres, das noch immer aufgewühlt war und graue, schäumende Wellen an den flachen Strand warf, lockte ihn, und er folgte dem Ruf. Von den bunten Sonnenschirmen, die sich während der Saison in fast militärischer Ordnung aneinanderreihten, waren nur noch wenige geblieben, Paolo durchwanderte ein Labyrinth von Hülsen, die in Reih und Glied im Sand steckten; dazwischen ragten die Hütten auf, an denen man im Sommer Tretboote mieten konnte, und noch ein wenig weiter vorn am Strand die weiß gestrichenen Hochsitze, von denen aus die Bademeister mit Argusaugen über das Wohl der Gäste wachten.

Vereinzelt waren nun ein paar Spaziergänger am Strand zu sehen, die nach Muscheln suchten, denn natürlich hatte der Sturm viele angespült. Paolo erinnerte sich, dass Felix früher an solchen Tagen kaum zu halten gewesen war; mit Eimer und Käscher bewaffnet war er schon am Morgen zum Strand geeilt, um mit einer stolzen Sammlung ekliger Dinge wieder zurückzukehren. Auch heute wäre er wohl fündig geworden, der Strand war von Quallen und verendeten Schalentieren übersät, doch zu Paolos eigenem Erstaunen blieb das große Grausen aus, und er ging sogar zum Wasser, trat bis zu den Knöcheln in das kalte, salzige Nass.

Dann blieb er stehen.

Das Rauschen der Brandung war in seinem Kopf, die feuchte, nach Salz riechende Luft wehte ihm um die Nase, während die ersten Sonnenstrahlen sein Gesicht wärmten. Der von Wolkenfetzen übersäte Himmel klarte immer mehr auf, leuchtete in tiefem Azurblau, das am fernen, wie mit dem Lineal gezogenen Horizont auf die schiefergraue, silbrig glitzernde Fläche des Meeres stieß.

Un momento perfetto – ein vollkommener Augenblick.

Der Weg zurück war nicht ganz so vollkommen, denn natürlich blieb jetzt doch Sand an Paolos Füßen kleben. Zu seiner eigenen Überraschung hatte Paolo aber nicht das Bedürfnis, in einen Schreikrampf zu verfallen oder davonzulaufen. Er konnte noch immer nicht nachvollziehen, warum sich Felix als Kind bis zum Hals darin eingebuddelt hatte, der Sand war allerdings auch nicht das Schrecknis, als das er ihn in Erinnerung hatte. Es war einfach nur Sand, nicht mehr und nicht weniger.

Paolo kehrte zur Bank zurück und setzte sich, wartete, bis

Wind und Wärme seine Füße so weit getrocknet hatten, dass er den Sand nur noch abzustreifen brauchte. Dann schlüpfte er wieder in die Socken und in die Turnschuhe, die Lucia ihm vergangenen Monat auf dem Markt besorgt hatte.

Lucia …

Der Gedanke an sie versetzte ihm einen Stich, mehr als alles andere verspürte er Verwirrung. Er verließ die Bank, kehrte wieder auf die Promenade zurück und folgte ihr in nördlicher Richtung, bis eine gewaltige stählerne Konstruktion vor ihm emporwuchs: das Riesenrad, das sich dort am Ende des Strandes wie ein Mahnmal erhob.

War dies ein Tag der Selbstüberwindung? Sollte er, nachdem er die Sache mit dem Sand gewagt hatte, gleich noch ein weiteres der Tabus brechen, die er sich selbst auferlegt hatte? Einen Perspektivwechsel hätte er schließlich ganz gut brauchen können.

Paolos Herzschlag beschleunigte sich, während er an dem Ungetüm emporblickte, dennoch reifte in ihm ein Entschluss. Das Kassenhäuschen war bereits besetzt, das Riesenrad würde in wenigen Minuten den Betrieb aufnehmen, mit Paolo Ritter als dem ersten Gast des Tages!

Mit pochendem Herzen, aber zum Äußersten entschlossen trat Paolo auf das Kassenhäuschen zu, als sich trillernd sein Handy meldete. Sein erster Gedanke galt Lucia. Doch es war Julias Nummer, die er im Display sah.

«Ja?»

«Ich bin es», sagte sie nur. Sie klang noch genauso distanziert wie beim Auflegen, so als hätten sie ihr Gespräch nie unterbrochen. «Es gibt Neuigkeiten.»

«Schieß los», verlangte Paolo.

«Die Kollegen von der örtlichen Polizei haben eine Streife

zu dem Studentenwohnheim geschickt, das Romina Palucci als ihre deutsche Adresse angegeben hat.»

«Und?»

«Sie war nicht da, aber ihre Zimmernachbarin, die angab, sie seit ein paar Tagen nicht mehr gesehen zu haben.»

«Wann zuletzt?», wollte Paolo wissen.

«Vorletzten Freitag.»

Paolo überschlug es rasch im Kopf: Mit dem Auto war es eine Fahrt von etwa sieben Stunden, mit dem Zug dauerte es vielleicht zehn. Zur Tatzeit in der Nacht von Sonntag auf Montag hätte Romina also in jedem Fall in Rimini sein können.

«Das ist noch nicht alles», fügte Julia hinzu.

«Ach nein?»

«Die andere Studentin hat auch berichtet, dass Romina seelisch unausgeglichen sei und zur Aggression neige. Sie führte das auf einen medizinischen Eingriff zurück, den Romina im Frühjahr in München habe vornehmen lassen ...»

«Die Abtreibung», stieß Paolo aus.

«Genau die. Es gab bei der Operation Komplikationen. Allem Anschein nach wird Frau Palucci wohl nie mehr Kinder bekommen können.»

Paolo war es, als würde sich eine eisig kalte Hand auf seine Schulter legen.

«Ist ... das sicher?», stieß er hervor.

«Eine Bestätigung durch den behandelnden Arzt wurde natürlich noch nicht eingeholt, aber die Kollegen halten die Zeugin für glaubwürdig.»

«Danke», sagte Paolo gepresst.

Da war das Motiv!

Nicht mehr allgemein und schwer zu fassen, sondern ganz

konkret. Damit konnte Bibiana Gallo zumindest zur Staatsanwaltschaft gehen …

«Schon gut», erwiderte Julia leise, «der Rest liegt nun aber bei den italienischen Kollegen.»

«Ich weiß», versicherte Paolo. «Danke, Julia.»

Sie atmete hörbar aus. «War es das?»

«An sich ja», versicherte Paolo, der auf der Promenade auf und ab ging, das Handy am Ohr. «Nun hätte ich nur noch eine einzige Frage, und sie hat nichts mit diesem Fall zu tun.»

«Paolo …» Das Unbehagen war ihrer Stimme deutlich anzumerken, er konnte förmlich hören, wie sie sich am anderen Ende der Verbindung verkrampfte. Vermutlich, weil sie zu wissen glaubte, was nun folgen würde. Entschuldigungen, Beteuerungen, Versprechungen …

«Nur noch diese eine Sache», beharrte er, «danach werde ich dich in Ruhe lassen und niemals wieder anrufen, versprochen.»

Eine quälend lange Pause entstand.

«Also gut», erwiderte sie dann. «Was willst du sagen …?»

KAPITEL 37

«Come, scusa?» Selbst durch das Handy war Ispettore Bibiana Gallo die Verblüffung deutlich anzuhören.

«Du hast richtig gehört», versicherte Paolo, der auf der Rückbank des Taxis, eines schneeweißen Ford S-Max, saß und jedes Mal hin und her geworfen wurde, wenn der Fahrer auf der SS 16 überholte. Was er ziemlich häufig tat, während er mit 130 Sachen zurück nach Cervia donnerte. «Romina Palucci ist nicht nur irgendeine eifersüchtige Ex-Freundin. Sie hatte allen Grund, Lysandro zu hassen.»

«Ich verstehe», sagte Bibiana. «Woher hast du diese Information?»

«Das kann ich dir leider nicht sagen», schränkte Paolo ein. «Aber du musst mir glauben, Bibiana, und nach Romina fahnden lassen. Sie ist jetzt unsere Hauptverdächtige.»

«Unsere?»

«Eure», verbesserte sich Paolo. «Tatsache ist, dass sie genau das hat, was Chiara niemals hatte, nämlich ein plausibles Motiv.»

«Und die Indizien? Die Fingerabdrücke auf der Tatwaffe?»

«Ich nehme an, dass es dafür eine gute Erklärung gibt», erwiderte Paolo, während das Taxi mit quietschenden Reifen von der Staatsstraße abfuhr und die Ausfahrt nach Cervia nahm. «Und dass Romina sie uns … euch … geben wird. Aber du musst rasch handeln, denn es besteht die Gefahr, dass Romina in Deutschland untertaucht.»

«In Deutschland», echote die Polizistin mit einem seltsamen Unterton, so als dämmerte ihr in diesem Moment, woher Paolo seine Informationen hatte. Sie fragte jedoch nicht nach, wofür er ihr dankbar war. «Eine Fahndung muss von der Staatsanwaltschaft abgesegnet werden. Ich weiß nicht, wie lange das dauern wird.»

«Es muss rasch gehen», beharrte Paolo. «Seit der Tat ist fast eine Woche vergangen. Sollte Romina sich überhaupt noch in Italien aufhalten, dann sicher nicht mehr lange.»

«Ich werde sehen, was ich tun kann», versprach sie, besonders überzeugt klang es allerdings nicht.

«Würde es nützen, wenn wir Beziehungen zu einem Hauptkommissar bei der Kriminalpolizei in Bologna hätten?», fragte Paolo.

«Schon. Sogar sicherlich, aber ...»

«Ruf auf der dortigen Quästur an und verlange einen gewissen Aldo Borghesi.»

«Und wer ist das?»

«Mit Borghesi hatte ich damals in Parma zu tun», erklärte Paolo.

«Du denkst, er wird uns helfen?»

«Nun ja, er wurde aufgrund unseres gemeinsamen Erfolgs zum *commissario capo* befördert und nach Bologna versetzt. Er ist mir also noch einen Gefallen schuldig», meinte Paolo. Dass Borghesi das möglicherweise anders sehen würde, sagte er nicht dazu. «Grüße ihn herzlich von mir.»

«Einverstanden», erklärte Bibiana sich bereit. «Und was wirst du inzwischen tun?»

«Weitere Nachforschungen anstellen», erwiderte Paolo. Zuerst allerdings hatte er hier in Cervia noch etwas Wichtiges zu erledigen ...

Das Gespräch war kaum beendet, als das Taxi vor dem *Cavaliere* anhielt – in Rekordzeit, wie der Fahrer stolz verkündete. Paolo bezahlte wie vereinbart das Doppelte von dem, was das Taxameter anzeigte, dann stieg er aus und eilte ins Hotel. Die Arbeiter, die auf dem Gerüst dabei waren, dem Außenputz den letzten Schliff zu geben, fragte er nach Lucia, und sie deuteten nach drinnen.

Durch die Eingangstür platzte Paolo hinein und sah sich um. «Lucia?», rief er laut. «Sind Sie da?»

Er bekam keine Antwort, also trat er durch die Verbindungstür in das angrenzende *ristorante* und in die Küche. Aber auch da war von seiner Geschäftspartnerin nichts zu sehen.

Paolo stieg die Stufen zum Vorratskeller hinab, sah sogar in der Kühlkammer nach. Ihm kam der Gedanke, dass sie auf ihrem Zimmer sein könnte, und in Erinnerung an die zurückliegende Nacht überkam ihn leichtes Unbehagen. Er kehrte in die Lobby zurück und ging den Korridor hinab, mit möglichst lauten Schritten, damit sie ihn auch kommen hörte und er sie nicht wieder in einer Situation antraf, die ihn überforderte.

«Lucia», rief er, «sind Sie da?»

Er klopfte an ihre Zimmertür.

«Lucia?»

Geräusche waren hinter der Tür zu hören, aber es kam keine Antwort. Paolo klopfte wieder.

«Lucia, ich bin's, Paolo», sagte er, als ob es noch andere im Hotel gäbe, die deutsch sprachen. «Ich muss Ihnen dringend etwas erzählen! Es gibt Neuigkeiten! Gute Neuigkeiten!»

Wieder Geräusche, ein Schleifen und Rascheln. Dann Schritte in Richtung Tür.

«Lucia?»

Der Schlüssel wurde herumgedreht, die Tür einen Spalt weit geöffnet. Das Gesicht, das darin erschien, gehörte zwar Lucia Camaro, aber es sah seltsam fremd aus. Kein Lächeln und keine Fröhlichkeit. Das Haar hing ihr in wirren Strähnen in die Stirn. Ihre Augen, aus denen sonst die reine Lebensfreude sprach, waren geschwollen und gerötet.

«Lucia, was ist geschehen?», hauchte Paolo erschrocken.

«*Niente.*» Mit der einen Hand winkte sie ab, mit der anderen wischte sie sich über die Augen.

«Ist es wegen ...?», begann er vorsichtig

«Es ist nichts», bekräftigte sie energisch. Offenbar wollte sie nicht darüber reden, und er beschloss, nicht weiter nachzubohren.

«Lucia, erinnern Sie sich an Romina Palucci?», platzte er stattdessen heraus.

Sie überlegte einen Moment und nickte dann. «Die Freundin, die Lysandro vor Chiara hatte.» Ihre Stimme klang zerbrechlich.

«Ganz recht. Und es hat sich herausgestellt, dass sie ein Motiv hatte, sich an Lysandro zu rächen. Ein starkes Motiv, Lucia! Verstehen Sie, was das bedeutet?»

Sie nickte wieder, aber es schien sie nicht wirklich zu interessieren.

«Chiara ist damit so gut wie aus dem Schneider, Lucia!», erklärte Paolo. «Nach meiner Ansicht spricht alles dafür, dass die Frau auf dem Foto Romina Palucci ist. Die Polizei ist in diesen Minuten dabei, einen Fahndungsbefehl für sie auszustellen.»

«Das ist gut», sagte Lucia nur.

«Ich bin extra gekommen, um Ihnen das zu sagen.»

«Sehr freundlich.» Sie hob den Blick. «Gute Arbeit, Paolo.»

Sie sagte es ohne erkennbare Ironie, aber es lag Bitterkeit in ihrer Stimme.

«Lucia, was …?»

Sie hob abwehrend eine Hand und schüttelte den Kopf. «Ich will nicht darüber reden.» Sie wischte sich erneut über die Augen und straffte sich. Das geblümte Kleid, das sie trug, hing trotzdem wie ein Lumpen an ihr, sie schien sich selbst nicht wohl darin zu fühlen. «Wie geht es jetzt weiter?»

«Die Fahndung nach Romina ist ein erster wichtiger Schritt. Wenn sie gefasst und einer Befragung unterzogen wird, wird sie mit etwas Glück gestehen oder sich bei ihrer Aussage in Widersprüche verstricken, was fast so gut wäre. Doch darauf will ich mich nicht verlassen.»

«Was haben Sie vor?»

«Ich möchte ganz sichergehen», eröffnete Paolo. «Aber dazu brauche ich Ihre Hilfe.»

«Meine?» Sie lachte überrascht auf. «Warum fragen Sie nicht Tino?»

«Weil ich Sie dabeihaben möchte, Lucia», entgegnete Paolo, wobei er sie fest ansah. «Die meisten Ermittlungen in diesem Fall habe ich alleine durchgeführt, aber das möchte ich nicht mehr. Ich habe Sie … vermisst, Lucia, Ihre einfühlsame Art, Ihr offenes Wesen. Tino ist ein lieber Kerl, aber er kann Sie nicht ersetzen … niemand kann das.»

«Ist das so?» Im Licht der nackten Glühbirne, die im Hotelflur als provisorische Deckenbeleuchtung diente, sah er es feucht in ihren Augen funkeln. Schließlich senkte sie die Brauen. «*D'accordo*, Paolo. Ich werde mit Ihnen mitkommen und Ihnen helfen – für Chiara», fügte sie mit erhobenem Zeigefinger hinzu. «*E poi* …»

Sie trat einen Schritt zurück und gab der Zimmertür einen

Schubs, sodass sie vollends aufschwang – und den Blick auf die beiden Koffer und die Reisetasche freigab, die fertig gepackt auf dem Boden standen.

«Wa-was hat das zu bedeuten?», fragte Paolo.

«Was denken Sie wohl?»

«Da-da-das geht nicht», stammelte er, während seine Blicke wie Pingpong-Bälle zwischen den gepackten Koffern und Lucia hin und her flogen.

«Was geht nicht?»

«Na-na-na das!» Paolo deutete wild in der Gegend umher. Sein Jackett schien ihm plötzlich zu eng zu sein, das dünne Haar sträubte sich. «Wir haben einen Vertrag.»

«*No*», widersprach sie, «nur eine Abmachung. Und die gilt nicht mehr.»

«Seit wann?» Paolo starrte sie an, hilflos und aus großen Augen. Wo waren die Erinnerungen an seinen Bruder Felix jetzt, wo er sie dringend gebraucht hätte? Wo die an den charmanten Lysandro?

«Ich will nicht mehr Ihre Partnerin sein, Paolo», erklärte Lucia. «Es ist zu schwierig.»

«Schwierig? In welcher Weise?», fragte er, dabei wären ihm selbst auf Anhieb zwei Dutzend Gründe eingefallen.

«Alles ist schwierig», entgegnete sie prompt und mit vor der Brust verschränkten Armen.

«A-aber wir haben es doch fast geschafft, die Renovierung ist beinahe abgeschlossen. Die Maler sind fast fertig, das Gerüst wird bald abgebaut», widersprach Paolo. Es war, als ob er sich aus weiter Ferne reden hörte. Ihm war plötzlich schwindelig, kalter Schweiß stand ihm auf der Stirn.

Angstschweiß …

Er wollte sie nicht verlieren.

«Wenn Sie so großen Wert darauf legen, dann bauen wir den Swimmingpool», fügte er hinzu. «Und von mir aus auch Whirlpools auf einigen Zimmern. Auch wenn ich mir noch immer nicht sicher bin, wie das bei den Gästen ankommt ...»

«No.» Sie lächelte traurig und schüttelte den Kopf. «Darum geht es nicht ... nicht mehr. Ich muss fort. Fort von diesem Hotel ... und fort von Ihnen, Paolo.»

Er sah sie verständnislos an. «Ich verstehe das nicht, Lucia.»

«*Sí,* ich weiß», bestätigte sie, «und genau deshalb muss ich gehen.» Damit trat sie an ihm vorbei und zog die Zimmertür mit einem Knall hinter sich zu. *«Andiamo»*, drängte sie und ging ihm voraus zur Lobby, «es ist höchste Zeit, eine Unschuldige aus ihrem Gefängnis zu befreien.»

Und Paolo war sich nicht sicher, ob sie wirklich nur Chiara damit meinte.

KAPITEL 38

Im Mittelalter hatte die *Porta Galliana* die Stadt und den Hafen von Rimini miteinander verbunden.

Im dreizehnten Jahrhundert erbaut, war das große Tor ein Teil der Stadtmauer gewesen, rund zweihundert Jahre später hatte Sigismondo Pandolfo Malatesta, der einst so mächtige Potentat von Rimini, es noch einmal verstärken lassen. Heute waren nur noch Reste davon übrig, die sich noch dazu rund drei Meter unter Bodenhöhe befanden. Die einst so wichtige Pforte war daher fast in Vergessenheit geraten, bis man vor einigen Jahren beschlossen hatte, ihre Reste auszugraben und als letztes Monument des mittelalterlichen Rimini zu restaurieren.

Früher oder später, sagte sich Paolo, kamen die Dinge eben ans Licht, nichts blieb ewig verborgen.

Zusammen mit Lucia hatte er auf beiden Seiten des Weges Posten bezogen, der zwischen dem Marecchia-Kanal und der Via Bastoni Settentrionali verlief, unweit der Ausgrabungsstätte: Lucia saß auf einer Bank und las – mehr oder weniger zum Schein – die Wochenendausgabe des *Corriere Romagna*.

**IL CASO CARUSO:
PERCHÉ DOVEVA MORIRE?**

fragte die weithin lesbare Schlagzeile. Da es von offizieller Seite keine Neuigkeiten gab, hatte die Presse beschlossen, ihre eigene Story zu stricken und über mögliche Gründe für Lysandros Ermordung zu spekulieren. Es war der ebenso plumpe wie durchschaubare Versuch, aus der Geschichte Kapital zu schlagen. Trotzdem und erst recht deswegen würden die Leute die Zeitung kaufen. Was das betraf, unterschieden sich die Menschen in Italien keinen Deut von denen zu Hause.

Paolo selbst kauerte im Gebüsch der Uferbepflanzung, verborgen wie beim Räuber-und-Gendarm-Spiel und den Blick starr auf den Weg gerichtet (sofern er nicht verstohlen zu Lucia spähte). Und er war nicht allein in seinem Versteck ...

«Denkst du, dass er kommen wird?» Lysandro Caruso kauerte neben ihm, am hellen Tag in seinem Smoking.

Paolo zuckte mit den Schultern. «Woher soll ich das wissen? Ich hoffe es zumindest.»

«Hässliche Sache, was?» Caruso sah ihn mitleidig an.

«Kann man wohl sagen. Sie beide haben dieses Mädchen ins Unglück gestürzt, Falcone und Sie.»

«Davon spreche ich doch nicht.» Mit dem Kinn deutete er auf die andere Seite des Weges. «Ich meine Lucia.»

Auch Paolo warf wieder einen Blick hinüber, sah sie dort sitzen in ihrem geblümten Kleid, Gesicht und Oberkörper hinter der Zeitung verborgen. Und auch jetzt, wenn er zu ihr spähte, verspürte er in seinem Herzen einen Stich.

«Du wirst sie verlieren», sagte Caruso voraus.

«Was geht dich das an?», fuhr Paolo ihn an. Er merkte nicht einmal, dass er dabei in die vertraute Anrede wechselte. «Du bist nur eine Erinnerung, nicht mehr.»

«Das bin ich», bestätigte Lysandro. «Genau wie deine Eltern. Und wie dein Bruder. Und wie Julia ...»

«Lass sie aus dem Spiel.»

«Alle Menschen, die dir je etwas bedeutet haben, sind zu bloßen Erinnerungen geworden», beharrte der andere dennoch. «Wenn du nicht willst, dass Lucia bald dazugehört, solltest du etwas unternehmen.»

Paolo schüttelte den Kopf. «Du hast doch gehört, was sie gesagt hat. Sie hat sich bereits entschieden. Es ist zu spät.»

«Es ist nie zu spät.»

«Sagt der Kerl, der tot ist», konterte Paolo hart. «Manchmal gibt es keine zweite Chance.»

«Aber manchmal doch», widersprach Lysandro. «Vielleicht bin ich ja selbst schuld daran, wie alles gekommen ist. Aber hatte ich eine Wahl? Du hast mich jetzt kennengelernt und weißt um meine Vergangenheit. Hatte ich überhaupt die Möglichkeit, ein anderer zu werden als der, der ich geworden bin?»

Paolo seufzte. Er nahm den Hut ab und wischte sich den Schweiß von der Stirn. Inzwischen war es Mittag. Die Sonne hatte die Wolkenreste vertrieben, und es war schwülwarm, selbst wenn man in einem Gebüsch im Schatten saß. Oder war es gar nicht so sehr die Hitze des Tages, die ihm zusetzte?

«Du kannst dich ändern, Paolo», bekräftigte Lysandro Caruso. «Du hast es schon einmal getan, und du kannst es wieder tun.»

«Wenn schon, es ist vorbei. Lucia wird aus dem Unternehmen aussteigen, sie hat es selbst gesagt.»

«Und was hast du geantwortet?»

Paolo biss sich auf die Lippen. Eigentlich, gestand er sich ein, hatte er gar nichts erwidert. Dabei hätte es so viel gegeben, das er ihr sagen, worüber er mit ihr hätte sprechen wollen, und im Grunde wollte er das noch immer. Aber jetzt war nicht der richtige Zeitpunkt, vielleicht irgendwann später.

«Feigling», lachte Lysandro nur.

Glücklicherweise brauchte Paolo seine Gegenwart nicht allzu lange zu ertragen. Sie hatten noch keine halbe Stunde gewartet, als ein Jogger in ihrem Blickfeld auftauchte: ein Mann Mitte dreißig in kurzen schwarzen Hosen und blauem Funktionsshirt, sportlich und durchtrainiert, die Haut sonnengebräunt, das Haupt kahl bis auf einen spitzen Kinnbart.

Demetrio Caruso, wie er leibte und lebte.

In seinem Versteck spannte Paolo die Muskeln an. Er hoffte, dass auch Lucia ihn kommen sah. Der Plan war gemacht, die Falle gestellt. Nun brauchte sie nur noch zuzuschnappen.

Wegen eines in der Wiese parkenden Baufahrzeugs verlor Paolo Caruso kurz aus dem Blick, aber das gleichmäßige Knirschen der Laufschuhe auf dem Kies war weiter zu hören. Und einen Herzschlag später tauchte Caruso jenseits des Pritschenwagens wieder auf, jetzt nur noch zehn Meter entfernt.

Fünf Meter.

Drei …

Mit einem Sprung katapultierte sich Paolo aus seinem Versteck und versperrte Caruso den Weg.

«*Porco cane!*», stieß dieser ärgerlich aus und konnte Paolo gerade noch ausweichen. Dabei geriet er aus dem Tritt und wäre um ein Haar gestürzt. Nur mit Mühe konnte er sich abfangen.

«*Buongiorno, signore*», grüßte Paolo und tippte sich an die Krempe des Borsalinos, den er wieder aufgesetzt hatte. «Hier stecken Sie also.»

«Was wollen Sie von mir, Ritter?» Demetrio sah ihn aus weit aufgerissenen Augen an. Sein Atem keuchte, seine Lungen pumpten.

«Nur ein paar Fragen stellen, nichts weiter.»

«Verdammter Mistkerl», maulte Demetrio noch einmal. «Wie haben Sie mich überhaupt gefunden?»

«Sie meinen, weil Sie nicht mehr ans Telefon gehen? Weil Sie die letzten beiden Nächte nicht zu Hause gewesen sind?»

«Woher wissen Sie das alles? Haben Sie mir nachspioniert?»

Paolo lächelte dünn. «Ich bin Detektiv, Signor Caruso. Es ist für mich nicht schwer, so etwas herauszubekommen. So wie es auch nicht schwer war, Sie hier zu finden. Ich musste nur Ihre Kollegin in der Hotelbar fragen, die übrigens nicht besonders gut auf Sie zu sprechen ist.»

«Nina? Was weiß die schon?»

«Sie wusste immerhin, dass Sie gerne damit angeben, ein guter Sportler zu sein, und dass Sie an freien Tagen gerne hier Ihre Runden drehen, zwischen dem Kanal und dem Marecchia. Sie hat übrigens auch erwähnt, dass ihr Ihre Angeberei auf die Nerven geht und Sie bei ihr keine Chance haben», fügte Paolo hinzu. Ihm war klar, dass er Lysandros Bruder damit provozierte, und genau das war der Plan.

«War es das?», blaffte Demetrio.

Paolo schüttelte den Kopf. «Noch lange nicht.»

«Was wollen Sie denn noch? Ich habe Ihnen und der Polizei alles gesagt!»

«Fast alles», widersprach Paolo. «Dass Romina Palucci Ihre Ex-Freundin ist, haben Sie leider vergessen zu erwähnen.»

Demetrio zuckte merklich zusammen.

«Was denn?», hakte Paolo nach. «Haben Sie gedacht, wir würden es nicht herausfinden? Sie selbst haben mich doch zu Falcone geschickt. War Ihnen nicht klar, dass er reden würde? Oder hatten Sie gehofft, dass er wütend werden und mich einschüchtern würde? Das hat er versucht, aber so leicht bin ich nicht einzuschüchtern, wissen Sie?»

«Lassen Sie mich in Ruhe», verlangte Demetrio.

«Das kann ich nicht. Nur zu Ihrer Information: Nach Romina wird inzwischen gefahndet. Sie ist jetzt die Hauptverdächtige im Mordfall Ihres Bruders. Und das bringt unweigerlich auch Sie ins Spiel.»

«Ich habe nichts damit zu tun, das habe ich Ihnen doch schon gesagt. Und der Polizei ebenso. Ich habe ein Alibi.»

«Ich weiß», versicherte Paolo. «Aber zur Tatzeit eines Mordes an einem anderen Ort zu sein und nichts damit zu tun zu haben, sind zwei verschiedene Dinge. Ich denke, dass Sie uns etwas verheimlichen.»

«Nonsenso.»

«Werden Sie das auch dann noch behaupten, wenn die Polizei Romina gefasst hat? Noch haben Sie die Möglichkeit, vorher zu reden. An Ihrer Stelle würde ich sie nutzen.»

Die Aufforderung, die Demetrio ihm daraufhin zukommen ließ, war höchst unfeiner Natur, dafür aber international verständlich. Zorn flackerte in seinen Augen, Paolo konnte sehen, wie er die Fäuste ballte.

«Vielleicht ist dies ein guter Zeitpunkt, um Ihnen meine Assistentin vorzustellen», verkündete er, in Richtung der Parkbank deutend, die nur ein paar Schritte von ihnen entfernt war. Lucia ließ die Zeitung sinken, und man konnte das Handy sehen, das sie dahinter verborgen hatte. Durch ein Loch im Papier hatte sie alles mitgefilmt.

Demetrio, der Lucia jetzt erst wahrzunehmen schien, stieß ein entsetztes Ächzen aus. «Sie nehmen das auf?»

«Warum sind Sie so überrascht?», fragte Paolo dagegen. «Mit einer versteckten Kamera zu arbeiten, ist doch genau Ihr Ding, oder nicht?»

Demetrio erwiderte nichts, hielt seinem prüfenden Blick eisern stand.

«Romina war Ihre Freundin», erklärte Paolo, «bis Ihr Bruder des Wegs kam und Sie beide auseinandergebracht hat. Das war der Grund, weshalb Sie nicht mehr mit ihm gesprochen haben.»

«Und wenn schon. Deshalb bringt man niemanden um.»

«Auch nicht wegen des Geldes?», hakte Paolo nach.

«Sie wissen nichts, gar nichts!»

«Wenn Sie nichts zu verbergen haben, warum haben Sie die Sache mit Romina dann verheimlicht?»

«Weil mir klar war, dass Sie genau diese Schlüsse ziehen würden», konterte Demetrio.

«Und das wollten Sie nicht.»

«Natürlich nicht, weil es nicht die Wahrheit ist.»

«Schön, dann helfen Sie mir», forderte Paolo ihn auf. «Was ist die Wahrheit?»

Demetrio starrte ihn an, sein Blick wanderte zwischen Lucia und Paolo hin und her. «Sie wissen nichts», wiederholte er. «Sie haben keine Ahnung, was man ihr angetan hat.»

«Sie meinen die Abtreibung? Die Komplikationen bei der Operation?»

Caruso zuckte abermals zusammen. «Romina hat es mir erzählt», seufzte er schließlich. «Wir sind noch locker in Kontakt, über Facebook …»

«Wann zuletzt?»

Demetrio zuckte mit den Schultern, starrte zu Boden. «ich weiß nicht … vor zwei Wochen vielleicht.»

«Wissen Sie auch, wo sie sich aufhält?»

«Jetzt?», fragte Caruso.

«Nein, nächstes Weihnachten», erwiderte Paolo schnaubend.

Demetrio biss sich auf die Lippen, sein unsteter Blick huschte zwischen Paolo und Lucia hin und her. Er wollte offenbar nichts Falsches sagen – Lucia spürte es instinktiv und handelte.

Sie ließ das Handy sinken und legte es neben sich auf die Zeitung. Dann stand sie auf.

«Lucia», zischte Paolo leise, «was tun Sie …?»

Sie blieb eine Antwort schuldig, stattdessen wandte sie sich direkt an Demetrio. «Signor Caruso, ich kenne Sie nicht und Sie kennen mich nicht», begann sie mit ruhiger Stimme. «Mein Name ist Lucia Camaro, ich bin eine enge Freundin von Chiara Larocca. Der Frau, die beschuldigt wird, Ihren Bruder ermordet zu haben.»

«Und?», fragte Demetrio nur.

«Sie ist es nicht gewesen», sagte Lucia bestimmt, und ihre dunklen Augen sahen ihn fest dabei an. «Ich denke, dass Sie das wissen, und ich bitte Sie, Chiara zu helfen, indem Sie uns verraten, was passiert ist.»

«Das … kann ich nicht.»

Lucia trat noch ein Stück näher und griff nach seiner Hand. «Ich glaube, Sie sind ein guter Mensch, Demetrio. Sie wollten nicht, dass die Dinge so passieren, wie Sie passiert sind. So, wie Sie nicht wollten, dass Ihr Bruder stirbt. Und Sie wollen auch nicht, dass eine Unschuldige dafür büßen muss, da bin ich ganz sicher.»

Ihr Blick, der so ruhig war wie fordernd, blieb auf ihm haften, und einmal mehr bewunderte Paolo sie für ihre Art, auf Menschen zuzugehen und mit ihnen zu sprechen. An ihr war eine Psychologin verloren gegangen, und das nicht, weil sie besonders viel über die Seele des Menschen und ihre Abgründe gewusst hätte. Sondern weil sie bereit und in der Lage war, den Leuten zuzuhören und sich in ihre Situation hineinzudenken. Einmal mehr ging Paolo auf, wie sehr ihm Lucias Hilfe bei seinen Ermittlungen gefehlt hatte.

Tatsächlich waren in Carusos eben noch so verkniffener

Miene plötzlich Zweifel zu erkennen. «Ich kann nichts sagen», stieß er dennoch hervor, und schüttelte dazu beharrlich den Kopf. «Ich kann es einfach nicht.»

«Ich denke, dass Sie keine andere Wahl haben», stellte Paolo klar. «Entweder Sie helfen der Polizei, oder Sie schaden sich selbst.»

«So, denken Sie?» In Demetrios Augen begann es zu funkeln.

«Vorsicht», flüsterte Lucia Paolo zu, aber dieser Warnung hätte er nicht bedurft. Verdächtige, die sich in die Ecke gedrängt sahen und die Ausweglosigkeit ihrer Lage begriffen, reagierten bisweilen mit Aggression …

«Demetrio, noch ist es nicht zu spät», sprach Paolo deshalb etwas ruhiger, «noch können Sie ein Geständnis ablegen. Die Polizei wird anerkennen, dass Sie sich freiwillig gestellt haben.»

«Freiwillig?» Misstrauisch hob er die Brauen.

«Ich werde mich zu diesem Treffen nicht äußern, wenn Sie es nicht tun», versicherte Paolo. «Wenn Sie sich jetzt stellen, dann …»

«Und Romina?»

«Für sie gilt dasselbe», versicherte Paolo. «Sollten Sie mit ihr noch in Kontakt stehen, sollten Sie sie überreden, sich der Polizei zu stellen.»

Caruso starrte zu Boden und wiegte das Haupt hin und her.

«Tun Sie es jetzt», forderte Paolo ihn auf, «ehe …»

Mit einer blitzschnellen Drehung wirbelte Demetrio herum, die rechte Hand zur Faust geballt. Und in dem Moment, da sie ihm mit einem verheerenden Schwinger in die Magengrube fuhr, wurde Paolo klar, dass er besser noch zusätzlich Tino mitgenommen hätte.

Lucia schrie auf, als Paolo pfeifend zusammenklappte.

«Schnell, fliehen Sie!», keuchte er.

«Que cosa …?»

«Haben Sie nicht gehört? Laufen Sie!», herrschte er sie an – während sein Gegner ihm schon den nächsten Fausthieb versetzte. Der Schmerz explodierte an Paolos Schläfe, benommen taumelte er zurück.

Vor langer Zeit hatte er beim LKA einen Kurs in Selbstverteidigung belegt, zu dem Julia ihn verdonnert hatte. Dass ausgerechnet Thomas Greiner dabei sein Übungspartner gewesen war, von dem Julia jetzt schwanger war, war eine jener seltsamen Fußnoten, die das Leben bisweilen setzte. Schon damals hatte sich gezeigt, dass Paolo nicht das Zeug dazu hatte, ein zweiter Bruce Lee zu werden. Doch als Demetrio wieder herankam, um ihn mit einem dritten Fausthieb auf den Boden zu schicken, erinnerte er sich an die verinnerlichten Lektionen und riss die Arme empor, um den Hieb zu blocken. Das funktionierte halbwegs, viel brachte es allerdings nicht. Denn indem er seine Arme nach oben nahm, gab Paolo seine Körperdeckung auf. Demetrio vergalt es ihm mit einem weiteren Schlag in die Magengrube.

Paolo hörte eine Rippe knacken.

Schmerz durchflutete seinen Oberkörper, er bekam endgültig keine Luft mehr. Sein Mund ging auf und zu wie bei einem Fisch, der auf dem Trockenen lag, durch den Tunnelblick seiner weit aufgerissenen Augen sah er nichts weiter als die wutverzerrte Fratze seines Gegenübers – und dessen Faust, die einen Lidschlag später in seinem Gesicht landete.

Wieder fühlte er Schmerz, noch ungleich schlimmer als zuvor.

Dann wurde es dunkel.

KAPITEL 39

Als die Lichter langsam wieder angingen, hörte Paolo eine Stimme, die seinen Namen rief.

«Paolo? Paolo Ritter …!»

Er spürte, dass ihm jemand das Gesicht tätschelte, mit kalten, kleinen Händen. Er blinzelte.

«È sveglio?»

«Sì, penso di si …»

Grelles Licht schmerzte in seinen Augen, sodass er sie gleich wieder schloss. Dann versuchte er es noch einmal, zaghaft hob er die Lider. Diesmal ging es besser, aber es brauchte einen Augenblick, bis sein Blick sich schärfte und er die verschwommenen Flecke über sich als zwei menschliche Gesichter erkannte, die besorgt auf ihn herabblickten.

Das eine gehörte Lucia.

Das andere Bibiana Gallo.

«*Finalmente*, da sind Sie ja wieder!», stieß Lucia hervor.

Mit Befremden stellte Paolo fest, dass er auf einem ziemlich weichen Sofa lag. Der Kopf tat ihm weh, und seine Nase schmerzte.

«Wo …?», wollte er fragen, verstummte aber gleich wieder. Seine Kehle fühlte sich an wie ausgedörrt, die Zunge wie ein Scheuerlappen. Und er näselte, als hätte er eine Wäscheklammer im Gesicht. Instinktiv befühlte er seine Nase und ertastete zwei Wattestopfen, in jedem Nasenloch eines. Und jede Menge verkrustetes Blut.

«Auf der Quästur», erklärte Bibiana.

Paolo war verblüfft. Er konnte sich beim besten Willen nicht entsinnen, wie er hierhergekommen war.

«Was ... ist passiert?»

«Wissen Sie es nicht mehr?», fragte Lucia bekümmert.

«Sie haben gekämpft wie ein tragischer Held – und auch genauso verloren», ergänzte Bibiana, die ihre Polizeiuniform trug und ihn durch die rot umrandeten Brillengläser ansah. «Wenn Ihre Geschäftspartnerin nicht gewesen wäre, hätte es schlecht für Sie ausgesehen.»

«Meine ...?» Paolos Blick ging zu Lucia, und zusammen mit dem Schmerz, den er nun auch in seiner Rippengegend spürte, kehrte die Erinnerung an die zurückliegenden Ereignisse zurück. An das Zusammentreffen mit Demetrio und die abschließende Schlägerei. Aber auch an Lucia.

«Was haben Sie getan?», fragte er sie. «Sind Sie nicht geflohen, wie ich es Ihnen gesagt habe?»

«Nur bis zur nächsten Hausecke», schränkte Bibiana ein, «danach hat sie sofort die Polizei alarmiert. Das war Ihr Glück, Signor Ritter. Demetrio hätte Sie sonst noch schlimmer zugerichtet, glauben Sie mir.»

Ihm fiel auf, dass sie ihn plötzlich wieder siezte. Er sah sie fragend an, aber sie wich seinem Blick aus.

«Demetrio», stieß er hervor. «Wo ist er?»

«Auf der Flucht», erwiderte Bibiana. «Als er die Polizeisirene hörte, ist er geflohen. Aber das ist nicht weiter wichtig, unsere Fahndung ist ein Erfolg gewesen.»

«Romina?», fragte Paolo.

«Ganz recht. Sie wurde aufgegriffen, als sie nach Österreich ausreisen wollte – in einem Reisebus. Ohne den Fahndungsbefehl wäre sie uns entwischt.»

«Dann hat Borghesi Ihnen geholfen?»

«Nicht nur das.» Die Polizistin grinste. «Ich soll Ihnen auch etwas von ihm ausrichten. Wollen Sie es hören?»

Paolo stöhnte leise. «Eigentlich nicht.»

«Er sagte, dass, wenn einer jemandem einen Gefallen schuldig wäre, Sie derjenige seien. Er hätte Ihnen nämlich – ich zitiere – den Arsch gerettet.»

«Jetzt, wo Sie es sagen.» Paolo grinste freudlos, sogar das tat weh. «Hauptsache, er konnte etwas für Sie tun.»

«Das hat er. Romina Palucci befindet sich bereits auf dem Weg hierher, sie wird am späten Nachmittag eintreffen.»

«Gut», meinte Paolo, «dann kann es ja losgehen.» Er nickte energisch, was eine Welle von Schmerz durch seinen Nacken in seinen Hinterkopf schickte – aber das war nichts im Vergleich zu der Pein, die er verspürte, als er sich aufrichten und von der Couch schwingen wollte.

Die oberste Rippe auf der linken Seite brannte wie Feuer, und eine leidvolle Erinnerung an Demetrio Carusos geballte Faust, die mit voller Wucht dagegenkrachte, durchflackerte ihn. Ihm entfuhr ein halblauter Schrei, und er sank wieder zurück. Der Kopf schwirrte ihm wie nach zu viel Verdicchio.

«Vorsicht», mahnte Lucia. «Der Sanitäter meint, die Rippe sei angebrochen.»

«Sie sollten damit ins Krankenhaus gehen», fügte Bibiana hinzu. «Ein Arzt sollte sich das ansehen.»

«Jetzt nicht», wehrte Paolo ab. Es war rührend, wie sich die beiden um sein Wohlergehen sorgten.

Und auch ein bisschen erniedrigend.

«Aber …», wandte Lucia ein.

«Ich bin in Ordnung», versicherte er energisch. Ihre Blicke begegneten sich, ein wenig länger, als es notwendig gewesen wäre. «Würden … Sie mir helfen?», fügte er daraufhin etwas sanfter hinzu.

Eine kleine Ewigkeit lang – oder zumindest kam es ihm wie eine kleine Ewigkeit vor – sah sie ihn aus ihren dunklen Augen an. «*Va bene*», sagte sie dann, ergriff die Hand, die er ihr hinstreckte, und zog ihn langsam in die Höhe.

Vom Schmerz abgesehen, der in seiner Seite nagte, war es für Paolo ein wenig so, als würde ein Fernseher, den man auf die Seite gelegt hatte, plötzlich wieder gerade hingestellt. Der Schwindel legte sich. Der Raum, in dem er sich befand, war eine Amtsstube mit weiß gekalkten Wänden, die man wohl zu einer Art Sozialraum umfunktioniert hatte. Es gab einen Tisch mit zahlreichen Stühlen darum, ein Waschbecken mit einem Spiegel, einen Beistelltisch mit einer Espressomaschine sowie ein altes, mit grünem Samt bezogenes Sofa, auf dem er gelegen hatte. Paolo stöhnte, als er sich vollends aufrichtete und die Füße auf den Boden setzte.

«Wird es gehen?», fragten Lucia und Bibiana gleichzeitig.

«Schon gut.» Paolo winkte ab und rieb sich den noch immer schmerzenden Schädel. Dann raffte er sich mit Lucias Hilfe auf die Beine und wankte zum Waschbecken.

Was ihm aus dem Spiegel entgegenschaute, unterschied sich von dem, was er als sein Gesicht in Erinnerung hatte. Seine linke Schläfe war gerötet und angeschwollen, mit Blut vollgesogene Watte steckte in seinen Nasenlöchern, Oberlippe und Kinn waren ebenfalls blutig. Demetrio hatte ihn wirklich übel zugerichtet. Und Bibiana zufolge wäre es wohl noch schlimmer gekommen, hätte Lucia nicht eingegriffen.

Langsam, ihm war noch immer schwindelig, drehte er sich zu ihr um. «*Grazie*», sagte er leise.

«*Piacere*», versicherte sie.

«Was haben Sie jetzt vor?», wollte Bibiana wissen.

«Ganz einfach», erwiderte Paolo und wandte sich wieder seinem demolierten Spiegelbild zu. Er hatte das dringende Bedürfnis nach frischem Wasser und Desinfektionsmittel.

Viel Desinfektionsmittel …

«Ich werde mich ein wenig zurechtmachen, und danach haben wir viel zu besprechen.» Auf den Rand des Waschbeckens gestützt versuchte er, aus seiner leicht gebückten Haltung zu kommen und sich aufzurichten, um nicht ganz so jämmerlich auszusehen, wobei sich allerdings die angeknackste Rippe wieder meldete. Tapfer unterdrückte er den Schrei, der ihm aus der Kehle fahren wollte. «Die Vorbereitungen sind damit abgeschlossen», verriet er, «es ist alles bereit für das Finale.»

«Wollen Sie sich nicht erst mal ausruhen?»

«Später», erwiderte Paolo. «Der Mörder ist noch da draußen. Es wird Zeit, ihn zu fassen.»

KAPITEL 40

Es war Samstagabend, und im Konferenzraum der *questura* am Corso d'Augusto war die Luft zum Schneiden dick.

Nicht der Temperaturen wegen, die für italienische Verhältnisse herbstlich kühl waren, sondern aufgrund der Personen, die zur Zusammenkunft auf der Wache einbestellt worden waren. Schweigend saßen sie um den langen Tisch, die Blicke enerviert bis ratlos.

Ispettore Gallo hatte alles so ausgeführt, wie Paolo es vorgeschlagen hatte. Der Anweisung des Bürgermeisters zur Kooperation hätte es dabei wohl gar nicht bedurft. Was sie von ihm als Mann hielt, nachdem er sie bei ihrer Verabredung im Restaurant einfach hatte sitzen lassen, wollte Paolo lieber gar nicht wissen, schließlich siezte sie ihn wieder, als ob es jenen Abend nie gegeben hätte. Doch seinen Fähigkeiten als Ermittler schien sie durchaus zu vertrauen, und er hoffte, dass er dieses Vertrauen nicht enttäuschen würde.

Mit bedächtigen Schritten umrundete er die Tafel, um die all jene saßen, mit denen er im Lauf seiner Ermittlungen im Mordfall Caruso zu tun gehabt hatte.

Lysandros resolute Haushälterin Giuseppina Emiliani, diesmal ohne Lockenwickler im ergrauten Haar und in einem dunkelblauen Mantel, den sie erst gar nicht ausgezogen hatte, so als wollte sie signalisieren, dass sie mit alldem nichts zu schaffen hatte und gleich wieder nach Hause gehen würde.

Carlo Benini, Lysandros Entdecker und langjähriger Mentor – seinen noch immer von Kummer gezeichneten Zügen war vor allem die Neugier über den Zweck dieser Zusammenkunft anzusehen.

Der Musikproduzent Enzo Falcone, der den Beamten nur widerwillig auf die Quästur gefolgt war und kein Hehl daraus machte, dass er all dies für grundlose Schikane hielt.

Francesca Caruso, die aus Trauer um ihren Sohn noch immer Schwarz trug und stumm auf den Tisch vor sich starrte, die Lippen zu einem schmalen Strich zusammengepresst. Soweit Paolo wusste, hatte sie seit ihrer Ankunft mit niemandem ein Wort gesprochen.

Und schließlich, zum ersten Mal von Angesicht zu Angesicht, Romina Palucci.

Der Kleinbus der Bozener Polizei, der Lysandro Carusos einstige Geliebte nach Rimini brachte, war wie angekündigt am späten Nachmittag eingetroffen. Gleich im Anschluss war Palucci von Bibiana Gallo und einem Kollegen vernommen worden. Bei dieser Befragung war Paolo nicht dabei gewesen, hatte jedoch alles per Videoübertragung verfolgt. Und deshalb wusste er auch schon, dass es nicht einfach würde, ihr etwas zu entlocken oder gar nachzuweisen.

Trotz allem, was sie durchgemacht hatte – oder gerade deswegen? – war Romina eine taffe junge Frau, die sich in der polizeilichen Vernehmung sehr abgeklärt gegeben hatte. Ihre Affäre mit Lysandro gab sie zu, dafür gab es ja auch mehr als genug Zeugen, ebenso die Abtreibung und deren weitreichende Folgen. Allerdings behauptete sie auch, all das längst hinter sich gelassen zu haben, was sie schon durch ihre optische Erscheinung unterstrich. Denn so, wie sie jetzt aussah, im Grunge-Look mit Lederjacke und löchrigen Jeans, das einstmals lange blonde Haar kurz gestutzt und schwarz gefärbt, hätte sie wohl nicht auf Lysandros Liste gestanden.

Lucia war ebenfalls dabei, als unbeteiligte Beobachterin gewissermaßen. Als Grund hatte Paolo angeführt, sie eventuell als Übersetzerin zu brauchen. Die Wahrheit war, dass er sich besser fühlte, wenn sie dabei war. Dass ihre Anwesenheit ihm mehr innere Stärke und Selbstsicherheit gab, als er sich eingestehen wollte.

Bibiana Gallo hatte sich einen Stuhl genommen und sich in eine Ecke gesetzt, von der aus sie den ganzen Raum im Blick behalten konnte. Zwei uniformierte Beamte der *polizia di stato* sowie zwar uralte, aber offenbar noch arbeitende Kameras an der Decke sorgten zusätzlich für Sicherheit. Denn eines wusste Paolo aus Erfahrung: dass man bei Zusammenkünften wie dieser nie vorhersagen konnte, wie die Sache ausging.

In der anderen Ecke, Bibiana gegenüber, lehnte Lysandro Caruso an der Wand. Paolo mochte der Einzige sein, der ihn dort sehen konnte, in seinem Smoking und mit vor der Brust verschränkten Armen, die Beine lässig gekreuzt. Doch die Aura des vor knapp einer Woche ermordeten Shootingstars schwebte für alle spürbar im Raum.

Nur einer fehlte bei diesem denkwürdigen Treffen, dessen Zweck die Wahrheitsfindung war: Lysandros Bruder Demetrio …

«Verdammt, was soll das hier?», brach Falcone als Erster das betretene Schweigen. «Warum lassen Sie mich hier antanzen wie einen miesen kleinen Taschendieb, nachdem Sie mich bereits eine ganze Woche lang daran gehindert haben, die Stadt zu verlassen? Ich werde mich beim Bürgermeister beschweren!»

«Das steht Ihnen frei, Signor Falcone», bestätigte Bibiana

ohne Zögern und mit ruhiger Stimme. Auch ein millionenschwerer Musikproduzent vermochte sie offenbar nicht zu beeindrucken. «Doch ich versichere Ihnen, dass der Bürgermeister mein Vorgehen in dieser Sache zu hundert Prozent unterstützt.»

«Aber er hat recht», wandte Romina ein. Ihre Stimme war ebenso rau und spröde, wie ihr Äußeres erahnen ließ – oder vielleicht, dachte Paolo, war es auch nur ein weiterer Teil ihrer neuen Fassade. «Sie haben ganz offenbar nichts in der Hand, was soll das also alles?»

Bislang hatte sie es vermieden, in Falcones Richtung zu sehen, jetzt tat sie es flüchtig, und der Produzent antwortete mit einem öligen, undeutbaren Lächeln. Paolo vermochte nicht zu sagen, in welcher Beziehung die beiden zueinander standen nach allem, was geschehen war. Der weitere Verlauf des Abends würde es wohl zeigen.

«Meine Damen und Herren», wandte er sich nun an die Anwesenden, während er sie weiter umkreiste, «ich fürchte, ich muss Ihnen ein Geständnis machen. Ispettore Gallo kann nichts dafür, dass Sie heute Abend hier sind. Es war meine Idee.»

«Ihre?» Falcone blitzte ihn wütend an. «Wissen Sie nicht, wann Schluss ist, Ritter? Brauchen Sie das, immer den deutschen Besserwisser geben zu müssen?»

Einige andere – vor allem Romina und Signora Caruso – nickten beifällig, Paolo warf Lysandro einen flüchtigen Blick zu. Der sah jedoch demonstrativ zur Seite und hob nur in einer Geste der Unschuldsbeteuerung die Arme.

«Keineswegs», versicherte Paolo. «Glauben Sie mir, ich wäre die letzte Woche über lieber in Cervia geblieben und hätte mich um mein Hotel gekümmert, denn dort», er streifte Lucia mit einem Blick, «wären die Dinge beinahe aus dem Ruder gelaufen, hätte meine Geschäftspartnerin sich nicht so gut um alles gekümmert. Stattdessen jedoch war ich unterwegs, um Licht ins Dunkel des Falles Caruso zu bringen.»

«Und ist es heller geworden?», fragte Falcone mit beißendem Spott.

«Ich denke, ja. Es gibt nur noch ein paar Details zu klären, und dafür brauche ich Ihre Hilfe.»

«Und deshalb lassen Sie mich wie eine Verbrecherin aus dem Autobus ziehen?», zischte Romina. «Sie haben echt Nerven.»

«Wir kennen uns noch nicht, Signora Palucci», sagte Paolo. «Mein Name ist Paolo Ritter, ich unterstütze die Polizei bei ihren Ermittlungen im Fall Caruso.»

«Das alles war also Ihre Idee.»

«Ganz recht, denn nur so werden wir die Wahrheit herausfinden. Und Sie alle sind doch interessiert an der Wahrheit, oder nicht?»

Er ließ seinen Blick reihum schweifen, sah allgemeines Nicken, nur nicht bei Romina, die ihn mit unverhohlener Wut anstarrte, und bei Falcone, der in seinem schwarzen Armani-Anzug dasaß und für sich beschlossen zu haben schien, dass ihn das alles nichts mehr anging.

«Um zu verstehen, was in der Tatnacht geschah», holte Paolo aus, während er weiter um den Tisch kreiste – dass die Sitzenden sich fortwährend nach ihm umdrehen mussten, war ein Effekt, den er durchaus beabsichtigte –, «müssen wir in der Zeit ein wenig zurückgehen, bis ins Frühjahr. Ich selbst hielt mich zu dieser Zeit in Parma auf und habe von alldem nichts mitbekommen, und auch von Ihnen dürften einige noch nicht wissen, was damals geschehen ist. In diesen Tagen nämlich nahm Signor Falcone Kontakt zu Lysandro Caruso auf mit dem Ziel, ihn für eine Karriere in der Popmusik zu begeistern.»

«Was?», fragte Benini. Der Blick, den er ans andere Ende des Tisches zu Falcone schickte, war voll ungläubigen Zweifels. «Damals schon? Ich hatte ja keine Ahnung …»

«Und nicht nur in dieser Hinsicht?», versetzte der andere gleichmütig.

«Was soll das nun wieder heißen? Ich kannte Lysandro wie niemand sonst! Er war glücklich mit dem, was er tat, ein wahrer Künstler.»

Paolo konnte nicht anders, als nach dem Caruso in der Ecke zu sehen. Der Blick seiner blauen Augen war ratlos und verunsichert.

«Vielleicht», wandte Paolo deshalb vorsichtig ein, «haben Sie Lysandro nicht so gut gekannt, wie Sie dachten.»

«Oder der Junge hatte einfach nur keine Lust mehr, nach Ihrer Pfeife zu tanzen», fügte Falcone grob hinzu. Um seine Worte zu unterstreichen, schlug er mit der fleischigen Pranke auf den Tisch. Die goldene Uhr am Handgelenk glänzte im nüchtern weißen Licht der Deckenlampe.

«Um ihm zu zeigen, was das zukünftige Leben als Popstar so alles für ihn bereithält», fuhr Paolo fort, «lud Signor Falcone Lysandro ein, ein paar Tage in Kroatien zu verbringen. In einer abgelegenen Villa am Meer, wo man rauschende Partys feiern kann, ohne dabei gestört zu werden.»

Beninis faltige Gesichtszüge zeigten Fassungslosigkeit. «Wie konnten Sie nur?»

«Das hat meinen Jungen verdorben», sagte Signora Caruso, was Falcone nur mit einem verächtlichen Schnauben quittierte.

«Zur selben Zeit», fasste Paolo weiter zusammen, «hatte die

hier anwesende Romina Palucci eine Beziehung mit Lysandros Bruder Demetrio begonnen.»

«Also doch!», zischte Benini. «Ich wusste, dass er in die Sache verstrickt ist! Wo ist dieser Nichtsnutz überhaupt? Sollte er nicht auch hier sein?»

«Sprechen Sie nicht so, Carlo», mahnte Francesca Caruso von der anderen Seite des Tisches, ihre Stimme bebte dabei. «Mir ist nur dieser eine Sohn geblieben.»

«Ich weiß, und das tut mir leid», versicherte der Musiklehrer. «Aber Sie wissen, dass ich recht habe.»

«Demetrio Caruso», ergriff Paolo rasch wieder das Wort, ehe der Streit eskalieren konnte, «wird gegenwärtig von der Polizei gesucht. Er ist übrigens für mein etwas beschädigtes Äußeres verantwortlich.» Das verkrustete Blut hatte er abgewaschen, und die Schwellungen waren über den Tag ein wenig zurückgegangen. Aber seine Schläfe war noch immer leicht deformiert und gerötet. «Vorerst genügt es für Sie zu wissen, dass Demetrio mit Romina in einer festen Beziehung stand – die in dem Augenblick endete, da sich Romina von ihm ab- und seinem Bruder Lysandro zuwandte.»

«Und?», fragte Romina genervt. «Es sich anders zu überlegen, ist nicht verboten, oder?»

«Durchaus nicht», räumte Paolo ein, «zumal, wenn der andere Bruder der talentiertere, erfolgreichere und auch besser aussehende von beiden ist.» Auf diese Worte gab es gleich zwei Reaktionen: Lysandro in der Ecke grinste stolz, und Lucia sandte Paolo einen zweifelnd-mahnenden Blick. Natürlich hatte sie recht, er war unfair und unterstellte Romina Dinge, die er nicht beweisen konnte. Aber wenn er hinter ihre Fassade blicken wollte, war das ein notwendiger Schritt.

«Wie auch immer, es blieb nur eine kurze Affäre. Nach

ein paar gemeinsamen Tagen in Falcones Villa ereilte Romina dasselbe Schicksal wie viele andere attraktive junge Frauen vor ihr: Lysandro machte mit ihr Schluss. Doch anders als in allen bisherigen Fällen blieb das Abenteuer diesmal nicht folgenlos. Denn Anfang Juni, rund zehn Wochen später, stand Romina Palucci vor ihm und erklärte, dass sie von ihm schwanger sei.»

«*Cosa?*» Lysandros Mutter reckte den Kopf vor, traute ihren Ohren nicht. Lucia, die am Tisch neben ihr saß, wiederholte es leise für sie, worauf die Gesichtsfarbe Signora Carusos eine tiefrote Färbung annahm.

«Und? Worauf wollen Sie hinaus?», fragte Romina noch immer unbeeindruckt.

«Ob Sie es so geplant haben oder nicht, weiß ich nicht», fuhr Paolo fort, «in jedem Fall haben Sie Lysandro mit Ihrer Schwangerschaft unter Druck gesetzt. Und Lysandro, der entweder nicht gewillt war oder nicht in der Lage, Verantwortung zu übernehmen, ist mit diesem», er zeichnete mit beiden Händen Anführungszeichen in die Luft, «‹Problem› zu Signor Falcone gegangen.»

Benini starrte sein Gegenüber am anderen Ende des Tisches fassungslos an. «Warum nicht zu mir?»

«Was weiß ich?» Der Musikproduzent zuckte mürrisch mit den Schultern. «Vielleicht war ihm klar, dass Sie nicht in der Lage sein würden, das Problem zu lösen. Dass sie ihm womöglich Vorhaltungen gemacht hätten.»

«Sie haben das ganz sicher nicht getan, das ist mir klar», konterte Benini.

«Natürlich nicht. Der Junge war in einer Notlage und brauchte Hilfe. Das ist uns doch allen schon passiert!»

«Sprechen Sie bitte nur für sich, Signore.» Paolo hatte während des Wortwechsels aufmerksam Rominas Gesicht beobachtet: Jeder einzelne Satz Falcones war wie eine Granate darin explodiert. Und hatte kleine Risse in der bislang so glatten Fassade hinterlassen.

«Lysandro hatte Angst, dass eine Vaterschaft seine Karriere beeinträchtigen könnte, und vermutlich teilten Sie diese Sorge, Signor Falcone. Also kamen Sie überein, Romina eine Summe Geldes dafür zu bieten, dass sie eine Abtreibung vornehmen und ein für alle Mal aus Lysandros Leben verschwinden sollte.»

«Vero?» Giuseppina, die bislang nur schweigend zugehört hatte, wandte sich Romina zu, die neben ihr saß. «Darauf hast du dich eingelassen, Mädchen?»

«Das hat sie», bestätigte Paolo, noch ehe Romina etwas erwidern konnte. «Da die Zeit drängte und die Frist für einen legalen Schwangerschaftsabbruch beinahe verstrichen war – tatsächlich musste er dann in Deutschland vorgenommen werden –, war Signor Falcone gezwungen, tiefer in die Tasche zu greifen, als er es eigentlich beabsichtigt hatte.»

«Wie viel?», wollte Giuseppina von Romina wissen. «Wie viel hast du bekommen, Mädchen?»

«Fünfzigtausend», antwortete Romina. Ihr war wohl klar, dass die Polizei dies ohnehin längst wusste.

«Schwein», spie Giuseppina aus, an Falcone gerichtet.

«Ich habe Signorina Palucci nie zu irgendetwas gedrängt», entgegnete der pikiert, «sondern ihr lediglich neue Möglichkeiten aufgezeigt.»

«So kann man es auch nennen.» Giuseppina gab etwas von sich, das wie ein Grunzen klang.

«Ich habe nur das getan, was auch jeder andere gute Manager getan hätte.»

«Kommt darauf an, wie geschäftstüchtig und skrupellos er ist», schränkte Benini ein.

«Der Narr», stieß Giuseppina hervor. «Ich wusste, dass Signor Caruso sich mit den falschen Leuten eingelassen hat. Die Karten haben es mir gesagt!»

«Denken Sie, was Sie wollen!», schnaubte Falcone. «Wer bei mir unterschreibt, der steht unter dem Schutz meiner Firma und genießt meine volle Unterstützung.»

«Danke, dass Sie darauf hinweisen», nahm Paolo den Faden auf, «im Gegenzug für Signor Falcones Hilfe hat Lysandro nämlich den Vertrag bei dessen Musikfirma unterschrieben. So kam er in den Genuss sämtlicher Privilegien, einschließlich eines Millionenvorschusses, der im Fall seines Ablebens an seine Erben ausbezahlt werden sollte.»

«Der gute Junge», meinte Signora Caruso.

«In der Tat.» Paolo lächelte säuerlich.

«Aber ... das kann nicht stimmen», wandte Benini ein. «Dann müsste Lysandro den Vertrag ja bereits im Juni unterzeichnet haben. An jenem Abend nach dem Konzert sagte er jedoch ...»

«Ich fürchte», erwiderte Paolo, «dass Lysandro in dieser Hinsicht nicht ganz ehrlich gewesen ist. Zu uns nicht und auch zu Ihnen nicht.»

«Er ... er hat es mir verheimlicht.» Beninis Blick war starr, eine Welt schien in diesem Augenblick für ihn zusammenzubrechen.

«Ihnen und jedem anderen», stimmte Paolo zu. «Auch seiner neuen Freundin Chiara Larocca, die er im Juli kennenlernte und mit der er bis zu seinem Tod zusammen war – eine für seine Verhältnisse ungewöhnlich lange Periode –, hat Lysandro nichts davon gesagt.»

Auch diese Aussage hinterließ Spuren in Romina Paluccis Gesicht. Es war an der Zeit, sich ihr eingehender zu widmen.

«Romina hingegen war mit Falcones Geld in der Tasche nach Deutschland gegangen. In ihrer Familie gab es eine österreichische Großmutter, bei der sie einen Teil ihrer Kindheit verbrachte, sie spricht deshalb fließend Deutsch.»

«Na und? Genau wie du, Arschloch», zischte sie unfein. Nicht etwa auf Italienisch, sondern, wie um ihre Kenntnisse gleich zu beweisen, auf Deutsch und mit einem südlich geprägten Zungenschlag.

«Die Abtreibung», fuhr Paolo fort, «wurde innerhalb der gesetzlichen Frist in einer Klinik in München vorgenommen, allerdings kam es dabei zu Komplikationen, aufgrund derer Romina keine Kinder mehr wird bekommen können.»

Die Reaktionen rings um den Tisch fielen unterschiedlich aus. In Lucias Zügen war vor allem Mitgefühl zu erkennen, in denen Giuseppinas vorwiegend Wut. Falcone verdrehte die Augen darüber, dass diese alten Geschichten noch einmal aufgewärmt wurden, und Benini starrte noch immer vor sich hin und schien nicht zu wissen, was ihn mehr erschütterte, Rominas trauriges Schicksal oder Lysandros Treuebruch.

Rominas makelloses, vom wirren schwarzen Haar umfasstes Gesicht war zu einer Maske geworden. Seltsam aufrecht saß sie am Tisch, mit durchgedrücktem Kreuz, aber hängenden Schultern.

«Ich maße mir nicht an zu wissen, wie schlimm das für Sie gewesen sein muss», wandte sich Paolo ihr wieder zu, «aber ich weiß, dass Sie alles versucht haben, nicht im Zorn zurückzublicken und mit dem Geld, das Sie von Falcone bekommen hatten, ein neues Leben zu beginnen. Sie beschlossen, in Deutschland zu bleiben und ein Studium an einer Fachhochschule zu beginnen, und wenn alles so geblieben wäre, hätte Ihnen womöglich tatsächlich ein neuer Anfang glücken können.»

Sie widersprach nicht, aber bekundete auch keine Zustimmung, weder durch Nicken noch durch Blicke, und Paolo war klar, dass er von nun an sehr unsicheres, weil zum großen Teil spekulatives Terrain betrat.

Von nun an musste er auf sein Bauchgefühl vertrauen – und auf Caruso, der dort in der Ecke stand und zusah …

KAPITEL 41

Eines Tages, irgendwann im August, änderte sich alles», fuhr Paolo fort. Im Konferenzraum war es still geworden, er hatte jetzt die ungeteilte Aufmerksamkeit aller, selbst die Falcones.

«Es dürfte eine E-Mail gewesen sein, vermutlich von einem anonymen Server. In der Anlage waren Bilder, Fotos, die Lysandro Caruso und seine neue Freundin zeigten, Chiara Larocca.»

Wieder sah Paolo Romina direkt an, noch immer hielt sie seinem Blick stand. Er konnte sich selbst nicht recht dafür leiden, und Lucia würde es vermutlich noch weit weniger gefallen. Aber er musste nun den harten Weg gehen …

«Auf den Bildern war zu sehen, wie innig die beiden waren. Und Sie, Romina, konnten an Lysandros Gesichtsausdruck ablesen, dass ihn Chiara glücklicher machte, als Sie es je vermocht hatten. Und das, obwohl Sie von ihm schwanger gewesen waren.»

«Und wenn schon», sagte sie, wiederum auf Deutsch, und bestätigte damit, was bislang nur eine Vermutung gewesen war. Paolo beschloss, aufs Ganze zu gehen.

«Wollen Sie mir weismachen, dass Sie nicht wütend wurden beim Anblick dieser Bilder? Dass es Sie kaltgelassen hat, dass ausgerechnet der Mann, der Schuld trug an Ihrem persönlichen Unglück, das Leben nun offenbar in vollen Zügen genoss? Noch dazu mit einer Frau, die Ihnen derart ähnlich sah? Wollen Sie ernsthaft behaupten, dass Sie das alles einfach so hinnahmen?»

Sie erwiderte nichts.

«Nein», spann Paolo seinen Gedanken weiter, «und ich möchte denjenigen sehen, der in Ihrer Situation ruhig geblieben wäre. Zumal Ihr unbekannter Freund Sie mit immer neuen Zeugnissen des jungen Glücks versorgte, war es nicht so? Jeden Tag ein weiteres Bild, jeden Tag ein neuer Schlag ins Gesicht. Es dauerte nicht lange, da steigerte sich Ihre Wut in blanken Hass. Tödlichen Zorn auf Lysandro Caruso und seine neue Geliebte ...»

«Das können Sie nicht beweisen», flüsterte sie. «Nichts davon.»

«Und dann, eines Tages», fuhr Paolo unbeirrt fort, «schickte der Unbekannte nicht nur neue Bilder, sondern auch einen Vorschlag, ein Angebot ... die ultimative Gelegenheit, sich an Lysandro zu rächen und gleichzeitig mit ihm auch Ihre Rivalin zu vernichten. Es war ein ausgeklügelter Plan, und zumindest für Ihren anonymen Komplizen schien er bombensicher, denn Sie kennen ihn nicht, können ihn also auch nicht verraten. Obwohl Sie vermutlich längst ahnen, um wen es sich dabei handelt.»

«*Non ne ho la minima idea*», erwiderte sie kopfschüttelnd, und Paolo merkte jetzt erst, dass sie zuletzt nur noch deutsch gesprochen hatten. Er entschuldigte sich und bat Lucia, kurz für die anderen zusammenzufassen, während er sich die nächsten Schritte zurechtlegte.

«Die Zeit zur Durchführung des Plans drängte», erklärte er dann wieder auf Italienisch, «denn Sie wussten ja, dass Lysandro bei Signor Falcone einen Vertrag unterzeichnet hatte und Rimini schon bald verlassen würde. Also reisten Sie unbemerkt von Deutschland zurück nach Italien. Zwar hatten Sie sich für ein Studium eingeschrieben, aber da noch Semesterferien waren, hofften Sie, dass es niemandem auffallen würde, wenn Sie ein paar Tage fehlten. Im Gegenteil sollte Ihnen das später als Alibi dienen, falls Sie wider Erwarten gefasst würden. Das Problem dabei ist nur, dass Sie sich mit Ihrer Zimmernachbarin angefreundet hatten. Und zumindest ihr ist Ihre Abwesenheit aufgefallen.»

«Karolina», flüsterte Romina.

«Karolina», bestätigte Paolo. Tatsächlich hatte auch er inzwischen mit der Studentin gesprochen, die aus Polen stammte und in Deutschland ein Auslandssemester absolvierte. Sie hatte dasselbe erzählt, was Paolo bereits von Julia erfahren hatte: Offenbar hatten die beiden Studentinnen zusammen ihren Einstand gefeiert, und nach ein paar Schnäpsen hatte Romina von ihrer bewegten Vergangenheit erzählt. Auf diese Weise hatte Karolina von den Komplikationen bei der OP erfahren, die Paolo sich inzwischen auch noch durch den behandelnden Arzt hatte bestätigen lassen.

«Mit dem Zug sind Sie eingereist und haben, wie Ispettore Gallos Leute inzwischen herausgefunden haben, unter falschem Namen in Rimini ein Hotelzimmer bezogen. Um zu vermeiden, dass Sie jemandem begegnen, den Sie kennen, haben Sie sich das Wochenende über im Zimmer aufgehalten, und wie die Befragung des Hotelpersonals ergeben hat, wurde Ihnen dort ein Paket zugestellt. Darin befand sich – wie ich annehme – ein Kleid. Ein zitronengelbes Abendkleid, um genau zu sein, das Ihr geheimnisvoller Verbündeter in einer Boutique erstanden hatte, nachdem er Chiara beschattet und bei ihrem Kauf des Kleides beobachtet hatte. Außerdem befand sich ein Schlüssel in dem Paket. Es war ein Nachschlüssel zum Haus von Lysandro Caruso, sodass Sie es ungehindert betreten konnten. Aus diesem Grund hat die Polizei auch keine Spuren von gewaltsamem Eindringen feststellen können.»

«Das ... ist unglaublich», kommentierte Benini gebannt.

«Es kommt noch besser», kündigte Paolo an. «Alles ist vorbereitet, Romina kennt den Plan, den ihr geheimnisvoller Verbündeter ausgearbeitet hat, und ist bereit, ihn in die Tat umzusetzen. Doch am Sonntag überkommen sie plötzlich Zweifel. Sie will mit eigenen Augen prüfen, ob tatsächlich stimmt, was auf den Bildern zu sehen war, und da sie Lysandro kennt, klappert sie die Klubs ab, in denen er gewöhnlich verkehrt. Tatsächlich trifft sie auf Lysandro und Chiara und beobachtet sie heimlich. Was sie nicht ahnt, ist, dass auch Chiara sie sieht und trotz ihrer Trunkenheit später identifizieren kann.»

Nun war zum ersten Mal etwas wie Erschrecken in Romina Paluccis Gesicht zu bemerken.

«Sie folgt Chiara und Lysandro. Mit dem Duplikat des Schlüssels dringt sie in dessen Haus ein, was beide nicht bemerken, da sie betrunken sind und mit anderen Dingen beschäftigt. Unter ihrem Mantel trägt Romina bereits das Kleid, das ihr zugeschickt wurde – dasselbe Modell wie jenes, das Chiara an diesem Abend trägt. Sie geht in die Küche und greift zu einem Messer, dann betritt sie das Schlafzimmer, wo die beiden Geschlechtsverkehr haben. In diesem verletzlichsten aller Augenblicke greift sie an. Sie schlägt Chiara mit der Nachttischlampe bewusstlos, dann wendet sie sich Lysandro zu, der Kokain genommen hat und von alldem kaum noch etwas mitbekommt. Sie setzt sich rittlings auf ihr Opfer und hebt das Messer. Die Haare fallen ihr über das Gesicht, den Kopf dreht sie ein wenig zur Seite ... und dann sticht sie zu.

Die Klinge bohrt sich in Lysandros Bauchraum. Und weil sie entweder das viele Blut erschreckt oder Lysandros elendes

Geschrei, wagt sie es nicht, noch ein zweites Mal zuzustechen. Stattdessen sorgt sie dafür, dass ihre eigenen Fingerabdrücke von der Tatwaffe verschwinden und die der bewusstlosen Chiara darauf kommen, dann geht sie in die Küche und wirft das Messer in den Abfalleimer, damit es später gefunden werden kann. Darauf lässt sie ihre übrigen Spuren verschwinden, zu denen auch die beiden Kleider gehören, die nie gefunden werden dürfen, denn das, welches sie getragen hat, enthält Spuren ihrer DNA, die man nachweisen könnte, während Chiaras Kleid voller Blut sein müsste, wenn sie das auf dem Bild tatsächlich gewesen wäre.»

«Auf welchem Bild?», fragte Benini.

«Es existiert ein Foto, das einen Augenblick vor der Bluttat geschossen wurde. Es wurde offenbar durch das Schlafzimmerfenster aufgenommen und der Polizei anonym zugespielt.»

«Das sind ziemlich viele anonyme Bilder. Und was genau ist darauf zu sehen?», wollte Falcone wissen.

«Eine junge Frau in einem zitronengelben Abendkleid und mit langem blondem Haar, die soeben dabei ist, auf Lysandro Caruso einzustechen.»

Signora Caruso stieß einen dumpfen Laut aus, Lucia schickte Paolo ein kaum merkliches Kopfschütteln.

«Klingt nicht unbedingt nach mir, oder?», fragte Romina Palucci und sah Paolo unverwandt an.

«Nein, nicht mehr», gab er zu, «aber von Ihrer Zimmernachbarin Karolina habe ich erfahren, dass Sie bei Ihrer Abreise am vergangenen Wochenende noch ziemlich langes und ziemlich blondes Haar hatten.»

«Ich habe eben meinen Typ verändert.»

«In der Tat, und ich erlaube mir die Frage, wieso Sie das getan haben.»

«Romina hat recht, das beweist überhaupt nichts», wandte Falcone ein und sah zum ungezählten Mal auf seine goldene Uhr, um zu demonstrieren, dass er das alles für Zeitverschwendung hielt.

«Lassen Sie mich fortfahren», bat Paolo. «In die Aufnahme, die die Polizei erhalten hat, hat sich nämlich ein kleiner Fehler eingeschlichen, was Romina und ihrem unbekannten Komplizen entgangen sein dürfte: Das Kleid von Chiara Larocca wurde durch gewisse – nun ja – Einflüsse beschädigt, sodass einer der Knöpfe ausgerissen war, wohingegen das Kleid ihrer Doppelgängerin natürlich nagelneu war. Und tatsächlich ist das Kleid auf dem angeblichen Beweisfoto völlig unbeschädigt.»

«Sie könnte auch ein anderes getragen haben.» Falcone lachte spöttisch.

«Das sie sich eigens für den Mord angezogen hat?», schnappte Giuseppina und sandte ihm einen despektierlichen Blick. «Denken Sie auch mal nach, bevor Sie reden?»

«Sehen Sie, genau das ist der Punkt», fügte Paolo mit einem dankbaren Nicken hinzu, «unsere Täterin hat nämlich noch etwas übersehen, nämlich dass ihr Messerstich Lysandro zwar schwer verwundet, aber nicht getötet hat. Er war noch am Leben, als sie das Schlafzimmer verließ, um ihre Spuren zu beseitigen und das Messer zu präparieren.»

Wieder ein Stöhnen vonseiten Francesca Carusos. Sie weinte jetzt ungehemmt. Lucia rückte näher zu ihr und legte ihr eine Hand auf die Schulter.

«Signora, brauchen Sie einen Moment?», fragte Paolo.

«Nein.» Sie richtete sich auf. «Ich will endlich wissen, was geschehen ist.»

«Sie sind sehr tapfer», sagte Paolo anerkennend. «Es gelingt Lysandro also schwer verletzt, sich aus dem Bett zu schleppen, hinaus ins Wohnzimmer und von dort auf die Terrasse. Weit kommt er allerdings nicht, als Romina ihn kurz darauf findet, liegt er bäuchlings im Sand und ist – ich nehme an, zu ihrer Erleichterung – bereits tot.»

Wieder sah Paolo die junge Frau durchdringend an, aber diesmal blieb ihr Gesicht eine unbewegte Maske.

«Sie verschwindet also», schloss er seine Rekonstruktion. «Sie taucht unter und hält sich ein paar Tage lang verborgen, dann entschließt sie sich, nach Deutschland zurückzukehren. Kurz vor der Grenze wird sie aufgegriffen und ist nun hier bei uns. Herzlich willkommen.»

Sie wich seinem Blick aus und sah zu Boden. «Das haben Sie sich ausgedacht», stieß sie hervor. «Sie können nichts davon beweisen.»

«Und es klingt zumindest in einer Hinsicht auch nicht sehr plausibel», wandte Benini ein. «Wenn tatsächlich sie es war, die den armen Lysandro ermordet hat, wieso ist sie dann nicht sofort geflohen?»

«Dazu kommen wir gleich», versicherte Paolo. «Vorher aber ist es wichtig festzustellen, dass Romina Palucci nicht hier ist, weil sie des Mordes beschuldigt wird.»

«Nicht?», fragte Benini, und nicht nur Romina, sondern auch alle anderen starrten Paolo verständnislos an.

«Warum denn dann?», wetterte Falcone. «Halten Sie uns alle hier fest, um uns zu verschaukeln, Signor Ritter?»

«Signora Palucci ist nur als Zeugin hier», stellte Bibiana Gallo an Paolos Stelle klar.

Aus Rominas Blicken sprach pures Unverständnis. Sie wusste nicht, wie sie mit dem Wechselbad der Gefühle umgehen sollte, in das Paolo sie warf, was er wiederum mit voller Absicht tat.

«Wer immer Ihr geheimnisvoller Verbündeter ist, er hat es versäumt, Sie darüber in Kenntnis zu setzen, dass Sie keinen Mord begangen haben, Romina», klärte er sie auf. «Lysandro hat noch gelebt, nachdem er sich nach draußen auf den Strand geschleppt hatte, und womöglich hat er auch um Hilfe gerufen. Gehen wir zu Ihren Gunsten davon aus, dass er es überlebt hätte, denn dann wäre nur ein versuchter Mord auf Ihr Konto gegangen. Aber da war plötzlich jemand über ihm. Jemand, der schwer und kräftig genug war, um ihn niederzudrücken und im Sand zu ersticken. Das ist übrigens auch der Grund dafür, dass ich stets von einem männlichen Komplizen spreche.»

«A-aber dann ...», flüsterte sie.

«Ganz recht, Lysandro starb nicht an der Stichwunde, die Sie ihm zugefügt hatten. Er wurde erstickt. Der Unterschied war Ihnen natürlich nicht bewusst, als Sie den Leichnam fanden. Im Bewusstsein, den Mord vollendet zu haben, ergriffen Sie die Flucht – die Wahrheit hat der große Unbekannte Ihnen nie gesagt. Wie er Sie überhaupt die ganze Zeit über manipuliert und Sie als sein Werkzeug missbraucht hat. Denn in Wahrheit war er es, der Lysandros Tod wollte, jedoch ohne dabei selbst ein Risiko einzugehen. Schließlich sind Sie es, die auf dem Foto zu sehen ist, und nicht er.»

Paolo ließ seine Worte wirken.

An Rominas Mienenspiel konnte er sehen, dass etwas in ihr vorging. Vielleicht war ihr dieser Gedanke auch schon gekommen, vielleicht auch nicht. Aber spätestens jetzt musste sie sich damit auseinandersetzen.

Paolo nickte Bibiana zu und überließ ihr das Feld, so wie sie es vorab vereinbart hatten. Die Inspektorin erhob sich von ihrem Stuhl, von dem aus sie alles beobachtet hatte. Gemessenen Schrittes trat sie auf Romina zu.

«Der Verdacht, unter dem Sie im Augenblick stehen», begann sie, «ist der der vorsätzlichen schweren Körperverletzung sowie des versuchten Mordes. Ob die Staatsanwaltschaft jedoch auf gemeinschaftlich begangenen Mord plädiert, was Sie lebenslang hinter Gitter bringen würde, liegt in Ihrer Hand.»

Romina starrte auf den Boden. Es war schwer zu sagen, was in ihr vorging, vermutlich fragte sie sich, was eigentlich alles hatte schieflaufen müssen, damit sie hierhergekommen war. Im Zuge von Vernehmungen hatte Paolo oft erlebt, dass Geständige ein einzelnes, singuläres Ereignis für ihr Verbrechen verantwortlich machten. Aber das war so gut wie nie der Fall. Von Affekthandlungen einmal abgesehen, war es nie nur ein einziger Faktor, der zu einem Gewaltverbrechen führte, sondern eine lange Reihe von Kränkungen, Fehlbeurteilungen und falschen Entscheidungen …

Endlich sah sie auf. «Was wollen Sie von mir?», fragte sie Bibiana Gallo.

«Sehr einfach, den Namen Ihres Komplizen. Vermutlich hat er sich Ihnen gegenüber nie offenbart, aber wir nehmen auch an, dass Sie zumindest ahnen, wer er ist. Denn er war der Grund dafür, dass Sie nach der Tat noch einige Tage in Italien geblieben sind. Sie dachten, er würde mit Ihnen Kontakt aufnehmen, was er jedoch nicht getan hat.»

Romina starrte sie nur weiter an. Die Versuchung zu widersprechen war vermutlich groß, aber sie widerstand ihr, weil ihr wohl klar war, dass dies allzu leicht auch in ein unfreiwilliges Geständnis münden konnte. Paolo musste zugeben, dass ihn die Widerstandskraft der jungen Frau beeindruckte. Er hatte sehr viel härter und robuster wirkende Menschen unter weniger Druck zusammenbrechen sehen.

«Mein Kind», sagte in diesem Moment Signora Caruso,

«ich weiß, dass Lysandro nicht ohne Fehler war, aber …» Die Stimme versagte ihr, und sie sah zu Lucia, die noch näher zu ihr herangerückt war; und auch wenn Lucia dieser Frau heute zum ersten Mal begegnete, schienen ihre Augen zu sagen, dass sie ihren Schmerz verstand. «Was er Ihnen angetan hat, bricht mir das Herz», fuhr sie schließlich fort. «Ich weiß, was es bedeutet, alleingelassen zu werden, glauben Sie mir, und ich denke, es kommt der Tag, da ich Ihnen verzeihen kann, was Sie getan haben. Aber ich bitte Sie, lassen Sie nicht zu, dass der Mörder meines geliebten Sohnes ungestraft davonkommt.»

Romina fühlte sich unwohl unter ihrem Blick, das war deutlich zu erkennen, aber sie wich ihm nicht aus.

«Wer ist es?», verlangte Signora Caruso zu wissen.

«I-ich kann nicht», stieß Romina jetzt hervor. Was Bibiana Gallo nicht hatte bewirken können, schien Lysandros Mutter mit ihren Worten erreicht zu haben, denn Tränen glänzten jetzt in Rominas Augen, ihre Mundwinkel bebten.

«Warum nicht, Romina?», fragte Paolo leise. «Aus Loyalität gegenüber Ihrem Komplizen? Sie sind ihm keine Loyalität schuldig. Er hat Sie manipuliert und missbraucht. Wollen Sie ernsthaft für ein Verbrechen geradestehen, das in Wahrheit er begangen hat? Wollen Sie ihn wirklich so davonkommen lassen, nachdem er sie schändlich verraten …?»

«Das hat er nicht!», herrschte Romina ihn an, laut und für alle vernehmlich. Ihre Gesichtszüge waren plötzlich purpurrot, die Augen groß vom Adrenalin, das durch ihre Adern pumpte – die Konsequenzen ihrer Worte schienen ihr in diesem Augenblick egal zu sein. «Ich wollte es ebenso wie er, verstehen Sie? Ich habe Lysandro gehasst für das, was er mir angetan hat! Ich wollte, dass er stirbt und seine Schlampe dafür bezahlen muss, aber …»

«Aber was?», hakte Paolo nach, als sie plötzlich verstummte.

Sie schüttelte nur den Kopf, Tränen rannen über ihre geröteten Wangen. Und Paolo ahnte die Wahrheit.

«Es ist nicht so einfach, jemanden umzubringen, nicht wahr?», fragte er. «Viel schwieriger, als es im Fernsehen aussieht.»

Sie nickte krampfhaft.

«Der Plan sah vor, dass Sie Lysandro töten», verfolgte Paolo den Gedanken weiter, «dass Sie seine Halsschlagader durchstechen oder ihm die Kehle durchschneiden, aber im letzten Moment haben Sie davor zurückgeschreckt.»

Sie erwiderte noch immer nichts, starrte nur leer vor sich hin, während sie mit dem Oberkörper langsam vor- und zurückwippte, wie ein Nicken.

«Gute Entscheidung», sagte Paolo nur.

Stille war im Konferenzraum eingetreten, alle starrten nur auf die junge Frau, die soeben ein Geständnis abgelegt hatte. Paolo suchte Lucias Blick – Chiara war damit aus dem Schneider, der Verdacht gegen sie musste nun fallengelassen werden. Der Fall selbst war jedoch noch nicht aufgeklärt …

«Wer ist es?», hakte Bibiana Gallo nach, die sich hinter Romina aufgebaut hatte, drohend wie ein Schatten. «Wer hat Sie dazu angestiftet? Wen versuchen Sie zu decken?»

«Wer immer es ist, er hat meinen geliebten Lysandro auf dem Gewissen», sagte Signora Caruso. Ihre Stimme war leise und tonlos, aber sie schien sich wieder unter Kontrolle zu haben. «Ich will, dass er bezahlt für das, was er getan hat, also nennen Sie seinen Namen, zumindest das schulden Sie mir!»

Noch mehr Tränen liefen über Rominas Wangen, Krämpfe schüttelten sie – ob aus Reue oder einfach nur deshalb, weil sie das mühsam errichtete Gebäude ihrer Intrige in sich zusammenstürzen sah, war nicht festzustellen. Aber sie schüttelte weiter beharrlich den Kopf.

«Wer ist es?» Signora Caruso stieß ihren Stuhl zurück und sprang auf, zu Lucias Erschrecken. «Sie müssen es sagen!», schrie sie Romina an, wobei sie ihre dürren Finger nach ihr ausstreckte. «War es ... mein Demetrio?»

«Ich ... ich ...»

«Natürlich ist er es gewesen», ereiferte sich Falcone, «das pfeifen die Spatzen doch schon von den Dächern!»

«Demetrio ist ein Nichtsnutz, das habe ich immer gesagt», stimmte Benini ihm in seltener Einmütigkeit zu. «Wenn Sie an seiner Gewaltbereitschaft zweifeln, Signor Ritter, brauchen Sie nur in den Spiegel zu sehen und Ihr malträtiertes Gesicht zu betrachten. Außerdem hat ihn ganz offenbar sogar seine eigene Mutter im Verdacht!»

«Wenn sie nicht sogar mit ihm unter einer Decke steckt», setzte Falcone hinzu. «Die beiden hatten schließlich eine Million Gründe dafür, den Jungen umzubringen, ich erinnere nur an das Geld aus dem Vertrag.»

«Wie können Sie es wagen?», verlangte Signora Caruso zu wissen, die noch immer stand. «Sie schrecklicher, abscheulicher Mensch tragen am Tod meines geliebten Lysandro nicht weniger Schuld als dieses arme Mädchen hier!»

«Dieses arme Mädchen», giftete Falcone zurück, «hat Ihrem Sohnemann die Eingeweide rausgerissen, also lassen wir die Kirche im Dorf, okay?»

«Der Narr!», rief Giuseppina dazwischen. «Ich habe es gewusst, die ganze Zeit!»

Alle schrien wild durcheinander, Chaos war am Tisch ausgebrochen, einer bezichtigte den anderen der Mitschuld.

Paolo und Bibiana sahen sich an.

Zeit, es zu beenden …

«Meine Damen und Herren», verschaffte sich die Inspektorin mit lauter Stimme Gehör, «ich denke nicht, dass wir so weiterkommen. Der Schlüssel zur Wahrheit liegt bei Signora Palucci. Wenn überhaupt jemand die Identität des Mannes aufklären kann, der im Hintergrund die Drähte gezogen hat, dann ist sie es.»

«Und, was wollen Sie tun?», fragte Romina, die ihre erste Verzweiflung überwunden zu haben schien. «Mich foltern?»

«Wofür halten Sie uns? Sie bekommen eine Nacht Bedenkzeit, um sich über alles klar zu werden. Morgen früh unterhalten wir uns wieder.»

«Natürlich.» Romina lachte spöttisch auf. «Und bis dahin stecken Sie mich in irgendein finsteres Loch, um mich einzuschüchtern.»

«Durchaus nicht.» Bibiana sandte Paolo einen zögernden Blick, und er nickte ihr aufmunternd zu. «Sie werden diese Nacht an dem Ort verbringen, an dem Sie Ihre Tat verübt haben – im Haus von Lysandro Caruso.»

«Was?»

«Der Tatort ist von Spuren gereinigt, und Signora Emiliani hat das Ihre dazu beigetragen, das Haus wieder wohnlich zu gestalten», erläuterte Paolo.

«Giuseppina», verbesserte diese.

«Was soll das?», fuhr Romina ihn feindselig an. «Was versprechen Sie sich davon? Was denken Sie, was in dieser einen Nacht geschehen wird?»

«Ich denke, dass Sie wenig schlafen werden», gestand Paolo, «und sehr lange und ausführlich darüber nachdenken, was aus Ihrem Leben werden soll. Sie sind noch jung, Romina. Zwanzig oder dreißig Jahre Haft sind eine verdammt lange Zeit. Darüber sollten Sie sich klar werden und uns morgen früh einen Namen nennen.»

Damit gab Bibiana den beiden Polizisten an der Tür ein Zeichen, und sie traten vor, um Romina mitzunehmen. «Wie angeordnet», sagte die Inspektorin nur.

«So», meinte Falcone, kaum dass die Beamten mit Romina den Raum verlassen hatten, «war es das? Ist diese schauerliche Theatervorstellung jetzt vorbei, und ich kann endlich wieder zurück auf mein Boot?»

«Selbstverständlich», versicherte Bibiana. «Die Polizei von Rimini bedankt sich für Ihre Zeit und Ihre Mithilfe bei der Aufklärung dieses Falles.»

«Mithilfe», stieß Falcone verächtlich hervor. Noch auf dem Weg nach draußen steckte er sich eine Zigarre an, in demonstrativer Missachtung des Rauchverbotszeichens an der Wand. Benini folgte ihm mit gebührendem Abstand, nicht ohne allen noch eine gute Nacht zu wünschen. Dann Lucia, die Signora Caruso hinausführte.

«Brauchen Sie mich noch?», fragte Giuseppina.

Paolo schüttelte den Kopf. «Heute nicht mehr. Ich danke Ihnen für Ihre Hilfe.»

«Gute Nacht, Signora Emiliani», sagte Bibiana.

«Giuseppina», verbesserte die resolute Haushälterin.

«Ich hoffe, Sie haben recht», sagte Bibiana, nachdem auch Giuseppina gegangen war. «Ich riskiere eine Menge dabei.»

«Ich weiß», versicherte Paolo. «Haben Ihre Leute alles vorbereitet?»

«Wie wir es besprochen haben.»

«Gut, dann warten wir jetzt einfach ab, was passiert.» Paolo lächelte schwach. «Danke, Bibiana.»

«Wofür?»

«Für alles», versicherte er. «Für dein Vertrauen. Für deine Rücksichtnahme ... und für dein Verständnis.»

Auf dem Gang näherten sich Schritte, Lucia kam zurück. «Ich habe Signora Caruso ein Taxi gerufen», berichtete sie.

«Danke, Lucia», sagte Paolo. Ihre Blicke begegneten sich, und anders als zuvor wich sie ihm nicht sofort aus.

«Sehr gut», meinte Bibiana Gallo, jetzt wieder ganz die neutrale Beamtin, «dann folgen Sie mir jetzt bitte zu den Untersuchungszellen. Es ist an der Zeit, Ihrer Freundin Chiara eine gute Nachricht zu überbringen.»

KAPITEL 42

Paolo wartete. Es war seltsam, hier im Dunkeln zu sitzen und auf Besuch zu warten, im Wohnzimmer von jemandem, der nicht mehr unter den Lebenden weilte – noch dazu, wenn dieser Jemand auch auf der Couch saß …

«Weißt du, was du bist?», fragte Lysandro Caruso.

«Ein deutscher Besserwisser, schon klar», erwiderte Paolo.

«Das auch, aber davon spreche ich jetzt nicht. Du bist auch ein echter Glückspilz.»

«Ach ja?» Paolo sah ihn von der Seite an.

«Na, und ob. Du hattest gegen Romina kaum etwas in der Hand und hast ihr trotzdem ein Geständnis abgetrotzt. So viel Glück muss man erst mal haben.»

«Das war kein Glück», klärte Paolo ihn auf, «nur Kalkül und ein wenig angewandte Psychologie. Romina war davon ausgegangen, als Mörderin verhaftet zu werden. Dass es nicht so ist, hat sie aus der Fassung gebracht. Und dann ist da noch die Sache mit Demetrio …»

«Und Chiara?»

Paolo schmunzelte, er hatte gerade an sie gedacht, kein Wunder also, dass der eingebildete Lysandro nach ihr fragte. «Sie war überglücklich über ihre Freilassung und hat sich überschwänglich bedankt.»

«Nur bei Lucia oder auch bei dir?»

«Bei Lucia. Sie wissen ja, ich hab's nicht so mit italienischem Überschwang.»

«Und … Lucia?»

Diesmal blieb Paolo eine Antwort schuldig, denn er hatte keine. Niemand wusste, wie es weitergehen würde, wenn das hier vorbei war, er am allerwenigsten …

In diesem Moment war auf dem Gang ein leises Klicken zu hören, gefolgt von leise schleifenden Geräuschen. Jemand schlich über die Fliesen im Flur und näherte sich dem Wohnzimmer.

«Still jetzt», zischte Paolo.

«Ich schweige wie ein Grab», versicherte Lysandro.

Beide warteten sie. Das Mondlicht, das durch die verglaste Terrasse fiel, war nur spärlich, dennoch konnte Paolo von seinem Platz auf der Couch aus eine hochgewachsene Gestalt erkennen, die die Tür zum Wohnzimmer öffnete und leise über die Schwelle trat.

In diesem Moment betätigte er den Schalter der Stehlampe, und das Licht sprang an.

In seinem gelben Schein stand, wie vom Donner gerührt, ein alter Bekannter …

«*Buonasera, Signor Benini*», sagte Paolo.

Man hätte den betagten Musiklehrer für eine Statue halten können, während er die losen Enden in seinem Kopf so zu verknüpfen versuchte, dass sie einen Sinn ergaben. Vielleicht dachte er auch an Flucht, es war seinen unbewegten, eingefrorenen Gesichtszügen nicht zu entnehmen. «Was … tun Sie hier?», brachte er schließlich hervor. Offenbar hatte das mit dem Verknüpfen nicht funktioniert. «Wo ist Romina?»

«In Sicherheit», erwiderte Paolo. «Und ich fürchte, wenn ich Sie nach dem Grund Ihres Hierseins frage, könnte die Antwort Sie in Schwierigkeiten bringen.»

Benini stand noch immer, wie er eingetreten war, den Oberkörper leicht zur Seite geneigt und eine Schulter hängend, das Gesicht nach wie vor eine Maske. In seine Augen jedoch kam jetzt Leben, ein panischer Glanz war darin zu erkennen.

«Falls Sie jetzt auf den Gedanken kommen sollten, mich anzugreifen», sagte Paolo gelassen. *«Ispettore?»*

Die Durchgangstür zum Schlafzimmer wurde geöffnet, und Bibiana Gallo erschien, jetzt nicht mehr in ihrer Uniform für den Innendienst, sondern in Einsatzkleidung, einschließlich der Beretta am Koppel. Ihr folgten vier Streifenpolizisten, drei Männer und eine Frau, alle ebenfalls bewaffnet.

«Buonasera, Signore», grüßte nun auch Bibiana, ohne jede Freundlichkeit in der Stimme.

Beninis Blick ging von ihr zu Paolo und wieder zurück. Dann entfuhr ihm ein resignierendes Seufzen, und er ließ beide Schultern hängen. Einer der Polizisten trat vor und durchsuchte ihn nach Waffen. Er trug keine bei sich.

«Wollen Sie sich nicht setzen?», fragte Paolo und bot Benini den Sessel auf der anderen Seite des Couchtischs an. «Im Sitzen redet es sich leichter.»

«Ich wüsste nicht, worüber», beteuerte Benini, nahm aber trotzdem Platz, erst recht in Anbetracht der Beamten, die ihn nicht aus den Augen ließen. «Was auch immer Sie sich zusammengesponnen haben, Sie können nichts beweisen.»

«Mhm», machte Paolo zweifelnd, «da wäre ich nicht so sicher. Wissen Sie, ich denke, dass Ihre Anwesenheit hier schon eine ganze Menge beweist. Oder können Sie mir plausibel machen, was Sie um diese Zeit», er deutete auf seine Armbanduhr, die 3 Uhr 18 zeigte, «hier zu suchen haben? Und bitte sagen Sie jetzt nicht, dass Sie sich Ihre Pavarotti-Platte zurückholen wollten.»

Aus Augen, die in diesem Moment grau und müde zu werden schienen, starrte Lysandros alter Mentor Paolo an. Ein paar quälende Sekunden lang schien er noch nach einem Ausweg zu suchen, nach einer Ausrede, wie er all das hier irgendwie erklären und seinen Kopf aus der Schlinge ziehen konnte. Schließlich lehnte er sich im Sessel zurück und schloss die Augen, während er sich durch das graue Kraushaar strich.

«Was hat mich verraten?», wollte er endlich wissen.

«Zuerst? Gar nichts», versicherte Paolo. «Dann eine ganze Menge.»

«Die kleine Palucci», riet der andere. «Sie hat mich durchschaut.»

«Nein.» Paolo schüttelte den Kopf. «Wenn Sie mich fragen, hat sie tatsächlich Demetrio im Verdacht, der große Unbekannte zu sein.»

«Soll das heißen, sie weiß es noch immer nicht?»

«Genau das. Sehen Sie, Signor Benini, manchmal werden wir zum Opfer dessen, was wir uns wünschen. Romina hatte den Wunsch, alles hinter sich zu lassen, was ihr widerfahren war, und wieder mit Demetrio zusammen zu sein. Sie glaubte, dass er ihr unbekannter Komplize wäre, deshalb hat sie auch auf Nachricht von ihm gewartet, nachdem sie die Tat verübt hatte. Während er alles getan hat, um sie zu schützen, weil er sie trotz allem, was gewesen ist, noch immer liebt. Mit der Sache selbst jedoch hatte er nichts zu tun.»

«Woher wollen Sie das wissen? Demetrio hatte jeden Grund, seinen Bruder zu hassen …»

«… und eine Million Gründe, ihn umzubringen, ich weiß.» Paolo winkte ab. «Aber getötet wurde Lysandro nur aus einem einzigen Grund, ist es nicht so? Demetrio wurde übrigens von der Polizei gefasst, schon gestern Nachmittag.»

«Gestern?» Benini sah ihn zweifelnd an. «Aber bei unserer

Zusammenkunft am Abend, da sagten Sie doch …» Er unterbrach sich. «Sie haben mir eine Falle gestellt.»

«Das war der Grund, warum ich alle Zeugen an einem Ort versammeln wollte», erklärte Paolo, «nämlich um Sie in Sicherheit zu wiegen. Und es ist mir offenbar gelungen.»

Benini nickte, zögernd, so als würde er es gegen seinen Willen tun. «War ich so leicht zu durchschauen?»

«Nein. Lange Zeit dachte ich tatsächlich, dass Demetrio und seine Mutter dahintersteckten, zumal sie das ganze Geld bekommen. Doch als ich Demetrio gestern mit dem Konzept einer versteckten Kamera konfrontierte, zeigte er keine Reaktion. Keine Verlegenheit, kein Augenzucken, nichts, was darauf hingewiesen hätte, dass er an der Sache beteiligt war. Plötzlich begann ich, in neue Richtungen zu denken: Was, wenn jemand anders dahintersteckt? Jemand, der im Verborgenen die Fäden zieht und die Erbschaft nutzt, um Unschuldige zu belasten? Im Grunde war es die übliche Frage nach dem Motiv und den Mitteln.»

«Und da sind Sie gleich auf mich gekommen?»

«Sie kannten Romina, vermutlich hatte Lysandro Ihnen von ihr erzählt, also nahmen Sie zu ihr Kontakt auf und begannen, sie zu manipulieren. Und Sie kannten Lysandro und seine Gewohnheiten, deshalb war es für Sie auch ein Leichtes, ihn zu beschatten, Fotos von ihm und Chiara zu schießen und dasselbe Kleid zu erwerben, das Lysandro Chiara für das Benefizkonzert kaufte. Ich nehme an, Sie haben jemanden damit beauftragt, eine Dame in Signora Carusos Alter, um auch hier den Verdacht auf sie zu lenken. Nur leider hat sich die Verkäuferin in der Modeboutique die Konfektionsgröße der Dame gemerkt, sodass feststand, dass es nicht Lysandros Mutter gewesen sein konnte. Und schließlich ist da noch die Sache mit dem Schlüssel ... Die Polizei hatte kein gewaltsames Eindringen festgestellt, Romina musste also einen Nachschlüssel gehabt haben. Und da fiel mir ein, dass Sie gesagt hatten, Sie hätten Lysandro das Geld für das Haus vorgestreckt. Als eigentlicher Besitzer haben Sie im Zuge des Kaufs jedoch fraglos einen Zweitschlüssel erhalten. Vertrauen ist gut, aber Kontrolle ist besser, nicht wahr?»

«Und das Motiv?», fragte Benini, der nun wieder dieselbe Mischung aus Weisheit und Ruhe ausstrahlte wie an dem Abend, als sie sich kennengelernt hatten. Nur dass sie jetzt unsympathisch wirkte, träge und ignorant.

«Sie haben es selbst beigebracht», erwiderte Paolo. «Da es Ihnen versagt blieb, eine eigene Familie zu gründen, ist Lysandro wie ein Sohn für Sie gewesen. Seine Mutter hat mir ein Album mit Fotos und Zeitungsartikeln gezeigt, durch die ich seine Karriere nachverfolgen konnte. Sie waren immer dabei, an allen Stationen seines Lebens, teilten alles mit ihm ...»

«Er war ein guter Junge, damals», flüsterte Benini.

«... und schließlich stellte ich mir die Frage, warum Ihnen die Karriere dieses Jungen so am Herzen lag», fuhr Paolo fort. «Ich begann also noch ein wenig mehr zu recherchieren. In der Bibliothek dieser Stadt gibt es ein sehr gutes Zeitungsarchiv. Ich stieß immer weiter in die Vergangenheit vor und erfuhr, dass auch Sie einst ein überaus vielversprechendes Talent waren und man Ihnen eine große Zukunft auf den Opernbühnen dieser Welt bescheinigte – bis in der Nacht des 1. Mai 1977 ein böser Überfall alles zunichtemachte. Die Angaben waren hier widersprüchlich. Was genau ist damals geschehen? Hat der Räuber Sie grundlos angegriffen? Wollten Sie ihm ihr Geld nicht geben und kam es deshalb zu der Auseinandersetzung? In jedem Fall hat er Ihnen ein Messer in den Hals gerammt und dabei Ihren Kehlkopf verletzt. Obwohl die Ärzte alles versuchten, war es danach vorbei mit der Gesangskarriere.»

Benini saß in seinem Sessel, die Zähne gefletscht wie ein Raubtier, die Hände in die Armlehnen verkrallt.

«Ich kann mir nicht ausmalen, wie tief das Loch gewesen sein muss, in das Sie danach stürzten. Ihr Lebenstraum war vernichtet, und so etwas geht an niemandem spurlos vorbei. Vermutlich haben Sie sich in die Musik geflüchtet und irgendwann Ihre spätere Frau kennengelernt und sie geheiratet. Und dann, eines Tages, trat dieser Junge in Ihr Leben, dieses unglaubliche Talent ... Sie haben sich selbst in ihm gesehen, hatten durch ihn die Gelegenheit, all das nachzuholen, was Ihnen versagt geblieben war.»

«Ich habe alles für ihn getan», sagte Benini wehmütig. «Ich habe ihm meine Zeit geschenkt, meine Zuneigung und Liebe wie bei einem leiblichen Sohn. Ich war der Vater, den er niemals hatte, niemals hätte ich ihn im Stich gelassen.» Benini lachte freudlos auf. «Und wie hat er es mir gedankt?»

«Wie haben Sie von Lysandros Plänen erfahren?», fragte Paolo. «Ich nehme an, Demetrio hatte sie Ihnen verraten. Vielleicht haben Sie sogar noch versucht, Lysandro die Sache auszureden, aber er wollte nichts davon hören. Von da an verschlechterte sich Ihr Verhältnis zusehends. Bei unserem gemeinsamen Essen war das nicht zu übersehen. Lysandro hatte sich von Ihnen abgewandt und einen neuen Mentor gefunden. Statt sich dem zu widmen, was Sie unter wahrer Kunst verstehen, wollte er lieber als profaner Popstar berühmt werden und das große Geld verdienen. Dass er verschmähte, wofür Sie alles gegeben hätten, konnten Sie nicht ertragen. Also entwickelten Sie einen perfiden Plan: Eher sollte Lysandro sterben, als sein

Talent zu verschwenden, in das Sie so viel investiert hatten. Aber da Sie zu feige waren, die Tat selbst zu begehen, haben Sie sich ein Werkzeug gesucht.

Romina war ein leichtes Opfer», fuhr Paolo fort. «Von Demetrio hatten Sie erfahren, wie es ihr ergangen war, und sie wussten, wie verletzt und enttäuscht sie sein musste. Also boten Sie ihr eine Möglichkeit, sich gleichzeitig an Lysandro und an ihrer Nachfolgerin Chiara zu rächen, indem diese für einen Mord ins Gefängnis kommen würde, den sie nie begangen hatte. Akribisch trafen Sie Ihre Vorbereitungen und versuchten, dabei an alles zu denken, sogar noch daran, am Vorabend des Mordes einen Tisch im Restaurant zu reservieren, wo Sie sich arglos und unschuldig geben konnten. Aber dann, in der Mordnacht, sind ein paar Dinge schiefgelaufen.»

Benini erwiderte nichts darauf. Von seinem leutseligen Wesen war nichts geblieben, Eiseskälte sprach aus seinen Augen.

«Zunächst lief durchaus alles nach Plan. Sie warteten in sicherer Entfernung, bis Romina ins Haus gegangen war. Dann brauchten Sie nur noch durch das Schlafzimmerfenster zu sehen und im entscheidenden Moment ein Foto zu schießen. Was Sie nicht wissen konnten, war, dass Romina inzwischen Zweifel bekommen hatte. Sie war Lysandro und Chiara gefolgt und war dabei auch selbst gesehen worden – und im entscheidenden Moment lenkte sie die Messerklinge nicht in Lysandros Hals, wie Sie es in Erinnerung an Ihr eigenes Schicksal angeordnet hatten, sondern in den Bauch. Damit, dass er noch die Kraft haben würde, sich hinauszuschleppen, rechnete sie nicht, aber Ihnen wurde dort draußen am Fenster klar, dass Sie es nun selbst zu Ende bringen mussten. Wie fühlte es sich an, als Sie sein Gesicht in den Sand drückten, während er elend erstickte? Kamen Sie sich vor wie der gute Prinz Calaf in ‹Turandot›? Waren Sie auch überzeugt, dass niemand Ihren Namen je erfahren würde?»

«Sie werden kitschig», warf Benini ihm vor.

«Vielleicht, ein bisschen», gab Paolo zu. «Eines jedenfalls bedachten Sie nicht – dass Lysandro seinen Mörder erkennen und ihn uns verraten würde.»

«Was?» Das ohnehin schon faltige Gesicht des alten Musiklehrers zerknitterte sich noch mehr. «Das ist Unfug.»

«Glauben Sie?» Paolo warf einen Seitenblick auf Lysandros Erinnerung, die noch immer neben ihm auf dem Sofa saß und, zumindest in seiner lebhaften Vorstellung, alles gebannt verfolgte. «Wissen Sie», erklärte er, «ich habe ein ziemlich gutes Gedächtnis, ein verflixt gutes sogar, und da war diese eine Kleinigkeit, die mir keine Ruhe ließ.»

«Wovon sprechen Sie?»

«Von dem Ring, den Lysandro bei unserer Begegnung am kleinen Finger trug. Offen gestanden schätze ich solchen Tand nicht besonders, vielleicht ist er mir gerade deshalb aufgefallen. Von Signora Caruso erfuhr ich, dass dieser Ring eine besondere Bedeutung für ihn hatte, weil es der allererste Preis war, den er unter Ihrer Anleitung gewonnen hatte. Ironischerweise mit derselben Arie, die auch Sie an Ihrem letzten Abend als Tenor gesungen hatten und die Lysandro selbst ebenfalls zuletzt sang.»

«Und weiter?», fragte Benini nur.

«Als Lysandros Leichnam gefunden wurde, hatte er den Ring nicht mehr am Finger», führte Paolo aus. «Es hätte bloßer Zufall sein können, schließlich waren seine Hände feucht vom Blut. Aber irgendwie wollte ich nicht recht daran glauben, zumal er den Ring nicht irgendwo unterwegs verloren hatte. Er wurde dort gefunden, wo Lysandro lag, so als ob er ihn sich noch mit letzter Kraft vom Finger gezogen hätte. Warum aber sollte ein Sterbender so etwas tun? Warum seine letzte Lebenskraft mit einer sinnlosen Tat vergeuden?» Paolo schürzte die Lippen. «Irgendwann stand mir die Antwort vor Augen: Indem er sich den Ring vom Finger zog, wollte er Sie strafen, Signor Benini, und uns einen Hinweis auf seinen Mörder geben. Das war *seine* Rache.»

Benini erwiderte nichts, und es war unmöglich zu sagen, was in ihm vorging. War es Wut? Reue? Verzweiflung?

Paolo sah zu Lysandro Caruso, der ihn aus seinen blauen Augen zufrieden ansah – und sich dann auflöste und verschwand. Paolo hatte das Gefühl, dass er ihn nicht mehr wiedersehen würde.

«Während wir hier sind», erklärte Bibiana Gallo jetzt, «sind meine Leute bereits dabei, Ihre Wohnung nach Beweismitteln zu durchsuchen, eine entsprechende Anweisung der Staatsanwaltschaft liegt vor.»

«Suchen Sie nur», meinte Benini. «Sie werden nichts finden.»

«Auf den ersten Blick vermutlich nicht», räumte Paolo ein, «aber wie sieht es mit Ihrem Computer aus? Wussten Sie, dass man Daten zurückholen kann, selbst wenn man sich noch so sehr bemüht, sie zu löschen?»

«Sie bluffen.»

«Durchaus nicht. Ich denke, dass die Spezialisten der Polizei allerhand belastendes Material finden werden. Fotos von Lysandro und Chiara zum Beispiel, die Sie an Romina weitergeschickt haben. Und natürlich die Bilder der Mordnacht, nicht wahr?»

Benini starrte Paolo an.

«Dann haben Sie gewonnen», flüsterte er.

«Nein, Signore», widersprach Paolo. «Alle haben verloren. Eine Mutter ihr Kind, ein junger Mann seinen Bruder. Die Welt ein großes Gesangstalent, das uns noch viel Freude hätte bereiten können – und Sie einen Sohn.»

Er nickte Bibiana zu, die den wartenden Polizisten den Befehl gab, Benini abzuführen. Der alte Gesangslehrer setzte sich nicht zur Wehr, als sie ihm die Handschellen anlegten.

«Sie wissen nicht, wie es ist, wenn man enttäuscht wird, Signor Ritter», murmelte er. «Noch dazu von der eigenen Familie.»

«Doch, ich denke schon, dass ich das weiß», erwiderte Paolo, der sich nun ebenfalls erhob. Seine Beine drohten auf dem weichen Sofa einzuschlafen, die Bandscheiben mal wieder … «Die Menschen, die wir lieben, sind gleichzeitig auch die, die uns am meisten verletzen können. Nur habe ich etwas für mich herausgefunden.»

«Und das wäre, Signor Ritter?» Auf der Schwelle blieb Benini noch einmal stehen, die Polizisten ließen ihn gewähren.

«Dass Verzeihen der einzige Weg ist.» Paolo nickte sowohl ihm als auch Bibiana zum Abschied zu und ging nach nebenan ins Schlafzimmer. Lucia stand dort im Halbdunkel. Sie hatte dabei sein wollen, wenn der Fall abgeschlossen wurde, jedoch hatte Paolo aus Sicherheitsgründen darauf bestanden, dass sie im Zimmer nebenan blieb.

«Hallo», sagte er auf Deutsch.

«Sie hatten mal wieder recht», stellte sie fest. «Es war tatsächlich Benini.»

Paolo zuckte mit den Schultern. «Ich bin und bleibe eben ein *so-tutto-io*.»

«Und das ist gut so.» Sie lächelte zaghaft, während man

draußen hören konnte, wie die Polizei abzog. «Danke, Paolo. Ohne Sie würde Chiara vermutlich immer noch in ihrer Zelle sitzen. Und ein Mörder frei herumlaufen.»

«Hab ich gern gemacht», versicherte er.

Darauf trat eine Pause ein, bevor sie gleichzeitig anhoben:

«Paolo, ich …»

«Lucia, ich …»

Wieder Schweigen.

«Sie zuerst», sagte Lucia.

«Gut», erwiderte er, «ich möchte mich entschuldigen.»

«Wofür?»

«Am liebsten für alles, aber am meisten dafür, dass ich der bin, der ich bin.»

«*Cosa?*»

«Sie hatten recht, mit allem, was Sie gesagt haben. Ich habe bei der Sache mit dem Hotel kalte Füße bekommen und mich deshalb Hals über Kopf in diesen Fall gestürzt.»

«Kalte Füße?», fragte sie nach. «*Piedi freddi?*»

«Angst», drückte er es leichter verständlich aus. «Ich befürchtete, dass es mir genau wie Felix ergehen und ich am Ende mit einem Haufen Schulden dastehen könnte. Dabei wussten Sie es von Beginn an: Wenn man ein solches Projekt angeht, muss man es ganz machen oder gar nicht. Und man muss fest daran glauben.» Paolo holte tief Luft. «Wir brauchen diesen Pool, Lucia», verkündete er dann. «Unbedingt!»

«*Veramente?*» Lucia sah ihn an, als zweifelte sie an seinem Verstand. «*Ne sei sicuro?*»

«Absolut sicher», beteuerte er.

«Aber woher nehmen Sie das Geld? Ich meine, Sie wollten doch nicht …»

«Ich habe meine Wohnung in München an Julia verkauft»,

erklärte Paolo. «Wenn das Kind da ist, wird sie eine größere brauchen. Und sie zahlt einen wirklich guten Preis. Dieses Geld werde ich in das Hotel investieren.»

«Da-das haben Sie getan?»

«Allerdings. Keine neuen Schulden, aber ein nagelneuer Swimmingpool. Und von mir aus auch noch ein paar Whirlpools auf den Zimmern. Was sagen Sie dazu?»

Lucia sandte ihm einen undeutbaren Blick. «Also deshalb haben Sie mit ihr telefoniert.»

«Und wegen des Falles. Aber aus keinem anderen Grund», stellte Paolo klar.

Lucia dachte einen Moment nach. «Mir tut es auch leid», gestand sie dann. «Und was Manfredi betrifft …»

«Ja?»

«Sie hatten recht, er ist ein Papagallo. Neulich abends hat er im Auto meine Beine begrapscht.»

Paolo holte tief Luft. «Dieser elende …»

«Keine Sorge, ich kann auf mich aufpassen», versicherte Lucia. «Eros Manfredi hat seitdem ein blaues Auge.»

«Ich verstehe», meinte Paolo, «deshalb ist er neulich abends so schnell davongebraust …»

«Das Ganze war ihm peinlich.»

«Wahrscheinlich.» Paolo musste grinsen, dann wurde er wieder ernst. «Und ich Trottel dachte …»

«Das sollten Sie ja auch denken», gestand sie.

«Sie haben mir etwas vorgespielt.»

«*Un poco*», gab sie zu. «Ich wollte wissen, ob Ihnen etwas an mir liegt oder nicht. Aber erst gestern habe ich es erkannt. Denn als Demetrio Sie angegriffen hat, haben Sie nicht an sich selbst gedacht, sondern nur an mich. Und da ist mir klar geworden, dass es heutzutage nicht mehr viele Männer von Ihrer

Sorte gibt, Paolo Ritter. Auch wenn Sie nach wie vor ein fürchterlicher *so-tutto-io* sind. Und ein *tedesco* obendrein.»

«Dann – werden Sie bleiben?», fragte er vorsichtig.

«*Sì*», bestätigte sie mit verschmitztem Lächeln und wandte sich zum Gehen. «Und nur für den Fall, dass das Hotel nicht gleich so läuft, wie wir uns das wünschen, sollten wir uns überlegen, eine *agenzia investigativa privata* zu eröffnen.»

«Eine Privatdetektei?» Paolo folgte ihr hinaus. «Ist das Ihr Ernst?»

«*Sì, perchè no?*»

«Weil es komisch klingt, wenn man es laut ausspricht», wusste Paolo aus Erfahrung. «Anders als im Fernsehen.»

«Trotzdem sollten wir darüber nachdenken», beharrte Lucia. «Aber erst morgen. Jetzt will ich nur noch nach Hause und schlafen. Die Sonne geht schon bald wieder auf.»

«Haben Sie heute Abend schon etwas vor?»

«Wieso?»

«Weil ich etwas erledigen muss», erwiderte er. «Und ich will Sie unbedingt als Zeugin dabeihaben.»

«Als Zeugin?» Sie sah ihn zweifelnd an. «Ich dachte, der Fall ist abgeschlossen? *Caso chiuso?*»

«Dieser Fall schon», räumte Paolo ein. «Aber da ist noch ein anderer, an dem ich in letzter Zeit gearbeitet habe …»

EPILOG

Das Rad war riesig.
Einschüchternd.
Gewaltig geradezu.

Dennoch hatte Paolo beschlossen, das verdammte Biest zu zähmen. Auch wenn er sich jetzt nicht mehr ganz so sicher war wie noch vor ein paar Minuten …

«Wollen Sie das wirklich tun?» Lucia sah ihn fragend an. «Wir können auch wieder nach Hause gehen.»

Paolo war mehr als versucht, auf den Vorschlag einzugehen. Das klang nicht schlecht, zurück ins Hotel und den erfolgreichen Abschluss des Falles bei der Flasche Sangiovese feiern, die ein Mitarbeiter des Rathauses am Nachmittag vorbeigebracht hatte, zusammen mit den besten Empfehlungen des Bürgermeisters. «Nein», erklärte er entschieden und trat ans Kassenhäuschen.

«Due adulti, per favore.»

«Prego, signore.»

Im nächsten Augenblick standen Lucia und er schon in der kurzen Schlange derer, die darauf warteten, in eine der Gondeln zu steigen, die an der riesigen Stahlkonstruktion hingen, die jetzt, bei Dunkelheit, mit unzähligen kleinen Lichtern beleuchtet war, sodass sie wie ein Stern am Ende des Strandes prangte. Paolos Herz klopfte heftig dabei, und seine Hände waren nass von Schweiß.

Ein Pärchen stieg vor ihnen in eine der Gondeln ein, sodass

es in der Schlange weiterging. Paolo konnte das Blut in seinen Ohren rauschen hören.

«*Tranquillo*», raunte Lucia ihm zu, die seine wachsende Unruhe zu spüren schien. «Entspannen Sie sich. Alles wird gut.»

Paolo konnte das nur hoffen. Er tröstete sich damit, dass die Gondel wie eine Seilbahnkabine Dach und Fenster hatte und nur an den Seiten offen war. Falls die Aufhängung allerdings brechen und das Ding in die Tiefe stürzen sollte, würde auch das herzlich wenig nützen.

Die Familie, die vor ihnen wartete, stieg nun ebenfalls ein. Vor Vergnügen johlend, ließen sich die Kinder auf die Sitze fallen. Paolo beneidete sie um ihre Ahnungslosigkeit.

Sein Hemdkragen wurde ihm eng, unwirsch löste er die oberen Knöpfe. Das Rad drehte sich weiter, und der Augenblick näherte sich, da er würde einsteigen müssen.

Dann gab es kein Zurück mehr …

Paolo spürte förmlich, wie ihm das Blut in den Adern stockte. Schweiß trat ihm auf die Stirn, sein Mund wurde trocken. Das Riesenrad verlangsamte sich abermals, und eine der Gondeln kam unmittelbar vor ihm zu stehen. Die Leute, die darin saßen, stiegen aus, und nun war die Reihe an Paolo und Lucia. Der Bedienstete nahm ihre Tickets entgegen und nickte ihnen auffordernd zu. Bei Paolo setzte der Fluchtreflex ein.

Vermutlich hätte er sich umgedreht und alle Leute, die hinter ihnen warteten, grob beiseitegerempelt oder wäre gleich über die seitliche Absperrung gesprungen, nur um der Fahrt mit dem Riesenrad zu entgehen. Doch in diesem Augenblick schloss sich eine Hand um die seine und hielt sie fest.

Lucia.

Sie sah an ihm empor, und das Lächeln, das sie ihm schenkte, gab ihm genug Kraft und Zuversicht, um den entscheidenden Schritt zu wagen und in die Gondel zu steigen. Ein paar Sekunden später war sie bereits verschlossen, und das Rad setzte sich in Bewegung.

«Wo ist der Sicherheitsgurt?», fragte Paolo, der hektisch die Sitzbank absuchte.

«Es gibt keinen», erklärte Lucia, die auf der Sitzbank gegenüber Platz genommen hatte. «Manchmal ist das Leben ein Risiko, wissen Sie? Also entspannen Sie sich und genießen Sie die Aussicht.»

Paolo stellte verblüfft fest, wie hoch sie bereits waren. Die Gondel stand erst auf neun Uhr, trotzdem konnte man bereits die gesamte Strandpromenade überblicken und über die Häuser und Bäume bis hinüber zum *Grand Hotel* sehen …

Einigermaßen beruhigt nahm Paolo wahr, dass das Riesenrad angehalten hatte, um neue Passagiere zusteigen zu lassen. Dann jedoch ging es weiter hinauf, unbarmherzig dem Zenit entgegen – und je weiter die Gondel emporstieg und je weniger ringsum von der Konstruktion und den Speichen zu sehen war, desto mulmiger wurde Paolo zumute.

«Das ist nicht gut», murmelte er. «Ganz und gar nicht gut.»

Im nächsten Moment erreichte die Gondel ihren höchsten Punkt, und das Rad stoppte erneut. Paolo wollte gar nicht hinaussehen, starrte nur auf das geriffelte Bodenblech, das leicht unter seinen Füßen schwankte.

«*Allora*, versuchen Sie es einmal», forderte Lucia ihn auf. «Sehen Sie sich das an, es wird Ihnen gefallen.»

«Das bezweifle ich.»

«Kommen Sie! Vertrauen Sie mir.»

Paolo hob den Blick und musste Lucia recht geben, der Anblick war atemberaubend.

Im Westen war noch ein letzter Rand orangeroten Lichts zu

erkennen, darüber spannte sich ein dunkelblauer Himmel, der sich nach Osten hin immer mehr in Schwärze verlor und voll Sternen funkelte. Darunter lag auf der einen Seite das Meer, in dem sich silbern das Mondlicht brach, und auf der anderen Seite, durch den leuchtenden Streifen der Uferpromenade getrennt, die Stadt mit ihren unzähligen Lichtern.

«Für manche Risiken belohnt einen das Leben mit guten Aussichten, *vero*?», fragte Lucia.

Paolo musste lächeln. Die Aussichten waren in der Tat gut. Der Fall Caruso war abgeschlossen, die Arbeiten im Hotel waren unter Lucias Aufsicht gut vorangekommen und würden zügig weitergehen, wenn auch mit einem anderen *installatore*. Und mit dem Geld aus dem Verkauf seiner Wohnung würde es ihnen möglich, aus dem *Cavaliere* nicht nur ein halbwegs ordentliches Hotel, sondern ein kleines Schmuckstück zu machen, in das die Gäste gerne und immer wieder kommen würden.

«Es ist wunderschön», sagte Paolo.

«Nicht wahr?» Sie lächelte ihr bezauberndes Lächeln, das wieder auf ihre Züge zurückgekehrt war.

«Sie werden es nicht glauben, aber ich bin froh, dass ich hier bin», erklärte er.

«Keine Angst mehr?»

«Nein», erwiderte er und wusste selbst nicht, ob er damit seine Fahrt mit dem Riesenrad oder seinen Aufenthalt in Italien meinte. Er hatte sich geändert.

Ein bisschen wenigstens.

Und noch etwas wollte er gerne ändern …

«Lucia», begann er, «ich möchte nicht respektlos erscheinen, da wir doch Geschäftspartner sind … aber wir kennen uns nun schon so lange … und ich meine, wollen wir nicht … einfach Du sagen?»

«Piacere», erwiderte sie und lächelte wieder. Dann stand sie in der Gondel auf.

«Um Himmels willen, was tun Sie …?»

«Was tust *du*», verbesserte sie und setzte sich neben ihn. Dann hauchte sie ihm einen Kuss auf die Wange. «So», sagte sie, «nun ist es offiziell.»

«Ich glaube, das war überfällig», meinte Paolo.

«Sì», bestätigte sie. «Schließlich hast du mich neulich *senza niente* gesehen.»

«Na ja», erwiderte er leicht errötend, «ehrlich gesagt habe ich fast gar nichts gesehen, ich habe ja sofort die Flucht ergriffen. Aber warum, in aller Welt, hast du das getan?»

«Weil ich wütend auf dich war.»

«Das tust du also, wenn du auf jemanden wütend bist? Was passiert dann erst, wenn du jemanden magst?»

Statt zu antworten, beugte sie sich erneut zu ihm, und diesmal küsste sie ihn nicht auf die Wange, sondern auf den Mund, nur ganz kurz, aber weich und zärtlich. «Vielleicht finden wir es ja heute noch heraus», flüsterte sie.

In diesem Moment fuhr das Riesenrad wieder an, und es ging steil nach unten – und während es in seinem Magen kribbelte, wurde Paolo Ritter klar, warum er das alles tat; warum er Deutschland den Rücken gekehrt hatte und trotz seiner Vorbehalte nach Italien gekommen war; warum er sich hier als Manager eines Hotels versuchte, obwohl es offenkundig Dinge gab, die er sehr viel besser konnte; und warum er sich beständig zu ändern und die Geister der Vergangenheit hinter sich zu lassen suchte.

Es war nicht Felix' Traum, dem er hier folgte.

Es war sein eigener.

Weitere Titel

Ein Italien-Krimi

Der Fall San Marino

Mord in Parma

Tod in Rimini